Autorin

Barbara Schlüter ist seit 36 Jahren selbständige Kommunikationstrainerin, Coach und Managementberaterin. Als wissenschaftliche Assistentin (damals Barbara Kroemer) am Historischen Seminar der Universität Hannover bot sie als Erste Veranstaltungen zum Thema ›Frauen in der Geschichte‹ an. Mit ihrem Sachbuch *Rhetorik für Frauen* (1987) hat sie Pionierarbeit auf diesem Gebiet geleistet.
Sie lebt nach einigen Jahren im Rheinland seit 2001 wieder in ihrer Heimatstadt Hannover und auf La Palma.
Ihre historische Romanreihe um 1890 *Vergiftete Liebe, Verheimlichte Liebe, Gerächter Zorn* mit Detektivin Elsa besteht aus jeweils in sich abgeschlossenen Folgen.
Außerdem ist Elsa aktiv in der Hannover Erzählung (1889) Wenn der Kaiser kommt, ist Feiertag in *Ausgerechnet zum Feiertag – historische Mord(s)geschichten* und in Ein eiskaltes Händchen (Hannover 1888/89) in: Joachim Anlauf, Peter Gerdes (Hrsg.) *Tod unterm Schwanz*, Anthologie zur Criminale 2020 in Hannover, Gmeiner Verlag.
www.dr.b-schlueter.de

Inhaltsverzeichnis

Hinweis	9
Himmelhochjauchzend, zu Tode betrübt	10
Hannover, Königstraße im September 1891	
Cord: eine Liebe mit Hindernissen	13
Bei Familie Breuer in der Falkenstraße in Linden	
Ein klärendes Gespräch	16
In der Königstraße	
Sophie von Elßtorff und der Magdalenen-Verein	20
In der Königstraße	
Ein aufgeregter Großvater	25
Möbelfabrik Solida-Comforta in der Davenstedter Straße in Linden	
Der Familienrat	28
In Wilhelm Jacobs Villa auf dem Lindener Berg	
Neue Köchin dringend gesucht	31
In der Königstraße	
Elsa und Cord	41
In der Königstraße und der Eilenriede	
Wilhelm Jacob trifft Siegmund Seligmann	44
Im Fabrikantenverein in Linden	
Besuch im Magdalenium	48
In Kirchrode vor den Toren Hannovers	
Die neue Köchin Bertha	54
In der Königstraße	
Wilhelm Jacob erkrankt schwer	58
In Linden am Krankenbett	
Ungewöhnliche Vorschläge	62
Kaffeestunde und Reisepläne in der Königstraße	
Sophie und Edelgarde	70
Reisevorbereitungen in der Königstraße	
Weitere Reisevorbereitungen	73
Auch in Klagenfurt	
In Hannover	75
Kleiderfragen	76
In der Königstraße	

Siegmund Seligmann spricht mit Ehepaar Breuer In der Conti und in Linden	78
Amor vincit omnia – besiegt Liebe alles? In der Königstraße	81
Bertha und Elsa Weibliche Geheimnisse	84
Bertha in Not In der Königstraße im Souterrain	86
Die Schauspielerin Roberta Stein Am Aegidienthorplatz	89
Eine Abtreibung In der Altstadt von Hannover	94
Streit unter Liebenden Ein unerwartet rascher Abschied	102
Ein offizieller Nachmittagskaffee Im Hause von Elßtorff	107
Im Advent Vorbereitungen für das Fest	111
Das Weihnachtsdiner In der Königstraße	117
Die Reise zur See Letzte Vorbereitungen	124
Die Reise beginnt	126
Der neue Schiffsjunge geht an Bord	128
Die ›Augusta Victoria‹ legt ab	130
Erste Eindrücke und Bestimmungen für das Bordleben	131
Zur geflissentlichen Beachtung!	132
Eine unerwartete Begegnung – auch für Perrita	134
Das erste Diner an Bord	135
Wer ist an Bord?	137
Southampton und ein Mops	139
Montag, 25. Januar 1892 – Seetag Ein stürmischer Reisebeginn	139
Dienstag, 26. Januar 1892 – Entlang der portugiesischen Küste Verehrer für die Zwillinge?	141
Eine ungewöhnliche Konversation	143
Eine Unterhaltung über Juwelen	146
Mittwoch, 27. Januar 1892 – Kaisers Geburtstag Vor Prinzen wird gewarnt	148

Donnerstag, 28. Januar 1892 - Gibraltar   155
Der erste Landausflug und Ideen für Direktor Ballin

Freitag, 29. Januar und Samstag 30. Januar 1892 – auf See   163
Fiete Buttfangers Entwicklungsweg
Genüssliche Tage auf See   166
Zwei Todesfälle   169

Sonntag, 31. Januar 1892 – Genua   172
Ein Zwischenfall beim Ausbooten

Montag, 1. Februar 1892 – auf See   174
Diebe an Bord?

Dienstag, 2. Februar 1892 – auf See   179
Alles nur Zufall?

Mittwoch, 3. Februar 1892 – weiterhin auf See   185
Bordleben

Donnerstag, 4. Februar 1892 – Alexandria und Kairo   187
Eine ungewöhnliche Einladung

Freitag, 5. Februar 1892 – Kairo   190
Eine Dampferfahrt auf dem Nil und ein Eselsritt zur Pyramide von Sakkara

Samstag, 6. Februar 1892 – Moscheen, Gräber und Bazare   193
Schmuckverhandlungen

Sonntag, 7. Februar 1892 – Pyramiden   196
Gizeh und Skat
Eine koptische Hochzeit   199

Dienstag, 9. Februar 1892 – Rückkehr nach Alexandria   205
Lust und Last des Reisens
Weitere Reiseplanungen   207

Mittwoch, 10. Februar 1892 – Jaffa   211
Landsleute

Donnerstag, 11. Februar – Samstag, 13. Februar 1892 – Jaffa   214
Ausflüge und ein Poem

Sonntag, 14. Februar 1892 – Jaffa   219
Ein Besuch in deutschen Kolonien

Montag, 15. Februar 1892 – Beirut   221
Verwicklungen und ein Antrag

Dienstag, 16. Februar 1892 – Beirut   228
Entscheidungen und Geständnisse

Mittwoch, 17. Februar 1892 – Beirut Änderungen des Reiseplans	235
Donnerstag, 18. Februar 1892 – Beirut Vermisste Passagiere und eine Sinfonie	240
Freitag, 19. Februar 1892 – Beirut Heimliche Verlobung und Offenbarungen	242
Edelgarde macht eine schockierende Entdeckung	244
Opalinski alias …	246
Samstag, 20. Februar 1892 – Auf See Eine Notzucht und deren Folgen	249
Über die Inneneinrichtung von Passagierschiffen	252
Sonntag, 21. Februar 1892 – Auf See Ein Ende mit Schrecken	255
Schlechte Nachrichten	261
Montag, 22. Februar 1892 – Ankunft in Konstantinopel Bedrückte Stimmung	262
Dienstag, 23. Februar 1892 – Konstantinopel Aufbruch und Abschied	263
Freitag, 26. Februar 1892 – ›Augusta Victoria‹ am Wendepunkt der Reise Alles Weitere wird man sehen …	264
Epilog 1 Endlich Briefe aus Amerika	265
Epilog 2 Ein unverhofftes Wiedersehen auf La Palma	266
Epilog 3 Sophie schreibt nach La Palma	269
Die wichtigsten handelnden Personen	271
Literaturhinweise	273
Historisches und Erdachtes	275
Danksagung	277

Hinweis

Dieser Roman führt die historischen Gesellschaftsromane *Vergiftete Liebe*, *Verheimlichte Liebe* und *Gerächter Zorn* fort, ist aber wie diese in sich abgeschlossen. Sie können daher in jede dieser Zeitreisen unabhängig voneinander einsteigen …
Wenn Sie eine chronologische Entstehungsgeschichte bevorzugen und die Entwicklung der Hauptpersonen mitverfolgen möchten, empfehle ich Ihnen zu beginnen mit meinem Beitrag ›Ein eiskaltes Händchen‹ in der Anthologie *Tod unterm Schwanz* (Gmeiner Verlag) zur leider ausgefallenen Criminale 2020 in Hannover. Um dann mit ›Wenn der Kaiser kommt, ist Feiertag‹ (Hannover 1889) fortzufahren. Das ist eine meiner fünf Erzählungen in *Ausgerechnet zum Feiertag – historische Mord(s)geschichten*.

Barbara Schlüter
Hannover und La Palma, im Sommer 2021

Himmelhochjauchzend, zu Tode betrübt
Hannover, Königstraße im September 1891

In der Königstrasse angekommen, begab sich Elsa sofort in ihre Zimmer und war froh, dass sie außer dem Dienstmädchen niemand gesehen hatte. Ihre Wangen glühten. Während der ganzen Fahrt in der Droschke 1. Klasse von Linden heimwärts waren ihre Gedanken Karussell gefahren – sie war heillos durcheinander.

Nun saß sie in ihrem kleinen, mit Louis Philippe Möbeln eingerichteten Salon und schwebte voller Seligkeit auf Wolke sieben. Mit geschlossenen Augen und einem wohligen Seufzer erinnerte sie sich nochmals an den immer leidenschaftlicher werdenden Kuss, den sie überraschender Weise mit Cord Breuer in der Künstlerklause von Großvaters Möbelfabrik in Linden ausgetauscht hatte. Das hätte noch ewig dauern können! Ein Poltern hatte diese verführerisch nach mehr verlangende Situation leider abrupt beendet. Zum Glück hatte ihr dazukommender Großpapa nichts bemerkt. Allerdings hatte ihr wiederkehrender Verstand blitzschnell vermeldet, welche zahlreichen Schwierigkeiten einer Verbindung mit Cord im Wege standen, sodass sie mit dröhnendem Kopf doch tatsächlich umgekippt war. Aus ihrer kurzen Ohnmacht war sie aber schnell erwacht und hatte eine kleine Unpässlichkeit vorgetäuscht.

Wahrscheinlich stimmt etwas mit mir nicht, sinnierte sie, da ich Männer offenbar körperlich anziehend finde. Das habe ich schon damals bei meinem Flirt mit den flotten Ferdi festgestellt. Und das ziemt sich nicht für eine höhere Tochter, wo doch allgemein behauptet wird, dass Frauen sich nur ihrem Gatten zuliebe hingeben, um Kinder zu bekommen. Aber jetzt mit Cord ist es etwas völlig anderes als mit dem blasierten Offizier. Dennoch verwirrt mich, dass mein langjähriger Jugendfreund, mit dem ich schon so manches detektivische Abenteuer geteilt habe, plötzlich solche Gefühle in mir auslöst.

Sie holte tief Luft und analysierte weiter: Ja, Cord bin ich wirklich gewogen, schätze ihn und vertraue ihm. Und das beruht auf Gegenseitigkeit. Das zeigte sich auch bei unserem kurzen Gespräch unter vier Augen, als wir auf die Droschke gewartet haben, die mich in die Königstraße zu meinen Zieheltern, den von Elßtorffs, bringen sollte.

»Elsa, mein Elschen, mach dir keine Sorgen. Dein Geheimnis ist bei mir sicher aufgehoben. Und jetzt kann ich es dir ja sagen: Ich verehre dich schon lange – du jedoch hast in mir immer nur den guten Freund gesehen, mit dem du so manches Abenteuer bestanden hast.«

»Ja Cord, das stimmt, aber jetzt, jetzt ist irgendwie alles anders.«

»Wir müssen uns unbedingt bald ungestört unter vier Augen sehen, hier könnte dein Großvater etwas bemerken, der glücklicherweise vorhin nichts mitbekommen hat.«

»Wobei Großpapa große Stücke auf dich hält!«

»Ich glaube, Wilhelm Jacob mag mich und er fördert mich – aber ob ich ihm als Ehemann seiner Enkelin willkommen wäre, das steht auf einem ganz anderen Blatt.«

»War das etwa ein Heiratsantrag, Cord?«

»Ja, zumindest die Verkündung meiner großen Zuneigung sowie meiner ernsten Absichten. Jedenfalls, wenn du einige Jahre mit der Heirat warten kannst und willst.«

Elsa, wohl wissend, dass sie möglicherweise beobachtet wurden, drückte ihm unauffällig fest die Hand.

»Jawohl, ich will, aber bis dahin fließt noch reichlich Wasser die Leine herunter«, meinte sie nachdenklich.

»Eben. Denn es wird mindestens vier oder fünf Jahre dauern, bis ich eine Frau ernähren kann. Und weder in deiner noch in meiner Familie sind Begeisterungsstürme zu erwarten. Am besten wird es sein, unsere Liebe vorläufig geheim zu halten.«

»Du hast Recht. Ich werde mich mit aller Kraft dem Entwerfen und Zeichnen von Möbeln widmen. Dann kann ich einiges zum Nutzen von Großvaters Möbelfabrik wie auch zu unserer Haushaltsführung beitragen.« Sie sah ihn strahlend an und stutzte. »Oder würde dich das stören?«

Cord schluckte – er wollte der Zukunft nicht zu weit vorgreifen. Schließlich hatte Wilhelm Jacob ihn, den mittellosen Sohn eines Volksschullehrers, protegiert. Es schien ungewöhnlich, aber er konnte sich gut vorstellen, eines Tages mit Elsa gemeinsam in der Möbelfabrik ›Solida-Comfort‹ zu wirken.

Nachdenklich meinte er. »Warum nicht? Du bist hervorragend im Entwerfen und hast Freude daran. Und deine Zwillingsschwester Emilie kann vortrefflich rechnen. In einem erfolgreichen Handwerksbetrieb arbeiten oft Familienmitglieder und vor allem Frau und Mann Hand in Hand. Das würde ebenfalls in einer Möbelfabrik funktionieren. Und wer sollte das besser hinkriegen als wir beide?«

»Für solche Perspektiven lohnt es sich, zu warten.«
Das war sozusagen das vorläufige Schlusswort gewesen, denn in diesem Moment fuhr die Droschke vor.
»Wir sehen uns sobald als möglich, Cord«, hatte Elsa unnötigerweise geflüstert.

Nachdem sie sich dieses wichtige Gespräch vergegenwärtigt hatte, ergriff sie an ihrem Louis Philippe-Sekretär entschlossen Papier und Feder und begann ihre abwägenden Gedanken schriftlich zu fixieren:

Pro:
Vertrauen zu Cord
Bewährte Freundschaft
Gemeinsame Interessen an Leitung der Möbelfabrik
Küsst hinreißend!

Contra:
Beginnt gerade erst Studium
Vater Volksschullehrer und strammer Sozialdemokrat
Keinerlei Vermögen
Unter Stand

Sie legte den Federhalter, den sie schwungvoll in das Tintenfass der Firma Günther Wagner getaucht hatte, beiseite. Unter unserem gesellschaftlichen Stand – nun ja. Die unsägliche Tante Edelgarde, Gräfin von Potocki, würde sich gewiss mokieren. Gerade auch über Cords Vater, den roten Breuer. Aber andererseits, sinnierte sie, sind Emilie und ich unehelich geborene Töchter von Ernestine Jacob und Friedrich Graf von und zu Hohenstein, der im Deutsch-Französischen Krieg fiel. Ob er wegen des enormen Standesunterschiedes Ernestine wirklich geheiratet hätte, sei dahingestellt. Sehr rosig sind unsere Heiratsaussichten nicht, zumal nachdem die Münchener Großmutter so plötzlich verstarb, dass sie uns nicht viel hinterlassen, geschweige denn adoptieren konnte.

Sie seufzte tief und überlegte: Aber es wird nicht leicht sein, solange mit allem zu warten, wonach ich mich sehne. Allerdings müssen sich zahlreiche andere Paare ebenso gedulden, bis sie heiraten können. Und Cord ist der richtige Mann für mich.

Sie schob den Bogen Papier gefaltet in das Geheimfach des Sekretärs unter dem rechten Türchen der aufgesetzten Balustrade, gerade rechtzeitig, bevor ihre Zwillingsschwester eintrat.

Cord: eine Liebe mit Hindernissen
Bei Familie Breuer in der Falkenstraße in Linden

Luise Breuer beobachtete ihren Sohn unauffällig von der Seite. Mit leuchtenden Augen und einem seligen Lächeln war er nach Hause gekommen. »Guten Tag, liebe Mutter«, hatte er sie ungewohnt stürmisch begrüßt und ihr einen Kuss auf die Wange gehaucht. Dabei war er mit Zärtlichkeitsbezeugungen in den letzten Jahren eher sparsam geworden. Er ist verliebt, war ihr erster Gedanke.
»Du siehst aus, als wolltest du die ganze Welt umarmen, mein Sohn! Ist etwas Erfreuliches passiert?«
Da Cord nun errötete, bestärkte sich ihr Verdacht.
»Eigentlich nicht, ich war in der Möbelfabrik von Wilhelm Jacob und habe beim Verladen einiger Schränke in einen Güterwaggon auf dem Bahnanschluss geholfen.«
»Das ist ja kaum ein Anlass, um zu strahlen wie ein Honigkuchenpferd.«
Cord wand sich vor Verlegenheit.
»Nun, es ist doch erfreulich, dass ich auch dort etwas dazuverdienen kann für das Studium – nicht nur in der Continental-Caoutchouc AG, wo Direktor Seligmann mir nach meinem Praktikum wohlgesonnen ist, und im Architektur-Bureau von Maximilian von Elßtorff. Wir können schließlich jede zusätzliche Mark gebrauchen.«
Seine Mutter nickte, ging darauf aber nicht weiter ein.
»Apropos Möbelfabrik, war die von Elßtorffsche Ziehtochter Elsa ebenfalls dort? Sie hat doch so ein großes Talent für den Möbelentwurf.«
»Ja, mit ihr habe ich auch gesprochen.« Cord wich dem fragenden Blick seiner Mutter absichtlich aus.
Was nichts half, denn Luise war sich jetzt sicher – ihr Sohn erschien ihr bereits länger in seine Freundin verliebt, auch wenn ihm das bisher wohl nicht bewusst gewesen war – und Elsa schon mal gar nicht. Aber nun musste etwas geschehen sein. Sie entgegnete sachlich: »Eine ungewöhnliche junge Dame, diese Elsa. Und es ist famos, wenn du mehrere Möglichkeiten hast, etwas dazu zu verdienen. Außerdem profitierst du bei allen dreien, was deine technischen Kenntnisse betrifft.«

Inzwischen trommelte Cord mit den Fingern auf die blankgescheuerte Platte des Küchentisches. Seine gerunzelte Stirn verriet, dass er mit seinen Gedanken gewiss nicht in der blitzsauberen und gemütlichen Breuerschen Wohnküche weilte. »Hör bitte auf, so ungeduldig zu Klopfen«, bat Luise. »Das Essen ist noch nicht so weit und dein Vater kommt später. Auch wenn du hungrig bist, brauchst du noch etwas Geduld.«

»Geduld«, knurrte Cord, »ja, davon braucht man als junger Mann eine ganze Menge. Es dauert ja ewig, bis man seine Ausbildung fertig hat und endlich auf eigenen Füßen steht und Geld verdient.«

Da er an Elsa dachte, entfuhr ihm ein kräftiger Seufzer – und Luise sah ihren Verdacht erneut bestätigt.

Der Volksschullehrer Hannes Breuer, der in diesem Moment eingetreten war, gab seinem Sohn sofort contra. »Du solltest froh und dankbar sein, dass du studieren darfst und nicht mit spätestens 14 Jahren anfangen musstest zu arbeiten, wie die meisten Lindener Butjer hier. Außerdem stehen dir bereits jetzt Perspektiven bei der Continentalen oder in der Jacobschen Möbelfabrik offen, um die andere dich beneiden. Statt zu maulen, kannst du stolz und glücklich sein.«

Cord zuckte zusammen, schließlich hatten seine Eltern sich krummgelegt, um ihm diese Möglichkeiten zu eröffnen. Von dem Salär eines Lindener Volksschullehrers, der zudem noch einiges an Spenden für die Armenpflege abzwackte, ließen sich keine großen Sprünge machen.

Seine Mutter hielt es für angebracht, das Thema zu wechseln. »Ihr könnt euch die Hände waschen, ich bringe gleich das Essen auf den Tisch. Es gibt einen leckeren Linseneintopf mit Backpflaumen in Wurstbrühe gekocht, die ich extra von der Fleischwaren-Fabrik von Emil Vollrath in der Calenbergerstraße geholt habe.«

Hannes lächelte erfreut, denn es handelte sich um eines seiner Leibgerichte. Es wäre ihm sicherlich lieber gewesen, wenn der Eintopf auch noch die vorzüglichen Vollrathschen Siedewürstchen enthalten hätte, die er sich ebenso wie Rostbratwürstchen traditionell immer mit seiner Familie auf dem Schützenfest gönnte. Aber er war froh, dass seine Frau, die aus einem zur Sparsamkeit verdammten Pfarrershaushalt stammte, mit dem schmalen Kostgeld so leckere Gerichte auf den Tisch brachte.

Besonders stolz war Hannes darauf, dass sein Sohn an der ›Königlich Technischen Hochschule Hannover‹ studieren würde, die sich seit gut zehn Jahren im ehemaligen Welfenschloss befand. Sein geheimer Traum war, dass Cord auch einen Doktortitel erringen sollte, was allerdings bisher in Hannover nicht möglich war. Aber immerhin hatte eine grundlegend neue Verfassung der Hochschule die Organisation in fünf Fachabteilungen gebracht: Architektur, Bauingenieurwesen, Maschineningenieurwesen, Chemie und Elektrotechnik sowie Allgemeine Wissenschaften. Die Anzahl der Lehrfächer nahm beständig zu, entsprechend wuchs der Lehrkörper.

Hannes wandte sich seinem Sohn zu. »Du hast das Glück, in einer Zeit von rasanten technischen Entwicklungen zu studieren. Die Ingenieurausbildung muss einerseits an die unmittelbaren praktischen Bedürfnisse der Industrie angepasst werden. Gleichzeitig ist durch die Akademisierung der Technischen Hochschulen eine Vertiefung der theoretisch-wissenschaftlichen Kenntnisse erforderlich.«

Cord nickte. »Ja, ich freue mich darauf. Sorge macht mir allerdings, dass die steigende Spezialisierung der vielen Fächer die Pflichtveranstaltungen auf bis zu 50 Wochenstunden ansteigen lässt. Da werde ich nebenbei kaum noch etwas verdienen können.«

»Eine Kartoffel nach der anderen, mein Sohn«, meinte Luise. »Erstens haben wir ja gespart und zweitens konnte ich von dem Geld, das du verdient hast, einiges abzweigen, das liegt auf der Sparkasse.«

Vater und Sohn wechselten einen erstaunten Blick.

Luise nickte stolz, klopfte Cord auf die Schulter und sagte: »Es ist dir immer leicht gefallen zu lernen, also wirst du dein Pensum schon schaffen und in den Semesterferien hier und da mit anpacken und etwas dazuverdienen.«

Hannes hob sein Glas Bier und prostete seiner Frau zu. »Luise, du bist ein Ausbund von Tüchtigkeit! Und deine Linsensuppe mundet wieder ganz ausgezeichnet.«

»Schmeckt ein wenig anders als sonst, aber lecker«, meinte Cord.

»Ja, das ist ein Rezept von unserer Lindener Diakonisse Karla.« Sie stockte und ihr traten Tränen in die Augen. »Ich vermisse sie sehr, sie war ein wunderbarer Mensch. Manchmal kann ich trotz ihres Abschiedsbriefes gar nicht glauben, dass sie uns für immer verlassen hat. Auch Marga fehlt sie sehr.«

Erst jetzt wurde es Cord schlagartig in vollem Ausmaß bewusst, welche Konsequenzen das von Elsa bewirkte Verschwinden der Diakonisse für deren Freundinnen hatte. Er verschluckte sich prompt an einer Backpflaume; sein Vater klopfte ihm kräftig auf den Rücken. Cord war froh, dass sein hochroter Kopf fälschlicherweise darauf zurückgeführt wurde.

»Man hat ja nur ihre Haube am Ufer der Ihme gefunden«, fuhr Luise fort. »Kein christliches Begräbnis, kein Abschied nehmen – das ist besonders schrecklich.«

Dass Elsa mich eingeweiht hat, wie sie die Diakonisse vor einem möglichen Zugriff der Polizei entzogen hat, verbindet uns noch mehr miteinander, überlegte Cord. Das ist ein großer Vertrauensbeweis und es erleichtert gewiss, wenn man so etwas mit einem geliebten Menschen teilen kann. Wie gern würde ich ihr das Geheimnis anvertrauen, das mich oft bedrückt und bis in die Träume verfolgt. Aber ich musste Vater auf die Bibel schwören, über die Ereignisse beim Besuch des Kaisers vor zwei Jahren striktes Stillschweigen zu bewahren. Selbst Mutter ahnt nichts davon. Unwillkürlich stöhnte er leise. Luise vermutete, dass er sich Sorgen um die Anforderungen des Studiums machte und sagte beruhigend: »Du wirst das alles schaffen, Cord – und wir helfen dir, wo wir können.«

Ein klärendes Gespräch
In der Königstraße

Edelgarde Gräfin von Potocki war der stets gastfreundlichen Einladung ihrer Cousine Sophie von Elßtorff gern gefolgt, obwohl sie ahnte, dass ihr eine Aussprache bevorstand. Zunächst aber genoss sie Kaffee und Gebäck.

Sophie hielt nicht lange hinterm Berg: »Nun sag mir endlich, wie es wirklich um dich steht. Elsa erzählt mir nichts, obwohl du sie ja weiß Gott oft genug gepiesackt hast. Aber ich will jetzt die ganze Wahrheit von dir – nur so ist ein neuer Anfang zwischen uns möglich.«

Edelgarde rang die zerstichelten Finger, die sie stets versucht hatte, in schwarzen Spitzenhandschuhen zu verbergen.

»Es ist alles so unsagbar peinlich, Sophie, und ich schäme mich in Grund und Boden.«

»Zier dich nicht, sondern erleichtere dein Gemüt und sprich frei heraus Cousine, dann wird es dir wieder besser gehen. Wie konnte es dazu kommen, dass du, aus wohlhabendem Hause, heimlich Handarbeiten anfertigen musstest, um etwas Geld zu verdienen?«

»Nun, Vater und ich waren außerordentlich stolz, als er damals für seine zahlreichen Verdienste vom Kaiser mit einer Standeserhöhung geehrt wurde. Du bist ja von Haus aus von Adel, kannst das kaum nachvollziehen, aber für uns war das kleine ›von‹ schon ein Zauberwort, das eitel die Visitenkarten, das Türschild und alles sonst dafür Geeignete zierte.«

Wahrscheinlich auch noch die Bestellung beim Schlachter, vermutete Sophie, schalt sich aber sofort als hochmütig.

»Ja, ich erinnere mich, dass du dann wegen des Grafen von Potocki deine Verlobung mit einem Bürgerlichen gelöst hast.«

Edelgardes Mundwinkel sanken noch mehr herab. »Das war der größte Fehler meines Lebens! Vater und ich waren geblendet von dem glänzenden Namen Potocki. Um es kurz zu machen: Ich heiratete ihn und wir gingen auf Reisen. Bald merkte ich, dass mein Mann ein Spieler war, der zudem auch anderen Frauen nachstellte.« Sie stockte. »Und außerdem fand ich heraus, dass er so manche Stunde im teuersten Edelbordell der jeweiligen Stadt verbrachte.«

Sophie stöhnte auf.

Zusammenzuckend entschuldigte sich Edelgarde. »Bitte verzeih, dass ich die Dinge so wenig zartfühlend beim Namen nenne. Nicht alle Männer sind ihrer Gattin so treu ergeben wie dein Maximilian!«

Sophie riss sich zusammen. Keinesfalls sollte ihre Cousine von ihrem Verdacht im vergangenen Jahr erfahren, dass es noch eine andere Frau im Leben ihres Ehemannes gab.

»Schon gut, Edelgarde«, brachte sie, um eine normale Stimme bemüht, heraus, »unter uns Pastorentöchtern muss auch mal Tacheles geredet werden dürfen.«

Diese seufzte und fuhr fort: »Nachdem wir ein Jahr verheiratet waren, bereute ich diese Ehe bereits zutiefst. Da traf mich, wie du weißt, ein weiterer Schicksalsschlag. Mein Vater, der sich verspekuliert hatte, starb.«

Sie schluckte und brachte es selbst jetzt nicht fertig zu sagen, dass er sich umgebracht hatte. Mitfühlend drückte ihr Sophie die Hand. »Ja, ich erinnere mich genau.«

»Nach der Beerdigung wollte Potocki unbedingt zu seiner Familie zurück. Mir blieb nichts Anderes übrig, als mit ihm zu gehen. Da ich nicht viel Polnisch sprach, worauf er auch gar keinen Wert legte, schließlich könne man sich ja auf Französisch verständigen, fiel es ihm umso leichter, die wahre Situation vor mir zu verschleiern. Kurzum, nach einem weiteren Jahr hatte er meine gesamte Mitgift verprasst. Er hinterließ einen Brief, in dem er mir diese Tatsache mitteilte, außerdem, dass er sich, da es ja keinen echten polnischen Staat mehr gebe, nach Amerika absetzen werde. Möglicherweise werde er sich auch umbringen. Ich solle einfach behaupten, dass er gestorben sei. Obwohl seine Familie ihn verstoßen und enterbt habe, werde man mir gewiss das Reisegeld nach Deutschland zahlen, um mich loszuwerden. So kam es tatsächlich – es war unsagbar peinlich und demütigend!«

Sophie hielt es nicht mehr in ihrem Armlehnstuhl – sie stand auf und beugte sich zu der schluchzenden Edelgarde, die die Erinnerung überwältigt hatte.»Ich fasse es nicht! Es ist also gar nicht sicher, ob du eine Witwe bist?«

»Ich habe nie wieder etwas von ihm gehört, weiß daher nicht, ob er noch existiert. Vernünftig gelebt hat er nie. Viel Alkohol, Zigarren und ab und zu Drogen sind ja nicht gerade förderlich für die Gesundheit.«

Da sie dem Personal Anweisung gegeben hatte, keinesfalls zu stören, schenkte Sophie eigenhändig zwei Kristallschwenker mit Cognac ein und hielt Edelgarde einen hin.»Wir trinken ein Schlückchen in Ehren, das hält Leib und Seele beisammen!«

Diese schniefte nochmals tief, die beiden nippten am Glas und schwiegen nachdenklich.

»Das einzig Echte an dem Mann war sein Name«, meinte Edelgarde schließlich.»Und den wird er gewiss inzwischen abgelegt haben. Der Zweig der Potockis, der Habsburger Hoflieferant für Wodka, Brandy und Rum ist, stattete mich mit Geld für die Rückreise aus. Immerhin war die Wohnung in Hannover auf meinen Namen registriert und fiel damit nicht in die Konkursmasse. Vor dem völligen Ruin rettete mich einiges an Schmuck, den ich hier im Banksafe gelassen hatte, da es sich um altmodische Stücke handelte, die ich nicht gern trug.«

»Aber das reichte wahrscheinlich nicht ewig«, bemerkte Sophie leise.

»Natürlich nicht. Ich lernte eiserne Sparsamkeit, färbte und änderte die Kleider, die in Hannover hingen, und trug ausschließlich Schwarz, da fiel meine begrenzte Garderobe nicht so auf. Unser altes Dienstmädchen zog wieder zu mir und verlangte kaum Lohn, da sie Erspartes und eine winzige Rente hatte. Vaters und meine Gier nach dem Adelstitel haben mein Leben ruiniert. Eine Erkenntnis, die umso bitterer war, als ich ja halbwegs versuchen musste, den Schein zu wahren. Einladungen zu dir waren mir immer besonders willkommen, da ich mich da endlich mal satt essen konnte. Und zugleich führte mir dein gepflegter Haushalt vor Augen, was ich alles verpatzt hatte.«

Sophie holte tief Luft, trank ein Schlückchen Cognac und meinte:»Kein Wunder, dass du das öfter mit spitzen Bemerkungen kompensiert hast. Aber damit muss jetzt Schluss sein. Wir werden versuchen, diesen Schlamassel etwas erträglicher zu gestalten. Was hältst du davon, wenn du klipp und klar verkündest, dass dein verstorbener Gatte

dich leider fast mittellos zurückgelassen hat? Dann hat die ganze Heimlichtuerei ein Ende.«
»Ja, vielleicht wäre es das Beste. Aber die Schande, Sophie! Ich weiß nicht, wie ich das überstehen soll!«
Das leuchtete Sophie ein. Ein solches Geständnis würde reichlich Gerede auslösen. Nicht immer war die ungeschminkte Wahrheit ein geschickter Schachzug. Lange hatte sich die Cousine jetzt nach den Prinzipien und Gepflogenheiten ihres Standes gerichtet, aus Standesgehorsam gehungert und die eigene Verzweiflung vertuscht, weil sie keinesfalls arbeiten durfte – jedenfalls nicht so, dass es jemand merkte. Zunächst galt es, Edelgarde praktisch beizustehen. Dies würde nur mit einer monatlichen Summe gelingen. Die könnte aus ihrem privaten Vermögen fließen, über das sie allein verfügte. Auch wenn sie ihrem Vater in mancherlei Hinsicht gram war, für diese ungewöhnliche Regelung dankte sie ihm außerordentlich! Und dann kam ihr eine geniale Idee, bei der Edelgarde auch ihr Gesicht würde wahren können.
»Also, das Glück ist dir von jetzt an wieder hold. Gerade in den letzten Tagen kam die Nachricht, dass eine entfernte verstorbene Tante aus Süddeutschland uns ein kleines Erbe hinterlassen hat. Es sind hauptsächlich Staatspapiere, die eine monatliche Rente ausschütten. Auf meinen Anteil verzichte ich zu deinen Gunsten. Dann brauchst du für fremde Leute oder gar Geschäfte nicht mehr nähen.«
Edelgarde war sprachlos, was bei ihr selten vorkam. Dann erhob sie sich plötzlich, ergriff Sophies Hand und bedeckte diese mit Küssen. Erneut rollten die Tränen. Sophie sprang rasch auf, fasste sie an den Schultern, drückte sie kurz an sich und sagte: »Also, abgemacht. Es fängt jetzt ein neues Kapitel in deinem Leben an. Aber versprich mir, wenn dich etwas bedrückt, dass du offen mit mir sprichst.«
Ihre Cousine nickte stumm und umarmte Sophie. Dann wischte sie sich die Tränen ab und versprach: »Ich werde alles tun, um deine Güte und Großzügigkeit zu vergelten. Und nun bitte ich dich, mich zu entschuldigen. Ich muss zu Hause erst mal zur Besinnung kommen.«
»In Ordnung, besuche mich nächste Woche, dann besprechen wir alles Weitere.« Sie läutete nach dem Dienstmädchen, das schnell erschien und den Gast hinausgeleitete.

Sophie von Elßtorff und der Magdalenen-Verein
In der Königstraße

Sophie sah dem hohen Besuch, wie sie ihrer Ziehtochter Elsa gegenüber etwas ironisch anmerkte, mit gemischten Gefühlen entgegen. Die Vorsteherin des Magdalenen-Vereins, Frau Abt Uhlhorn, die Oberin des Magdaleniums, die Diakonisse Hermine von Trampe, sowie der Urheber der Einrichtung, der Pastor Dr. Johannes Samuel Büttner, hatten um einen Besuchstermin gebeten. Der Pastor war, wie Sophie wusste, durch die Arbeit seiner Diakonissen zur Vereins-Gründung angeregt worden.

»Ich befürchte, die drei wollen mich bewegen, Mitglied im Vorstand des Magdalenen-Vereins zu werden.«

»Das ist doch sicher eine Ehre, Tante Sophie. Und gewiss nicht zuletzt darin begründet, dass du außer für unsere Dreifaltigkeitskirche stets großzügig für die Henriettenstiftung spendest.«

»Das mache ich gern und bin auch bereit, etwas für den Magdalenen-Verein zu tun. Aber die weiblichen Mitglieder versammeln sich allmonatlich an jedem 2. Donnerstag im Monat im Henriettstift, wobei Arbeiten für die Zwecke des Vereins und des Asyls angefertigt werden.«

Gerade Elsa gegenüber wollte Sophie keinesfalls zugeben, wie ausgeprägt sie ebenso wie ihre Ziehtochter Handarbeiten verabscheute – hatte sie diese als junges Mädchen stets nachdrücklich dazu angehalten, da dies doch von höheren Töchtern erwartet wurde.

Schnell fand sie den Gesprächsfaden wieder und fuhr fort: »Es wird über die Aufnahme der gefallenen Mädchen und die spätere weitere Fürsorge, vor allem durch geeignete Lebensstellungen beraten. Das Ganze leitet Frau Abt Uhlhorn. Du weißt, wie viele Verpflichtungen ich bereits habe, nicht zuletzt durch die Treffen mit den Schwestern, sprich Ehefrauen der Freimaurer. Maximilian legt großen Wert darauf, dass ich mich dort engagiere und etwas für wohltätige Zwecke organisiere.«

»Die gemeinsame Arbeit mit ihnen für die mildtätigen Werke der Loge schätzt du doch sehr.«

»Gewiss, aber mit zusätzlichen Verantwortlichkeiten im Magdalenen-Verein wird es mir zu zeitaufwändig.«

Insgeheim schreckte Sophie jedoch eher, dass einige weibliche Mitglieder des Magdalenen-Vereins ihre christliche Nächstenliebe für die gefallenen Mädchen, die sie als ›verworfene Geschöpfe‹ ansahen, gern ausgeprägt zur Schau stellten. Sich den selbstgerechten Sermon dieser Damen aus den gehobenen Familien zwei Mal im Monat anzuhören, reizte sie nicht im Geringsten. In diesem Moment meldete das Mädchen die Besucher. Elsa schlüpfte durch die Tür des in gelb und weiß gehaltenen, überwiegend mit Biedermeiermöbeln ausgestattetem Salons zum benachbarten, im englischen Stil gestalteten Speisezimmer hinaus. Sophie, der die schweren dunklen Möbel der Gründerzeit überhaupt nicht gefielen, bevorzugte eine helle und freundliche Atmosphäre.

Die Hausherrin empfing ihre Besucher standesgemäß. Selbstverständlich hatte sie Gebäck und Kuchen vom nahegelegenen Bäcker Fahrenholz bereitstellen lassen und das Dienstmädchen bot knicksend Kaffee und Tee an.

»Liebe Frau von Elßtorff«, Oberin Hermine von Trampe rückte ihre weiße Haube etwas zurecht, obwohl diese samt der stramm unter dem Kinn gebundenen großen Schleife perfekt saß, »ich möchte mich nochmals ausdrücklich bedanken für die getreue Hilfe, die Sie uns stets zukommen lassen.«

»Dass Sie als gebürtige Münchnerin immer wieder ein offenes Ohr für unsere Arbeit haben, rechne ich Ihnen besonders an«, sekundierte Büttner sofort mit seiner wohltönenden Stimme.

»Hannover ist mir inzwischen längst zur zweiten Heimat geworden«, entgegnete Sophie mit liebenswürdigem Lächeln, »und wo ich helfen kann, tue ich es gern.«

»Sie werden sich schon gedacht haben, dass wir Ihnen antragen möchten, unserem Vorstand des Magdalenen-Vereins beizutreten«, kam Frau Abt Uhlhorn schnell auf den Punkt.

»Es wäre mir eine große Ehre, dort mitzuwirken«, entgegnete Sophie geschmeidig, »allerdings bezweifele ich, ob es mir gelänge, genügend beizutragen. Außerdem würde ich gewiss nicht regelmäßig erscheinen können. Wie Sie wahrscheinlich wissen, ist mein Gatte ein überzeugter Freimaurer und wir Ehefrauen bewirken da im Hintergrund einiges an Mildtätigkeit, was ebenfalls viel Zeit in Anspruch nimmt.«

»Das erwarten wir auch nicht. Sie würden so oft kommen, wie es Ihnen möglich ist«, erwiderte Büttner. »Ebenso hat es die Gräfin Waldersee gehalten.«

Damit hatte er Sophie geschickt den Wind aus den Segeln genommen, was er sehr wohl wusste. Denn was für eine Gräfin Waldersee recht war, konnte eine Frau von Elßtorff schlecht ablehnen.

»Ich muss allerdings zu bedenken geben, dass ich über die Einzelheiten Ihrer Arbeit nicht ausreichend informiert bin«, gab Sophie ihre insgeheime Gegenwehr noch nicht auf.

»Gnädige Frau, gerade Sie haben doch dadurch, dass Sie die junge Waise Elsa Martin als Ziehtochter in ihrem Hause großgezogen haben, ihre tätige Nächstenliebe bewiesen.« Hermine von Trampe lächelte süßlich. »Und noch dazu haben Sie im vergangenen Jahr auch deren Zwillingsschwester in ihrer Familie aufgenommen.«

Damit spielte sie darauf an, dass sich mit dem überraschenden Auftauchen von Emilie in Hannover die uneheliche Geburt der Zwillinge rasch herumgesprochen hatte. Büttner zuckte bei dieser Ungeschicklichkeit zusammen und wollte rettend einspringen. Aber Hermine von Trampe war bei Sophie an die Falsche geraten.

»Sie wollen doch nicht etwa meine Pensionats-Freundin Ernestine Jacob in die Nähe der gefallenen Mädchen rücken! Der adelige Vater der Zwillinge fiel für Volk und Vaterland im Deutsch-Französischen Krieg.« Sophie kochte innerlich vor Empörung und wurde deutlich: »Wenn Sie meinen, mich durch Herabwürdigung zur Mitarbeit zu bewegen, sind Sie auf dem Holzweg!«

Nun sprang Büttner ein. »Nie würden wir gestrauchelte Töchter unseres Volkes, gefallene und verwahrloste Mädchen in die Nähe ihrer Freundin Ernestine Jacob rücken, Gnädigste.«

»Uns geht es ja gerade darum, die verlorenen Seelen, die armen Sünderinnen zu retten«, fügte Frau Abt Uhlhorn hinzu.

Die Diakonisse zupfte erneut an der Schleife unter ihrem Kinn und richtete sich kerzengerade auf: »Dazu braucht es schlichte Sachlichkeit, einen klaren Blick, ein brennendes Herz und völlige Selbstlosigkeit. Ehemals, während einer Instruktionsreise, war meine Seele voller Fragen: Wie kann es gelingen, solch tief gesunkene Gemüter zu erschließen und zu leiten? Bei einem Waldspaziergang gab Gott mir leuchtende Klarheit: Du musst ihre Seele auf Deine Seele nehmen.«

Sophie räusperte sich – dieses Pathos befremdete sie. Und sie war nicht gewillt, mit ihrer Meinung hinter dem Berg zu halten.

»Es widerstrebt mir, alle diese unglücklichen jungen Frauen in einen Topf zu werfen. Denn wir wissen doch, dass so manche, die im Magdalenium Hilfe sucht, verführt worden ist. Einige, die hier ahnungslos am Bahnhof ankommen und Arbeit suchen, werden dort regelrecht weggefangen und in die Prostitution gedrückt. Andere im Dienstbotenstand sind vom Hausherrn oder einem Sohn des Hauses bedrängt worden. Und in den Fabriken nutzt so mancher Vorarbeiter seine Position aus. Wir haben durch die Lindener Diakonisse Karla einiges erfahren, was sonst den Damen meiner Kreise nicht so bekannt ist. Oder was sie gar nicht wissen wollen.«

Büttner griff vermittelnd ein. »Ich stimme Ihnen da völlig zu, Frau von Elßtorff. Nicht umsonst wurde die Bahnhofsmission auch hierfür gegründet. Im Magdalenium haben wir deshalb das sogenannte Familiensystem, nach welchem jugendliche und weniger verdorbene Mädchen von tiefer gefallenen und im Laster Verhärteten getrennt werden können.«

Das nahm Sophie mit einem leichten Nicken zur Kenntnis. Den drei Besuchern wurde spätestens jetzt endgültig klar, dass sie hier noch einige Überzeugungsarbeit leisten mussten. Pastor Büttner warf seinen beiden Begleiterinnen schnelle Blicke zu, mit denen er klarmachte, dass es an ihm war, das Wort weiterhin zu ergreifen. »Gnädige Frau, bereits seit den siebziger Jahren setze ich mich für ein Asyl in unserer Stadt ein und für die Gründung eines Magdalenen-Vereins. Der Notschrei eines Mädchens, dem Jammer und Schande über dem Haupte zusammenzuschlagen drohten, war eines Abends auf der Straße an das Ohr einer Diakonisse gedrungen und diese ließ den Schrei bei mir widerhallen …«

Frau Abt Uhlhorn ergänzte: »Der Verein wird von wackeren Männern unterstützt, zum Beispiel von einem Arzt, einem Prediger, einem Rechnungskundigen, einem Handwerker und einem Polizeibeamten. Die Damen des Vorstandes widmen sich der Arbeit des Suchens und Rettens. Alle anderen sammeln Gaben und werben zugunsten des Werkes. Wir Frauen sind berufen für diese Aufgabe, denn uns wohnt die Möglichkeit inne, den Mädchen nahezukommen und ihnen das Vorbild eines glücklichen Weibes darzustellen.«

Wiederum nickte Sophie zum Zeichen des Verstehens. »Für diese unglücklichen jungen Frauen kann gar nicht genug getan werden. Wie Sie wissen, studiert mein Sohn Heinrich in Berlin Medizin an der Charité. Dort bekommt er vieles mit. Besonders imponiert mir, dass Henriette Hirschfeld-Tiburtius sich unter anderem im Vorstand der *Heimstätte Berlin* einsetzt. Es wird erwerbslosen jungen Frauen mit ihren Kindern Unterkunft und Zuflucht geboten. Außerdem hat sie den *Frauenverein zur Rettung minorenner Strafentlassener und verwahrloster Mädchen* mitbegründet. Eine ungewöhnliche Persönlichkeit, die ich bewundere und selbstverständlich auch unterstütze.«

»Sehr lobenswert«, meinte Hermine von Trampe, wobei ihr Gesicht keineswegs Begeisterung ausstrahlte, »allerdings kenne ich die Dame nicht. Ist ihr Gatte auch im kirchlichen Dienst?«

»Nein, diese Meisterin ihres Faches studierte in Amerika und hat als erste Frau eine zahnärztliche Praxis in Deutschland eröffnet. Sie behandelt sehr erfolgreich Frauen und Kinder, inzwischen auch aus dem Königshaus. Sie engagiert sich auf sozialem Gebiet, um ihre Geschlechtsgenossinnen zu unterstützen.«
Daraufhin herrschte erst mal Schweigen.
»Diese Dame schätze ich außerordentlich«, fuhr Sophie fort. »Sie hat erkannt, in welchem Teufelskreis sich die Frauen aus den ärmeren Bevölkerungsschichten oft befinden. Wie Sie sicherlich wissen, gibt es besonders viele Dienstmädchen unter den unehelichen Müttern. Nur allzu oft vernachlässigen die Herrschaften ihre Sorgfaltspflicht gegenüber den oft blutjungen Dingern vom Lande. Das Mädchen soll sauber und pünktlich sein und seine Pflicht tun. Ansonsten hat es ja keine Seele, um die man sich zu kümmern hätte.«
»Aber, aber«, hub Hermine von Trampe an, »wenn alles so schlecht wäre, gäbe es doch gar keine Dienstmädchen mehr.«
Sophie hatte über dieses Thema aus speziellen Gründen immer wieder nachdenken müssen. Gerade vor dem Besuch hatte sie sich damit erneut auseinandergesetzt und war gewillt, sich einer klaren Sprache zu bedienen.
»Ich glaube kaum, dass die Mädchen in den Dienst gehen, weil sie so gern mit Seife und Scheuerbürste hantieren. Meist treibt die Armut die jungen Dinger ins Personalkontor.«
Frau Abt Uhlhorn, allgemein geschätzt für ihr kluges und nüchternes Wesen, fing sich als erste.
»Das Elend ist überall so groß, dass allerorts geholfen werden muss. Unser Asyl ist Heimat und Freistatt. Wie Pastor Büttner schon erwähnte, haben wir ein Familiensystem, etwa 35 Mädchen befinden sich in drei Familien. Die Schwestern leben mit ihnen zusammen. In der Aufnahmefamilie sind die Neuangekommenen bei stiller Näharbeit am besten zu beobachten und kennenzulernen. In kleinen Gruppen kann die Individualität des einzelnen Zöglings nach Möglichkeit berücksichtigt, das Schablonenhafte der Anstaltserziehung vermieden oder zumindest gemildert werden. Grundsätzlich gilt bei uns eine zweijährige Anstaltserziehung, da wir gründlich helfen wollen.«
»Woher stammen die Mädchen?«, fragte Sophie.
»Sie kommen aus Krankenhäusern, Strafanstalten, werden von Eltern und Vormündern sowie Magdalenen-Hilfsvereinen gebracht. Einige finden sich, von der Not ins Heim geführt, aus eigenem Antrieb ein. Die meisten Neuaufgenommenen sind Prostituierte oder Gefallene, ein kleinerer Teil Diebinnen, etliche Trinkerinnen. Das Alter

ist unterschiedlich. Circa ein Viertel ist unter 16, knapp die Hälfte zwischen 16 und 20, der Rest zwischen 20 und 30, und die sind häufig erheblich verwahrlost.« Hermine von Trampe seufzte.

Die Gleichsetzung von gefallenen Mädchen und Prostituierten ärgerte Sophie erneut. Aber sie beschloss, jetzt nicht weiter nachzuhaken, sondern sich bald selbst ein Bild zu verschaffen.

Inzwischen sah sich Büttner bemüßigt, den christlichen Charakter der Einrichtung zu betonen, um sich von den weltlichen Vereinen in Berlin abzuheben.

»Bei der schwierigsten aller Erziehungsaufgaben ist Gottes Wort das A und O. An jedem Morgen unterweisen die Schwestern in der Form katechetischen Gespräches in Bibel, Katechismus und Gesangbuch. Dadurch wird der Boden für die vom Seelsorger zu erteilenden Stunden bereitet. Daneben bildet das Haupterziehungsmittel fleißige Arbeit, nicht ohne Wechsel und Mannigfaltigkeit.«

Ihm kam ein rettender Gedanke. »Gnädige Frau, wir laden Sie auf das Herzlichste ein, uns in Kirchrode zu besuchen. Bringen Sie gern die Fräulein Zwillinge mit, die sich so tapfer in Linden bewährt haben. Es wäre uns eine besondere Ehre – vor Ort lässt sich doch alles besser erklären!«

Sophie erkannte, dass sie sich geschlagen geben musste. »Gern, meine Damen und Herr Pastor, wir werden demnächst kommen.« Nachdem noch einige Konversation getrieben worden war, verabschiedete sich, sehr zur Erleichterung der Hausherrin, der Besuch kurz darauf.

Ein aufgeregter Großvater
Möbelfabrik Solida-Comforta in der Davenstedter Straße in Linden

Wilhelm Jacob saß an seinem Schreibtisch in der Möbelfabrik und zeichnete mit einem großen Bismarckbleistift Schnörkel und Beschläge für Möbel auf einen Skizzenblock. Dabei grummelte er vor sich hin. »Bei aller Liebe und allem Verständnis – das geht so nicht!« Ein neuer Schnörkel entstand, den er ein wenig schattierte. Unzufrieden betrachtete er das Resultat – das macht Elsa besser! Als sein Tischlergeselle nach kurzem Klopfen eintrat, schwang er den großen Bleistift wie einen Degen, der den Störer zu durchbohren gedachte. »Später! Ich bin nicht zu sprechen, raus!«

So dicke Luft gab es aber beim Alten ewig nicht mehr, dachte der Geselle. Entweder es gibt Probleme mit dem Betrieb, was ich nicht glaube, oder es handelt sich um seine Enkelinnen. Damit lag er goldrichtig.

Wilhelm Jacob hatte den leidenschaftlichen Kuss zwischen Cord und seiner Enkelin Elsa sehr wohl bemerkt. Das kam zum gänzlich falschen Zeitpunkt! Er seufzte schwer. Seine Tochter hatte sich in einen Mann aus hohem Adel verliebt, der im Deutsch-Französischen Krieg gefallen war, bevor er sie hätte heiraten können. Und Elsa verfiel sozusagen in das andere Extrem, indem sie mit Cord, dem Sohn eines stramm sozialdemokratischen Volksschullehrers, ein Gespusi anfing.

Dabei hatte er ernsthafter denn je überlegt, seine Enkelin nach und nach in die Geschäfte der Möbelfabrik einzuweihen. Sie war eine junge Dame mit einem eigensinnigen Charakter. Den hatte sie offenbar von seiner verstorbenen Frau geerbt, ebenso wie das Talent zum Möbel entwerfen. Wilhelm Jacob sinnierte – damals hatte er eine Tischlerei in Zeven geführt und man fand es allgemein normal, dass weibliche Familienangehörige je nach Fähigkeiten in einem Handwerksbetrieb mitarbeiteten.

Aber eine Möbelfabrik an seine Enkelinnen zu übergeben – das war schon ein anderes Kaliber! Immerhin erkannten seine Leute das ungewöhnliche Entwurfstalent von Elsa an. Ihnen jedoch eine Frau als Chefin vor die Nase zu setzen – das würde nicht einfach sein. Man würde die Mitarbeiter in kleinen Schritten daran gewöhnen müssen. Das galt auch für Emilie, deren mathematisches Talent sich in der Buchhaltung nutzen ließe. Und schließlich gedachte er, mindestens weitere zehn Jahre die Fabrik zu führen – bis dahin würde noch reichlich Wasser die Leine hinunterfließen. Es galt, Tatsachen zu schaffen.

Elsa besaß einen klugen Kopf; sie würde sich einige Grundlagen der Kalkulation eines Möbelstückes aneignen können. Und ausschließlich Ehefrau und Mutter zu werden, sah sie im Gegensatz zu ihrer Zwillingsschwester Emilie offensichtlich nicht als Lebensideal an. Sie vertrat regelrecht aufmüpfige Ideen, was die Zulassung von Frauen zum Studium oder gar zu den Wahlen betraf! Jacob kratzte sich mit dem großen Bleistift nachdenklich am Kopf. Hauptsache, Elsa würde jetzt nicht in kopflose, verliebte Schwärmerei verfallen, bei der bekanntlich der Verstand dahin war!

Wer sich später um die technische Seite der Möbelfabrik kümmern sollte, das würde man sehen. Cord Breuer war da ein hoffnungsvoller

Kandidat – der musste jedoch erst mal studieren und trocken hinter den Ohren werden! Ja, der junge Mann war für seine jungen Jahre erstaunlich erwachsen und vernünftig, aber es lag schließlich noch ein langer Weg vor ihm.

Außerdem war für ihn klar: Mitgiftjäger, die sich ins gemachte Nest setzen wollten, hatten bei ihm keine Chancen! Die Zwillinge würden einen Ehevertrag erhalten, indem ihr Besitz, der am Tage der Eheschließung an ihren Gatten überging, von diesem seiner Gemahlin geschenkt werden musste. Keinesfalls durften Ehemänner in allen Entscheidungen das letzte Wort haben. Den passenden Mann für diese Konstellation zu finden, würde nicht einfach werden. Er runzelte die Stirn. Da benötigte er juristischen Rat. Und bei nächster Gelegenheit wollte er Sophie von Elßtorff dezent befragen, die offenbar über zumindest einen Teil ihrer Mitgift allein verfügen konnte. Es wurde wirklich Zeit, den Frauen mehr Rechte zuzugestehen, damit die, die es wünschten, ihre Talente einbringen konnten.

Nachdem er minutenlang aus dem Fenster gestarrt hatte, kam Wilhelm Jacob zu einem Entschluss. Da die Mutter der Zwillinge, seine Tochter Ernestine, auf La Palma weilte, um sich dort zu erholen und an vertrauten Orten ihre Gedächtnisverluste zurückzuerlangen, konnte er sich mit ihr nicht beraten. Das Leben hatte ihn gelehrt, dass sich nicht alles planen ließ. Aber zumindest wollte er versuchen, einige Weichen zu stellen! Entschlossen eilte er zum Telefon, welches an der Wand hing. Er war froh, Elsas Ziehvater, den Architekten Maximilian von Elßtorff, in dessen Büro in der Königstraße sofort an den Apparat zu bekommen.

»Herr von Elßtorff, ich brauche Hilfe. Wir müssen einen Familienrat einberufen, ohne dass die Zwillinge etwas merken. Ich schlage vor, dass Sie dabei sind, ebenso Ihre Gattin und die Gesellschafterin Marga. Da meine Tochter Ernestine auf La Palma weilt, benötigen wir umso dringender weibliche Erfahrungen und Meinungen. Wo wollen wir uns treffen?«

»Um Himmels willen, worum geht es denn?«

»Das erkläre ich lieber persönlich. Es ist wichtig und eilig!«

Maximilian hatte den Großvater der Zwillinge mittlerweile so gut kennen und schätzen gelernt, dass er nicht weiter nachbohrte – es musste gravierende Gründe für seinen Wunsch geben.

»Was halten Sie davon, wenn wir uns morgen Nachmittag in Ihrer Villa auf dem Lindener Berg treffen? Sophie fallen gewiss Besorgungen ein, zum Beispiel in Leinenhaus I.G. von der Linde, womit die Zwillinge hinlänglich beschäftigt sein werden.«

Ein Schmunzeln huschte über Wilhelm Jacobs Züge. »Danke, bis morgen um halb fünf«, entgegnete er kurz und knapp und legte mit einem erleichterten Schnaufer auf. Er war froh, dass der recht standesbewusste Maximilian seinen Wunsch, Marga Lheiß dabei zu haben, ohne Widerspruch akzeptiert hatte. Diese bildete seit über 20 Jahren als Haushälterin den ruhenden Pol im Elßtorffschen Haushalt und genoss hohes Vertrauen. Dies hatte auch für die als Ziehkind heranwachsende Elsa gegolten. Mittlerweile glich ihre Stellung der einer Gesellschafterin. Und Wilhelm Jacob schätzte sie bereits seit längerem sehr.

Ob die Elßtorffs wirklich wissen, was sie an Marga haben, fragte er sich. Gar nicht darüber zu reden, über was für profunde Kenntnisse sie in der Naturheilkunde verfügt. Sie ist ja jung Witwe geworden. Erstaunlich, dass sie nicht wieder geheiratet hat. Der Mann, der eine solch patente Frau an seiner Seite hat, kann sich glücklich schätzen. Und nett aussehen tut sie auch. Er seufzte – und seine Gedanken wanderten zu seiner verstorbenen Gemahlin, die er mal wieder schmerzlich vermisste.

Der Familienrat
In Wilhelm Jacobs Villa auf dem Lindener Berg

Während Sophie noch einen Shawl zurechtrückte, meinte Maximilian: »Bin gespannt, was Wilhelm Jacob mit uns so dringend zu besprechen wünscht. Dass Marga Lheiß mit dabei sein soll, ist mir nicht wirklich recht. Denn es wird sich gewiss um familiäre Angelegenheiten drehen. Man sollte mit dem Personal nicht zu vertraulich umgehen.«

Sophie, die in einer heiklen Phase ihrer Ehe Margas klugen Rat gesucht hatte, verzog keine Miene. »Marga ist absolut loyal und diskret. Außerdem ist sie jetzt doch Gesellschafterin und Anstandsdame für die Zwillinge. Ich vermute, dass es um Elsa geht, die Marga ja von Kindesbeinen an gut kennt. Wenn schon die leibliche Mutter nicht dabei sein kann, dann wenigstens die Ziehmutter und die lebenskluge Marga.«

»Ja, das ist schade, dass Ernestine so weit weg ist.«

»Vielleicht ist es besser so. Leider ist meine alte Pensionats-Freundin ja immer noch nicht wirklich belastbar und ihr Gedächtnisverlust hat sich nur teilweise gebessert. Auf La Palma kann sie außerdem im kommenden Winter das angenehmere Klima und die bessere Luft genießen! Gerade gestern, als der Industriequalm aus Linden herüberwehte, hat es hier mal wieder regelrecht gestunken.«

Franz, Kammerdiener und Kutscher in einer Person, fuhr das Ehepaar von Elßtorff und die Gesellschafterin Marga zum Lindener Berg. Dort standen im Salon schon Erfrischungen, einschließlich einer Kristallkaraffe mit Sherry und Gläsern bereit.

Wilhelm Jacob war kein Freund davon, viel Grün um etwas zu machen. Er schilderte kurz und knapp seine Beobachtungen.

Daraufhin holte Maximilian tief Luft.»Wenn wir so einen Familienrat abhalten, schlage ich vor, dass wir nun zum vertrauensvollen Du übergehen. Wie hier alle wissen, gehöre ich als jüngster von vielen Söhnen aus Adelskreisen zu den Ausnahmen, die nicht aus Standesgehorsam hungern, sondern es vorziehen zu arbeiten. Und damit passen wir vortrefflich zueinander. Wilhelm, du bist zwar der ältere, aber ich hoffe, du bist mit meinem Vorschlag einverstanden!«

Der erhob sich:»Das spricht mir aus der Seele – wir müssen schließlich zusammenhalten. Wer weiß, welche Sträuße wir noch zusammen auszufechten haben werden. Wir sollten mit einem Sherry anstoßen.«

Marga erhob sich und schenkte ein. Dabei krauste sie nachdenklich die Stirn. Sie fühlte sich in ihren Befürchtungen bestätigt, hielt sich jedoch vorerst zurück.

Sie hatte den kurzen, recht intensiven Flirt der jungen Elsa mit dem flotten Ferdi, einem schneidigen Offizier mitbekommen. Sicherlich war diese nicht bis zum Allerletzten gegangen. Aber sie gehörte offenbar zu den temperamentvollen Frauen. Und zu Cord stand sie in einer ganz anderen Beziehung als zu dem oberflächlichen Offizier. Würde das gut gehen, wenn die beiden sich weiterhin öfter sahen?

Nachdem alle miteinander angestoßen und an dem Sherry genippt hatten, meinte Sophie:

»Das überrascht mich. Ich hielt das für eine harmlose kameradschaftliche Freundschaft.«

»Cord hat Elsa immer bewundert. Das war auch bei unserer Reise nach La Palma zu bemerken«, erklärte Marga.

»Bei aller Sympathie für Breuer Junior, der ein tüchtiger Bursche ist, und bei aller Liebe zu Elsa, das Ganze passt mir nicht! Cord ist ein Jahr jünger als seine Angebetete und es wird etliche Zeit dauern, bis er eine Frau zu ernähren vermag. Das tickt wie eine Zeitbombe. Ich sage es jetzt mal in voller Deutlichkeit: Wir brauchen weder ein uneheliches Kind noch eine überstürzte Heirat!« Das Gesicht von Wilhelm Jacob rötete sich.

»Zeit bringt Rat. Wenn es sich um eine große Liebe handelt, nehmen die beiden es auf sich zu warten. Das geht unzähligen anderen Paaren genauso«, meinte Sophie.
»Von denen dann nicht wenige schleunigst den Bund der Ehe eingehen müssen«, brummelte Maximilian.
»Vielleicht wäre es besser, die beiden unverzüglich zu trennen, bevor möglicherweise etwas Unerwünschtes passiert?«, meinte Marga leise. Zustimmend sah Wilhelm Jacob sie an und sagte: »Vernunft ist hier zwingend nötig, wir als Ältere müssen die Fäden zum Wohle der Jüngeren ziehen. Ich habe schon mal in dieser Richtung überlegt. Wie wäre es mit einem unwiderstehlichen Angebot? Eine Ausbildung zum Beispiel, weit weg von hier in der Art eines Werkstudenten, die er unmöglich ablehnen kann?«
»Das klingt gut!«, erwiderte Maximilian sofort. »Eine Probezeit, ob die Gefühle ernsthaft sind, schadet nie. In zwei oder drei Jahren kann viel passieren.«
»Drum prüfe, wer sich ewig bindet! Wir müssen uns einiges ausdenken, damit die Zwillinge an Bällen teilnehmen und auch sonst in Gesellschaft heiratsfähiger Männer sind!« Sophie dachte an die hochfliegenden Pläne, die sie stets an Elsas Verheiratung geknüpft hatte.
»Dann wird sich zeigen, ob es eine jugendliche Torheit ist, nach dem Motto: aus den Augen, aus dem Sinn. Oder ob die Gefühle so tief sind, dass sie die Trennung überstehen.«
Wilhelm Jacob meinte: »Was haltet ihr davon, wenn ich mal mit Siegmund Seligmann spreche. Der Mann ist vernünftig und hat gewiss internationale Beziehungen, die ich leider kaum habe. Ich würde ihn bei aller Diskretion halb einweihen, denn er hält genau wie ich große Stücke auf Cord.«
»Hervorragende Idee«, entgegnete Maximilian, »der Direktor der Continentalen ist ein sehr tüchtiger Mann. Es wäre fabelhaft, wenn du das bald in die Wege leiten könntest.«
»Bis gestern!«, lautete die knappe Erwiderung.
»Gut so!«, Sophie nickte ihm zu. »Außerdem wird es höchste Zeit, dass die Zwillinge sich verheiraten. Die meisten jungen Damen sind mit 18 Jahren zumindest verlobt. Schließlich sollen sie nicht als alte Jungfern enden.«
»Gewiss nicht. Werde mal überlegen, was für eine Mitgift ich ihnen aussetzen kann. Das wird auf Grund der Tatsache, dass sie unehelich geboren sind, manche Unschlüssigkeit ausräumen.« Wilhelm Jacob trank den Rest seines Sherrys aus. »Man muss realistisch denken.«
Dem stimmten alle zu.

Neue Köchin dringend gesucht
In der Königstraße

Sophie von Elßtorff befand sich in heller Aufregung. Die Köchin hatte kurzfristig gekündigt, weil sie heiraten wollte! Eine reine Katastrophe, bei den vielen gesellschaftlichen Verpflichtungen und Einladungen zum Diner, die sie auszurichten hatte. Und bei denen es nicht zuletzt um das Ansehen der Familie und ihres Gatten ging. Dessen 1874 in der Königstraße gebautes, repräsentatives Mehrfamilienhaus war damals sowohl Visitenkarte als auch steinernes Empfehlungsschreiben des jungen Baumeisters gewesen. Die von der Familie bewohnte Belle Etage umfasste circa 250 m², im Hochparterre darunter lagen die Räume des renommierten Elßtorffschen Architektur-Bureaus.

Sie eilte durch das große, überwiegend im englischen Stil eingerichtete Esszimmer, wo reichlich Platz für 20 Gäste war. Ein Aufzug beförderte die Speisen aus der im Souterrain befindlichen Küche. Dort befanden sich ebenfalls die Kammern für die Küchenmädchen, die großzügige Schlafstube der Köchin, der Essplatz für das Personal, diverse Vorratsräume und die Eiskammer. Die zahlreichen Dienstbotenkammern waren auf dem Dachboden untergebracht.

Die Hausherrin seufzte, denn etliche wichtige Einladungen hatte sie bereits schriftlich auf feinstem Bütten verschickt. Eine Lösung musste schnell gefunden werden! Sophie war schon im Begriff, sich vor lauter Verzweiflung die Haare zu raufen. Da fiel ihr im letzten Moment ein, dass ihre Zofe sie heute Morgen in mühevoller Kleinarbeit mit einer Hochfrisur à la Kaiserin Friedrich aufgeputzt hatte.

Ein weiterer Seufzer Sophies galt jetzt nicht mehr der Köchin, sondern Victoria, der Gattin Kaiser Friedrichs, auf deren Regentschaft alle gehofft hatten, die liberalere Ansichten vertraten. Zwar verfocht Sophie nicht so weitreichende Wünsche bezüglich der Rechte und Freiheiten der Frauen wie ihre Ziehtochter Elsa. Die sich beispielsweise vehement wünschte, dass Frauen studieren, einen Beruf ergreifen und wählen dürften. Aber sämtliche derartigen Hoffnungen waren nach der nur 99 Tage währenden Regierungszeit des todkranken Friedrich mit ihm zu Grabe getragen worden. Sein Sohn Wilhelm II, dem ein schwieriges Verhältnis zu seiner Mutter Victoria nachgesagt wurde, gab ebenso wenig Anlass zu besseren Aussichten auf mehr Rechte für die Frauen wie seine Gemahlin.

Das Dienstmädchen hatte auf Sophies Anweisung hin die Zwillingsschwestern Elsa und Emilie sowie Marga Lheiß dringend in ihren Salon gebeten. Die rissen die Dame des Hauses nun aus ihren Gedanken. »Setze dich bitte hin, das ist ungemütlich«, forderte die Hausherrin die langjährige Haushälterin auf, die schon früh die Vertraute der kleinen Waise Elsa gewesen war. Marga hatte sich an ihren neuen Status als Gesellschafterin noch nicht recht gewöhnt.

»Woher jetzt eine Köchin nehmen und nicht stehlen? Auch die Vermietungskontore vermögen momentan nicht zu helfen. Jedenfalls nicht mit einer wirklich guten und erfahrenen Kraft.«

Marga räusperte sich. »Ich hätte eine Idee, wenn die gnädige Frau bereit wäre, ungewöhnliche Wege einzuschlagen.« Alle schauten sie an. »Nun sag schon!«, rief Elsa.

»Nun ja, die Diakonissen vom Magdalenium – ich hörte, dass die eine tüchtige jüngere Köchin haben, über die man voll des Lobes ist.«

Da sie Emilies fragenden Blick sah, half Elsa ihrer Schwester, die noch nicht lange in Hannover lebte, auf die Sprünge. »Das Magdalenium vor Kirchrode ist ein Asyl, und zwar, wie es wortwörtlich heißt, für gefallene Mädchen zur Errettung aus ihrem Zustande. Der Aufenthalt dort beträgt in der Regel zwei Jahre. In den Blättern aus dem Henriettenstift, die Tante Sophie als großzügige Spenderin regelmäßig bekommt, steht einiges darüber.«

»Ausgerechnet vom Magdalenium? Also wirklich, Marga, das sind die gestrauchelten Geschöpfe, womöglich mit einem unehelichen Kind. Soll ich hier etwa eine solche Frau einstellen?«

Kaum dass Sophie es ausgesprochen hatte, wäre sie vor Scham fast in den Boden versunken. Denn sie hatte in dem Moment nicht bedacht, dass die Zwillinge ebenfalls unehelich geboren waren. Die beiden jungen Frauen wechselten einen bezeichnenden Blick, dann rettete Elsa wie so oft die Situation und unterbrach die peinliche Stille. »Eben drum, liebe Tante Sophie! Du unterstützt ja die Diakonissen auch sonst. Sollst neuerdings Mitglied im Magdalenen-Verein werden. Du würdest nicht nur eine gute Tat begehen, du könntest im Kreise deiner Damen bei den obligatorischen nachmittäglichen Einladungen mit positivem Beispiel vorangehen.«

Emilie, die die Arbeit der Diakonisse im benachbarten Industrieort Linden besonders bewundert hatte, stimmte sofort zu. »Ich finde, das ist eine großartige Idee. Die Diakonissen leisten so viel Vortreffliches, so wie unsere Karla.«

Hier brach sie ab, weil auch Marga, die mit Karla eng befreundet gewesen war, Tränen in die Augen traten. Die Diakonisse hatte einen Abschiedsbrief hinterlassen, der von völliger Überarbeitung zeugte und man vermutete, dass sie in der Ihme den Freitod gesucht hatte. Nur ihr Häubchen hatte man gefunden. »Wir haben sie nicht einmal begraben können«, murmelte Marga. Alle nickten traurig und dachten an die tüchtige Frau, deren Arbeit die Zwillinge unterstützt hatten. Elsa, die als Einzige mehr darüber wusste, räusperte sich und meinte. »Liebe Tante, es kommt natürlich auf die Person an, aber ich finde, es wäre einen Versuch wert.«

»Was ist denn mit dieser Köchin, die im Magdalenium ist?«, fragte Sophie.

Marga holte tief Luft. »Dass diese Frauen in Bausch und Bogen als Sünderinnen verdammt werden, da sträuben sich mir immer wieder die Nackenhaare. Uneheliche Mutterschaft ist noch lange kein Beweis für liederliche Lebensführung. Es gibt unter den jungen Weibspersonen dort viele anständige, die verführt oder gar gezwungen worden sind, einem Mann zu Willen zu sein – nicht wenige als Dienstmädchen vom Hausherrn beziehungsweise einem Sohn des Hauses.«

Sophie dachte an ihr kürzliches Gespräch mit den Abgesandten des Magdaleniums und nickte. »Da stimme ich mit dir überein.«

Einen Moment lang herrschte bedrücktes Schweigen. Dann fuhr Marga fort. »Sie heißt Bertha Schrader und kocht so vorzüglich, dass sie gewiss in einem hochherrschaftlichen Haushalt arbeiten könnte. Ich kenne sie von Kindesbeinen an und das Ehepaar Breuer in Linden kennt sie ebenfalls. Jedenfalls lege ich die Hand für sie ins Feuer.«

»In Königsberg sagt man daraufhin gern: Vorsicht, Feuer brennt«, meinte Emilie.

»Gewiss. Ich bin mir jedoch bei Bertha ganz sicher. Aber die Sache hat einen Haken.«

Sophie stutzte. »Noch einen? Das war zu erwarten. Also?«

»Sie hat eine kleine Tochter von etwa zwei Jahren, die bei einer Pflegefrau untergebracht ist und die sie nur ab und zu besuchen kann. Ledige Mütter aus den unteren Ständen befinden sich in einer Bedrängnis, die fast aussichtslos ist. Sie können ihre Kinder meist nicht selber versorgen, müssen Geld abzwacken, um sie zu Halte-Müttern zu geben. Diese wiederum sehen das leider nur allzu oft als Einnahmequelle. Es scheint der kleinen Marie dort einigermaßen gut zu gehen, aber Bertha möchte ihr Kind unbedingt bei sich haben. Das verstehe ich auch deshalb gut, weil es bei den Kostkindern noch häufiger als sonst zu Todesfällen kommt.«

Die Zwillinge tauschten einen entsetzten Blick. »Wieso das denn?«, stammelte Emilie.

Marga erklärte: »Ihr habt ja die Verhältnisse in Linden kennengelernt. Nicht nur die mangelhafte Hygiene erhöht die Säuglingssterblichkeit. Eine Halte-Frau bekommt Geld für das Kleine, hat aber oft noch eigene Kinder. Man hört, dass für die Haltekinder schon mal die Milch verdünnt wird, Branntwein in die Saugläppchen kommt, sie mit Opiumpillen vom Hausierer beruhigt oder insgesamt vernachlässigt werden. Wenn sie sterben, erklärt man sie zu Engeln und kaum jemand schert sich drum. Darum nennen viele diese Frauen auch Engelmacherinnen.«

Emilie hatte Tränen in den Augen, Elsa knirschte mit den Zähnen. »Das ist ungeheuerlich.« Marga war klar, dass die Zwillinge sofort an ihr eigenes Schicksal dachten, dass sie zwar voneinander getrennt, aber gnädig in guter Obhut hatte aufwachsen lassen.

»Jedenfalls will Bertha möglichst nur eine Stellung annehmen, wenn sie die Kleine mitbringen darf.«

»Ich finde, sie verdient eine Chance«, meinte die stets mitfühlende Emilie. »Gerade wir müssen uns für sie verwenden, Tante Sophie.«

»Das sehe ich genauso«, unterstützte sie ihre Zwillingsschwester, »solche Fragen dürfen nicht mehr erzpedantisch betrachtet werden. Es ehrt sie doch, dass sie ihr Töchterchen bei sich haben möchte.«

Marga bestätigte: »Das ist ebenfalls meine Meinung. Bertha hätte das Mädchen zur Adoption freigeben können, aber das wollte sie keinesfalls.« Sie sah Sophie direkt an: »Das ungerufene Kind bedeutet für Dienstmädchen und Fabrikarbeiterinnen Schande, finanzielle Not und meist das Ende aller Aussichten, jemals zu heiraten. Eine Frau mit ihrem Kind aus dem Magdalenium einzustellen, wäre ein Zeichen tätiger Nächstenliebe, das weit über Kleiderspenden und milde Gaben für die Henriettenstiftung hinausginge.«

Niemand hatte bemerkt, dass inzwischen der Hausherr eingetreten war. »Das geht entschieden zu weit! Eine Hure samt ihrer Brut als Köchin in unseren Haushalt aufzunehmen würde dazu führen, dass man sich noch kräftiger die Mäuler über uns zerreißt als es ohnehin schon geschieht.«

Sophies Gedanken überschlugen sich. Die Auffassungen Margas und der Zwillinge hatten ihre bisherigen Sichtweisen, die auf unangenehmen Erlebnissen in ihrem Elternhaus beruhten, mehr ins Wanken gebracht als kürzlich die Argumente des Vorstandes des Magdalenen-Vereins. Es war offenbar an der Zeit, ihre eigenen alten traumatischen

Erfahrungen abzuschütteln und mutige Nächstenliebe zu zeigen. Daher sagte sie mit fester Stimme:

»Dann kommt es auf mehr oder weniger Gerede letztlich nicht an. Aber im Ernst, Maximilian, meinst du nicht auch, dass wir erst mal wissen müssten, um was für einen Menschen es geht? Und welches Schicksal diese Bertha erlitten hat? Wenn Marga ihre Hand für diese junge Frau ins Feuer legt, will das doch eine Menge heißen!«

Maximilian stutzte für einen Moment, seine Miene blieb jedoch abweisend. »Dennoch, das muss vernünftig bedacht sein! Wer aus unseren Kreisen, der sich erstklassiges Personal leisten kann, nimmt schon ein Mädchen mit Kind in Stellung? Wer weiß, was so eine unsolide Person, die ohne Grundsätze ist, ins Haus schleppt? Ledige Mutterschaft ist verpönt und wird das noch lange bleiben.«

»Ja, das ist zu befürchten. Die falsch verstandene Moral und Herzenskälte wird so schnell nicht verschwinden. Aber wir können etwas dazu beitragen, dies zu verändern. Wenn diese Frauensperson eigentlich anständig ist, würde ich das sowohl im Bekanntenkreis, beim ›Christlichen Jungfrauenverein‹, als auch bei freimaurerischen Schwestern sehr wohl zu vertreten wissen. Gerade bei den Freimaurern dürfte ja Toleranz kein Fremdwort sein.« Sophie funkelte ihren Mann an. »Aber bevor wir uns weiter die Köpfe zerbrechen, sollte ich mir die Köchin samt Tochter erst mal ansehen.«

Es trat eine kurze Pause ein, in der alle anwesenden Frauen nickten. Die entschlossenen Mienen ließen Maximilian vorsichtig werden. Außerdem spürte er die Wirkung einiger Gläser besten Rotweines, die er mit Kollegen in Feys Weinstube geleert hatte. Daher trat er als ehemaliger Offizier einen geordneten Rückzug an, bei dem er sein Gesicht wahren konnte. »Dann sieh sie dir in Gottes Namen im Magdalenium an, aber das letzte Wort ist noch nicht gesprochen. Ich möchte bitte einen Port in die Bibliothek gebracht bekommen!« Und damit zog er sich erhobenen Hauptes zurück. Sophie klingelte nach dem Dienstmädchen und die vier Frauen blickten sich zufrieden an.

»Es gibt noch einiges zu bedenken.« Marga hatte bewusst nichts gesagt, solange der Hausherr im Raum war und wandte sich betont an Sophie. »Wer soll auf das Kind aufpassen? Die Kleine kann ja nicht in der Küche herumwuseln. Sie braucht schon Beaufsichtigung.«

Sophie stutzte und überlegte. »Was haltet ihr davon, wenn sie tagsüber in einer Kinderbewahranstalt betreut wird?«

»Das ist ja leider nicht so einfach«, entgegnete Marga. »In Bödekers Krippe und Warteschule werden nur eheliche Kinder aufgenommen.

Das gilt für die Friesenstraße ebenso wie für die Krippen in der Georgstadt …«

Sophie fasste sich an den Kopf. »Das war mir entfallen, wir sprachen im Zusammenhang mit den beiden Kindern aus Linden darüber, als die Zwillinge der dortigen Diakonisse Karla halfen.«

»Das ist so eine bigotte Heuchelei«, rief Elsa. »Gerade diese Mütter brauchen doch am meisten Unterstützung.«

»Genau, das ist himmelschreiend ungerecht«, sekundierte ihr Emilie.

»Aber wir werden diese Regeln nicht mal eben ändern können«, meine Marga, »wir brauchen jetzt eine Lösung.«

Indessen liefen Elsas Gedanken auf Hochtouren. »Wenn du sehr mutig bist, Tante Sophie, lässt sich das vielleicht unterlaufen.«

Alle blickten sie fragend an.

»Nun, einer Ziehtochter aus dem Haushalt der Elßtorffs würde man wohl den Eintritt nicht verweigern.«

Tief Luft holend entgegnete Sophie: »Elsa, das geht zu weit, wir reden von der unehelichen Tochter einer Köchin.«

»Ganz recht, Tante! Und was wäre aus Emilie und mir geworden, wenn uns nicht Ersatzeltern aufgenommen hätten? Dass wir noch unsere Mutter Ernestine und unseren Großvater gefunden haben, ist eine weitere glückliche Fügung des Schicksals.«

»Immerhin ist eure Mutter meine Pensionats-Freundin, euer Vater von hohem Adel und der Großpapa ein erfolgreicher Möbelfabrikant!«

»Was du damals alles nicht wusstest, als du mich aufgenommen hast! Da bist du von ganz anderen Voraussetzungen ausgegangen, nämlich, dass ich die Tochter der Patentante von Ernestine bin«, entgegnete Elsa etwas patzig. Sophie holte tief Luft, denn Elsa hatte Recht – die verwickelte Familiengeschichte der Zwillinge hatte sich ja erst nach und nach geklärt.

Sofort versuchte Marga, die Wogen zu glätten. »Bertha Schrader stammt aus einem anständigen Elternhaus, die Familie ist unverschuldet durch den plötzlichen Tod des Vaters verarmt. Es war noch Glück im Unglück, das Bertha von ihrer Mutter, einer exzellenten Köchin, von klein auf das Kochen gelernt hat und Freude daran fand. Sie diente sich schnell vom Küchenmädchen hoch zur Küchenmeisterin bis in die gehobenen Kreise von Hannovers hübschen Familien.«

»Das sind die alteingesessenen hannoverschen Geschlechter, die gern unter sich bleiben«, informierte Elsa halblaut ihre Schwester. Diese übernahm unerwartet den analytischen Part, der eigentlich Elsas Spezialität war.

»Bei welcher Herrschaft war denn Bertha Schrader zuletzt im Dienst, Marga?«

»Bei den Bock von Wülverdingen.«

»Eine Familie mit drei Söhnen – alles schneidige Offiziere, die als draufgängerisch bekannt sind. Sie gehören zu unserer weiteren Verwandtschaft«, bemerkte Sophie. Die Frauen sahen einander an, keine sagte etwas.

»Die Söhne sind genauso unsympathisch wie der Vater« murmelte Elsa. »Die haben mich den Status der Ziehtochter immer deutlich spüren lassen.«

»Keine voreiligen Schlüsse, Miss Holmes!«, ermahnte Sophie und fuhr fort: »Ich werde uns bei der Vorsteherin Hermine von Trampe anmelden. Wir fahren gemeinsam, dann haben Elsa und Emilie das Magdalenium gleich mal gesehen. Ich möchte Bertha Schrader kennenlernen. Das kleine Mädchen Marie soll ebenfalls dabei sein.« Sie holte tief Luft. »Und nun habe ich einiges mit Marga zu besprechen.« Zu den Zwillingen gewandt schlug sie vor: »Ihr könntet mit den Rädern eine Tour in der Eilenriede machen.«

Die beiden verabschiedeten sich gern. »Frische Luft und Bewegung wird uns guttun«, meinte Emilie. Und Elsa erfreute es, dass sich ihre Schwester nach anfänglichem Zögern ihrer Begeisterung angeschlossen hatte – denn schließlich galt das Fahren auf dem Velociped für Frauen noch bei vielen als verpönt. »Ich würde zu gern wissen, wer der Vater von Marie ist«, sinnierte Elsa. »Schwesterchen, du wirst doch nicht etwa wieder Miss Holmes spielen und deinem Vorbild Sherlock nacheifern wollen? Halt dich da raus. Bertha schweigt sich da gewiss aus guten Gründen aus.«

»Wir werden ja sehen, wie die kleine Marie aussieht«, erwiderte Elsa nur.

Nachdem die Zwillinge gegangen waren, seufzte Sophie: »So froh ich einerseits bin, die Mädchen hier zu haben, so sehr wünsche ich mir doch, dass Ernestine von La Palma gesundheitlich wiederhergestellt zurückkehren würde. Es fällt mir manchmal schwer, die Verantwortung zu tragen und alles allein entscheiden zu müssen.« Marga unterdrückte ein Lächeln. Dass die Hausherrin ihrem Mann gegenüber entschieden Positionen vertrat, war erst der Fall, seit sie bei ihrem bis dato mustergültigen Gatten einen Seitensprung vermutet hatte. Aber das war ja zum Glück nur eine kürzere Episode gewesen.

»Bertha war zuletzt bei der Familie Bock von Wülverdingen«, nahm Sophie einen Gedankengang wieder auf. »Hat sie dir gesagt, wer der Vater des Kindes ist?«

»Nein, sie hat sich geweigert – stur wie ein Maulesel. Sie hat sich niemandem anvertraut und sich lange geschnürt, sodass ihre Schwangerschaft erst ziemlich spät herauskam.«
»Die jungen Dinger sind zu bedauern.«
»Ja, denn sie sind immer die Verliererinnen und die Schwächeren.« Marga zögerte. »Darf ich offen sprechen?«
Ein stummes Nicken ließ sie fortfahren.
»Oft weigern sich die Eltern empört, die verlorene Tochter zu unterstützen. Genauso unchristlich handelt die Herrschaft – sie entlassen das gefallene Mädchen. Und die Ärzte? Meist verweigern sie die Hilfe, denn die Rechtslage sitzt ihnen im Genick. Und die Kurpfuscherin streckt die Hand nach dem Geld aus. Wenn es glückt, dann ist das Mädel aus der Bredouille. Deshalb riskieren es so viele. Oft tragen sie bei der Abtreibung einen Schaden für ihr restliches Leben davon, wenn sie es nicht sogar verlieren. Aber die Schande und der Verlust der Stellung drohen. Und dann rutschen nicht wenige in die Prostitution ab, weil sie sich anders nicht mehr durchbringen können.«

Nachdenklich blickte Marga auf ihre Hände. »Bertha ist christlich erzogen. Das alles kam für sie nicht Frage, obwohl das Kind wohl nicht aus einer freiwilligen Vereinigung stammt – das hat sie zumindest angedeutet.«

»Umso mehr habe ich Respekt vor ihrer Entscheidung«, äußerte Sophie mit belegter Stimme. »Aber wie soll das Kind denn nun versorgt und beaufsichtigt werden?«

»Vielleicht habe ich eine Idee. Möglicherweise könnte ich Marie offiziell in Pflege nehmen. Das wäre zwar unüblich, aber bei ihren blendenden Beziehungen zur Mutter Oberin des Henriettenstiftes könnten wir die Kleine tagsüber in der Warteschule in Kleefeld unterbringen, wo die Pflegerinnen ja ebenfalls aus der Henriette kommen.«

»Marga, so stark würdest du dich einsetzen? Dann musst du wirklich viel von dieser Bertha Schrader halten!«

»Ja, sie dauert mich und bisher sah ich keine Möglichkeit zu helfen. Möglicherweise ist das eine Lösung, mit der allen Beteiligten gedient ist.«

Sophie dachte an das vertrauliche Gespräch unter vier Augen, dass sie mit Marga geführt hatte, als sie wegen des seltsamen Verhaltens ihres Gatten in großen Nöten schwebte. Die Haushälterin hatte dieses Vertrauen nie ausgenutzt, sich im Gegenteil mehr denn je dem Wohl und Wehe der Familie von Elßtorff verbunden gefühlt.

»Marga, du bist eine kluge Frau und eine gute Seele. Ich danke dir und bin gespannt darauf, Bertha Schrader und das Mariechen kennen zu lernen.«

Sophie ging durch den Kopf, dass es doch nett wäre, wieder ein kleines Mädchen im Hause zu haben. Vom Alter her könnte Marie ein Enkelkind von ihr sein.

Unterdessen saß die Köchin in Tränen aufgelöst an dem großen Küchentisch. Selbst die tröstenden Worte von Küchen- und Dienstmädchen vermochten nicht, ihr Weinen zu stoppen. Da trat Franz, der Kutscher, Kammerdiener und Bursche für alles hinzu und hieb mit der Faust auf den Tisch. »Miene, ich brauche einen anständigen Kaffee! Und du hörst sofort auf, hier rum zu flennen, denn dafür gibt es keinen vernünftigen Anlass. Du wirst endlich deinen Dauerverlobten, den flotten Schutzmann Siebert, heiraten und als ehrbare Frau einen eigenen Hausstand gründen.«

Miene, die kurz erschrocken aufgesehen hatte, gab einen erneuten jammernden Ton von sich und ließ den Kopf wieder schluchzend auf die Unterarme sinken. Das Dienstmädchen Trine stupste sie mit dem Ellenbogen an. »Franz hat völlig Recht, es ist doch erfreulich und wunderbar, in deinem Alter noch ein Kindchen zu bekommen.« Und leise fügte sie hinzu: »Beruhige dich, das ist nicht gut für das Kleine!« Das endlich wirkte. Miene schniefte nochmals aus tiefster Seele, wischte sich die Augen, zückte ein blütenweißes Taschentuch und putzte sich gründlich die Nase. »Ihr habt ja Recht! Ich freue mich ja auch sehr. Aber ich lasse nichtsdestotrotz die Gnädige im Stich! Wer soll die vielen Diners kochen, mit den komplizierten Rezepten, die sie aus ihrer Pensionatszeit hat und wo sie doch die haute Wolaute aus Hannover einlädt.« Ihr traten schon wieder die Tränen in die Augen.

»Es wird außerordentlich schwer sein, jemanden zu finden, der nur annähernd so hervorragend für die Hautevolee kocht wie du, Miene«, sagte Franz. »Aber vielleicht könntest du ja deiner Nachfolgerin bei besonderen Anlässen mit Rat und Tat ein wenig zur Seite stehen.«

Miene blickte ihn an. »Das nenne ich doch eine prima Idee, Franz. Wenn die Gnädige damit einverstanden wäre, mein künftiger Gatte ist es gewiss, Schutzleute verdienen kein Vermögen. Wir können jede Mark gebrauchen. Ja, so ließe es sich wohl hinbekommen. Trine, geh hoch und frage, ob ich kurz vorstellig werden darf.«

»Vorher musst du dich aber etwas zurechtmachen«, wagte das Dienstmädchen einzuwenden, »Du wirkst ziemlich derangiert.«

»Und du drückst dich ja neuerdings äußerst vornehm aus«, lästerte Franz und grinste, als Trine prompt errötete.

Kurz darauf meldete sie bei ihrer Herrin die Köchin an. Diese knickste vor Sophie und sagte.»Ich hab da vielleicht 'ne Idee, gnädige Frau, wenn Sie bald wen finden, könnte ich die Neue ein wenig einarbeiten. So hätten Sie keine Sorge nich wegen die vielen Einladungen, die Sie schon gemacht haben.«

Sophie überlegte einen Moment:»Miene, das ist eine rettende Idee. Ich mache es dir gerne recht, du wirst gewiss noch das eine oder andere für den neuen Hausstand gebrauchen können.«

Marga meinte sofort:»Und ich verstehe ja nicht nur einiges vom Nähen, sondern ebenso vom Kochen, gemeinsam mit der Neuen werden wir das schaffen.«

»Gut«, sagte Sophie merklich erleichtert,»dann wollen wir mal das Beste hoffen. Ich werde jetzt etwas ruhen – mir schwirrt der Kopf.« Was keineswegs nur daran lag, dass im Elßtorffschen Haushalt das Personal anständig behandelt wurde und daher kaum wechselte.

Sie zog sich in ihr Ankleidezimmer zurück. Das Gespräch über die Köchin und das Magdalenium hatte sie mehr aufgewühlt, als ihr lieb war. Die Situation hatte sie überrumpelt. Denn es gab für sie gewichtige Gründe, keine junge Frau aus dem Magdalenium einstellen zu wollen. Vor allem wegen einer Szene, die sie als junges Mädchen in ihrem Elternhaus erlebt hatte, traf Sophie die Auswahl der Dienstboten nach speziellen Kriterien.

Damals in München hatte sie ihren Vater in flagranti mit einem blutjungen Dienstmädchen erwischt. Der verbot ihr unter schlimmsten Drohungen, mit irgendeinem Menschen darüber zu sprechen. Erst viele Jahre danach begriff sie, dass es ihm zwar peinlich gewesen war, ertappt zu werden, es ihm aber vor allem wichtig war, dass sie nichts gegenüber ihrer Mutter verriet. Einige Monate später wurde die Dienstbotin entlassen, die Dame des Hauses zeigte sich moralisch entrüstet, weil sich das junge Ding vergessen hatte, sprich; schwanger war. Auch dies hatte Sophie erst später in seiner vollen Tragweite begriffen. Es gab auf dieser Welt ein Halbgeschwister von ihr, das sie nie kennenlernen würde und dessen Schicksal sich wahrscheinlich erheblich von dem ihrigen unterschied. Eine Konsequenz hatte sie strikt gezogen. Sie beschäftigte nie ganz junge Dienstmädchen frisch vom Lande, selbst wenn die weniger Lohn bekamen. Und generell stellte ihr weibliches Personal weder vom Aussehen noch vom Alter her eine Versuchung dar – das galt sowohl für den Hausherrn als auch den Sohn.

Diese gern verdrängte Erinnerung meldete sich jetzt nicht zuletzt deshalb wieder, da die Familie Bock von Wülverdingen ausgerechnet mit den Elßtorffs weitläufig verwandt war. Möglicherweise handelte es sich bei der kleinen Marie um einen illegitimen Spross von einem der Söhne oder gar des Vaters! Sophie hoffte inständig, dass diese schlimme Vermutung nicht zutraf. Es war jedenfalls oft eine schreiende Ungerechtigkeit, wenn man dem Dienstmädchen einen lockeren Lebenswandel unterstellte. Und die Zwillinge hatten letztendlich großes Glück gehabt, in behüteten Verhältnissen aufzuwachsen. Aber der Makel der Unehelichkeit klebte auch an ihnen.

Sophie nahm an ihrem Sekretär Platz. Es ist offenbar an der Zeit, über meinen eigenen Schatten zu springen, erkannte sie. Ich darf nicht ewig so weitermachen und aus fadenscheinigen Gründen verweigern, eine junge Frau aus dem Magdalenium anzustellen. Bisher konnte ich mich auf den in dieser Hinsicht konservativen Maximilian berufen. Aber der schien ja vorhin etwas einsichtiger zu sein und würde sich letztendlich nicht sträuben. Zumal bald alle wissen werden, dass meine langjährige Köchin heiratet und ich unter Handlungsdruck stehe. Sie kam zu einem Entschluss, tauchte die Feder in das Gefäß mit der Pelikantinte und schrieb an die Vorsteherin des Magdaleniums Hermine von Trampe. Sie wollte sich selber ein Bild von Bertha Schrader und Marie machen, bevor sie eine Entscheidung traf. Daher bat sie um einen kurzfristigen Termin, um Mutter und Tochter kennenzulernen.

Elsa und Cord
In der Königstraße und der Eilenriede

Meist konnten die beiden Verliebten sich nur kurz sehen, wenn Cord im Elßtorffschen Bureau aushilfsweise Zeichnungen erstellte oder sonst mithalf. Oft trafen sie sich dann schnell am Kutscherhaus, um sich in der Remise zu umarmen und einige flüchtige Küsse auszutauschen. Denn sie mussten jeden Moment damit rechnen, dass Franz, der Kammerdiener und Kutscher, erschien.

»Bald fängt das Studium an, Elsa, dann werde ich noch weniger Zeit haben! Dabei habe ich beständig Sehnsucht nach dir, dauernd wandern meine Gedanken zu dir, und ich vermag mich kaum zu konzentrieren.«

Elsa gab ihrem Cord einen Kuss. »Warum sollte es dir bessergehen als mir? Gern würde ich mit dir in Ruhe einen Spaziergang in der Eilenriede unternehmen. Ich natürlich wie immer inkognito. Was hältst du von heute Nachmittag? Tante Sophie und Onkel Maximilian sind eingeladen.«

»Wunderbare Idee, so gegen halb vier?«

Schnell drückte Cord seine Elsa fest an sich und strebte dann durch die Tordurchfahrt zur Königstraße. Genau im richtigen Moment, denn Franz kam in den Stall, um nach den beiden Pferden zu sehen.

Beim mittäglichen Imbiss, der ohne den mit Geschäftsfreunden speisenden Maximilian stattfand, verkündete Sophie: »Morgen fahren wir ins Magdalenium und sehen uns Bertha Schrader und die kleine Marie an. Heute passt es ja leider nicht mehr.«

»Ich bin gespannt auf das Asyl, aber besonders auf die junge Frau und ihr Töchterchen«, bemerkte Emilie.

»Das sind wir gewiss alle, mal sehen, wie die Kleine aussieht«, sagte Sophie leise.

»Möglicherweise kommen wir ja dahinter, wer der Vater sein könnte«, erklärte Elsa.

»Bitte, Miss Holmes, eines nach dem anderen.« Emilie funkelte ihre Schwester an. »Und keine voreiligen Schlüsse, auch wenn unser aller Gedanken in eine Richtung gehen.«

Sophie wollte vor dem gemeinsamen Termin mit ihrem Gatten etwas ruhen und hob die Tafel auf. Elsa entschuldigte sich mit Kopfschmerzen und wartete ungeduldig darauf, dass die Elßtorffsche Kutsche durch die Toreinfahrt rumpelte. Dann schlich sie zum Dienstboteneingang und ins Kutscherhaus, wo sie in einer alten Truhe in der Remise ihre Verkleidung als Dienstmädchen versteckt hatte. Rasch schlüpfte sie in den schwarzen Rock und ein Leibchen, eine weiße Bluse hatte sie bereits angezogen. Diese Kostümierung hat mir schon viele gute Dienste geleistet, sinnierte sie. So getarnt, konnte ich allein zum Schlittschuhlaufen und zu einem ungenierten Bummel durch die Stadt aufbrechen, alles Dinge, die sich unbegleitet für eine höhere Tochter nicht ziemen. Und mit Cord war ich so verkleidet ebenfalls des Öfteren unterwegs … Wer hätte gedacht, dass ich mich so gewandet mal mit ihm zu einem Rendezvous treffe? Sie lächelte in den etwas blinden Spiegel, während sie ihre Verkleidung mit einer schwarzen Perücke krönte. Dann griff sie das Schultertuch, und nachdem sie geklärt hatte, dass die Luft rein war, schlüpfte sie hinaus und eilte die Königstraße entlang Richtung Neues Haus.

Bereits von weitem sah sie Cord warten und ihr Herz schlug schneller. Der hochgewachsene junge Mann wirkte wesentlich älter und war ausgesprochen attraktiv. Elsa bemerkte, dass zwei andere Dienstmädchen ihm schöne Augen machten und enttäuscht blickten, als sie sich demonstrativ besitzergreifend bei ihm einhakte. »Lass uns etwas frische Luft schnappen, lieber Freund«, säuselte sie. »Die beiden gehen schon untergeärmelt«, murmelte die eine Dienstbotin. »Aber so was von sich eingehäkelt, noch mehr geht nicht«, kommentierte die andere enttäuscht, als Cord seine Liebste eng an sich drückte.

Rasch strebte das junge Paar davon und wich bald auf Nebenwege aus; sie waren ohne Worte einig in dem Bestreben, sich endlich in Ruhe küssen zu können.

Unter einer hohen Eiche umarmten sich die beiden und versanken in einem langen und leidenschaftlichen Kuss. Elsa, an den Baumstamm gepresst, merkte sehr wohl, was mit Cord los war und spürte ihre eigene aufsteigende Erregung. Da hörten sie Reiter herankommen. Cord drückte Elsa mit leisem Bedauern von sich weg und meinte »Vor denen konnten wir uns man knappernot verbergen.« Elsa liebte diese hannöverschen Ausdrücke, jetzt wollte sie aber weiteren peinlichen Situationen entgehen. »Komm, wir suchen eine Bank, dort unterhalten wir uns in Ruhe.«

Bald saßen sie Hand in Hand, tauschten, wenn niemand kam, Küsse aus und unterhielten sich, wie es Verliebte eben tun. Die Zeit verging wie im Fluge. Elsa zückte ihre kleine goldene Taschenuhr, die sich ein Dienstmädchen nie hätte leisten können, und stieß einen entsetzten Schrei aus. »Schon gegen sechs, Cord, ich muss schleunigst zurück.« Der grinste und meinte. »Nu mach mal halblang, wie man in Linden sagt – für einen Kuss reicht die Zeit noch!« Nach einem langen Abschiedskuss strebten die beiden fest untergeärmelt der Königstraße zu, in deren Sichtweite sie dann gesittet nebeneinander hergingen. »Es war schön, aber wir sehen uns viel zu wenig«, meinte Elsa, während sie flugs in die Toreinfahrt schlüpfte. Das fand Cord auch. Zum Glück war die Kutsche noch nicht da und Elsa wechselte schnell ihre Kleidung. Dann begab sie sich in die Küche im Souterrain. Die Köchin Miene sah sie prüfend an und wählte unter vier Augen die vertrauliche Anrede aus Kindertagen: »Na, was haste angestellt, hast ja ganz rote Wangen.«

»War wohl etwas eilig«, entgegnete Elsa, »hast du eine heiße Schokolade für mich?«

Kurz darauf machte sie es sich gemütlich an dem großen runden Tisch, an dem sie schon so oft gesessen hatte, und ihre Gedanken wanderten sehnsüchtig zu Cord. Sie nippte aus ihrem persönlichen, mit einer Windmühle und Blumen blaubemalten Delfter Kakaobecher und lächelte in Erinnerung an die Küsse selig vor sich hin. Die Köchin beobachtete sie von der Seite und dachte bei sich: Das Fräuleinchen scheint verliebt!

Wilhelm Jacob trifft Siegmund Seligmann
Im Fabrikantenverein in Linden

Als Wilhelm Jacob den Rauchsalon des Fabrikanten-Vereins betrat, winkte ihm Siegmund Seligmann einladend zu, sich zu ihm zu gesellen. Die beiden Männer hatten sich einige Male unterhalten und schnell festgestellt, dass sie in vielen Punkten ähnliche Ansichten vertraten. Auch wenn eine Möbelfabrik etwas anders funktionierte als die Continentale Caoutchuc-und Guttapercha-Compagnie AG, auch kurz Continentale oder Conti genannt, wie Wilhelm Jacob mit einem Augenzwinkern bemerkt hatte. Mit Reifen und vielfältigen technischen Produkten hatte Seligmann, den man bereits mit 26 Jahren zum kaufmännischen Direktor und Vorstandsmitglied ernannt hatte, gemeinsam mit dem Chemiker Prinzhorn, die Conti auf Erfolgskurs gebracht.

Wilhelm Jacob machte es sich in dem Sessel bequem und nahm dankend die erstklassige Zigarre an, die Seligmann ihm offerierte. Nachdem er einige genüssliche Züge getan hatte, sagte der Direktor der Conti:»Ihr junger Protegé, der Cord Breuer, entpuppte sich gut in seinem Praktikum. Er hat fundierte Verbesserungsvorschläge für die Kaltvulkanisation vorgelegt und außerdem soziale Verantwortung gezeigt. Er wies mich auf einige Missstände hin, die den Umgang von einigen Vorarbeitern mit unseren jungen Arbeiterinnen betreffen – da habe ich energisch eingegriffen.«

Wilhelm Jacob nickte grimmig.»Die unerfahrenen Dinger müssen vor solchen Übergriffen geschützt werden. Gut, dass Cord Sie darauf aufmerksam gemacht hat. Ja, ich halte ebenfalls große Stücke auf ihn! Allerdings gilt das nicht nur für mich.« Er zögerte. Wie offen konnte er sein?

Seligmann betrachtete ihn prüfend und meinte dann:»Reden Sie nur frei von der Leber weg, von scheinbar ernsthaftem Blechschwatzen halten wir beide nichts. Und Geheimnisse sind bei mir sicher aufgehoben. Sie haben ja gewiss nicht zufällig angefragt, wann ich das nächste Mal hier bin.« Er lächelte verschmitzt.

Nachdem Wilhelm Jacob tief Luft geholt hatte, fuhr er fort: »Auch eine meiner Enkelinnen schätzt Cord Breuer sehr. Und das macht mir derzeit Sorgen. Denn der Bursche ist etwas jünger als seine Angebetete und, was viel schwerwiegender ist, noch viele Jahre nicht in der Lage, eine Familie zu ernähren.«
»Ihre Enkeltöchter sind wirklich entzückend. Elegante Erscheinungen, meinte meine Frau, als wir sie kürzlich im Königlichen Schauspielhaus sahen; zu denen kann ich nur gratulieren!«
»Ja, ich bin stolz auf sie. Die eine ist ein Zahlenmensch und die andere hat sogar großes Talent zum Entwerfen von Möbeln, genau wie meine verstorbene Frau. Allerdings sind die Mädchen unehelich, der Vater fiel im Deutsch-Französischen Krieg. Und adelig war er zu allem Überfluss auch noch.« Jacobs Blick verlor sich in der Ferne, während er an die leider verstorbene Großmutter der Zwillinge in München dachte. Dann senkte er die Stimme und beugte sich näher zu Seligmann vor. »Und ich möchte auf keinen Fall erleben, dass in meiner Familie erneut ein uneheliches Kind geboren wird. Es ist heutzutage schon schwierig genug mit all den Pharisäern in unserer Ständegesellschaft.«

Seligmann nickte verständnisvoll. Als Jude ließ man ihn das ab und an spüren, obwohl er aufgrund seiner Position in der Continentalen selten abschätzig behandelt wurde. »Ja, das ist schwierig mit einem so jungen Paar, vor allem, wenn sie sehr verliebt sind. Und die Geduld wird strapaziert, da viele Jahre des Wartens vor dem ersehnten Eheglück liegen.« Seligmann wusste aus eigener Anschauung, wovon er sprach.

Beide Männer sahen gedankenverloren vor sich hin und rauchten.
»Ich habe sie bei einem innigen Kuss erwischt«, gestand Wilhelm Jacob, »wer weiß, ob es dabei bleibt.«

Seligmann überlegte und meinte dann. »Ja, die Versuchung ist groß über das Erlaubte hinauszugehen, vorausgesetzt, dass sich die beiden öfter treffen können. Wie wäre es, wenn Cord Breuer ein unwiderstehliches Angebot erhielte? Unser Wappentier, das weiße springende Pferd, beginnt gerade die Welt zu erobern. Wir beteiligen uns an der belgischen Reifenfirma O. Englebert Fils & Co und planen Niederlassungen in Frankreich, Großbritannien, Schweden, Dänemark, Norwegen, Rumänien, Italien, Australien und Amerika – irgendwo dahin könnten wir ihn schicken.«

»Er soll eigentlich an der Königlich Technischen Hochschule hier in Hannover studieren.«

»Die ist ja das Mekka der jungen Kautschukingenieure und Gummitechniker im In- und Ausland. Übrigens ist unser technischer Leiter, der Chemiker Prof. Adolf Prinzhorn, mit dem ich mir die Unternehmensführung teile, gerade dabei, ein Laboratorium im Produktionsgebäude einzurichten. Die Technik muss auf eine wissenschaftliche Grundlage gebracht werden. Wie auch immer: Am interessantesten für den jungen Breuer wäre eine breit angelegte Ausbildung in Amerika, die ihm sozusagen garantiert, dass er hinterher ein gemachter Mann ist.«

»Klingt gut, aber wie soll das gehen? Sie wissen doch, sein Vater, der rote Breuer, ist Volksschullehrer, die Familie legt sich bereits jetzt krumm, um dem Sohn eine Ausbildung zu ermöglichen. Schon das Ingenieurs-Studium hier an der Königlich Technischen Hochschule dürfte ein finanzieller Drahtseilakt werden. Ich habe zugesagt, dass er bei mir lernen und nebenbei arbeiten kann und ich zu den Studiengebühren etwas beitrage. Amerika – das ist unerschwinglich!«

»Ich könnte ihn als Werkstudenten rüberschicken – für 2-3 Jahre. Mit der Verpflichtung, hinterher eine vorteilhafte Stelle bei der Conti anzunehmen.«

Jacob holte tief Luft. »Eigentlich wollte ich ihn für die technische Leitung der Möbelfabrik einsetzen; ich werde ja auch nicht jünger. Für meine Enkelinnen allein wäre das schwierig zu meistern. Dessen ungeachtet, vielleicht heiligt der Zweck die Mittel.«

»Eine ungewöhnliche Idee, Frauen eine Möbelfabrik leiten zu lassen. Aber warum nicht, wenn sie tüchtig sind. Zunächst jedoch geht es um Cord Breuer.«

Nach zwei herzhaften Zügen von dem frisch gezapften Lindener Bier, dass ein Kellner gebracht hatte, meinte Seligmann: »Zufällig habe ich beste Beziehungen zur Leland Stanford University in Kalifornien, die just im Oktober dieses Jahres eröffnet hat.«

Erstaunt blickte Jacob ihn an. »Noch nie etwas davon mitbekommen.«

»Man versucht dort, Harvard in Kalifornien zu duplizieren. Das Ehepaar Stanford – er gehört zu den Eisenbahnkönigen – hat die Alma Mater zum Andenken an den einzigen Sohn Leland errichtet, der verstorben ist. Möglicherweise bekommen wir sogar ein echtes Stipendium für Cord. Das Motto der Universität ›Die Luft der Freiheit weht‹ geht auf den Humanisten Ulrich von Hutten zurück.«

Beeindruckt sah Wilhelm Jacob sein Gegenüber an. »Das klingt gut! Und ist sehr weit weg!«

Seligmann lächelte. »Ungefähr 60 km südlich von San Francisco. Und wenn er tüchtig ist, kehrt er mit einem Doktortitel heim, den er bisher im Deutschen Reich an keiner Technischen Hochschule erwerben kann.«

»Das ist ein weiteres ausgezeichnetes Argument«, meinte Jacob nachdenklich. Ihm wurde immer deutlicher, wieso man Seligmann neben seinem unübertrefflichen Fleiß vor allem nachsagte, dass er blitzartig die Punkte erfasste, auf die es in schwierigen Fällen ankam.

»Die Amerikaner sind uns in manchen Dingen weit voraus. Stanford ermöglicht sogar Frauen das Studium.«

»Oha, ich kann mir schon lebhaft vorstellen, dass Elsa am liebsten sofort nach Amerika gehen würde, wenn sie das hört!«

Nachdem Wilhelm Jacob zwei Gläser von dem besten Cognac bestellt hatte, meinte er: »Ich würde mich an den Kosten beteiligen, sofern Sie bereit sind, ihn gegebenenfalls nach einigen Jahren bei der Conti wieder freizugeben.«

Seligmann überlegte nicht lange: Er reichte Jacob die Hand, die dieser ergriff. »Wir beide regeln das wie unter ehrlichen Kaufleuten per Handschlag. Man kann nicht alles planen. Warten wir ab, wie die Dinge stehen, wenn der junge Mann als fertiger Ingenieur aus den Staaten zurückkehrt.« Mit einem Schluck Cognac, der in den geschliffenen Kristallgläsern golden schimmerte, besiegelten sie die Abmachung.

»Ich bin erleichtert«, gestand Wilhelm Jacob. »So stehe ich doch nicht als Buhmann da, sondern kann, da ich offiziell von nichts weiß, die amerikanische Chance rückhaltlos befürworten.« Er begann, heftig zu husten und legte die Zigarre bedauernd beiseite. »Mein Hausarzt will mir den Tabakgenuss partout verbieten – dabei raucht er selber wie ein Schlot! Allerdings mögen meine Bronchien die Lindener Luft gar nicht. War schon im Sommer auf Norderney, was mir gut getan hat. Aber nun haben wir ja einen langen Winter mit schlechter Atemluft vor uns. Die höheren Schornsteine haben nichts gebracht, wir brauchen mehr Filteranlagen.«

»Das stimmt, an dem Thema sind wir auch dran«, entgegnete Seligmann. »Aber ich wüsste vielleicht etwas, das Ihrer Gesundheit aufhilft und zugleich die Enkelin auf andere Gedanken bringen könnte.«

Erstaunt blickte Jacob ihn an.

»Mein umtriebiger Freund Alfred Ballin von der HAPAG hatte da eine ausgefallene, aber interessante Idee. Da seine Dampferflotte für Reisen nach Nordamerika im Winter nicht ausgelastet war, hat er im Januar 1891 eine erste Vergnügungsreise zur See angeboten. Das war ein außerordentlicher Erfolg. Sogar Amerikaner und Engländer sind mitgefahren. Und er selber hat die Reise mit seiner Gemahlin ebenfalls mitgemacht.«

»Wie lange dauert so eine Fahrt?«

»Die waren ungefähr zwei Monate unterwegs – es ging ins Mittelmeer, nach Ägypten bis ins Heilige Land, soweit ich mich erinnern kann.«

»Das ist eine lange Zeit.«

»Und etwas ganz Besonderes, allerdings auch sehr Kostspieliges. Ich kann Ihnen gelegentlich die Unterlagen zuschicken lassen.«

Jacob bekam erneut einen Hustenanfall.

Besorgt meinte Seligmann: »Seien Sie vorsichtig, mein Lieber, es soll eine schwere Influenza im Anmarsch sein. Schonen Sie sich. Eine solche Seereise würde Ihren Bronchien gewiss guttun.«

»Ja, aber zwei Monate die Fabrik allein lassen?«

»Sie haben doch einen tüchtigen Meister, den Sie einweisen können. Was ist wichtiger als ihre Gesundheit und das Glück ihrer Enkeltöchter? Übrigens spricht man ja lästerlich von den Tennisplätzen, die so en vogue sind, als Heiratszwinger. Stellen Sie sich nur vor, was sich in den Monaten auf einem Schiff so entwickeln kann. Bei der ersten Reise soll sich auch in dieser Hinsicht einiges angebändelt haben. Möglicherweise haben sich dann alle Probleme erledigt, wenn Sie im Frühjahr 1892 zurückkommen.«

»Das wäre fabelhaft«, meinte Jacob matt und nahm noch einen Schluck Cognac.

Trotzdem fuhr ihm ein Schüttelfrost durch die Glieder.

»Sie sollten sich ausruhen«, empfahl Seligmann besorgt. »Ich werde mich um die amerikanischen Kontakte und um die Vergnügungsreise zur See kümmern und Ihnen alles zukommen lassen.«

Die beiden Männer erhoben sich und schüttelten sich die Hände. Mit etwas weichen Knien verließ Wilhelm Jacob den Fabrikanten-Verein und ließ sich in einer Droschke nach Hause fahren, wo er sich sofort zu Bett begab.

Besuch im Magdalenium
In Kirchrode vor den Toren Hannovers

Sophie, Marga, Elsa und Emilie stiegen in die Kutsche, die Franz vorgefahren hatte. Auch Perrita fuhr mit; sie hatte so lange gejault und gequengelt, bis Elsa sie schließlich an die Leine genommen hatte. Nachdem sie die Lavesstraße passiert und in den Misburgerdamm eingebogen waren, fielen die Pferde in einen flotten Trab. »Links ist die Kleine Bult, dann fahren wir durch Kleefeld weiter nach Kirchrode«, erklärte Elsa ihrer Schwester. Sofort dachte Emilie an ihr kurzes Gastspiel in Kleefeld, welches durch das Eingreifen Maximilians beendet worden war. Sie riss sich zusammen und sagte, um eine harmlose Miene bemüht. »In Kirchrode war ich noch nicht, das liegt ja recht weit draußen.«

»Was man gewiss mit Bedacht gewählt hat. Einerseits, um nicht allzu hohe Grundstückspreise aufbringen zu müssen, andererseits erschien wohl die Einsamkeit wertvoll«, meinte Sophie. »Wir kommen noch am Stephansstift vorbei.«

»Das Stephansstift?« Emilie sah fragend in die Runde.

»Dort werden junge Männer für den diakonischen Dienst ausgebildet«, erklärte Marga. »Das findet ganz praktisch in Verbindung mit der Errettung von zwangsweise eingewiesenen, verwahrlosten Burschen statt. Neben dem Haupthaus mit Räumen für die Diakone – auch Brüder genannt – und ihre Zöglinge gibt es ein Männersiechenhaus zwecks Ausbildung in der Krankenpflege.«

»Ach, verlotterte Jungen und gefallene Mädchen – die Diakonie kümmert sich wirklich um bedürftige Menschen«, sagte Emilie, die mal wieder an die Diakonisse Karla dachte.

»Im Stephansstift herrscht ein strenges Regime mit Arrestzellen und Prügelstrafen«, erklärte Sophie. »Nicht selten versuchen die jungen Männer zu fliehen.«

»Hoffentlich nicht gerade zu den Asylistinnen nach Kirchrode«, murmelte Marga, nicht ahnend, wie hellsichtig dieser Gedankenblitz auf künftige Probleme hindeuten sollte.

Bald hielten sie vor dem Hauptgebäude aus rotem Backstein im spätgotischen Stil, vor dem in vier langen Reihen weiße Wäsche im Wind flatterte. Auch die Gärtnerwohnung, Stallungen und Nebengebäuden wiesen auf die Tradition der Hannoverschen Architekturschule des Baumeisters Hase hin.

Franz öffnete den Damen den Schlag und half ihnen aus der Kutsche. Eine eilfertige Diakonisse brachte sie zum Bureau der Oberin. Hermine von Trampe erhob sich von ihrem Schreibtisch, gab die Anweisung, Kaffee oder Tee einzuschenken, und bat ihre Gäste, in der großzügigen Besucherecke Platz zu nehmen.

Ihr klassisches Profil mit langer Nase wurde durch den Mittelscheitel und die weiße Haube, die das vordere Drittel des Kopfes freiließ, noch betont. Die Kopfbedeckung, unter dem Kinn mit einer Schleife festgebunden, ein weißer Kragen, das große Kreuz an einer Kette um den Hals getragen, die schwarze Robe – die Oberin strahlte nicht zuletzt durch den festen Blick Autorität aus.

Elsa nahm auf dem ausladenden, mit gemustertem Samt bezogenen, stark verschnörkelten Sofa Platz. Da Perrita bereits an ihren Schnürstiefeln kratzte, gab sie nach und hob den kleinen Hund auf ihren Schoß, was die Oberin mit hochgezogenen Augenbrauen zur Kenntnis nahm. Die üppige Möblierung im Gründerstil gefällt Tante Sophie gewiss ebenso wenig wie mir, dachte Elsa. Es ist alles völlig überladen.

»Zunächst möchte ich Ihnen wie besprochen unsere Einrichtung vorstellen. Danach bitte ich dann Bertha und ihre Tochter hinzu.«

Alle blickten sie erwartungsvoll an.

»Wir haben hier ein System in drei Stufen: Beobachtung, Behandlung, Bewährung. Wir sprachen schon darüber, Frau von Elßtorff, dass wir eine schematische Vorgehensweise möglichst vermeiden.«

Sophie, die die Zwillinge und Marga ausführlich über dieses Gespräch instruiert hatte, verzog keine Miene. Ihr Eindruck war ein anderer gewesen.

»Vor der Aufnahme muss das Mädchen die Hausordnung unterschreiben. Darin heißt es beispielsweise …« Die Oberin angelte nach ihrer Lorgnette, ergriff ein bedrucktes Papier und las vor:

»Du trittst freiwillig und ohne Zwang von Menschen in das Asyl ein. Wir nehmen dich auf, weil wir voraussetzen, dass du dein Unrecht bereust und dich zu bessern wünschst. Wäre das nicht der Fall, so gehörtest du nicht in unser Haus. – Entlassung aus dem Hause ist die schwerste Strafe. – Entläuft ein Mädchen oder fordert trotzig seine Entlassung, nachdem es ein Jahr oder länger im Hause war, so wird es unter keinen Bedingungen wieder aufgenommen. Entweicht es, ehe ein Jahr vergangen ist, so kann es auf ihr dringendes Bitten hin unter besonderen Umständen wieder aufgenommen werden.«

Elsa und Emilie tauschten einen kurzen Blick. Hier galt es offenbar sich anzupassen.

»Bei uns wirken Gottes Wort und stramme Arbeit, strenge Zucht und veredelnder Umgang. Dazu kommen stille, unschuldige Freuden, verfeinernde Beschäftigungen, die köstliche Kunst des Gesanges und gute Ernährung. Denn die Zöglinge, deren Körperkraft teils nicht genügend entwickelt, teils durch ihr früheres Leben geschwächt ist, müssen kräftig ernährt werden.«

»Ich habe gehört, die jungen Frauen bekommen auch eine Art hauswirtschaftliche Ausbildung?«, erkundigte sich Marga.

»Ganz recht, sie sollen ja später einen Broterwerb finden und in Stellung gehen. Die Arbeit der Zöglinge hier ist außerdem eine Erwerbsquelle für die Anstalt. Wo das Erwerbs- und Erziehungsinteresse miteinander in Konkurrenz treten, hat jedoch die Erziehung Vorrang. Das Rückgrat der Einrichtung bildet die Wäscherei. Die Arbeit gilt als Berufsausbildung. Die Wäscherei hat sich wider Erwarten günstig entwickelt und ist bald vergrößert worden. Dort erwirtschafteten wir zuletzt zwei Drittel der gesamten Einnahmen.«

»Was passiert nach den zwei Jahren hier im Heim?«, fragte Emilie.

»Wir suchen, auch mit Hilfe des Magdalenen-Vereins, eine Arbeit für die Asylistinnen. Wir schließen einen Dienstvertrag und rüsten die fortgehenden Mädchen mit einfacher, aber hinreichender Kleidung aus. Die Hausmutter steht mit den in Stellung befindlichen Mädchen in Briefwechsel und besucht sie. Am Sonntagnachmittag versammeln sich die in Hannover und Kirchrode lebenden Ehemaligen im Heim.«

Es klopfte, eine Diakonisse steckte den Kopf zur Tür herein. »Sind wir zu früh?«

Die Oberin winkte gnädig heran. »Sollen reinkommen!«

Bertha trat ein, Mariechen auf dem Arm. Die hochgewachsene mittelblonde Frau knickste mit niedergeschlagenen Augen und nickte schüchtern Marga zu.

Dann stellte sie ihre Tochter vorsichtig neben sich. Marie betrachtete völlig erstaunt die Schwestern und gab einige faszinierte Laute von sich. »Sie hat noch nie Zwillinge gesehen«, erklärte ihre Mutter entschuldigend. Elsa zog lächelnd aus ihrem Pompadour einen kleinen Stoffbären, den sie in letzter Sekunde aus einer Truhe mit ihrem Kinderspielzeug gezogen und eingesteckt hatte. Mit einem Freudenschrei stürzte sich Marie auf das Bärchen, umklammerte es mit der rechten Hand und hielt sich mit der linken an Elsas Röcken fest. Inzwischen rappelte sich Perrita, die sich eng zusammengerollt hatte auf, und beschnüffelte das kleine Mädchen. Diese, gar nicht Bange, quietschte vor Vergnügen. Perrita nutzte die günstige Gelegenheit, sich vorsichtig das Stofftier zu schnappen, wobei sie vergnügt wedelte. Marie griff nach dem Teddy und zu Elsas Erstaunen überließ die Hündin ihr anstandslos die Beute. Emilie und Marga lachten lauthals über diese putzige Szene und damit war der Bann gebrochen.

Bertha hingegen war völlig entsetzt. »Marie, komm sofort wieder zurück zu mir!«, rief sie und stammelte entschuldigend: »So etwas hat sie noch nie gemacht – ach, sie ist einfach zu wenig bei mir, sie wird nicht richtig erzogen …« Tränen traten ihr in die Augen.

Mittlerweile betrachtete Sophie das hübsche hellblondgelockte Mädchen genauer. Was sie sah, bestätigte ihre schlimmsten Befürchtungen. Das dichte Kraushaar, die grauen Augen, die Familienähnlichkeit mit der väterlichen Linie der Familie Bock von Wülverdingen erschien ihr offensichtlich. Jetzt war nur noch die Frage, wer von den drei Söhnen der Erzeuger war. Sie sah die ebenso hochmütige wie hohlköpfige Gertraude Bock von Wülverdingen vor sich. Diese hatte sie oft genervt, mit mehr oder weniger dezenten Giftpfeilen über ihre Ziehtochter Elsa und nicht zuletzt über die uneheliche Geburt der Zwillinge. Und nun dies – die Ähnlichkeit war überdeutlich. Aber damit würde sie sich später beschäftigen. Jetzt galt es, diesem Unrecht durch eine Anstellung im Hause von Elßtorff ein Stück entgegenzutreten! Jedenfalls, wenn sich die junge Frau als halbwegs geeignet entpuppte. Inzwischen hatte Bertha, Entschuldigungen murmelnd, ihr widerstrebendes Töchterchen von Elsa losgeeist und auf den Arm genommen. Sie nahm erst Platz, nachdem sie ausdrücklich dazu aufgefordert worden war, und setzte Marie auf ihren Schoß.

»Wir haben viele gesellschaftliche Verpflichtungen und ich muss zahlreiche Diner geben«, erklärte Sophie. »Du wirst verstehen, dass ich mich zunächst vergewissern möchte, welche Gerichte dir geläufig sind.«

»Gerne, gnädige Frau, wobei ich gewiss nicht alles kochen kann. Aber ich lerne schnell.«

»Kennst du z.B. Seezungen-Schnittchen nach Brillat-Savarin, ein Rezept aus meinem Schweizer Pensionat?«, fragte Sophie etwas geziert, womit sie weniger der jungen Köchin, als vielmehr Hermine von Trampe imponieren wollte. Es konnte nie schaden, den eigenen Status en passant zu betonen.

»Ich müsste zur Sicherheit in meinen Rezepten nachschlagen, aber ich erinnere mich, dass sie mit Krebsbutter und Trüffelscheiben zubereitet werden.«

»Einverstanden! Und wie steht es mit einigen schwierigen kulinarischen Kreationen wie Aspik von getrüffelter Gänseleber oder Rheinsalm mit ›Sauce langoustes‹?« Marie hatte vor Aufregung hochrote Wangen und zappelte auf dem Schoß ihrer Mutter, die sich kaum konzentrieren konnte.

Elsa nahm sie zu sich auf das Sofa, Perrita wedelte erfreut und wenig später kuschelte sich die Kleine vertrauensvoll an und nickte ein. Das Herz von Elsa und Perrita jedenfalls hatte sie im Sturm erobert.

»Die Gänseleber beherrsche ich, aber diese Soße?«
»Von Langusten«, erklärte Emilie schnell.
»Ach so.«
Sophie fragte noch einige Rezepte ab und die Antworten fielen zu ihrer Zufriedenheit aus.
»Und was gelingt dir besonders gut?«
»Nun, mein gespickter Hecht«, sie überlegte, »und außerdem Kalbsrücken und Nierenpastetchen, ja, Pastetchen klappen immer einwandfrei.«
»Welche zum Beispiel?«
»Austernpastetchen, oder Stettiner Pasteten von Hechten und Krebsen.«
Zufrieden blickte Sophie sie an. »Pastetchen liebt mein Gatte vor allem. Und Schildkrötensuppe mit Klößchen.«
Bertha erblasste. »Sie meinen nicht die aus der Dose, sondern von einer richtigen Schildkröte?«
Sophie nickte.
»Nein, das habe ich noch nie gemacht.«
»Unsere Köchin macht diese Suppe meisterhaft, sie wird dir alle notwendigen Schritte, beginnend mit dem Aufhängen des Tieres an den Hinterbeinen, genau zeigen.«
Sowohl Emilie als auch Bertha wurden blass, was Sophie nicht bemerkte, sondern fortfuhr: »Wie sicher bist du im Rechnen? Kannst du überprüfen, wenn ein Dienstmädchen etwas einkauft und nicht du selber?«
»Ja, das schaffe ich.«
»Und wie steht es mit dem Lesen? Es gibt einige Kochbücher, zum Beispiel von Henriette Davidis.«
»Oh, das ist ein gutes und umfangreiches Werk! Ich blättere öfters darin, das gibt häufig nützliche Anregungen. Und ich habe zwar nicht viel Zeit dazu, aber ich lese überhaupt gern.«
Sophie dachte an Margas Schilderung, dass Bertha aus einer ordentlichen Familie stammte. Und konnte sich immer besser vorstellen, sie ins Haus zu nehmen.
»Nun«, sagte sie, »meine Köchin Miene beherrscht inzwischen alle schwierigen Gerichte aus dem Effeff – sie würde dir anfangs gelegentlich zur Seite stehen. Außerdem würde ich mir, solange bis du eingearbeitet bist, wieder das letzte Abschmecken vorbehalten, was mir meine Mutter stets als eine der Pflichten der Dame des Hauses ans Herz gelegt hat.«

Bertha nickte. Sophie war allerdings wenig begeistert von der Aussicht, wieder mit einer Haube auf dem Kopf und in ein Hauskleid gewandet die Küche zu betreten. Denn eine Gastgeberin durfte keineswegs mit Küchendüften behaftet sein; dies hätte einen geradezu proletarischen Eindruck erweckt. Sie merkte, dass alle sie erwartungsvoll ansahen und konzentrierte sich.

»Ich werde meinem Gatten von unserem Besuch hier berichten. Auch er muss natürlich einverstanden sein und würde dich und das Töchterchen in Augenschein nehmen. Ich gebe in Kürze Bescheid.«

Sie erhob sich. Schnell ging Bertha auf sie zu, ergriff ihre Hand und hauchte einen Kuss darauf.

»Gnädige Frau, wenn Sie mich mit meinem Kind nehmen, gebe ich für Sie mein allerbestes!«

Die neue Köchin Bertha
In der Königstraße

Sophie sagte Maximilian nichts von ihrem Verdacht bezüglich der Familie Bock von Wülverdingen. Sie berichtete ihm ausführlich von ihren Eindrücken. »Mir ist klar, dass es dich nicht begeistert. Aber sie kann offenbar kochen und wenn ihr anfangs Miene noch zur Seite steht, haben wir das Problem mit den demnächst anstehenden Essen gelöst.«

»Ja, ich weiß, die Einladungen – bisher wurden unsere Gäste hier ja erstklassig bewirtet. Dafür bist du bekannt. Dennoch: Ich habe mir nie träumen lassen, dass wir einmal erwägen könnten, ein Fräulein Mutter samt ihrem Bastard in unserem Haushalt als Köchin aufzunehmen«, brummte Maximilian.

»Bitte guck sie dir wenigstens an. Es ist ungerecht, dass eine ledige Mutter aus dem bürgerlichen Milieu als gefallene oder verführte Unschuld gilt, während Arbeiterinnen und Dienstbotinnen gleich als Dirnen abqualifiziert werden. Uneheliche Mutterschaft ist noch kein Beweis für eine liederliche Lebensführung. Das müsste dir als Freimaurer doch einleuchten.«

Maximilian nickte unwillig. »Also gut, sie sollen beide morgen kommen. Ich will mich mit dem Thema nicht länger belasten.« Eigentlich war er bereits so weit, dem Ganzen zuzustimmen, aber das wollte er keinesfalls zeigen.

Am nächsten Abend wurden Bertha und ihre Tochter vom Dienstmädchen Trine in die Bibliothek geführt, wo der Hausherr stets seinen Port vor dem Essen genoss. Sophie stellte vor: »Bertha Schrader und Tochter Marie.« Maximilian war angenehm überrascht. Beide machten auf ihn einen ordentlichen Eindruck. »Ich möchte das Dienstbotenbuch sehen.« Bertha nestelte es aus ihrem Beutel und sagte leise. »Da lässt sich genau nachlesen, wo ich überall gedient habe – bis zu der letzten Familie, bei der ich im Dienst war. Na, Sie können sich ja denken …« Maximilian nickte. Entlassen wegen Schwangerschaft, das war keine Überraschung. Aber sie hatte sich wirklich in guten Häusern hochgedient.

»Nun gut, alles andere hat meine Gattin geklärt. Du kannst bei uns anfangen. Ich bestehe jedoch auf einer Probezeit. Die endgültige Entscheidung fällt im Januar. Lass dir jetzt von Marga das Souterrain zeigen.«

Sophie läutete, Marga kam und führte die beiden durchs Dienstbotentreppenhaus nach unten.

Indessen bemerkte Maximilian »Die Kleine ist ein hübsches, aufgewecktes Kind. Sie erinnert mich an irgendwen, aber ich komme nicht darauf.« Seine Frau schwieg weise – noch war es nicht an der Zeit, die Bombe platzen zu lassen – wenn sie denn überhaupt jemals hochgehen sollte. Das verlangte klug bedacht zu werden!

Marga machte Bertha mit dem Personal bekannt: mit der Köchin Miene, Franz, dem Kammerdiener, Kutscher und Burschen für alles, der Kammerzofe Lene, dem Dienstmädchen Trine und dem Küchenmädchen.

Miene musterte ihre Nachfolgerin eingehend, danach sagte sie: »Dann will ich dir mal dein künftiges Reich erklären. Hier ist alles vom Feinsten! Der gnädige Herr ist ja nicht umsonst Architekt! Er hat einen Speiseaufzug eingebaut, der sowohl sein Empfangszimmer im Parterre für seine geschäftlichen Herrenessen als auch das darüber liegende Speisezimmer im 1. Stock versorgt. In beiden Essräumen gibt es beheizbare Wärmeschränke, damit die Tafelfreuden heiß auf den Tisch kommen.«

Die Köchin zeigte Bertha den nach Norden ausgerichteten Raum zum Aufbewahren und Putzen von Kartoffeln und Gemüse. »Wir haben etwas eigenes Spalierobst, da hat Marga bei der Anlage des Gartens für gesorgt. Und vom Rittergut Rosenberg schickt die Mutter des gnädigen Herrn immer einiges an Obst und Gemüse. Was gelagert wird, musst du kontrollieren und bei Bedarf verarbeiten.«

Die Köchin holte tief Luft – sie fühlte, wie ihr der baldige Abschied naheging. Sie führte Bertha in die Speisekammer mit Eiskästen und Hackklotz sowie einen Raum zum Aufbewahren und Putzen von Silber. In der Spülküche befanden sich drei mit Zink ausgeschlagene Spülkästen samt Zuleitungen mit heißem und kaltem Wasser, ein Ausguss, ein großer Tisch und der Porzellanschrank.
»Mit Porzellan sind wir bestens versorgt. Wir brauchen auch bei umfangreichen Gesellschaften nichts zu leihen. Außer den silbernen Aufsätzen haben wir komplett für 24 Personen das Königlich Kopenhagen mit der ›blauen Blume‹ und ein Service ›Weinlaub‹ von Fürstenberg.«

Marga gesellte sich hinzu: »Wie du siehst, sind alle Versorgungsräume wie die Küche, aber auch die Schlafstuben für das Küchenpersonal mit relativ großen Fenstern ausgestattet, um ausreichend Licht zu haben.«

Bertha nickte beeindruckt.

Miene fuhr fort: »Jetzt sehen wir uns die eigentliche Küche an. Der gnädige Herr bekam von seinem Freund, dem Hotelbesitzer Heinrich Kasten, viele wertvolle Hinweise. Marga hatte ebenfalls praktische Ideen, ihr haben wir auch unseren Kräutergarten zu verdanken.«

In der großräumigen Küche prangte der mächtige Herd mit vier großen und zwei kleinen Kochplatten. Zwischen den Herdplatten war die ›Bain-Marie‹ eingelassen, das Wasserbad, welches Heinrich Kasten neben der Spießbraterei besonders wichtig gewesen war.

»Was sind denn das für Tische mit den Metallplatten?«, fragte Berta.

»Das sind Anrichte-Tische mit hohlen Metallplatten, in denen heißes Wasser zirkuliert.«

Bertha kam aus dem Staunen nicht mehr heraus. Bewundernd betrachtete sie die zahlreichen Regale und Haken, die der Aufbewahrung der auf Hochglanz polierten, blitzblanken Kupfertöpfe, Pfannen und Kasserollen dienten. Neben dem Tellerschrank stand ein großer runder Tisch mit acht Stühlen.

»Setzen wir uns einen Moment, bevor wir die Schlafstuben ansehen«, schlug Marga vor.

»Das ist ja alles sehr gut und praktisch eingerichtet«, lobte Bertha bewundernd. »So eine üppig ausgestattete Küche habe ich noch nie gesehen. Und behaglich ist es ebenfalls.«

»Ja, Heinrich und Elsa hielten sich als Kinder gern in dieser gemütlichen Kochstube auf. Und auch sonst freut sich hier so mancher, wenn er von Miene einen guten Bissen zugesteckt bekommt«, verriet

Marga. Dabei dachte sie nicht zuletzt an Cord Breuer, aber ebenso an den künftigen Ehemann der Köchin, der sich hier vor allem im Winter gern kurz aufgewärmt hatte, wenn er auf Streife ging.

Nun wurde endlich, von Bertha ungeduldig erwartet, die Schlafstube besichtigt. Bertha war erleichtert – der nach hinten gelegene Raum wirkte freundlich und großzügig. Hier würde man später ein Bett und ein Tischchen für Marie aufstellen können. Sie strahlte Marga an: »Hier ist ja wirklich Platz genug für meine Tochter und mich.«

»Ja, von der Unsitte, dass die Köchin abends in der Küche ihr Bett aufschlägt oder gar ein unter die Decke gehievtes Matratzengestell als Bettstatt dient, von diesem undelikaten Missstand der Großstädte, hält unser Hausherr gar nichts.«

Zum Abschluss wurde Margas Wohnung besichtigt. »Klein, aber mein«, betonte diese mit sichtlichem Stolz. Die abgeteilte Wohneinheit hatte ihren Eingang über die Hofeinfahrt, die zum Kutscherhaus führte.

Bertha äußerte sich erstaunt, denn das war nicht üblich.

Marga erklärte: »Als Maximilian von Elßtorff mich damals gebeten hat, das Rittergut Rosenberg seiner Eltern zu verlassen und in seine Dienste zu treten, war dies mein ausdrücklicher Wunsch. Der gnädige Herr stimmte schließlich zu. Ich vermute, er wollte mich als frisch verwitwete Frau unterstützen und zugleich seiner gerade angetrauten Gattin eine zuverlässige Haushälterin an die Seite stellen. Inzwischen bin ich der Familie schon seit über zwanzig Jahren zu Diensten und das gerne.«

»Dann wollen wir hoffen, dass dies auch mal auf mich zutreffen wird«, sagte Bertha und drückte Marie an sich.

Marga legte ihr den Arm um die Schulter: »Du wirst sehen, jetzt wird alles wieder gut!«

»Und das habe ich dir zu verdanken, das werde ich dir nie vergessen.« Bertha sah sich um. Im Vorplatz stand ein hoher schmaler Schrank, der oben mit Glastüren versehen war. Allerlei braune Gläser, Flaschen und Papiertüten fielen ihr auf. »Was ist das denn?«

»Mittlerweile platzt meine Hausapotheke aus allen Nähten. Ich habe mit den Jahren immer mehr dazugelernt, wie sich Heilpflanzen verwenden lassen. Mit Heinrich tausche ich gelegentlich Erfahrungen aus. Von unserer Reise nach La Palma habe ich auch einiges Interessantes mitgebracht, was es hier nicht gibt.«

»Ja, ich erinnere mich, du warst recht lange weg.«

»Also, du weißt Bescheid. Wenn es dir oder Marie nicht gut geht, kannst du gern zu mir kommen. Das halten alle vom Personal und auch von der Familie so.«
»Das werde ich tun, vielen Dank.«

Wilhelm Jacob erkrankt schwer
In Linden am Krankenbett

Nachdem er von seinem Treffen mit Siegmund Seligmann nach Hause gekommen war, fühlte sich Wilhelm Jacob zusehends unwohler und seine Stirn glühte fiebrig.

Er maß Fieber – fast 39 Grad, da half es alles nichts, er musste ruhen. Bei seiner Haushälterin bestellte er Tee und legte sich hin. In der Nacht verfolgten ihn unruhige Träume, er befand sich bei Sturm auf hoher See.

Am nächsten Morgen war das Fieber gesunken. Er nahm ein frugales Frühstück mit Zwieback und Tee zu sich und ließ sich in die Fabrik fahren. Nach seinem üblichen Rundgang durch die Maschinenhalle bemerkte er jedoch, wie seine Knie weich wurden, und zog sich in sein repräsentatives Büro zurück. Er sichtete einige Entwürfe, wobei einer von Elsa ihm besonders gut gefiel.

Nicht zum ersten Mal überlegte er, wie Elsa sich alle Kenntnisse aneignen könnte, welche sie zur Führung der Fabrik brauchen würde. Insgeheim hatte er da durchaus auf Cord gesetzt, aber daraus würde erstmal nichts werden. Und wer weiß, ob der als Dr. Ing. nicht ganz andere Ideen und vor allem Möglichkeiten hatte. Schließlich spekulierte Seligmann gleichfalls darauf, ihn in die Conti zu holen. Nichtsdestotrotz, der künftige Gatte für Elsa musste in diese Planung passen. Ein vernünftiger, patenter Bursche sollte das sein, ohne Dünkel und beileibe kein Adeliger. Obwohl Maximilian von Elßtorff ein ganz gestandener Kerl war, aber der bildete eher die Ausnahme als die Regel.

Es klopfte. Der Tischlermeister, der in der Künstlerklause die Entwürfe für die einzelnen Arbeitsschritte der Herstellung weiter bearbeitete, trat ein.

»Wollte die neuen Zeichnungen ansehen, Chef!«

Das kam Wilhelm Jacob gerade recht.

»Hier sind einige dabei, die mir zusagen.« Er reichte die Blätter herüber. »Was meinen Sie?«

Der Meister sah sich konzentriert alle an und tippte dann auf einen Entwurf: »Diesen Schrank finde ich besonders gelungen. Die klaren Linien gefallen mir besser als das ganze überladene Stilgeschnörkel.«
»Genauso empfinde ich das auch. Es kündigt sich bereits in Frankreich ein neuer Stil an. Der Entwurf ist übrigens von meiner Enkelin Elsa.«
»Sie hat großes Talent.«
»Ich würde sie gerne mehr in der Fabrik mit einbinden. Schöne Zeichnungen allein genügen nicht. Alles muss technisch umsetzbar sein und nicht zu aufwendig in der Produktion. Könnten Sie ihr beibringen, worauf es für die maschinelle Fertigung ankommt?«
Der Meister stutze. »Eine junge Frau in der Möbelfabrik? Ungewöhnlich. Aber warum eigentlich nicht? Fräulein Elsa kann zudem gut mit Menschen umgehen, sie kommt hier ja mit allen prima klar, auch mit den Arbeitern.«
»Ich werde auf das Thema zurückkommen. Manchmal ist es klüger, wenn ein Fremder einem Familienmitglied etwas beibringt, und nicht gerade der eigene Großvater. Von Holz und Furnier versteht sie ja schon eine Menge.«
»In der Tat, Chef. Aber mit Verlaub, Sie sehen abgespannt aus.«
»Ja, gestern Abend hatte ich Fieber und fühlte mich krank. Ich fahre jetzt besser nach Hause. Eine Bronchitis bahnt sich wieder an; die fange ich mir leider leicht ein.«
In der Kutsche auf dem Weg heimwärts überlegte er weiter. Elsa muss lernen, wie man ein Möbel kalkuliert und welche Rabatte sie bei großen Bestellungen geben kann. Emilie muss so viel von Buchhaltung verstehen, dass sie auch Gewinn und Verlust überblicken kann. Aber soll ich ihr die ganzen Rechengeschichten beibringen? Besser, das macht auch in diesem Fall ein Fremder. Ich werde Seligmann fragen. Bestimmt kennt er einen vertrauenswürdigen Buchhalter, der verschwiegen ist und sich ein Zubrot verdienen möchte. Aber zu allererst werde ich mit Emilie darüber sprechen.
Seine Gedanken begannen zu verschwimmen. Zuhause begab er sich sofort ins Bett. Am folgenden Morgen kletterte das Thermometer wieder auf fast 39 Grad. Die Haushälterin rief besorgt bei Sophie an, diese den Hausarzt Dr. Petzold, der seinen jungen Vertreter schickte. Der vermutete eine Bronchitis. Er setzte ein Klistier. Für die Haushälterin gab er weitere Anweisungen: »Sorgen Sie für frische kühle, reine Zimmerluft, aber vermeiden Sie unbedingt Zugluft. Der Patient braucht strikte Bettruhe, warme Milch und Brusttee, außerdem Brustpackungen von 25 Grad und kaltes Frottieren der Beine.«

Wilhelm Jacob fühlte sich zu schwach, um zu protestieren.
Nachmittags besuchten Elsa und Emilie ihren Großvater. Sie hatten darauf bestanden, nach dem Rechten zu sehen und gegebenenfalls zu bleiben. Gemeinsam mit der Haushälterin frottierten sie mehrfach die Beine des Kranken. Aber gegen Abend stieg das Fieber erneut. Alarmiert rief Elsa in der Königstraße an, da sie den jungen Arzt nicht erreichen konnte.

»Bitte, Tante Sophie, schick Marga mit der Kutsche her, ich bin beunruhigt!«

Sofort klingelte Sophie nach Marga. »Bei Wilhelm Jacob steigt das Fieber wieder, bitte fahr hin und nimm alles mit, was du brauchst.«

»Ich packe meine Medikamente ein. Aber wenn ich aus der Küche Zitronenlimonade, süße Molke, Apfelsinen und frische Äpfel mitnehmen könnte, wäre das hilfreich.«

»Selbstverständlich. Und ruft zwischendurch an, ich bin in Sorge.«

Marga bestückte einen großen Henkelkorb mit Arzneien, darunter auch Klosterfrau Melissengeist und eine Flasche mit ihrem selbstgemachten Hustensaft. Nachdem sie noch schnell für sich Nachtwäsche und das Nötigste eingepackt hatte, fuhr Franz sie mit der Kutsche zum Lindener Berg.

Der Patient war offenbar erleichtert, Marga zu sehen. Diese ließ sich den bisherigen Verlauf der Erkrankung von ihm, der Haushälterin und den Zwillingen genau schildern. »Ich vermute, aus der Bronchitis ist eine Lungenentzündung geworden. Wir beziehen eine leichte Wolldecke, das dicke Federbett ist zu schwer und zu warm. Um das Fieber zu dämpfen und abzuleiten werden wir Leibaufschläge von ungefähr 20 Grad anlegen und diese alle halbe Stunde wechseln. Außerdem machen wir kalte Wadenwickel. Güsse, Bäder und große Temperaturunterschiede werden bei starker Lungenentzündung nicht vertragen, denn sie könnten zu Ohnmachten und Herzschwäche führen. Aber eine kühle Rückenwaschung wird dem Patienten guttun, auch Kopfumschläge können wir immer wieder anwenden.«

Am späteren Abend nahm Marga die Zwillinge, die für die Wadenwickel zuständig waren, beiseite und erklärte: »Ihr fahrt am besten nach Hause, ruht euch aus und löst mich morgen früh ab. Er muss jetzt erst mal schlafen.«

»Aber wir wollten doch …«, meinte Emilie, wurde jedoch sofort unterbrochen. »Keine Widerrede. Ich befürchte eine ausgewachsene Lungenentzündung und ein Transport ins Krankenhaus könnte gefährlich sein. Wir werden unsere Kräfte für eine längere Pflege brauchen. Kommt morgen früh und bringt Dr. Petzold mit, denn der junge Arzt hat mir zu wenig Erfahrung.«

Marga behielt Recht. Nachdem Wilhelm Jacob die Krisis überstanden hatte, dauerte es noch über zwei Wochen, bis er langsam wieder zu Kräften kam und mehr Interesse an seiner Umgebung zeigte. Die Haushälterin hatte unter anderem auf Margas Geheiß ab und an eine kräftige Hühnersuppe gekocht, die dem Patienten mittlerweile sogar schmeckte.

Bei einer Gelegenheit, als er mit Elsa allein im Zimmer war, fragte er: »Was meinst du, deine Schwester hat ja ein Talent zum Rechnen und überhaupt scheint sie ein für Mädchen ungewöhnlichen Spaß an Zahlen zu haben. Glaubst du, sie hätte Lust, sich mit der kaufmännischen Seite der Möbelfabrik zu befassen?«

Erstaunt sah Elsa ihn an. »Großpapachen, was für eine Idee – aber warum eigentlich nicht? Ob sie das allerdings will, weiß ich nicht. Sie ist ja viel konservativer erzogen worden als ich. Ungeachtet dessen, ich verspreche dir, es herauszufinden!«

Wilhelm Jacob drückte dankbar ihre Hand, da kam auf leisen Sohlen schon Emilie mit dem nächsten kühlen Wadenwickel. Man kam überein, dass die Jacobsche Haushälterin vormittags von den Zwillingen und nachmittags von Marga unterstützt wurde. Noch war der Patient so geschwächt, dass selbst mit der Schnabeltasse öfter etwas daneben ging.

Marga meinte: »Mögen auch viele den Vollbart für die Zierde eines echten Mannes halten, so erfordert er bereits im normalen Leben wegen der Hygiene aufwendige Pflege. Am Krankenbett ist er vollends unpraktisch.«

Wilhelm Jacob brummelte. »Mich stört das schon die ganze Zeit. Meinetwegen kann der Bart ab – aber wie?«

»Kein Problem«, entgegnete Marga, »ich habe früher meinen Mann rasiert. Wenn Sie sich mir anvertrauen wollen?« Das wollte er. Nachdem die haarige Prozedur überstanden und alles ordentlich saubergemacht war, erklärte sie: »Herr Jacob, Sie sehen um Jahre jünger aus.«

Dieser brachte ein erfreutes kleines Lächeln zustande.

Es bürgerte sich ein, dass Marga dem Möbelfabrikanten nach seinem Mittagsschläfchen vorlas. Sie hatte den 1890 erschienen Roman ›Stine‹ von Fontane mitgebracht, den sie selber gern gelesen hatte. Und den nicht zuletzt auch deshalb passend fand, weil es darin um Standesunterschiede ging, ein Thema, welches die Familie ja unmittelbar betraf.

»Ich bin angetan von Ihrer Stimme«, bemerkte Wilhelm Jacob, »Sie können den Text richtig lebendig machen.«

»Ich habe Elsa früher oft vorgelesen, wenn sie erkrankt war«, erwiderte Marga. »Das laute Vorlesen ergibt eine viel intensivere, konzentriertere Auseinandersetzung mit dem Text.«

»Komme mir gerade vor wie Graf von und zu Jacob«, brummte Wilhelm. »Die Großmutter der Zwillinge, die Gräfin von und zu Hohenstein hat mir mal erzählt, dass sie besonders das Vorlesen meiner Tochter Ernestine, die ihre Gesellschafterin war, geschätzt hat. Es gibt nichts Verrückteres als das Leben …«

»Das stimmt mit meinen Erfahrungen überein.«

»Fahren Sie bitte fort. Denn das Zuhören ist ein besonderer Genuss, wenn jemand so lebendig liest wie Sie, Marga! An Ihnen ist eine Schauspielerin verloren gegangen.«

»Vielen Dank, aber vorher werde ich einen neuen kühlen Wadenwickel auflegen.«

Wilhelm Jacob entspannte sich und merkte, dass er müde wurde. »Sie sind eine Frau mit erstaunlich vielen Talenten, Marga. Aber für heute reicht es nun doch mit dem Vorlesen.« Diese lächelte ihn erfreut an und richtete die Zudecke. Als sie meinte, er sei eingeschlafen, strich sie ihm sanft über die Stirn und die inzwischen bartlosen Wangen, aber er bemerkte es im Halbschlaf und fühlte, wie gut ihm diese liebevolle Geste tat.

Nachdem seine Kräfte langsam wieder zurückgekehrt waren, beschloss Wilhelm Jacob, sich baldmöglichst um die Vergnügungsreise zur See zu kümmern. Und seine Lebensretterin Marga zu der Schiffsreise einzuladen. Er würde alle bürgerlich kleinkrämerischen Bedenken anderer beiseiteschieben.

Ich bin zu alt und zum Glück auch zu wohlhabend, um mich nach solchem Blödsinn richten zu müssen, sinnierte er. Inzwischen gestehe ich mir ja insgeheim ein, dass die Zwillinge offenbar einige wertvolle Anlagen aus der väterlichen Linie geerbt haben. Für den Rest meines Lebens werde ich mehr Gewicht auf meine Gefühle und meinen gesunden Menschenverstand und weniger auf Standesdünkel legen.

Ungewöhnliche Vorschläge
Kaffeestunde und Reisepläne in der Königstraße

»Siegmund Seligmann hat mich vor meiner Erkrankung auf eine interessante neue Möglichkeit des Reisens aufmerksam gemacht«, und nicht nur darauf, ging es Wilhelm Jacob durch den Kopf und er lächelte

verschmitzt, als er an die inzwischen voranschreitenden Pläne für Cords Abreise nach Amerika dachte.
Alle blickten ihn etwas verwundert an.
»Kürzlich war ich bei Gaffky & Köhler in der Georgstraße, die vertreten das Office von der HAPAG. Sie haben mir auch einige Unterlagen mitgegeben.«
Maximilian runzelte die Stirn. »Du willst doch wohl nicht auswandern?«
Der grinste breit. »Die Agentur beschäftigt sich nicht nur mit Emigranten.«
»Großvater, du machst es wirklich spannend!«, warf Emilie ein, während Elsa, wie so oft in letzter Zeit, eher in ihre eigenen Gedanken versunken schien.
»Geduld, mein Kind! Also, es geht um eine Vergnügungsreise zur See auf dem Doppelschrauben-Schnelldampfer ›Augusta Victoria‹. Übrigens passierte bei der Namensgebung ein bedauerlicher Fauxpas. Das Schiff sollte selbstverständlich nach unserer verehrten Kaiserin Auguste Viktoria heißen.«
»Eine Seereise einfach so, zum Spaß?« Emilie unterbrach ihn erstaunt.
»Gemach, mein Kind! Das Ganze entstand folgendermaßen: Direktor Albert Ballin, Chef der Passage-Abteilung der Hamburg-Amerikanischen Packetfahrt-Actien-Gesellschaft wurmte es, dass die prächtige Augusta Victoria im Winter oft nutzlos auf Reede dümpelte. Auf Grund der Winterstürme sind Überfahrten nach Amerika dann nicht so beliebt. Daher kam er auf die Idee, mit dieser Perle der deutschen Handelsmarine Ende Januar dieses Jahres eine Exkursion gen Italien und dem Orient anzubieten. Gegenüber seinen kopfschüttelnden Kollegen bei der HAPAG setzte er sich durch.«
»Er hat den Ruf, ein gewiefter Geschäftsmann sein«, meinte Maximilian nachdenklich.
»Richtig, das ist er und er versteht es, seine Ideen zu inszenieren. Bei der allerersten Lustfahrt Anfang dieses Jahres mit 241 Passagieren, die von Direktor Ballin höchstpersönlich begleitet wurden, gab es noch vielerlei Bedenken. Dabei ist diese Art unterwegs zu sein bequem und komfortabel. Und es geht nicht nur um Vergnügen – Reisen bildet, wie wir alle wissen, und erweitert den Horizont.«
»Klingt wirklich extraordinär!«, fand Sophie. »Zwei Monate. Wohin genau geht die Route?« Wilhelm Jacob zog ein Faltblatt aus der Sakkotasche. Er hatte sich auf das Gespräch intensiv vorbereitet, denn er wollte diese Reise unbedingt unternehmen. Und dies nicht nur, um

Elsa auf andere Gedanken zu bringen, er selbst hegte durchaus Pläne, seine persönliche Situation zu verändern.

»Es wurden 14 Häfen angelaufen: Cuxhaven, Southampton mit London, Gibraltar, Genua, Alexandria mit Kairo und den Pyramiden, Jaffa mit Jerusalem und Bethlehem, Beirut mit Damaskus, Konstantinopel, Piräus mit Athen, Malta, Palermo, Neapel mit Capri, Lissabon, Southampton und wieder Cuxhaven.« Sophie bemerkte erstaunt: »Das ist wirklich eine außergewöhnliche Reise. Der Orient ist ja momentan en vogue! Er verspricht wahrhaftig interessante Erlebnisse in fremden Kulturkreisen. Aber eine Dampferfahrt zum Vergnügen anzutreten, finde ich doch etwas speziell. Besonders für Frauen. Ist eine solche Fahrt, womöglich bei rauer See und anstrengenden Landausflügen, nicht geistig und körperlich zu strapaziös für das weibliche Geschlecht?«

»Nun, Direktor Ballin hatte seine Gattin Marianne mitgenommen und es sind insgesamt um die 70 Frauen an Bord gewesen, unter ihnen einige alleinreisende Engländerinnen.«

»Die sind durch die Kolonien eher gewohnt als wir, weite Reisen anzutreten«, erklärte Emilie. »Das ist mir bei unserer Fahrt nach La Palma schon aufgefallen.«

»Es war jedenfalls eine illustre Gesellschaft deutscher, britischer und amerikanischer Gäste, die den hervorragenden Service an Bord genossen: Butler, Bälle und exquisite Speisen. Das Schiff bietet ähnliche Annehmlichkeiten wie ein First-Class-Hotel, denn es wurden nicht alle Kajüten belegt und es gab nur eine Klasse, nämlich die Erste.«

Maximilian wunderte sich. »Und Ballin war zwei Monate lang dabei?«

»Ja, viele haben geradezu von ihm geschwärmt. Er hat sich offenbar, selbst stets makellos gekleidet, höchstpersönlich um die Details gekümmert. Das betraf die Veilchenbouquets für die mitreisenden Damen ebenso wie die Spiele an Deck oder den Kaisertoast beim festlichen Diner zum Geburtstag von Wilhelm II. Das trug der HAPAG den Ruf eines märchenhaften Gastgebers ein. Die kühnen Reisenden dieser ersten Exkursion wurden am Ende der Fahrt in Cuxhaven von Tausenden von Menschen enthusiastisch begrüßt.«

Sophie fing an, sich für das Vorhaben zu erwärmen, ihre Augen begannen zu glänzen. »Was für eine wunderbare Vorstellung, bequem mit dem Schiff zu reisen und immer neue Sehenswürdigkeiten entdecken zu dürfen. Und das alles in bester, sogar internationaler Gesellschaft. Man hat ja sozusagen sein schwimmendes Hotel stets dabei! Wie bequem ist das doch im Vergleich mit endlosen, mühseligen Fahrten mit der Eisenbahn oder der Kutsche.«

»Es kostet aber sicherlich eine ordentliche Stange Bares«, warf Heinrich ein.

Wilhelm Jacob nickte bedächtig. »In der Tat. Eine scherzhafte Abkürzung für die HAPAG lautet: *Haben alle Passagiere auch Geld?* Und schon mein Namensvetter Busch meinte: *Froh schlägt das Herz im Reisekittel, vorausgesetzt, man hat die Mittel.* Aber es ist gewiss ein einmaliges Erlebnis und gerade für unsere Zwillinge eine Erweiterung des Horizontes.« Er sah Sophie fest in die Augen und die verstand sofort, worauf Jacob hinauswollte. An Bord könnten die Mädchen möglicherweise attraktive Ehekandidaten kennen lernen. Amerikaner waren bekanntermaßen nicht so konservativ, wie es im Kaiserreich mit seinem Standesdünkel meist der Fall war.

»Zum Vergleich: Eine Überfahrt nach New York kostet in der 1. Klasse 300 Mark. Die Orientreise 1.800 bis 2.400 Goldmark je nachdem, welche Kabine man wählt«, fuhr Jacob fort, »Getränke und Ausflüge kommen noch extra obendrauf.«

Maximilian stieß einen leisen Pfiff aus, was ihm einen irritierten Blick seiner Frau eintrug. Solche proletarischen Verhaltensweisen, die er sich einstmals auf dem Bau angeeignet hatte, schätzte sie gar nicht.

Elsa meinte: »Überlegt mal – das sind ungefähr zwei Jahresgehälter einer Lehrerin oder in etwa das Zehnfache dessen, was ein Arbeiterhaushalt im ganzen Jahr hat!«

»Genau«, pflichtete ihr Emilie bei, »darf man mit gutem Gewissen so viel Geld für eine Vergnügungsreise ausgeben?«

»Wir alle bemühen uns, die Lebensverhältnisse hier zu verbessern«, entgegnete Sophie. »Außerdem bringt so eine Reise viele Menschen in Lohn und Brot. Mit dem Verzicht darauf werden wir die bestehenden Verhältnisse nicht verändern.«

»So ist es«, Wilhelm Jacob blickte nachdenklich Elsa an. »Ich verstehe deine Bedenken. Aber eine solche Reise führt zu der Begegnung mit anderen Kulturen, sowohl durch die Reiseziele als auch durch die internationalen Mitreisenden. Also sollten wir dankbar sein, dass wir so etwas gemeinsam erleben können.«

»Die Ausflüge versprechen hochinteressant zu werden«, meinte Heinrich.

»Gewiss! Die kosten natürlich nochmals extra. Da wird sich die bewährte Firma Cook drum kümmern. Es ist übrigens nicht gestattet, einen eigenen Getränkevorrat mitzubringen«, fuhr Wilhelm Jacob fort. »Das werde ich ignorieren und meinen Lieblingscognac hemmungslos einschwärzen.«

Maximilian nickte ihm zu. »Dem Beispiel folge ich!«

»Der Wein ist ebenfalls nicht miteingeschlossen, das hat den Kaiser zu der heiteren Anmerkung veranlasst, dass Ballin auf den Durst der guten Deutschen spekuliere. Sei es, wie es sei. Ich schlage vor, alle überlegen sich meine Idee. Und wir treffen uns demnächst wieder, um weiter zu beraten. Ich lasse euch einige Unterlagen hier.«

»Das ist ein guter Vorschlag.« Sophie erwärmte sich zusehends für das Vorhaben. »Ohne den anderen vorgreifen zu wollen, ich wäre dafür!«

Maximilian nickte, ebenso Heinrich und die Zwillinge.

»Ja, so eine Reise wird uns guttun.« Wilhelm Jacob zögerte einen Moment. Aber es nutzte alles nichts, irgendwann musste er die Bombe ja platzen lassen. »Ich werde außer meinen Enkelinnen auch Marga Lheiß einladen. Sie hat mir schließlich das Leben gerettet und da ist jeder Dank angebracht.«

Elsa strahlte und umarmte ihren Großvater spontan. »Was für eine wunderbare Idee. Marga hat es verdient und ich freue mich darauf, wenn sie dabei ist! Sie ist bei unserer Reise zu den Kanarischen Inseln eine sehr patente Reisebegleiterin gewesen.« Maximilian schien weniger begeistert. Sophie erfasste die Situation sofort, warf ihm einen warnenden Blick zu, sodass dieser sich einen Kommentar verkniff. Er würde mit seiner Frau unter vier Augen darüber sprechen. Denn Marga würde zugleich Gast des Möbelfabrikanten und Gesellschafterin der von Elßtorffs in dem Reisetross sein.

»Es ist noch zu entscheiden, was für Kabinen wir buchen wollen«, gab Wilhelm Jacob in die Runde.

»Wenn schon, denn schon«, meinte Maximilian. »Etwas bequem möchte ich es auf jeden Fall haben.«

»Und wir müssen in aller Ruhe über Garderobe und Schmuck sprechen.« Sophie blickte ernst in die Runde. »Bis zum Januar ist es nicht mehr viel Zeit.«

Unwillkürlich dachte Wilhelm Jacob an die kostbaren Familienjuwelen, die ihm die gräfliche Münchener Großmutter nebst etlichen Goldmünzen treuhänderisch für die Zwillinge überlassen hatte. Bewusst hatte er bisher nicht davon gesprochen, da er eine Heirat oder das 21. Lebensjahr der beiden abwarten wollte.

»Nach den Erfahrungen bei unserer Reise zu den Kanarischen Inseln würde ich nicht viel Schmuck mitnehmen«, meinte Elsa, »es ist schon so lästig, auf die Gepäckstücke aufzupassen und unterwegs ist man vor Dieben nie sicher.«

»An Bord wird es gewiss eine Reihe gesellschaftlicher Veranstaltungen geben, wo ein wenig Schmuck angebracht wäre«, überlegte

Sophie und bereute diese Äußerung schnell, denn ihr wurde bewusst, dass weder die Zwillinge oder gar Marga über so edle Stücke verfügten wie sie selber.

»Eine Vergnügungsreise zur See ist sicherlich anders einzuschätzen, als eure Fahrt nach La Palma«, meinte Maximilian. »Aber ich denke, unsere Damen werden eher durch ihren Charme und ebenso geschmackvolle wie fortschrittliche Kleidung glänzen.«

»Ja!«, rief Elsa, »bei einer solchen Reise sind Reformkleider besonders angebracht.«

Emilie nickte. »Das finde ich auch. Und was brauchen wir groß an Schmuck? Die Klunker-Schau können wir getrost anderen überlassen.«

»Es vergeht ja noch einige Zeit bis dahin, das könnt ihr in aller Ruhe überlegen. Aus meiner Sicht ist die Reise beschlossen. Und jetzt entschuldigt mich – die Pflicht ruft.« Maximilian verspürte nicht die geringste Lust, dieses Thema zu vertiefen, und erhob sich. Wilhelm Jacob schloss sich ihm an. Während der Rückfahrt in der Kutsche bemerkte er, wie geschwächt er noch von der Lungenentzündung war – zu Hause würde er sich sofort hinlegen. Aber er war zufrieden mit sich – denn er hatte die von Elßtorffs überzeugt, gemeinsam aufs Schiff zu gehen.

Er entschied, einiges an Goldmünzen als Reserve für alle Fälle mitzunehmen, die kostbaren gräflichen Juwelen hingegen, die Aufsehen erregt hätten, im Safe zu lassen. Außerdem wussten seine Enkelinnen noch gar nicht, dass er den Familienschmuck für sie gerettet hatte. Es erschien ihm sowieso nicht sonderlich schlau zu sein, teuren Schmuck mit auf Reisen zu nehmen, wo man leicht bestohlen werden konnte. Er würde lieber jeder Enkelin zu Weihnachten eine hübsche Perlenkette schenken, oder etwas mit Aquamarinen, was bestens zu den Augen der Mädchen passte. Sophie von Elßtorff konnte ihn da gewiss beraten. Für den Juwelier Kröner in der Hildesheimer Straße hatte er den Innenausbau gefertigt; da entsprach es der guten Sitte unter Geschäftsleuten, auch bei ihm einzukaufen.

Später am Abend beim Diner erklärte Sophie: »Wir haben ja inzwischen beschlossen, die Orientreise anzutreten. Ich würde dazu gern Edelgarde einladen, die mir in letzter Zeit gar nicht gefällt. Sie wirkt oft niedergeschlagen.«

»Hältst du das wirklich für eine gute Idee? Die Gräfin von Potocki ist zwar momentan einigermaßen erträglich, aber wer weiß, wie lange das anhält. Wie oft hat sie uns mit ihren spitzen Bemerkungen und ihrem Hochmut genervt«, hielt ihr Elsa entgegen.

»Und dabei ist sie wie eine verschämte Arme, die kaum genug zu essen hat und sich mit Handarbeiten die Hände zersticht. Und ich bin mir bei ihrem vornehmen Gehabe oft ganz klein vorgekommen«, bemerkte Emilie.

»Diese Frau hat viel mitgemacht – sie dauert mich. Seitdem ich im Bilde bin, was sie alles durchlitten hat, sehe ich einiges in einem milderen Licht. Sie braucht etwas, worauf sie sich freuen kann.«

»Du hast eine mitfühlende, gutmütige und großzügige Seele«, meinte Maximilian. Er vermutete, dass sie ihren Entschluss längst gefasst hatte, ihn aber nicht ungefragt vor vollendete Tatsachen stellen wollte. Dass seine Frau selbständig Entscheidungen fällte, war eine neuere Entwicklung, die ihm nur bedingt gefiel. Er hatte sich wohl oder übel daran gewöhnt, dass sie seit einiger Zeit selbstbewusster über ihr eigenes Vermögen verfügte. Nicht zum ersten Mal fragte er sich, ob sie doch etwas von seiner Affäre mit der schönen Helena, an die er immer noch ab und zu dachte, mitbekommen hatte? Emilie, die ahnungslos als Gesellschafterin der Besitzerin in Hannovers teuerstes Edeletablissement geraten war, musste schon im eigenen Interesse eisern schweigen. Schließlich hatte er die Zwillingsschwester seiner Ziehtochter unverzüglich von dort mitgenommen. Damit hatte er nicht zuletzt versucht, sein schlechtes Gewissen zu beruhigen, dass er einst dem Wunsch seines Logenbruders Sartorius gefolgt war, die auf La Palma geborenen Zwillinge zu trennen.

Er bemerkte, dass seine Frau ihn fragend ansah. »Du solltest vorher mit Edelgarde ein ernsthaftes Gespräch führen. Sie könnte uns sonst mit ihren spitzen und herablassenden Bemerkungen die ganze Reise verderben.«

»Wenn die Tante auch noch mitkommt, dann werden wir ja eine große Gesellschaft«, überlegte Elsa. »Schade, dass Mama noch auf La Palma weilt. Aber Großpapa denkt, die Reise wäre so oder so für sie zu anstrengend.«

Sophie nickte. »Wir wollen hoffen, dass sie dort in vertrauter Umgebung ihr Erinnerungsvermögen immer mehr wiedererlangt und sich gesundheitlich stabilisiert. Apropos – auch Wilhelm Jacob wird die Seeluft nach seiner schweren Lungenentzündung guttun.«

»Ja, das wäre fast übel ausgegangen«, meinte Elsa. »Der junge Vertreter unseres guten alten Dr. Petzold hat ja in der Tat eine falsche Diagnose gestellt. Und die tüchtige Marga hat Großpapa dank ihrer profunden Kenntnisse der Pflege und der Kräutermedizin gerettet. Ich bewundere sie – sie nutzte auch auf La Palma jede Gelegenheit, ihr Wissen zu erweitern.«

»Mir gefällt, dass Wilhelm Jacob sie aus Dank eingeladen hat, mit uns zu reisen«, betonte Sophie. Sie vermutete zu Recht, dass ihr Gatte davon nach wie vor nicht angetan war.

»Ja, Marga hat ein gutes Herz«, bekräftigte Emilie, »sie kümmert sich um alles.«

Auch Elsa, die den skeptischen Blick von Maximilian bemerkt hatte, ergänzte: »Sie weiß dennoch immer die Grenzen zu wahren und besitzt großes Taktgefühl. Als unsere Gesellschafterin wird sie gewiss mit Achtung behandelt werden, da es ja nur die 1. Klasse gibt und damit schon einige sonst übliche Unterschiede wegfallen.«

Sophie sagte erfreut: »Elsa, das hast du mal wieder auf den Punkt formuliert. Was meinst du, Maximilian?«

Der gab sich innerlich geschlagen, zumal er sich auch nicht gegen den Wunsch von Wilhelm Jacob sträuben wollte, und nickte zustimmend. Sophie fasste zusammen: »Dann sind wir ja tatsächlich eine beachtliche Reisegruppe. Wilhelm Jacob mit seinen Enkelinnen und Marga Lheiß. Und wir mit Heinrich, Edelgarde und meiner Zofe Lene. Insgesamt neun Personen.«

»Du willst deine Zofe mitnehmen?« Maximilian fiel aus allen Wolken.

»Selbstverständlich! Eine Frau, die gerade auf einer solchen extraordinären Reise ohne ihre Kammerzofe verreist, besitzt weder Stil noch Selbstachtung.«

Vater und Sohn tauschten einen kurzen Blick. Hastig wechselte Heinrich das Thema: »Werde einige medizinische Bücher mitnehmen, dann verliere ich vielleicht das Semester nicht.«

Liebevoll sah Maximilian seinen Sohn an: »Darüber mach dir keine Gedanken! Du musst unbedingt als Beschützer dabei sein – wir können den kostbaren Damenflor unmöglich Großvater Jacob allein überlassen. Denn ich muss noch überprüfen, ob ich volle zwei Monate meinen Geschäften fernbleiben kann.«

»Verantwortungsbewusst gedacht, lieber Maximilian«, lobte ihn Sophie. »Aber ich bitte dich sehr, dass du die ganze Reise mitmachst. Es wäre für mich ohne dich noch nicht mal das halbe Vergnügen. Auch sollten wir überlegen, Franz mitzunehmen, der sich dann um dich, Heinrich und Wilhelm Jacob kümmern könnte. Ein wenig standesgemäß müssen wir schon auftreten.«

Wie sie gehofft hatte, lächelte Maximilian erfreut über den Wunsch, ihn während der kompletten Reise dabei haben zu wollen. Was die Begleitung durch Personal betraf, war er allerdings völlig anderer Meinung, ließ es sich aber zunächst nicht anmerken. »Ich werde darüber nachdenken und mich erkundigen, wie das bei einer solchen Fahrt üblich ist.« Insgeheim aber war er fest entschlossen, auf keinen Fall mit Dienerschaft zu reisen; er wollte im familiären Rahmen unterwegs sein.

Sophie und Edelgarde
Reisevorbereitungen in der Königstraße

Die Gastgeberin hatte nach englischer Sitte Tee, Sandwiches und Scones und allerlei Gebäck vorbereiten lassen. Ein solcher Imbiss war für ihre Cousine, die lange genug zu sparsamster Haushaltsführung gezwungenen gewesen war, immer noch etwas Besonderes. Erfreut stellte sie fest, dass Edelgarde wohler aussah als sonst und eine andere Ausstrahlung hatte.

Während die Cousine herzhaft zulangte, formulierte Sophie ihr erstes Anliegen.»Ich möchte dich für die Reisevorbereitungen um Unterstützung bitten. Derzeit komme ich kaum zum Lesen, da zu meinen ohnehin zahlreichen gesellschaftlichen Verpflichtungen auch noch die Termine für den Magdalenen-Verein hinzugekommen sind. In Cruses Buchhandlung und Antiquariat in der Großen Aegidienstraße wirst du stets bestens beraten, du kannst alles über unser Konto dort laufen lassen. Und stimme dich mit den Zwillingen ab. Die rotbefrackten Nothelfer müssen wir ja nicht doppelt und dreifach mitschleppen.«

Edelgarde schluckte den letzten Bissen von dem hauchdünnen Gurkensandwich hinunter. Ihr Gesicht verzog sich zu einem einzigen Fragezeichen.»Die rotbefrackten was?«

»Oh pardon, meine Liebe«, Sophie hob entschuldigend die Achseln. »Das stammt natürlich von Elsa. Den Namen hat sie für den Baedeker erfunden, als die Reise nach La Palma vorbereitet wurde. Für unsere Fahrt gen Orient brauchen wir selbstverständlich für alle Ziele diesen bewährten Reiseführer. Vielleicht findest du auch andere Reisebeschreibungen, die unterhaltsam und nicht allzu wissenschaftlich sind.«

»Das mache ich sehr gern, Sophie, denn alles womit ich mich für die großzügige Einladung und deine Unterstützung ein wenig revanchieren kann, ist mir hochwillkommen.« Sie holte tief Luft.»Du hast mir eine schwere Last von den Schultern genommen und mit dieser Reise zugleich eine große Bereicherung meines Lebens beschert. Viele zieht es in den Orient, weil es gerade en vogue ist, aber mich interessiert es wirklich. Wir haben ja schon einige Wilde, zum Beispiel

Hottentotten, bei den Völkerschauen im Zoo gesehen. Nun werden wir im Orient weitere in ihrer angestammten Umgebung erleben.«

Da ihr die Völkerschauen ein Graus waren, gefiel Sophie diese Einstellung gar nicht, aber sie verkniff sich eine Bemerkung. »Wir werden gewiss eine Menge zu sehen bekommen und vielleicht auch einige Abenteuer erleben.«

Sophie konnte beim besten Willen nicht ahnen, welch prophetische Worte sie da gerade ausgesprochen hatte und schnitt ein anderes Thema an. »Die Zwillinge und ich haben übrigens beschlossen, uns für die komplette Reise ausschließlich mit der bequemen Reformkleidung auszustatten. Ich habe, wie du weißt, schon länger auf das ungesunde Korsett verzichtet und fühle mich seitdem wesentlich besser. Vielleicht möchtest du dich anschließen und dich dabei auch endlich von der schwarzen Witwenkleidung trennen?«

Ein tiefer Seufzer bildete die erste Reaktion. »Wenn es nicht so kostspielig wäre, hätte ich das schon lange getan! Du kennst ja inzwischen meine prekäre finanzielle Situation. Bei schwarzer Kleidung fällt es eben weniger auf, wie spärlich meine Garderobe ist. Außerdem kann ich mit unterschiedlichen Zusammenstellungen immer wieder etwas anders aussehen.« Sie verriet natürlich nicht, dass sie solche Accessoires grundsätzlich bei Trödlern eingekauft hatte, selbstverständlich tief verschleiert.

Unwillkürlich erinnerte sich Sophie daran, wie oft sie mit Elsa über Edelgardes ungewöhnliche Kombinationen gelästert hatte. Nun war ihr klar, wieso die einstmals so hoch elegante Frau oft in seltsamen Ensembles erschienen war.

»Die Zwillinge haben mich gebeten, für uns drei und für Marga etliche Reformkleider zu entwerfen und nähen zu lassen. Das mache ich gern auch für dich – du kannst unmöglich in Ägypten in Schwarz und mit Korsett rumlaufen. Halbtrauer in Silbergrau und dezente Farben wären meiner Meinung nach angebracht. Zumal du ja vielleicht gar keine echte Witwe bist.«

Mit Tränen in den Augen saß Edelgarde zunächst sprachlos da. Schließlich entgegnete sie: »Du bist so unglaublich großzügig. Ich kann bis heute kaum fassen, dass du mich zu dieser exorbitant teuren Reise einlädst. Und dir jetzt auch noch Gedanken über meine Garderobe machst. Mir ist alles recht, ich vertraue deinem ausgezeichneten Geschmack.«

»Nun, du verstehst etliches von Mode und Nähen und kannst gern behilflich sein. Wenn du magst, sieh dir einige Kleider an, die aus der Zeit stammen, als ich mich geschnürt habe. Du bist schlanker als ich.

Diese Pariser Kreationen waren mir zu schade, sie einfach wegzugeben. So geschickt, wie du bist, könntest du daraus sicherlich einiges zaubern.«
»Vielen Dank Sophie, damit beschäftige ich mich sogar gern.«
»Dann huschte ein Lächeln über ihre Züge. »Und ich will euch auch keinesfalls Schande machen!«
»Da kommt doch ein wenig von der alten Edelgarde zum Vorschein«, erwiderte Sophie schmunzelnd.
»Ja, ich war oft biestig, vor allem Elsa gegenüber.«
»Das stimmt leider.«
Edelgarde holte tief Luft. »Ich werde versuchen, dass ein wenig wieder gutzumachen. Für die Reise werde ich mir mein Strickzeug mitnehmen. Ich stelle es mir nett vor, mit Blick auf das Meer etwas zu fertigen – Schultertücher sind auf Reisen immer angenehm – damit fange ich jetzt schon an.«
»Gute Idee! Aber wir beginnen ja jetzt einen neuen Abschnitt. Und wie du weißt, läuft für die Zwillinge das Leben auch nicht ganz problemlos ab. Immerhin haben sie nicht die großen finanziellen Sorgen, durch die du dich viele Jahre so tapfer hindurchlaviert hast.«
»Die Konsequenzen für meine Blauäugigkeit und den Hochmut waren äußerst hart. Ich bin aber froh, dass du jetzt Bescheid weißt. Und dass du mir so großzügig deinen Anteil am Erbe unserer verstorbenen Tante überlässt, verbessert meine Situation erheblich.«
Zufrieden konstatierte Sophie, was für eine nützliche Idee diese von ihr erfundene Erbschaft doch war. So konnte die Cousine ihr Gesicht wahren, statt eine monatliche Apanage dankbar annehmen zu müssen.
»Ganz große Sprünge lassen sich damit nicht machen, aber das ist schon mal ein Fortschritt. Nähen musst du jedenfalls nicht mehr, um dein täglich Brot zu sichern. Apropos täglich Brot …«, Sophie merkte, wie peinlich es ihrer Cousine war, und schwenkte schnell zu einem anderen Thema um. »Wir haben beschlossen, für uns alle die Kleider großzügig anzumessen. Denn die Verpflegung soll hervorragend und reichlich sein; wir sind daher wohlberaten, Platz zu lassen.«
»Meinst du wirklich? Bei der unvermeidlichen Seekrankheit, vor der mir jetzt schon graut, gleicht sich das vielleicht wieder aus.«
»Einige stürmische Tage werden wir gewiss zu überstehen haben. Marga will eine wohlbestückte Reiseapotheke mitnehmen. Wilhelm Jacob lässt extra nach ihren Angaben eine entsprechende Kiste tischlern. Da werden wir für alle Eventualitäten gut versorgt sein. Außerdem fährt ein Arzt mit. Und wer weiß, wer so mitreisen wird.«

Bei der allerersten Reise befanden sich viel mehr Herren sämtlicher Altersstufen an Bord als Damen.«

Verblüfft starrte Edelgarde ihre Cousine an. »Du meinst im Ernst, ich sollte mich mit über vierzig nochmals nach einem Gatten umsehen?«

»Warum nicht? Eine solch' gute Gelegenheit kommt wahrscheinlich nie wieder. Und andere Möglichkeiten gibt es ja kaum.«

»Da hast du leider Recht. Aber sag, woher weißt du inzwischen so viel über diese erste Reise?«

»Durch Zufall habe ich erfahren, dass zwei hannoversche Ehepaare an Bord waren. Und Frau Kayser kenne ich flüchtig. Stell dir vor, es gab eine eigene Bordzeitung. Und sie hat sämtliche Exemplare gesammelt und mir freundlicherweise zu guten Händen geliehen. Bisher konnte ich nur kurz durchblättern, du könntest sie in Ruhe lesen, da scheint sowohl Interessantes über das Bordleben als auch die einzelnen Stationen der Reise drin zu stehen.«

»Gerne, da habe ich in nächster Zeit einiges zu studieren.«

»Wovon wir alle profitieren werden«, entgegnete Sophie, die es zugleich positiv fand, dass ihre Cousine so auf andere Gedanken kam.

Weitere Reisevorbereitungen
Auch in Klagenfurt

Die Baronin Mary Sina de Hodos wurde stets Sina genannt, sodass es nicht zu Verwechslungen mit ihrer Nichte Mary von Rainer-Harbach kam. Nachdenklich saß sie im Salon einer großen Villa in Klagenfurt. Sie dachte an Mary, an der sie Mutterstelle vertreten hatte, da deren Eltern ein Jahr nach der Geburt der einzigen Tochter bei einem Kutschenunfall ums Leben gekommen waren.

Das Mädchen aufzuziehen hatte ihr große Freude bereitet, bedeutete aber auch eine außerordentliche Verantwortung. Gerade jetzt, wo sich ihre sehr vermögende Nichte im heiratsfähigen Alter befand. Wie leicht konnte sie an den falschen Mann geraten und lebenslang unglücklich werden! Sina hatte ihr Leben ganz Mary gewidmet und selbst auf eine Verheiratung verzichtet. In letzter Zeit fragte sie sich manchmal, ob dies richtig gewesen sei.

Nach Marys Verlobung mit dem aufstrebenden Rechtsanwalt Victor Rehnhoff aus Hannover hatte Sina beschlossen, gemeinsam eine dieser neumodischen Vergnügungsreisen zur See zu unternehmen.

Diese sollte nun im Januar 1892 stattfinden. Da ihr das Verlöbnis nicht wirklich gefiel, hoffte sie noch auf eine Änderung der Dinge. Sie hatte während der Sommerfrische auf Norderney, wo die beiden sich kennengelernt hatten, bemerkt, dass der Anwalt auch dieser Elsa, der eigenwilligen Ziehtochter der von Elßtorffs, den Hof gemacht hatte. Deshalb vermutete sie, dass seine Annäherung an ihre Nichte wohl weniger aus Neigung, sondern auf das Betreiben seiner Mutter erfolgt war! Sina beschloss, Rehnhoff im Verlauf der Reise genauer unter die Lupe nehmen und sich zugleich nach Alternativen umzusehen. Was konnte da nützlicher sein als ein langer Aufenthalt auf einem Schiff, wo man wochenlang beständig zusammen war?

Vielleicht entpuppte sich der Verlobte noch zum Positiven, vielleicht aber entdeckte man einen geeigneteren Kandidaten? Einen von Stand und mit Vermögen? Wieso hatte sich Mary nur so in diesen Rechtsanwalt verliebt? Unbegreiflich! Egal wie – als Reisebegleiter war er brauchbar, ein Mann als Beschützer musste auf eine solche noch so wenig erprobte Art zu reisen schließlich her. Und damit beendete Sina ihr Gedankenspiel, denn Mary betrat den Salon und setzte sich. »Meine Liebe, sollten wir die Mutter deines Verlobten auch einladen? Eine solche Fahrt kann sie sich ebenso wenig leisten wie ihr Sohn!«

»Ma chère Tante, das könnte des Guten zu viel sein. Ich glaube nicht, dass ihm das gefallen würde. Er ist ziemlich stolz und eigen in solchen Angelegenheiten.«

»Aber seiner Mutter würde das garantiert zusagen«, entgegnet Sina de Hodos im Brustton der Überzeugung. »Und ihr Sohn wird sich letztendlich beugen, wie er es immer tut.«

Mary verzog missbilligend den Mund. »Er ist doch kein Muttersöhnchen!«

»Das ist er auch nicht im schlechten Sinne. Aber er weiß, was er seiner Mutter schuldet. Und das wird für dich in der Ehe vorteilhaft sein, wenn du es geschickt einsetzt. Du brauchst nur durchschimmern zu lassen, wie du die Dinge gerne hättest, und er wird letztendlich auf diese Linie einschwenken. Zum Glück sind die testamentarischen Bestimmungen deiner lieben verstorbenen Eltern so, dass ein künftiger Gatte keinen automatischen Zugriff auf dein großes Vermögen hat. Dies würde ich ihm allerdings erst berichten, wenn er kurz vor der Heirat auf einem Ehevertrag bestehen sollte!«

»Danke, ma chère Tante, ich bin nicht dumm. Aber bei aller Liebe, die Mutter möchte ich bei der Reise nicht dabeihaben, die werde ich noch lange genug genießen können, wenn ich in Hannover verheiratet bin.«

In Hannover

Indessen sprach der Rechtsanwalt Dr. Victor Rehnhoff mit seinem Compagnon Dr. Hans von Winterfeldt, den er inzwischen auf Betreiben seiner Mutter in die Kanzlei aufgenommen hatte. Es handelte sich um einen entfernten Verwandten aus ihrer adeligen Familie, mit dem bei der Firmierung der Anwaltsfirma endlich auch ein ›von‹ neben dem Doktortitel ihres Sohnes erschien!

»Du musst unbedingt mitfahren«, sprach Hans, »solche Kontakte kannst du wohl nie wieder knüpfen. Da kommen Gäste aus dem ganzen Reich an Bord und wahrscheinlich einige vermögende Ausländer. Wir werden neue Visitenkarten vom Allerfeinsten bei der Druckerei Jänecke bestellen, auf schwerem Bütten!«

»Es ist so gar nicht meine Art, mich zu so einer teuren Reise einladen zu lassen«, entgegnete Rehnhoff etwas mürrisch.

»Das verstehe ich. Aber daran wirst du dich bei einer so reichen Frau gewöhnen müssen. Du wirst nicht von ihr verlangen wollen, dass sie deinetwegen auf alles verzichtet, was ihr selbstverständlich erscheint.«

»Nein, das kann ich wohl nicht. Und meine Mutter freut sich riesig, dass ich diese Reise antrete. Sie meint genau wie du, dass sich da viele Kontakte zu einträglichen Mandanten in spé knüpfen lassen.«

»Eben! Und bis dahin bin ich in alle Fälle so ausgezeichnet eingearbeitet, dass du beruhigt zwei Monate in Urlaub fahren kannst. Um diese Vergnügungsreise auf See beneide nicht nur ich dich glühend!«

»Na gut, dann ist es beschlossene Sache. Mary und ihre Tante werden bereits Anfang Januar nach Hannover kommen, um sich die Stadt anzusehen.«

»Wo werden sie wohnen?«

»Natürlich im ersten Haus am Platze, in Kastens Hotel. Ich brauche auf jeden Fall in der Zeit noch Kavaliere für die Tante und rechne auf deine Unterstützung!«

»Meine hast du hiermit!«

Victor Rehnhoff war erleichtert über diese Zusage. Denn auf Heinrich von Elßtorff kann ich nicht mehr bauen, dachte er. Der hat mir die Freundschaft gekündigt, als ich nach seiner Ziehschwester Elsa auch deren Zwilling Emilie den Hof gemacht habe, was zweifellos keine kluge Idee war. Die Strafe folgte ja auf dem Fuße, die Zwillinge haben mich reingelegt und vorgeführt. Er schluckte trocken in Erinnerung an die peinliche Szene, die sich auf dem Gartenfriedhof zugetragen hatte.

»Was ziehst du denn für ein miesepetriges Gesicht?«, fragte sein Partner. »Keine Bange, wir werden das Kind schon schaukeln und deinem Goldfasan samt Anstandswauwau Hannover von seinen besten Seiten zeigen.«

Kleiderfragen
In der Königstraße

Nach Wilhelm Jacobs Genesung hatte Sophie erneut zum Tee eingeladen, um einiges für die Reise zu besprechen. Der Möbelfabrikant hatte die inzwischen fertiggestellte, mit zwei soliden Griffen und einem Schloss versehene Holztruhe mitgebracht, in der Marga die Reiseapotheke unterbringen wollte. Diese überprüfte Schubladen und Fächer und zeigte sich bald äußerst zufrieden. »Ich werde einige Gefache für die Glasflaschen mit Filz auspolstern, dann sind wir auf der sicheren Seite. Mit dem rührigen Pharmazeuten der Marienapotheke, Karl Adolf Hormann, bespreche ich demnächst, was wir mitnehmen, vor allem für den Orient. Es wird gewiss auch auf dem Schiff Medikamente geben, aber sicher ist sicher.«

»Umsichtig wie immer, Marga«, lobte Sophie.

Diese lächelte erfreut und sagte dann zu Wilhelm Jacob: »Eine ausgezeichnete Arbeit, diese tragbare Apotheke. Das sollten Sie sich patentieren lassen.« Dieser nahm das Kompliment zufrieden entgegen. »Hervorragende Idee, das werde ich mir überlegen. Bei der immer stärker grassierenden Reiselust könnte es ein Verkaufsschlager werden.«

Heinrich meinte: »Für uns Herren empfehle ich, mit einem Havelock zu reisen, der hat sich auf unserer Fahrt nach La Palma bestens bewährt.«

»Was ist denn ein Havelock?«, fragte Sophie. »Mit Männermode kenn ich mich nicht so aus.«

»Das ist ein längerer, ärmelloser Mantel mit einem Schulterumhang, der bis zu den Ellenbogen reicht«, erklärte Heinrich. »Der schützt vor Regen und Kälte, aber man hat mehr Bewegungsfreiheit als in einem Mantel. Das ist bequem auf Reisen. Meinen werde ich auf jeden Fall mitnehmen. Auch praktisch, wenn der Wind mal über das Deck pfeift.«

Wilhelm Jacob meinte: »Ja, das leuchtet mir ein. Werde einen bei meinem Schneider bestellen.«

»Ein leichter Lodenstoff ist empfehlenswert. Und ich würde mir einige Innentaschen einarbeiten lassen, das ist unterwegs sicherer als die Pattentaschen außen. Mein Havelock hat einen verdeckten Verschluss. Was unhandlich ist, wenn man ihn schnell aufmachen möchte, um sich beispielsweise hinzusetzen.«

»Also normale Knöpfung. Ich werde es dem Schneider erklären«, meinte Wilhelm Jacob. »Willst du dir auch einen anmessen lassen, Maximilian?«

»Prima Idee! Wir machen zusammen einen Termin.«

»Was Ideen betrifft, fällt mir gerade etwas ein. Wenn der Umhang zum Anknöpfen gearbeitet wird, können ihn die Herren bei guter Wetterlage zu Hause lassen.« Sophie sagte anerkennend: »Praktisch wie immer, Marga. Wäre das nicht ebenfalls etwas für uns Frauen?« Maximilian stöhnte innerlich auf. Das Aufsehen, das die Damen in ihren Reformkleidern erregten, war ihm oft unangenehm. Und nun wollten sie auch noch in Männermänteln herumlaufen?

»Ja, das klingt praktischer als die Kaftan ähnlichen Jacken, die wir für La Palma hatten, um die Berge zu überqueren«, erklärte Elsa. »Die Hosenröcke, die wir zum Radfahren tragen, kommen ebenfalls mit, dann sind wir optimal beweglich.« Erneut blickte Maximilian wenig begeistert. Emilie, die das bemerkt hatte, unterstützte daher den Vorschlag. »Hervorragende Idee! Zumal wir gewiss nicht an jedem Hafen über eine Gangway an Land gelangen werden. Beim Ausbooten sind die langen Röcke äußerst unpraktisch, wenn nicht gar gefährlich. Und solide Schuhe mit Gummisohlen sind unbedingt zu empfehlen.«

Sophie holte tief Luft. »Ich verlasse mich auf eure Erfahrungen. Bin ja die einzige Frau in der Runde, die noch nie eine größere Schiffsreise unternommen hat. Wie stets nehme ich jedoch meine geerbte, mit einer Dampflok bestickte Reisetasche mit.«

Mit einer angedeuteten galanten Verbeugung nickte Wilhelm Jacob ihr zu. »Da sind wir immerhin zwei Personen, die keine Seebären sind. Ausgenommen die Überfahrt nach Norderney verfüge ich über keinerlei Erfahrungen.«

»Aber wir dafür umso mehr. Als Handgepäck eignen sich besonders die praktischen Teppich-Reisetaschen«, meinte Emilie abschließend.

»Wir werden noch einige Koffer brauchen«, ergänzte Sophie.

»Da solltet ihr bei Horstmann & Sander gucken, dort haben wir für die Reise nach La Palma gekauft, da wird man fachkundig beraten«, empfahl Elsa. »Vielleicht könnt ihr dort alle zusammen einkaufen, denn Emilie und ich sind bereits vorzüglich ausgerüstet.«

»Ja, das würde ich gern gemeinsam mit den Damen erledigen«, erwiderte Wilhelm Jacob und lehnte sich zufrieden zurück.

Siegmund Seligmann spricht mit Ehepaar Breuer
In der Conti und in Linden

In seiner Lindener Volksschule hatte Hannes Breuer einen sorgfältig im Bütten-Kuvert verschlossenen und versiegelten Brief von Siegmund Seligmann vorgefunden. Darin stand in einer charaktervollen Schrift:

Sehr geehrter Herr Breuer,
in einer wichtigen Angelegenheit Ihren Sohn betreffend wünsche ich, Sie und Ihre Gemahlin zu sprechen. Vorläufig ohne Wissen von Cord. Terminabsprache veranlassen Sie bitte mit meinem Bureau.
Mit freundlichen Grüßen verbleibe ich als Ihr
S. Seligmann

Abends zeigt er seiner Frau den Brief.
»Was hältst Du davon?«
»Das hat er offenbar selber geschrieben. Es scheint ihm wichtig zu sein. Nebenbei bemerkt, eine schöne Schrift – schwungvoll und trotzdem gut lesbar. Und markant mit den Unterlängen beim kleinen *g*.«
Die Handschrift des Direktors scherte Hannes gerade weniger. »Möglicherweise eine berufliche Angelegenheit?«, dachte er laut. »Cord hat doch ein Praktikum bei der Conti gemacht und Verbesserungsvorschläge abgegeben.«
Aufgeregt stupste Luise ihren Mann an. »Vereinbare schnell einen Termin. Ich werde deinen Frack rauslegen, den du zum Festessen mit dem Kaiser vor zwei Jahren im Ständehaus getragen hast. Und ich sollte mir ein neues Kleid kaufen.«
»Auf keinen Fall den Frack. Nun mach mal halblang! Ich gehe nicht als Lackaffe für einen Termin im Bureau. Und dein bestes schwarzes Gewand reicht völlig!«
»Wie du kommst gegangen, so wirst du auch empfangen«, parierte Luise, was ihr Gatte mit einem Grummeln quittierte.

»Wie vom Herrn Seligmann gewünscht, sollten wir Cord erst mal nichts sagen«, schlug Luise vor. Hannes nickte. »Einverstanden!«

Zwei Tage später saß das Ehepaar Breuer am Besprechungstisch im Bureau des Direktors. Luise war enttäuscht, sie hatte sich das Ganze wesentlich repräsentativer vorgestellt. Nachdem sein Sekretär die Gäste mit Kaffee versorgt hatte, erklärte Seligmann: »Unsere Firma unterstützt hoffnungsvolle junge Männer mit großzügigen Stipendien, um ihnen eine hochqualifizierte Ausbildung zu ermöglichen. Das hängen wir nicht an die große Glocke – denn wir wollen damit auch zukünftige Spitzenleute an unsere Firma binden. Da die Idee so einfach wie wirkungsvoll ist, legen wir keinen Wert darauf, dass andere das nachmachen.«

»In Hannover würde sich doch schnell herumsprechen, wenn Sie hiesige Studenten unterstützen«, vermutete Hannes Breuer.

»Nicht unbedingt. Aber die Frage stellt sich nicht. Denn wir beabsichtigen besonders talentierten jungen Männern die Chance zu geben, zum Beispiel im Land der unbegrenzten Möglichkeiten zu studieren. Und hierfür haben wir Ihren Sohn Cord ins Auge gefasst.«

Verdutzt sah Hannes Breuer ihn an. »Ein Studium in Amerika?«

»Zufällig haben wir einen guten Draht zur frisch eröffneten Leland Stanford Junior University, meist kurz nur Stanford University genannt …«

Luise stutzte: »Befindet die sich an der Westküste?«

»Ja, in Kalifornien, ungefähr 60 km südöstlich von San Francisco.«

»Du liebe Güte, weiter entfernt geht ja wohl gar nicht.«

Das ist ja unter anderem der Zweck der Übung, dachte Seligmann, laut sagte er: »Ich wage zu behaupten, dass es keine Universität gibt, die so liberal ist und solche Chancen bietet. Die Stanfords haben diese Bildungseinrichtung gegründet zur Erinnerung an ihren früh an Typhus verstorbenen einzigen Sohn Leland. Die Eröffnung war am 1. Oktober. Sie beabsichtigen, Harvard in Kalifornien sozusagen zu duplizieren. Es werden dort alle Religionen zugelassen und Frauen ebenso wie Männer.«

»Frauen dürfen dort studieren! Das ist in der Tat fortschrittlich!«, rief Luise erstaunt. »Bei uns können sie noch nicht mal das Abitur ablegen und studieren schon mal gar nicht. Und dass alle Religionen zugelassen sind, gefällt mir ebenfalls.«

Seligmann merkte, dass sie sich dem Gedanken nicht mehr völlig verschloss, und setzte noch eins oben drauf. »Ja, das finde ich als Jude auch vorbildlich. Das Motto heißt übrigens: ›Die Luft der Freiheit weht‹, das geht auf den Humanisten Ulrich von Hutten zurück.«

Hannes schien gleichfalls gebührend beeindruckt.
»Wir würden unseren Sohn dann viele Jahre nicht sehen«, äußerte Luise nachdenklich.
»Wie lange würde das Studium denn dauern?«, präzisierte Hannes.
»Es kommt darauf an, welche Vorkenntnisse er hat und wie schnell er sein Englisch perfektioniert. Auf jeden Fall sollte er mit einem Doktor Ing. zurückkommen, das würde ihm hier eine große Karriere ermöglichen.«
Hannes zuckte innerlich zusammen – genau das war doch sein Traum für seinen Sohn! Er schluckte. »Aber das Semester hat schon angefangen.«
»Das dürfte kein Problem sein«, meinte Seligmann. »Es müssen ja noch Vorbereitungen getroffen werden und die Reise selbst dauert auch. Cord könnte die verbleibende Zeit des Studienhalbjahres nutzen, um sich einzuleben und sein Englisch zu verbessern, um dann mit voller Kraft in das nächste Semester einzusteigen.«
Das Ehepaar Breuer sah sich etwas ratlos an. »Das kommt alles so aus heiterem Himmel«, stammelte Luise und der sonst so wortgewandte Volksschullehrer nickte nur.
»Überlegen Sie sich alles in Ruhe und sprechen Sie mit Ihrem Sohn. Wir können uns in etwa einer Woche nochmals zu viert zusammensetzten. Mein Sekretär hat einige Unterlagen über Stanford zusammengestellt, die können Sie mitnehmen. Man will dort nicht sektiererisch, sondern koedukativ und erschwinglich sein, kultivierte und nützliche Absolventen hervorbringen und sowohl die traditionellen liberalen Künste als auch die Technologie unterrichten.«
Er stand auf, verbeugte sich vor Luise und reichte ihr eine Mappe. Gespannt sah sie hinein. »Alles auf Englisch«, murmelte sie.
»Ja, Englisch und Spanisch sind die am meisten verbreiteten Sprachen. Wer die beherrscht, hat viele Möglichkeiten. Zu denen könnte auch Ihr Sohn gehören.«
»Sie haben uns reichlich Stoff zum Nachdenken gegeben«, erwiderte Hannes Breuer. »Auf jeden Fall danken wir Ihnen sehr, dass Sie unseren Sohn derart großzügig unterstützen wollen.«
Auf dem Heimweg in der Pferdetram redeten sie bewusst nicht darüber. »Lass uns bei Bäcker Joachim Völksen in der Plinkestraße vorbeigehen und zur Feier des Tages vom besten Butterkuchen der Stadt holen«, schlug Luise vor. Wie gesagt, so getan.
In der Falkenstraße angekommen, setzten sie sich ausnahmsweise in die gute Stube, in der auch das Klavier stand und die zahlreichen Bücher des Ehepaares eine Wand bedeckten. Luise holte die Ton-

flasche mit dem Doppelwacholder aus dem Vertiko und schenkte großzügig einen Stamper voll für beide ein.

»Heraus mit der Sprache, Hannes, was meinst du?«

»Das ist eine einmalige Chance! Unsere Königlich Technische Hochschule hat zwar einen ausgezeichneten Ruf, aber hier kann er seinen Doktor nicht bauen!«

»Das bedeutet eine außerordentlich lange Trennung. Die wird uns allen schwerfallen. Und nicht zuletzt betrifft das auch Cords Abschied von Fräulein Elsa.«

Hannes setzte sein Glas so heftig ab, dass es knallte. »Was willst du damit sagen? Bahnt sich da etwas an?«

»Ich vermute es nur. Befreundet sind die beiden ja schon lange. Bei Cord ist es, glaube ich, bereits seit geraumer Zeit eine tiefe Zuneigung.«

»Das passt doch gar nicht, es gehen noch etliche Jahre ins Land, bevor unser Sohn an eine feste Bindung auch nur denken kann.« Nachdenklich hielt er inne. »Alles schön und gut und nichts gegen Fräulein Elsa. Aber dann kommt eine Trennung gerade recht.«

Wenig später kam Cord nach Hause, der keinen blassen Schimmer hatte, wie dramatisch sich nicht nur sein Leben innerhalb kürzester Zeit verändern würde.

»Butterkuchen von Völksen?« Er schnupperte. »Echter Bohnenkaffee? Gibt's was zu feiern?«

Nachdem er erfahren hatte, um was es ging, blieb ihm der Kuchen fast im Halse stecken und wurde mit Kaffee hinuntergespült. Seine Gedanken überschlugen sich. Was für eine Chance – aber die Aussicht auf eine jahrelange Trennung von Elsa und seinen Eltern raubte ihm jeden weiteren Appetit auf den Butterkuchen.

Amor vincit omnia – besiegt Liebe alles?
In der Königstraße

Elsa hatte Cord, während er im Elßtorffschen Bureau einige Zeichnungen ausführte, ein Billett zugesteckt. *Um halb 7 in der Remise im Kutscherhaus. Tante Sophie und Onkel Maximilian sind eingeladen.*

Elsa saß auf der großen alten Futterkiste, in der sie auch ihre Verkleidung als Dienstmädchen versteckt hatte. Der Verschlag auf der Abseite wurde von Franz nie benutzt. Hier hatte sie sich immer umgezogen, um sich ungeniert unter die Leute mischen zu können.

Beim Anblick Cords fing ihr Herz sofort an heftiger zu klopfen. Schnell trat er auf sie zu und nahm sie vorsichtig in den Arm. Als sie sich fest an ihn schmiegte, begann er sie zu küssen, was sie leidenschaftlich erwiderte. Aber dann schob sie ihn von sich. »Ach Cord, ich bin so durcheinander. Schon wegen der zwei Monate Schiffsreise habe ich gejammert. Und jetzt mehrere Jahre Studium in Amerika. Ausgerechnet an der Westküste, weiter weg geht es nicht. Die Post wird wahrscheinlich Wochen dauern.«

»Mir kommt das auch vor wie eine Ewigkeit.« Schnell gab er ihr einen Kuss. »Aber überleg mal. Wenn ich als Ingenieur zurückkehre, mit einem Doktortitel, den ich hier gar nicht erwerben kann, steht uns die Welt offen. Dann hast du doch einen gestandenen Mann mit einer beruflichen Zukunft an deiner Seite, der dir etwas zu bieten hat.«

»Cord, war das ein verklausulierter Heiratsantrag?«

»Natürlich! Einen offiziellen kann ich dir ja in meiner Situation nicht machen.«

»Das besiegeln wir mit einem Kuss«, rief Elsa. Dieser dauerte ziemlich lange.

Schließlich nestelte der strahlende Cord etwas aus seiner Tasche und überreichte ein kleines Päckchen. »Mach auf, für dich!« Gespannt öffnete Elsa das Etui und erblickte ein silbernes Herz als Anhänger. Mit Tränen in den Augen dankte sie ihm mit einem weiteren Kuss.

»Lieber hätte ich dir einen Ring geschenkt, aber es würde auffallen, wenn du den plötzlich am Finger hast. Den Anhänger kannst du an einer Kette nach innen tragen, ohne dass es jemand bemerkt.«

»Das werde ich tun, dadurch bist du immer ein wenig bei mir.« Und sie überlegte fieberhaft, was sie Cord schenken könnte, bevor der baldige Abschied drohte.

»Es gibt viel zu erledigen, ich brauche einiges an Papieren und Beglaubigungen für die Universität.«

»Was ist das denn überhaupt für eine Universität?«

»Stanford ist ganz neu und modern, dort können auch Frauen studieren.«

Elsa verschlug es zunächst die Sprache. Dann rief sie: »Das ist der Gipfel der Ungerechtigkeit. Ich möchte ebenfalls studieren, wie gerne würde ich mitkommen! Wir Frauen haben hier im Kaiserreich so gut wie keine Möglichkeiten. Selbst meine Mitarbeit in Großvaters Fabrik ist schon nicht comme il faut. Gar nicht daran zu denken, wie man sich die Mäuler zerreißen würde, wenn ich später mal in die Geschäftsführung einträte.«

Cord konnte sich nicht verkneifen, Elsa ein wenig aufzuziehen. »Tante Sophie sieht gewiss schon deine Heiratschancen schwinden.« Aber der Schuss ging nach hinten los. »Das ist ja wohl momentan das falsche Stichwort.« Tränen rannen Elsas Wangen hinab, wahrscheinlich aus einer Mischung aus Wut und Abschiedsschmerz, vermutete Cord völlig zu Recht.

Geknickt nahm er sie tröstend in die Arme.

Plötzlich fiel Elsa ein: Und was, wenn er da attraktive junge Amerikanerinnen kennen lernte, womöglich mit ähnlichen Interessen? Vielleicht sogar eine Millionärstochter! Ihre Gedanken überschlugen sich so rasend schnell, dass ihr schwindelig wurde.

»Du bist ja plötzlich ganz blass, setz dich hin.« Besorgt hob Cord sie wieder auf große die Futterkiste.

In all ihrem Schmerz wollte Elsa nur noch in seinen Armen liegen. Immer leidenschaftlicher wurden die Küsse. Das war anders als bei ihrem kleinen Abenteuer mit dem flotten Ferdi. Da hatte sie zwar auch erregt reagiert, aber nicht die Einigkeit empfunden wie jetzt mit Cord. Der begann mit Händen, die gleichzeitig zart und fordernd waren, sie immer intensiver zu streicheln und zu küssen. Es rieselte ihr angenehm und aufregend zugleich den Rücken hinunter. Aber als er anfing, ihre Brüste zu liebkosen, war es mit ihren leicht distanzierten Beobachtungen des Geschehens endgültig vorbei. Sie spürte, wie ihr Körper sich immer mehr entflammte. Cord indessen fühlte sich hin und hergerissen. Denn bei Elsa handelte es sich um eine junge Dame und keines der Arbeitermädchen, die sich schon eher mal von einem Lindener Butjer verführen ließen. So versuchte er, Vernunft zu bewahren. Schließlich reagierte er jedoch darauf, dass Elsa auf seine immer leidenschaftlicheren Berührungen temperamentvoll einging. Als seine Hand nach unten wanderte, zuckte sie zwar einen Moment zurück, überließ sich aber dem Spiel seiner Finger und begann leise zu stöhnen. Da gab es für Cord kein weiteres Halten mehr. Als er vorsichtig in sie eindrang, spürte sie einen kurzen Schmerz, dann vergaß sie alles um sich herum. Eine ganze Weile später sahen sie sich an. Cord zupfte seiner Elsa einige Strohhalme aus den Haaren. »Vielleicht sollte es mir leid tun, denn wir hätten das nicht machen dürfen. Aber ich kann es nicht bedauern, dazu war es zu wunderbar, dich zu lieben und zu erleben, wie du reagierst.« Er verkniff sich zu sagen, dass er das von einer jungen Dame nicht erwartet hatte.

Elsa sah ihn prüfend an. Dann sagte sie: »In der Bibel heißt es, sie erkannten sich. Du bist ein Mann, der mich so liebt, wie ich bin, der sogar meinen Verstand schätzt. Und wenn ich mich nicht so verhalte,

wie man es von einer höheren Tochter erwartet, scheint dich das nicht wirklich zu stören.« Für einen Moment verschlug es Cord die Sprache. Dann grinste er breit und nahm sie erneut heftig in die Arme. »Nein«, flüsterte er, »ich mag dich genauso wie du bist. Aber wenn nicht unsere Trennung bevorstände, hätte ich mich mehr beherrscht.« Eng aneinandergeschmiegt genossen sie es, sich so nahe zu sein. Lange lagen sie in einvernehmlichem Schweigen beieinander.
»Nun ist es geschehen«, sagte Elsa schließlich. »Die Jungfrauschaft habe ich jetzt sowieso verloren. Meinst du eine Wiederholung schadet?«
»Ganz gewiss nicht«, meinte Cord, »darauf kommt es nun auch nicht mehr an.« Und so fanden sie erneut zueinander, wobei Elsa es noch intensiver genoss. Ich hätte nie vermutet, dass es so grandios ist, dachte sie. Gern wäre sie länger in Cords Armen geblieben, aber die Vernunft siegte. Bevor Franz seine Herrschaft nach Hause brachte und die Kutsche in den Stall fuhr, mussten sie hier verschwunden sein. Elsa suchte ihre kleine Taschenuhr – es war schon spät! Hastig richteten beide ihre Kleidung. In einer Spiegelscherbe ordnete Elsa ihr derangiertes Haar. Prüfend zupfte Cord an ihrem Blusenkragen, gab ihr einen Abschiedskuss und nickte dann. »So kannst du losgehen. Beeil dich.«

Marga sah gerade aus dem Fenster ihrer Wohnung, als Elsa aus dem Kutscherhaus schlüpfte. Wenig später eilte Cord hinaus und verschwand über die Terrasse ins Architektur-Bureau. Mir schwant etwas, folgerte sie, wenn das mal alles gut ausgeht!

Bertha und Elsa
Weibliche Geheimnisse

Perrita hatte flink mitbekommen, dass Bertha und Marie sich im Souterrain aufhielten. Gewitzt wie sie war, flitzte sie bei jeder sich bietenden Gelegenheit über die Dienstbotentreppe hinunter. Marie und das kleine Hundemädchen hatten sich schnell angefreundet. So ging Elsa, wenn sie den Hund suchte um Gassi zu gehen, rasch nach unten. Sie hatte sich lange Spaziergänge angewöhnt – die Bewegung bekam ihr, und die possierliche und zu allerlei Streichen aufgelegte Perrita lenkte sie von ihrem Abschiedsschmerz um Cord ab.

Während Marie mit dem Hündchen unter dem großen Esstisch spielte, meinte Bertha unvermittelt. »Trine erzählte, dass der Sohn vom roten Breuer hier im Bureau mit ausgeholfen hat. Die Familie war mit meinen Eltern befreundet. Und den Cord habe ich schon als Jungen gekannt.«

Elsa schluckte. »Ja«, erklärte sie, »Cord und ich sind freundschaftlich verbunden. Auch Großvater hält große Stücke auf ihn. Jetzt hat er ein Stipendium bekommen und wird in Amerika studieren, um Ingenieur zu werden und sogar zu promovieren.«

»Das ist ja famos, der Cord war immer ein gescheiter Junge – und fürsorglich zugleich. Das gönne ich ihm von Herzen. Aber da wird er gewiss lange weg sein.«

»Mindestens drei Jahre!«, erwiderte Elsa und brach in Tränen aus. Es war, als ob ein Damm gebrochen wäre – sie konnte gar nicht mehr aufhören.

Bertha war völlig perplex, streichelte ihr beruhigend den Rücken und gab Laute von sich, mit der sie sonst ihre Tochter zu trösten pflegte. Schließlich beruhigte sich Elsa. Perrita stupste so lange, bis sie hochgehoben wurde, und versuchte sofort, ihr das Gesicht zu lecken. »Dieser verrückte Hund weiß immer, wenn es mir nicht so berauschend geht«, murmelte sie verlegen.

Bertha nahm sich ein Herz. »Könnte es sein, dass etwas angefreundet, was Cord betrifft, stark untertrieben ist?«

Elsa nickte nur und brach erneut in Tränen aus. Schnell schenkte Bertha Kaffee ein, bedeutete dem Küchenmädchen das Gemüse zu putzen und nach Marie zu sehen, hakte Elsa ein und steuerte ihre Kammer an. Perrita wuselte sofort mit. Bertha drückte die weinende Elsa auf einen Armlehnstuhl und sagte: »Trinken Sie erst mal einen anständigen Kaffee! Und dann schütten Sie ihr Herz aus – das hilft. Und ich schweige wie ein Grab! Also, was ist los?«

Elsa trank einige ordentliche Schlucke. Trotz ihres Kummers nahm sie wahr, wie geschickt die Kammer jetzt eingerichtet war. Das Bett befand sich in einer Nische und war hinter einem Vorhang verborgen. Zwei bequeme Stühle standen um einen runden Tisch am geöffneten Fenster zum Garten, Vogelgezwitscher drang herein. Ein Schrank, eine kleine Anrichte, über der ein Stillleben hing, und ein Regal komplettierten die Einrichtung. »Behaglich hast du es ausstaffiert«, sagte Elsa.

»Ja, es gab noch einige Familienstücke, die Freunde untergestellt hatten. So fühle ich mich sofort ein wenig heimisch hier«, erwiderte Bertha. »Aber nun mal Butter bei die Fische! Was ist los?«

Stockend berichtete Elsa. Was sich in der Eilenriede und im Kutscherhaus so ergeben hatte, ließ sie allerdings weg. Wobei sie das Gefühl hatte, dass Bertha sie durchschaute.

»Ist es denn ernst? Wollen Sie mal heiraten?«
»Ja, unbedingt. Aber ich habe Angst vor so einer langen Trennung«, gestand Elsa.
»Auf Cord kannst du dich verlassen«, meinte Bertha im Brustton der Überzeugung. Unwillkürlich war sie ins du gefallen, ohne es zu bemerken.
»Es wird eine lange Zeit der Trennung. An der Universität in Stanford dürfen sogar Frauen studieren. Wer weiß, wen er da alles kennen lernt.«
»Du bist bereits jetzt schon eifersüchtig, Elsa. Reiß dich zusammen. Sonst gibt es noch Zwistigkeiten zwischen euch, bevor er abreist.«
»Du hast Recht. Ich muss ihm vertrauen.«
Bertha meinte abschließend: »Die Küche ruft. Aber wir können uns unmöglich weiter duzen.«
»Doch, wenn wir allein sind schon. Danke für dieses Gespräch. Und ich trage dir an, auch für dich da zu sein, falls du dich aussprechen möchtest oder in Not gerätst.«
Die jungen Frauen schüttelten sich zur Bekräftigung die Hand. Beide ahnten nicht, dass dies erst der Beginn eines ungewöhnlichen Bündnisses werden sollte.

Bertha in Not
In der Königstraße im Souterrain

Die neue Köchin war völlig verzweifelt. Sie hatte so einiges probiert: Schwer gehoben, heiße Sitzbäder genommen, war vom Tisch gesprungen, hatte Wermut mit Nelken aufgekocht und getrunken. Alles hatte nichts genutzt.

Elsa, die von Perrita begleitet frühmorgens nach Marie sehen wollte, fand sie in Tränen aufgelöst in ihrem Zimmer im Souterrain. Liebevoll fasste Elsa die junge Frau um die Schulter. »Aber was ist denn nur? Alles läuft doch ausgezeichnet. Die Herrschaft ist zufrieden mit dir, für Marie ist eine gute Lösung gefunden – also, was gibt es da zu flennen?«

Bertha weinte nur noch heftiger.

»Nun beruhige dich und sprich. Was ist los?«

»Du musst mir hoch und heilig schwören, dass du niemandem etwas sagst.«

Obwohl ihr dabei nicht ganz wohl war, hob Elsa die Hand. »Ich verspreche es dir. Also, was ist passiert?«

»Es war am vorletzten Tag im Magdalenium. Einer aus dem Stephansstift, der ist dort abgehauen, ein widerlicher, unverschämter Kerl.« Wieder verzweifeltes Schluchzen.

In Elsa stieg ein schrecklicher Verdacht hoch.

»Was war mit ihm?«, fragte sie dennoch.

»Erst hat er nett geredet. Der muss mich beobachtet haben. Und ich sei ja ein fesches Frauenzimmer, kein Wunder, dass ich ein Balg hätte. Dazu habe ich ihm ein paar passende Worte an den Kopf geworfen, dem unverschämten Kerl. Da hat er mich in die Ecke des Geräteschuppens gezerrt und gesagt, er wolle noch Spaß haben, bevor er auf Nimmerwiedersehen verschwinde.«

Während Bertha erneut bitterlich weinte, merkte Elsa, wie ihr blümerant im Magen wurde. Sie erriet unschwer, was geschehen war. Denn es gab nur eine Erklärung für die Verzweiflung der Köchin – eine Vergewaltigung, die offenbar nicht ohne Folgen geblieben war!

»Wir gelten samt und sonders als gefallene Mädchen und damit als Freiwild. Da meint noch der letzte Trottel, sich alles herausnehmen zu können. Gewehrt hab ich mich wie verrückt. Aber der Kerl hatte Kräfte wie ein Stier.« Sie stockte, offenbar von der Erinnerung aufgewühlt. »Ich kann diese Schande nicht nochmals ertragen. Das werde ich zu verhindern wissen – koste es, was es wolle – und sei es mein Leben. Ich wäre nicht die Erste, die diesen Preis zahlt.«

Elsa lief es kalt den Rücken runter. Von Heinrich wusste sie, dass Frauen, die selber versuchten, eine Schwangerschaft zu unterbrechen, oder zu einer Abtreiberin gingen, häufig mit heftigen Blutungen im Krankenhaus landeten. Und nicht alle konnten dort gerettet werden. Das Mitleid mit Bertha überwältigte sie. Beruhigend strich sie über die Schulter der Köchin.

Schließlich, nachdem sie selber sich wieder halbwegs gefangen hatte, fragte sie in sachlichem Ton: »Wie oft ist Tante Rosa ausgeblieben?«

»Wohl zwei Mal, ist bei mir nicht so ganz regelmäßig«, lautete die knappe Antwort.

»Bei mir ebenfalls nicht. Könnte auch eine Blutstockung sein«, meinte Elsa.

»Du kennst dich für eine höhere Tochter recht gut aus«, erwiderte Berta erstaunt.

»Nun, wir waren im Sommer oft auf dem Rittergut Rosenberg der Familien von Elßtorff. Da habe ich die Tiere beobachten können. Außerdem gab es in der Bibliothek, wenn auch etwas versteckt, medizinische Hausbücher, wie zum Beispiel den Bilz. Die habe ich heimlich studiert.«

»Ganz schön ausgefuchst! Dann weißt du über alles andere wohl auch Bescheid?«

Elsa nickte nur.

»Also: Ich muss auf Nummer sicher gehen! Keinesfalls bekomme ich nochmals ein Kind, welches ohne meine Zustimmung entstanden ist. Außerdem bin ich mit einem zweiten unehelichen Balg geliefert. An meine Unschuld glaubt kein Mensch.«

»Aber es ist gefährlich – denk an Mariechen. Sie stünde doch völlig allein auf der Welt, wenn dir was passiert.«

»Wie soll ich für die Kleine sorgen mit einem zweiten Sprössling? Dass die von Elßtorffs mich angestellt haben, grenzt nahezu an ein Wunder. Ein weiteres Kind würden selbst sie nicht akzeptieren.«

Elsa fielen keine Argumente mehr ein. Bertha hatte leider Recht.

»Ich habe von einer aus dem Magdalenium eine Adresse in der Altstadt. Da gehe ich hin, die Frau weiß schon, dass ich komme. Genug Geld habe ich auch, fast alle meine Ersparnisse.«

»Bertha, du weißt doch, dass du dich strafbar machst und die Weibsperson, die du aufsuchen willst, ebenfalls. Der Paragraph 218 ist da eindeutig, es droht Zuchthaus und selbst bei mildernden Umständen eine Gefängnisstrafe.« Unwillkürlich erinnerte sie sich an ein Zitat von Balzac, dass die Strafgesetze von Menschen gemacht werden, die das Unglück nicht kennen. Er hätte besser geschrieben von Männern, ging es ihr erbittert durch den Kopf.

Indessen entgegnete die Köchin: »Ja, ich bin im Bilde. Man darf sich nicht erwischen lassen. Aber ich muss es riskieren. Alles, was ich sonst probiert habe, hat nichts genutzt.«

Elsa war das Ganze überhaupt nicht geheuer. Sie spürte jedoch, dass Bertha fest entschlossen war. »Aber du wirst nicht alleine gehen. Ich werde dich begleiten.«

»Das funktioniert auf gar keinen Fall. Dir sieht man doch sofort an, dass du aus besseren Kreisen kommst.«

Trotz des Ernstes der Lage huschte ein verschmitztes Lächeln über Elsas Gesicht. »Darüber mach dir keine Gedanken – niemand wird mich erkennen!«

Bertha runzelte fragend die Stirn. »Wie das?«

»Das erkläre ich dir später. Wann willst du losgehen?«

»Übermorgen abends gegen sieben Uhr soll ich dort sein.«

»Das ist am Samstag. Tante Sophie und Onkel Maximilian sind eingeladen, das ist günstig. Für Emilie wird mir eine Ausrede einfallen.

Wir treffen uns an der Tordurchfahrt um halb sieben.«

Die Schauspielerin Roberta Stein
Am Aegidienthorplatz

Die Familie von Elßtorff saß einträchtig am Frühstückstisch, als das Dienstmädchen Elsa einen resedagrünen Büttenumschlag überreichte, auf dem schwungvoll geschrieben ihr Name stand. »Wurde von einem Boten gebracht, gnädiges Fräulein«, erklärte Trine und entfernte sich ungern, da sie wie stets neugierig war. Die Handschrift kam Elsa bekannt vor. Roberta? War die Schauspielerin etwa aus Amerika zurück? Hastig riss sie das Couvert auf.

Meine liebe Elsa,
ich bin wieder in Hannover und es gibt einige Überraschungen!
Wenn möglich, komm bitte heute Nachmittag zum Tee!
In alter Freundschaft,
Deine Roberta
PS: Beste Grüße natürlich auch an die von Elßtorffs.

Aufgeregt schlug Elsas Herz etliche Takte schneller. »Stellt euch vor, Roberta ist wieder da. Sie hat mich für heute Nachmittag eingeladen, in ihre alte Wohnung am Aegidienthorplatz zu kommen. Und sie lässt viele Grüße ausrichten!«

»Wie schön! Richte bitte meine besten Wünsche aus«, sagte Sophie »und ich würde mich freuen, sie baldmöglichst zu sehen. An unseren gemeinsamen Aufenthalt zur Kur in Salzuflen denke ich immer noch gern zurück. Und du darfst ausnahmsweise bei dem sonnigen Wetter allein zu ihr hin spazieren. Für den Rückweg nimmst du aber eine Droschke 1. Klasse.«

»Danke Tante-Mamam!«, nutze Elsa die zärtliche Anrede aus Kinderzeiten, derweil sie damals nicht begreifen konnte, dass Heinrich Mamam sagen durfte, sie als Ziehtochter aber nicht.

Voller Ungeduld wartete Elsa auf den Nachmittag. Wenn überhaupt mit jemandem, konnte sie mit Roberta einige Dinge besprechen, die ihr das Herz schwermachten. Und davon gab es derzeit genug!

Bereits um kurz vor drei klingelte sie bei der Freundin und sah, dass ein zweiter Name auf dem Schild angebracht war, nämlich Amber.

Es durchfuhr sie siedend heiß. Robertas Halbschwester Sarah Amber war letztes Jahr im Königlichen Schauspielhaus ermordet worden – aber bevor sie weiterdenken konnte, öffnete das Hausmädchen ihr die Tür, knickste und lächelte strahlend: »Fräulein Martin, wie schön, dass Sie kommen konnten.«

Elsa wurde nicht in den Salon, sondern zu ihrem Erstaunen in das geräumige Schlafzimmer der Schauspielerin geführt. Roberta kam ihr in einem fabelhaften Reformkleid in Pastellgelb entgegen. Elsa bemerkte sofort, dass sie etwas fülliger geworden war, was ihr gut stand. Man sah ihr das Alter von 30 Jahren keineswegs an.

»Meine liebe junge Freundin, welche Freude, dass du so schnell kommen konntest!« Und schon wurde Elsa herzlich umarmt.

In diesem Moment erscholl aus der Wiege, die Elsa erst jetzt wahrnahm, Protestgeschrei. »Ah, da möchte dich noch jemand kennen lernen«, meinte Roberta lächelnd. »Komm ruhig näher!«

Elsa trat an die reich verzierte Wiege, sah hinein und erblickte ein Baby mit blauen Augen und roten Löckchen – sie ahnte gleich, wer der Vater war …

»Darf ich vorstellen: Victoria-Augusta genannt Vicky.«

Die Kleine lächelte Elsa an, die Vicky sofort ins Herz schloss.

Ihre Freundin erriet unschwer, was in ihr vorging und sagte: »Es gibt im Leben manchmal seltsame Zufälle. Ich lernte während der Überfahrt nach Amerika einen Mann kennen, übrigens einen rothaarigen Iren. Der stand mir einfühlsam zur Seite, als er erfuhr, dass ich auf dem Weg zu meinem todkranken Vater war, den ich über ein Jahrzehnt nicht mehr gesehen hatte. Wir haben sehr schnell geheiratet, aber leider fiel er einem schrecklichen Unfall zum Opfer.«

Elsa kannte die großartigen schauspielerischen Talente Robertas, sonst hätte sie ihr die Geschichte wahrscheinlich abgenommen. Aber sie bemerkte sehr wohl, dass Roberta sie genau beobachtete. Nach der unglücklichen Liebesgeschichte mit dem rothaarigen Kölner Opernsänger, von dem es hieß, dass er mit schwerwiegenden Stimmproblemen seine Amerika-Tournee habe abbrechen müssen, eine Blitzheirat? Besaß Roberta denn so wenig Vertrauen zu ihr?

Da richtete sich die Schauspielerin, die offenbar die Enttäuschung der Freundin spürte, gerader auf, der unbewegte Gesichtsausdruck aus dem darstellerischen Repertoire wich einem herzlichen Lächeln. »Meine liebe Elsa oder so, wie du guckst, besser Miss Holmes – das ist die offizielle Version, natürlich vertraue ich dir!«

Elsa stemmte die Arme in die Hüften: »Jetzt fängst du auch noch an, mich so zu nennen!«

»Wieso – wer sonst? Aber egal: Ich stehe tief in deiner Schuld, seitdem du voriges Jahr den mysteriösen Todesfall, der eigentlich mir galt, im Königlichen Schauspielhaus aufgeklärt hast. Außerdem besitzt du mein absolutes Vertrauen. Aber selbst bei besten Freundinnen muss nicht alles bis in die letzten Einzelheiten ausgesprochen werden, wenn sie sich auch so verstehen!«

Mit Tränen in den Augen umarmte sie Elsa und drückte die Freundin herzlich an sich: »Es tut so gut, wieder mit dir reden zu können. So fest ergeben mir meine unentbehrliche Zofe Grete, die mit mir durch dick und dünn geht auch ist, macht es doch einen großen Unterschied, mit einer vertrauten Gefährtin zu sprechen.« Noch eine ganze Weile standen die beiden eng umschlungen da. Dann klopfte Grete dezent und verkündete: »Es ist Zeit für Vickys Fläschchen. Im Salon wartet der Tee auf die Damen.«

Während Roberta einen köstlich duftenden Darjeeling von Tee-Seeger einschenkte, meinte Elsa. »Witwe also!«

Nachdrücklich nickte die Freundin. »Ja, die Witwe Roberta Amber mit ihrer Tochter Vicky! Zum Glück ist sie ein gesundes Siebenmonats-Monatskind. In Amerika ist vieles machbar, sofern man über reichlich Geld und Beziehungen verfügt. Da wird eine wohlhabende trauernde Frau nicht mit unnötigen Details belästigt, wenn sie lieber den Namen ihres Vaters tragen will, als den des unter schrecklichen Umständen gestorbenen, untreuen Ehegatten.«

Elsa konnte sich lebhaft vorstellen, welche dramatischen Szenen Roberta hingelegt hatte, um zu den von ihr gewünschten Papieren zu gelangen. Ansonsten brauchte sie weder ihre analytischen noch detektivischen Fähigkeiten, sie konnte schließlich eins und eins zusammenzählen. Der Vater ihrer Freundin, Künstlername Roberta Stein, Taufname Bernstein hatte nach seiner Flucht ins ferne Amerika seinen Namen ins Englische übersetzt und dort als Mr. Amber mit einer anderen Frau als Robertas unglücklicher Mutter in wilder Ehe gelebt. Und der Kölner Opernsänger August Remmèrs hatte offenbar bei der Namensgebung von Vicky seine Spuren hinterlassen.

»Ja, in Amerika ist für Frauen wesentlich mehr möglich als hier, da dürfen Frauen sogar studieren.«

»Nicht nur das«, Roberta nickte Elsa zu und erklärte: »Dort kann eine Frau, vor allem, wenn sie finanziell unabhängig ist, als Geschiedene und notfalls auch mit einem unehelichen Kind leben. Jedenfalls soweit sie nicht zur konservativen Crème de la Crème gehört, z.B. zu den versnobten eingebildeten alten Familien, deren Vorfahren möglichst schon mit der Mayflower angekommen sind. Aber hier in

Deutschland pocht man noch sehr auf die verkrusteten Standesunterschiede und auf die Konventionen – zumindest offiziell. Die Männer können sich im Gegensatz zu uns Frauen eigentlich alles erlauben. Das ist mir in Amerika erst so richtig klargeworden. Zum Glück bin ich durch das beträchtliche Erbe meines Vaters jetzt so gut gestellt, dass ich mich hier komfortabel niederlassen kann. Ich werde mir eine nette kleine Villa suchen und mit deiner und Sophies Hilfe aufs Allerfeinste einrichten.«
»Ich könnte auch einiges für dich entwerfen, Roberta, und wir lassen das in Großpapas Fabrik anfertigen.«
»Eine blendende Idee!«
»Wir könnten eine Innenausstattung kreieren, über die halb Hannover sprechen wird. Die Franzosen haben da eine neue Richtung, die dir gewiss ebenso wie mir gefallen wird. Relativ schlicht, nicht so schrecklich überladen und verschnörkelt wie der wilhelminische Stil.«
»Klingt spannend! Als ehemalige Schauspielerin und jetzt als uneheliche Mutter wäre ich hier für die meisten nicht gesellschaftsfähig. Aber als wohlhabende Witwe werde ich meinen eigenen Zirkel bilden und einen Salon begründen, in dem Künstler den Ton angeben!«
»Ja. Ich kann mir sofort vorstellen, dass du das schaffst, Roberta. Aber was soll eine Frau tun, die all diese Möglichkeiten nicht hat. Tante Sophie hat da einen couragierten Schritt getan. Unsere neue Köchin Bertha kommt aus dem Magdalenium und hat eine süße kleine Tochter, die ebenfalls bei uns wohnt. Stell dir nur mal vor, was das für ein Gerede gegeben hat.«
»Hut ab vor Sophie. Das ist schon mutig. Ich habe sie ja bei unserer Kur in Salzuflen kennen und schätzen gelernt.«
»Soll dich natürlich herzlichst grüßen; sie freut sich auf das Wiedersehen mit dir.«
»Ich ebenfalls. Wir werden bald ein Treffen vereinbaren.«
»Onkel Maximilian war zunächst gar nicht begeistert, ein gefallenes Mädchen aus dem Magdalenium einzustellen, aber wir waren alle dafür. Sie ist eine nette Person und die Kleine ist ein richtiges blondgelocktes Engelchen. Über den Vater allerdings schweigt sich Bertha eisern aus. Wobei ich da einen vagen Verdacht habe.«
»Miss Holmes, stecken Sie ihre Nase nicht in Angelegenheiten, die Sie nichts angehen!«
»Das ist leider noch nicht alles. Ach, ich gerate gerade von einem Schlamassel in den anderen.«
»Moment!« Roberta stutzte. »Dann fang mal mit einem an und erzähle!«

Elsa holte tief Luft. »Ein übler Kerl, der aus dem Stephansstift entwichen ist, hat Bertha Gewalt angetan. Sie ist schwanger. Wenn das rauskommt, glaube ich kaum, dass sie bei uns bleiben kann.«

»Zwei uneheliche Kinder – das ist auf jeden Fall eines zu viel.« Nachdenklich begab sich Roberta zum messingbeschlagenen Barwagen und schenkte in zwei Bleikristallschwenker etwas Cognac ein.

Die beiden Frauen prosteten sich schweigend zu.

»Sie kann versuchen, das Kind nicht zu bekommen, was im Zweifelsfall lebensgefährlich ist, wenn sie an eine dilettantische Kurpfuscherin gerät. Die selber auch Zuchthaus riskiert. Die Gelackmeierten sind jedenfalls immer die Frauen. Und einen zuverlässigen Arzt wüsste ich auf Anhieb nicht, das würde außerdem teuer.«

»Bertha tut mir in der Seele leid«, seufzte Elsa. »Sie hat morgen einen Termin in der Altstadt – ich werde sie begleiten.«

»Das ist nobel von dir. Guck dich genau um, ob dort alles sauber ist. Wenn nicht, dann darf sie dort keinen Eingriff machen lassen. Ich werde mich erkundigen, aber das geht nicht so schnell.«

Elsa seufzte erneut und nahm einen kleinen Schluck Cognac.

»Es ist alles so ungerecht. Aber auch eine Tochter aus gutem Hause hat kaum Möglichkeiten, wenn sie schwanger ist.«

»Sie kann das Kind heimlich bekommen und weggeben – eine schreckliche Vorstellung. Das wäre für mich nie in Frage gekommen.« Roberta schenkte Cognac nach.

»Wenn eine aus bürgerlichen Kreisen ein uneheliches Kind bekommt, entehrt sie sich und ihre Familie. Sie könnte noch schleunigst heiraten. Dafür müsste sie den künftigen Vater überzeugen oder einen anderen Mann betören und ein Sieben-Monatskind zur Welt bringen.«

»Aber Lügen haben kurze Beine – wer will darauf eine Ehe aufbauen, die aus reiner Verzweiflung und Opportunismus beruht? Ich bin froh und dankbar, dass ich meine Angelegenheiten anders regeln konnte.«

»Für wen eröffnen sich schon solche Möglichkeiten?«, klagte Elsa.

»Ja, es war nicht leicht, aber es fügte sich alles zum Guten. Was gibt es sonst noch?«, forschte Roberta, »was macht dieser unsägliche Rechtsanwalt?«

»Der hat inzwischen eine reiche adelige Verlobte.«

»Und das bekümmert dich?«

»Nein, der ist bei Emilie und mir unten durch. Und wir haben uns an ihm gerächt.«

»So, so. Das musst du mir unbedingt mal in Ruhe berichten. Aber was bedrückt dich dann?«

»Habe ich dir schon erzählt, dass Cord mit einem Stipendium nach Amerika aufbricht? Er wird in Stanford studieren und als fertiger Ingenieur zurückkommen.«

»Wie erfreulich für ihn, das ist doch eine riesige Chance.«

»Ja, aber er wird mindestens zwei, wenn nicht drei endlos lange Jahre fort sein! Das ist einfach schrecklich!«

Roberta schaute die Freundin erstaunt an, die unter ihrem fragenden Blick einen knallroten Kopf bekam und sie begriff blitzschnell die Situation.

»Ach meine Liebe, du weißt, wie sehr ich diesen ungewöhnlichen jungen Mann schätze. Es wird jedoch noch lange dauern, bis er an Heirat auch nur denken kann!«

»Ich weiß das alles«, schluchzte Elsa, »aber das hilft mir gerade überhaupt nicht!«

Da schloss Roberta die Jüngere in die Arme: »Ja, wo die Liebe hinfällt, sind wir manchmal machtlos. Vermeide irgendwelche Dummheiten! Wir beide scheinen bei der Auswahl von Männern bezüglich ihrer Eignung für die Ehe keine glückliche Hand zu haben!«

Eine Abtreibung
In der Altstadt von Hannover

Am Samstag gegen 6 Uhr kam Bertha aus dem Dienstbotenausgang. Die junge Köchin warf einen kurzen erstaunten Blick auf ein ihr fremdes Dienstmädchen. Obwohl sie schrecklich nervös war, blieb sie stehen: »Was suchst du denn hier?«

»Ich will gleich in die Altstadt aufbrechen«, erwiderte die Unbekannte, »genauer gesagt, in die Pferdestraße.«

Bertha stutze, sah näher hin. »Das kann ja wohl nicht wahr sein! Das gnädige Fräulein in der Tracht einer Dienstbotin und mit schwarzer Perücke!« Völlig erstaunt schüttelte sie den Kopf. »Wie um Himmels Willen bist du darauf gekommen?«

»Wir haben vor einiger Zeit Stücke aufgeführt, unter anderem für einen Künstlerabend mit meiner Freundin Isidora Kaulbach. Das hat mich auf die Idee gebracht, dass ich als Dienstmädchen verkleidet mal allein durch die Stadt schlendern könnte, was ja für eine höhere Tochter verpönt ist. Und so manches Mal bin ich in dieser Verkleidung auch mit Cord unterwegs gewesen. So habe ich letztes Jahr mit ihm einen mysteriösen Todesfall am Königlichen Schauspielhaus aufgeklärt.«

Bertha starrte sie mit weit aufgerissenen Augen völlig entgeistert an. »Ach, du hast ausgerechnet mit Cord Breuer Detektivin gespielt!«

»Wir waren damals nur gute Freunde«, zu ihrem Entsetzen merkte Elsa, dass sie rot wurde.

»Das ist ja nicht zu fassen …«

Obwohl sie vermutete, dass dieser Ausruf ihrer Freundschaft mit Cord galt, reagierte sie geistesgegenwärtig. »Erzähle ich dir alles mal später, das kam nur, weil eine Freundin von mir, eine Schauspielerin, in das Ganze verwickelt war. Aber jetzt lass uns losgehen.«

Bertha dachte sich ihren Teil, nun jedoch, nicht länger abgelenkt von diesen Überraschungen, nickte sie beklommen. Die beiden jungen Frauen liefen schnellen Schrittes die Königstraße entlang, überquerten den Theaterplatz und kamen schließlich an der Marktkirche an, die alles überragte. »Besonders gern besuche ich hier den Markt«, erklärte Elsa, »verkleidet natürlich.«

Sie bogen in die Knochenhauerstraße ein. Es roch nach Kohl, billigem Fett, Teer, Petroleum, Pferden und Leder.

»Hier kenne ich mich nicht mehr so gut aus«, brach Elsa das nervöse Schweigen. »Ich auch nicht«, erwiderte Bertha. Als sie in die Ballhofstraße kamen, meinte sie. »Das sieht ja teilweise schlimmer aus als in Linden.«

Elsa nickte. »Onkel Maximilian sagt, dass hier dringend etwas geschehen müsste. Die Besitzer dieser Häuser sind oft in angenehmere Viertel gezogen, lassen die Gebäude hier verkommen und kassieren nur die Mieten.«

»Ja, mit der Wohnungsnot lässt sich gut Geld verdienen. Schrecklich, wenn sich Schlafgänger umschichtig ein Bett teilen müssen.«

Elsa nickte, gemeinsam mit ihrer Schwester hatte sie in Linden einige völlig überbelegte erbärmliche Behausungen gesehen.

In der Pferdestraße standen sie vor einem heruntergekommenen Haus und klopften an die Tür im Parterre. Eine Frau um die fünfzig öffnete ihnen, die fettigen, strähnigen Haare trug sie zu einem Knoten im Nacken zusammengebunden. Sie musterte die beiden intensiv mit einem abschätzenden Blick aus dunkelbraunen Augen, trat beiseite und winkte. »Nur herein in die gute Stube!«

Sie befanden sich in der Wohnküche, deren niedrige Balkendecke offenbar seit vielen Jahren nicht mehr gestrichen worden war. Ein winziges Fenster gab nur wenig Licht, es roch muffig. Als sich Elsas Augen sich an das Dämmerlicht gewöhnt hatten, nahm sie einen Waschtisch wahr mit einer angestoßenen weißen Emaille-Schüssel, einen ebensolchen Eimer, einen Kohleherd und ein offenbar durchgesessenes, mit Wachstuch bezogenes Sofa. Auch Bertha, die vermeinte, dass der Atem der Frau nach Schnaps roch, sah sich mit großen Augen um. In einer Ecke befand sich auf dem dreckigen Fußboden von undefinierbarer Farbe eine Mausefalle mit einer offenbar schon länger toten Maus. Elsa folgte ihrem entsetzten Blick und schluckte trocken.

»Wer von euch hat denn die Blutstockung?«, fragte die Frau.

Zaghaft zeigte Bertha auf sich.

»Haste das Geld? 40 Mark will ich haben. Und keinen Pfennig weniger!«

Gierig streckte sie die Hand aus. »Die Rose blüht, der Dorn der sticht, wer gleich bezahlt, vergisst es nicht! Na, und bei dir hat der Dorn ja wohl schon gestochen!« Sie lachte meckernd.

Elsa lief es kalt den Rücken runter. Was war das für eine schamlose und ordinäre Person! Zögernd zog Bertha die Scheine aus ihrem Beutel. Nachdem sie sich den Zeigefinger geleckt hatte, zählte die Frau genau nach und nickte zufrieden. Da kann sie eine Menge Schnaps für kaufen, dachte Bertha. Immerhin fast das Monatsgehalt eines Arbeiters, überlegte Elsa. Als ob sie die Gedanken der beiden gelesen hätte, grollte die Frau: »Ich mach das hier nich zu meinem Vergnügen. Bin Witwe und habe fünf hungrige Mäuler zu stopfen.« Bertha fühlte sich ertappt und dachte: vielleicht kann sie dieses Elend hier auch nur mit Schnaps ertragen.

Indessen forderte die Witwe sie ungeduldig auf: »Dann mach dir mal unten rum so frei, dass ich an alles rankomme. Röcke auch weg oder ganz nach oben ziehen, von wegen dem Blut.«

»Wo wollen Sie denn«, Elsa stockte, »die Untersuchung vornehmen?«

»Na, wo wohl? Hier, auf'm Küchentisch.«

Sie zeigte mit der linken Hand auf den großen Tisch, auf dem eine schmuddelige, mit rostbraunen Flecken übersäte Wachstuchdecke lag. Mit der rechten Hand hielt sie mit einem verzerrten Lächeln eine Stricknadel hoch. »Ich mach' das ja nich zum ersten Mal.« Sie zeigte mit der Nadel noch auf eine rote Gummispritze mit einem langen Ansatzrohr.

Aus dem Augenwinkel sah Elsa, dass Bertha zögerte, sich auszuziehen.

»Ist das auch steril?«, fragte Elsa, wobei sie sich plötzlich gar nicht sicher war, ob die Frau das Wort überhaupt verstand. »Also, ist das alles abgekocht?«

Die unangenehme Person starrte sie an. »Bisschen etepetete, Mädchen, was? Hier ist es überall sauber, das siehste doch!« Sie funkelte Bertha an. »Nun mach schon. Hab meine Zeit nicht gestohlen!«

In Elsa stieg eine Welle von Übelkeit hoch. Sie wusste von Heinrich, wie viel Wert in der Charité auf peinliche Sauberkeit gelegt wurde. Vor allem, nachdem man erkannt hatte, dass das Kindbettfieber auf mangelnde Hygiene zurückzuführen war. Nun wunderte es sie nicht mehr, dass viele solcher Eingriffe tödlich endeten. Unmöglich konnte Bertha sich dieser Frau überlassen und ein derartiges Risiko eingehen. Bevor Bertha noch weiter an ihren Röcken nesteln konnte, ergriff Elsa sie beim Ellenbogen. »In diesem dreckigen Loch wirst du keinesfalls eine Behandlung vornehmen lassen. Das ist lebensgefährlich! Wir verschwinden sofort!«

Die Frau, die ihre Felle davon schwimmen sah, geiferte; »Was bildest du dir ein? Ich erledige das seit vielen Jahren. Bist wohl ein Schisshase? Wenn deine Freundin sich vergnügt, dann musse auch mit den Folgen rechnen!«

Aber Elsa zerrte an Bertha und wollte sie in Richtung Tür bugsieren. Blitzschnell griff die Frau nach dem Geld, das noch auf der schäbigen Anrichte lag. »So eine Frechheit. Das bekommt ihr nicht zurück. Und wehe, ihr versucht, mich bei der Polente zu verpfeifen! Ich werde alles abstreiten. Und eurer Herrschaft stecken, was ihr für welche seid.«

Bertha starrte sie fassungslos an. Elsa wollte nur noch raus. Sie schob Bertha durch die Tür und strebte in Richtung Marktkirche. Bertha zitterte am ganzen Leib und war völlig verzweifelt. »Jetzt bin ich genauso weit wie vorher! Und noch dazu bin ich das Geld los.«

»Sorge dich nicht darum. Ich helfe dir aus. Was hältst du davon, wenn wir mit Marga sprechen? Sie kennt sich so hervorragend mit Kräutern und Heilpflanzen aus. Vielleicht weiß sie Rat.«

Bertha biss sich auf die Lippen. »Wie stehe ich vor ihr da? Sie hat mir schließlich die Stelle verschafft. Ich muss mir das reiflich überlegen.«

Und dabei blieb es. Denn Bertha hoffte, dass sie morgen von den Frauen im Magdalenium etwas bekommen würde, was ihr Problem lösen könnte. Sie würde an ihrem freien Sonntagnachmittag wie üblich dorthin fahren. Die Diakonissen legten Wert darauf, ihre ehemaligen Zöglinge um sich zu sammeln.

In dieser Nacht schliefen sowohl Elsa als auch Bertha unruhig, was gewiss nicht nur am Vollmond lag.

Sobald sie alle Pflichten in der Küche erledigt hatte, bat Bertha Marga, sich um Marie zu kümmern. Nach der Fahrt mit der Pferdetram und einem ordentlichen Fußmarsch fühlte sie sich etwas besser.

Es gelang ihr bald, nachdem sie mit den Diakonissen gesprochen hatte, Olga, von der sie die Adresse in der Altstadt erhalten hatte, ein Zeichen zu geben. Sie zogen sich unauffällig in die Plätt- und Trockenräume zurück, in denen heute, ebenso wie in der Wäscherei, sonntägliche Ruhe herrschte. Leise berichtete Bertha von ihren Erlebnissen in der Pferdestraße. »Da kannste keine mehr hinschicken, die Frau tut mir irgendwie leid, sie ist eine arme Witwe mit fünf Kindern, aber es ist dreckig und sie trinkt wohl auch«, schloss Bertha ihren Bericht.

»Nix ist ohne Gefahren, aber das geht gar nicht«, stimmte Olga ihr zu.

»Ich habe wirklich alles Mögliche versucht, bin sogar vom Tisch gesprungen, nichts hat geholfen.«

»Das ist dummer Hühnerglauben. Dann deichsle es mit was Richtigem. Und mach dir keinen Kopf. Selbst gebildete, religiöse und tugendhafte Frauen empfinden es nicht als Unrecht, in der ersten Zeit einer befürchteten Schwangerschaft, die Monatsblutung wiederherzustellen. Wir gehen unauffällig in meine Kammer, ich werde sagen, dass ich dir ein Taschentuch schenken will.« In dem schlichten Zimmer, das Olga mit einer anderen Asylistin teilte, öffnete sie ihren Spind und angelte aus der untersten Ecke eine braune Packpapiertüte. Neugierig sah Bertha hinein und schüttete dann einige getrocknete Blätter in ihre Handfläche.

»Das sind die Spitzen von der Jungfernpalme«, erklärte Olga mit einem schiefen Grinsen.

»Jungfernpalme?«

»Ja, auch Stinkwacholder, Kindermord oder Mägdebaum genannt. Der Sadebaum darf inzwischen meist in öffentlichen Gärten nicht mehr gepflanzt werden.« Sie kicherte.

»Wieso?«

»Die Gipfeltriebe und die Früchte wurden häufig ratz fatz abgeerntet. Wir Frauen müssen ja zusammenhalten und uns gegenseitig helfen. Du kochst 50 -70 Gramm ab, keinesfalls mehr, dann trinkste den Sud. Stell dich auf heftige Bauchkrämpfe ein, aber danach biste das Problem bald los.«

Bertha drückte ihr fest die Hand. »Danke! Das vergesse ich dir nie. Hoffentlich klappt es!«

»Das wird schon.« Olga, die wusste, was passiert war, fluchte vor sich hin. »Den verdammten Kerl würd' ich mir gern mal vornehmen.

Der könnte hinterher keiner mehr was antun! Die Mannspersonen kommen davon und wir Frauen müssen es ausbaden. Das ist so ungerecht!« Die kräftige Zwanzigjährige ballte die Fäuste. Bertha nickte mit Tränen in den Augen. »Es hilft alles nichts – sonst ist mein Leben endgültig verpfuscht.«

Grimmig erwiderte Olga: »So ist es. Aber jetzt reiß dich zusammen, wisch die Tränen ab und komm wieder mit runter. Die Diakonissen haben eine feine Nase, wenn etwas nicht stimmt. Das hätte gerade noch gefehlt!«

Wenig später verabschiedete sich Bertha formvollendet von den Schwestern und begab sich auf den Heimweg.

Bevor sie Marie aus Margas Wohnung abholte, übergoss sie sofort, ohne sich die Mühe zu machen abzumessen, die Zweigspitzen mit kochend heißem Wasser und ließ sie auf dem Herd köcheln. Viel hilft viel, dachte sie. Sie räumte ein wenig in der Küche herum, richtete schon einiges für das Abendessen der Herrschaft. Dies fiel traditionell am Sonntagabend recht einfach aus, denn der Sonntagnachmittag war für die karge Freizeit des Personals vorgesehen. Sie trank einen ordentlich großen Becher voll von dem Sud, der ziemlich scheußlich schmeckte, dann gleich noch einen hinterher. Den Rest würde sie nehmen, wenn sie mit Marie zurückkam.

Nur mühsam vermochte sie sich, mit der strahlenden Marie auf dem Schoß, auf ein Gespräch mit Marga einlassen. Dabei fiel ihr Blick wieder auf deren umfangreiche Hausapotheke. Vielleicht wäre es doch besser gewesen, sie ins Vertrauen zu ziehen, ging es ihr durch den Kopf – aber nun ist es zu spät.

Zum Glück hatte das Küchenmädchen einen leichten Schlaf, auch sie fand bei Vollmond wenig Ruhe.

Maries Geheul und Geschrei weckte sie morgens um 5 Uhr.

Das Küchenmädchen guckte vorsichtig in die Schlafkammer der Köchin und sah Bertha, die sich stöhnend in einer Blutlache auf dem Bett wälzte und sich den Bauch hielt.

»Ach du liebe Güte, was ist los?«

»Ruf Marga!«

Diese hatte sich nur einen Morgenrock übergeworfen und erschien in Windeseile. Sie nahm Marie auf den Arm und redete beruhigend auf sie ein. »Alles wird gut, ich bin ja da. Das bekommen wir schon hin!« Diese Worte galten sowohl der Tochter wie der Mutter, die beide völlig außer sich waren. Relativ schnell hatte Marga die Lage erfasst. Eine so heftige Blutung konnte nicht von einer normalen monatlichen Regel kommen. »Lauf' hinauf über die Dienstbotentreppe zum Dachboden, aber leise«, wies sie das Küchenmädchen an, »und hol Trine herunter. Sie soll sich um die Kleine kümmern. Danach kannst du mir helfen.« Sie krempelte die Ärmel des Morgenmantels hoch und band den Gürtel fester.

»Was hast du genommen?«

»Die Spitzen vom Sadebaum.«

»Wie viel?«

»Hab es nicht gewogen, denke nicht mehr als 100 Gramm!«

»Was für ein Leichtsinn, das Zeug ist gefährlich. Und je nachdem, welche Menge du davon getrunken hast …«, sie hielt inne. Es nutzte jetzt nichts, darüber zu spekulieren.

Marga setzte Marie in ihren Laufstall und wartete ungeduldig auf Trine. Inzwischen stöhnte Bertha erneut auf. Sie wand sich unter Krämpfen und schied gleichzeitig Blut und Urin aus. Das war typisch, wusste Marga, denn die abgekochten Sadebaum-Spitzen führten zu starkem Blutandrang im Beckenbereich und zu einer Entzündung der Harnwege. Sie bekam es mit der Angst. An diesem Mittel waren schon viele Frauen gestorben.

Inzwischen kam das Küchenmädchen mit Trine, die bleich wurde, als sie die Köchin in ihrem Blut liegen sah und nur zu gern mit Mariechen in die Küche entschwand. Marga bemerkte einen größeren Blutklumpen und damit war ihr klar, was sie nun zu tun hatte. In diesem Moment betrat Elsa den Raum. »Ich habe unruhig geschlafen, weil mir vieles durch den Kopf geht. Und dann hörte ich etwas im Treppenhaus …«, sie stutzte, erfasste die Situation und wurde blass. Mir bleibt wirklich nichts erspart, dachte Marga aber wir können Hilfe gut gebrauchen. So gab sie sofort Anweisungen. »Wenn du schon hier bist, kannst du gleich mit anpacken. Bring frische Laken und von den sauberen, gekochten Leinenstreifen für die Monatsbinden aus der Wäschekammer.« Elsa drehte sich gehorsam um und eilte hinaus.

»Hol die Zinkbadewanne«, wies Marga das Küchenmädchen an, »und füll' Kannen mit kühlem Wasser und bring' mir ein Thermometer.«

Als sie allein waren, sagte sie zu Bertha: »Was du wolltest, ist erreicht. Aber jetzt kommt es darauf an, dass du das Ganze überlebst. Also, mach alles, was ich dir sage und denk' an deine Tochter.«

Im Stillen dankte Marga der Mutter des gnädigen Herrn, die ihr gestattet hatte, aus der Bibliothek des Rittergutes eine ältere Ausgabe des Nachschlagewerkes ›Gesundheitspflege und Heilkunde in der Familie‹ mit nach Hannover zu nehmen. Das hatte sie in den seitdem vergangenen Jahren so oft studiert, dass es an einigen Stellen schon auseinanderfiel. Aber allein die Kapitel über Heilpflanzen mit allen Abbildungen hatten ihr reiche Erkenntnisse beschert.

Bertha sah sie aus übergroßen Augen an, verstand – und nickte. Inzwischen schleppten das Küchenmädchen und Trine die Wanne herbei und füllten sie mit einigen Kannen Wasser. »Wir brauchen ca. 17 Grad«, erklärte Marga und tauchte das Thermometer ein. »Etwas zu kalt«, stellte sie fest, »bring den Kessel mit dem heißen Wasser.« Inzwischen kam Elsa mit den Laken. Als die richtige Temperatur erreicht war, packte Marga die Köchin unter den Achseln, die beiden Dienstbotinnen ergriffen ihre Beine und gemeinsam auf drei gezählt setzten sie Bertha vorsichtig in die Wanne. Die schrie in dem kühlen Wasser laut auf. »Du musst möglichst vier, besser fünf Minuten durchhalten«, beschied ihr Marga. »Elsa, du kannst sie jetzt behutsam mit einem Schwamm säubern. Trine, du beziehst inzwischen das Bett neu und bringst mir Handtücher mit. Weicht nachher in der Waschküche die Laken ein.« Elsa biss die Zähne zusammen und wusch Bertha, so gut es ging, wobei sich das Wasser schnell rot färbte. Aus ihrer Weste holte Marga eine kleine Taschenuhr, um die Zeit zu verfolgen. Nach genau fünf Minuten rieb sie Bertha trocken, versah sie mit einer dicken Monatsbinde und schickte die Mädchen mit der Wanne und den Laken hinaus. Im Bett frottierte sie ihre Patientin, bis diese sich wieder warm anfühlte und zog ihr ein frisches Nachthemd über. »So, gleich werde ich dir einen beruhigenden Tee zubereiten. Geh' bitte in meine Wohnung Elsa, und hole den Karton mit der Aufschrift Frauensachen, darin befindet sich, was ich brauche.« Nachdem Elsa hinausgeeilt war, streichelte sie Berthas Hand. »Wenn alles gut verläuft, haben wir mit dem Sitzbad eine Ausschabung vermieden. Im Krankenhaus stellt man gern dumme Fragen. Richte dich auf eine Woche Bettruhe ein.«

Bertha protestierte schwach: »So lange – das geht doch nicht!«

»Es muss sein, sonst kann keine vollständige Ausheilung der Gebärmutter erfolgen. Sei vernünftig. Ich mache dir nachher einen kalten Leibumschlag, das werden wir in den nächsten Tagen fortführen, ebenso kühle Sitzbäder und Übergießungen.«

Bertha fühlte sich so erschöpft, dass sie nur noch murmelte: »Marga, ich danke dir – du hast mich gerettet.«

Diese hoffte nur, dass es keine Komplikationen geben würde. »Du bekommst leichte Kost, dann bist du bald wieder auf den Beinen.«

Inzwischen war Elsa mit dem Karton gekommen. In der Küche sagte Marga nur: »Leg dich wieder hin, du kannst hier nichts mehr helfen. Mit Blutstockungen, gleich welcher Ursache sie sind, ist nicht zu Spaßen. Verstehst du, was ich dir sagen will?«

»Ja, Bertha hat mich eingeweiht.«

»Das habe ich schon geahnt. Darüber wird noch ein Wörtchen zu reden sein oder auch mehrere. Egal welche Methode, gefährlich ist es immer! Die Dosierung, der gesundheitliche Zustand, wie lange die Blutstockung bereits andauert, all das spielt eine Rolle. Und nicht zuletzt riskiert die Frau oft nicht nur Leib und Leben, sondern außerdem die Möglichkeit, überhaupt je wieder ein Kind zur Welt zu bringen. Ein unsachgemäßer Eingriff ist umso gefährlicher, je später er vorgenommen wird. Wenn noch Teile des Fötus in der Gebärmutter verwesen, sterben die Frauen erbärmlich an der Sepsis.«

»An dir ist eine Ärztin verloren gegangen«, sagte Elsa leise.

»Das hat dein Ziehbruder Heinrich auch schon gesagt. Von ihm habe ich einiges gelernt und er von mir über die Verwendung von Kräutern.«

Da Elsa immer blasser wurde, beschloss Marga, das Thema damit zunächst zu beenden. Mit Blick auf die Uhr sagte sie: »Nachher werde ich Bertha bei der gnädigen Frau krankmelden. Und du bist heute Nacht nicht hier unten gewesen!«

Bis zum Morgen tat Elsa kein Auge mehr zu. Sie sorgte sich um Bertha. Daneben kreisten ihre Gedanken immer wieder um eine einzige Frage: Was mache ich, wenn ich schwanger bin?

Streit unter Liebenden
Ein unerwartet rascher Abschied

Einige Tage später zog es Elsa wieder in das Kutscherhaus. Mit Perrita an ihrer Seite, die sich inzwischen sogar mit den Pferden angefreundet hatte, beglückte sie die rassigen Hannoveraner mit einer extra Ration Möhren.

In Elsas Brust wohnten nicht nur zwei, sondern mehrere Seelen. Sie bereute das Geschehen in der Kutscherremise nicht. Im Gegenteil: Die Erinnerungen daran ließen sie wohlig erschaudern. Aber zugleich erhob auch die Angst wie eine zischelnde Schlange ihr Haupt: was, wenn sie schwanger geworden war? Und würde ihr Cord während einer so langen Trennung überhaupt treu bleiben? Wer weiß, wen er alles an dieser Stanford Universität kennen lernen würde. Da kamen bestimmt junge Frauen aus den besten Kreisen hin! Und Cord war ein wahrhaft attraktiver Bursche, dem so manches weibliche Wesen noch einen zweiten interessierten Blick hinterherwarf. Sie seufzte. Überhaupt hatte Cord es gut – er fuhr nach Amerika, während sie hier zum Warten, Hoffen und Beten verdammt war! Wobei ihr Beten als das am wenigsten probate Mittel erschien. Mitten in diese Gedanken hinein umfasste Cord sie von hinten sanft an der Schulter und hauchte ihr einen zarten Kuss in den Nacken. Sofort lief ihr eine Gänsehaut den Rücken hinunter. »Hoffte, dich hier anzutreffen. Ich hatte Sehnsucht nach dir!« Langsam drehte Elsa sich um. Ehe sie etwas erwidern konnte, versanken die beiden in einem langen, leidenschaftlichen Kuss. Perrita, die Cord mit einem leisen Freudenlaut begrüßt hatte, beobachtete das aufmerksam mit hochgestellten Ohren.

Schließlich schob Elsa Cord von sich weg. »Ach, ich bin überglücklich und traurig zugleich! Du wirst furchtbar weit und lange weg sein. Und mir schrecklich fehlen! Und mir vielleicht fremd werden mit all dem Neuen, was du erleben wirst.«

»Mein Elschen, niemals! Nichts kann zwischen uns treten. Überleg doch mal, was wir schon alles gemeinsam erlebt haben. Unsere Streifzüge durch Hannover, bei denen du wie ein Dienstmädchen angezogen warst. Die Detektivarbeit mit dir, die Radfahrten in der Eilenriede, wo du dich als Junge verkleidet hattest – auch das verbindet uns doch.«

Liebevoll blickte Elsa ihn an. »Du hast ja Recht. Es ist eine solide Grundlage, wenn aus einer Freundschaft Liebe wird.«

Bei mir war es schon länger so, überlegte Cord, sprach es aber wohlweislich nicht aus, sondern meinte: »Und wir werden uns häufig schreiben. Ich berichte dir dann regelmäßig alles aus dem Land der unbegrenzten Möglichkeiten, sodass du wenigstens in Gedanken immer verfolgen kannst, wie es um mich steht.«

»Ja, so machen wir es. Ich halte dich ebenso auf dem Laufenden, auch über diese verrückte Reise in den Orient. Allerdings«, schnell verfinsterte sich ihr Gesichtsausdruck, »es wird viele Wochen, geradezu Ewigkeiten dauern, bis uns die Briefe erreichen. Außerdem wissen wir vom Beispiel der Kanarischen Inseln, wie häufig Post über so weite Entfernungen verloren geht!«

»Das mag mal ein Schreiben betreffen, aber ich werde dir regelmäßig alles mitteilen.«

Elsa zuckte mit den Achseln. »Alles? Während du mir ewige Liebe schwörst, hast du vielleicht schon eine junge amerikanische Multimillionärin an der Angel!«

Völlig erstaunt sah Cord seine Freundin an. »Und soll ich mir den Kopf zerbrechen, wen du möglicherweise auf dieser Luxusreise treffen wirst? Das tue ich nicht. Und du bist doch nicht etwa eifersüchtig?«
»Nicht nur in dieser Hinsicht. Ich würde liebend gern in Stanford studieren und danach einen Beruf ergreifen! Und 1893 die Weltausstellung in Chicago besuchen.«
»Du wirst mit deinen Entwürfen einiges in der Möbelfabrik bewegen, das sind doch auch ungewöhnliche und spannende Perspektiven für eine junge Dame.«
»Mag sein, aber das klingt für mich nach Trostpflaster. Skizzen hat schon meine Großmutter entworfen, das wird so eben gerade bei einer Frau akzeptiert. Aber wenn Großpapa mir eines Tages die Leitung übertragen will, da könnte es massive Widerstände geben.«
»Bis dahin läuft noch viel Wasser die Leine hinunter«, versuchte Cord zu begütigen, was ihm nicht gelang.
»Ohne dass sich wahrscheinlich etwas ändert. Im Reichstag schmettern sie zum Beispiel die Anträge, dass Frauen Abitur machen können ab; allein die Erwähnung eines weiblichen Arztes erregt ungeheure Heiterkeit und die Herren gehen zur Tagesordnung über.«
Elsa spürte, wie sie angesichts dieser Ungerechtigkeiten immer wütender wurde. Dass sie ohnmächtig der Situation gegenüberstand, empfand sie als schwer erträglich.
»Meine Liebe, wenn ich mit einem Ingenieurtitel wieder hier bin, eröffnen sich uns viele Möglichkeiten! Du weißt, dass ich alles unterstützen werde, damit du deine Wünsche nach einer sinnvollen Tätigkeit verwirklichen kannst.«
Doch damit hatte er ohne es zu wollen Öl ins Feuer gegossen.
»Ja, eine Beschäftigung, die du mir dann gnädig gestattest. Nicht umsonst fordert die Frauenbewegung, dass es standesgemäße Erwerbstätigkeiten für Frauen geben muss. In Amerika gibt es weibliche Bürgermeister, Polizeiinspektoren und Schutzleute, oder besser Schutzfrauen – das nenne ich eine wirkliche Gleichberechtigung, wenn die Frau unabhängig vom Mann arbeiten kann.« Ihre Augen funkelten erregt. Das ging Cord zu weit. »Manchmal ist Amerika aber auch das Land der Unmöglichkeiten. Was zu viel ist zu viel. Es gibt nun mal Dinge, die für eine Frau nicht geeignet sind. Ich bin jedenfalls dafür, dass in Deutschland auch künftig der Schutzmann einen Schnurrbart trägt.«

»So ein Unsinn! Schutzfrauen könnten wir hier dringend gebrauchen. Stattdessen streitet man um Stellen für Polizeiassistentinnen. Ich hätte nicht gedacht, dass du so konservative Ansichten hast.«
»Und du schießt weit über das Ziel hinaus! Es wird doch darum gehen, wie wir unser gemeinsames Leben gestalten.«
»Eben! Und wie würde es dir gefallen, wenn ich als deine Ehefrau Großvaters Fabrik führe?«
Cord stutzte. »Das müsste gründlich überlegt sein. Schließlich würde uns das zum Beispiel an Hannover binden, während mir nach dem Studium in Stanford die ganze Welt offen stünde.«
»Wie schön für dich, Cord! Dann überlege mal reiflich, hast ja jahrelang Zeit dazu!« Sie drehte bebend vor Wut auf dem Absatz um. Gefolgt von Perrita, die die Ohren hängen ließ, verließ sie eilig die Remise. Cord folgte ihr wenig später. Da es im Architektur-Bureau nichts für ihn zu tun gab, machte er sich nachdenklich und bekümmert auf den Heimweg. Das war der erste Streit, den er mit Elsa erlebte – und das so kurz vor seiner Abreise.

In Linden wurde er in der Falkenstraße bereits ungeduldig erwartet. Irritiert sah er seine Koffer im Vorplatz stehen. Aufgeregt wedelte seine Mutter mit einem weißen Blatt Papier vor seiner Nase herum. »Ein Telegramm! Wir müssen umgehend nach Hamburg. Du kannst ein früheres Schiff nehmen.«

»Doch nicht etwa noch heute?«

»Allerdings! Hannes kommt gleich. In zwei Stunden geht der nächste Zug. Kontrolliere deine Tasche mit den Papieren, ob du alles vollständig beisammen hast!«

»Aber ich habe mich noch gar nicht von allen richtig verabschiedet!«, protestierte Cord.

»Dafür wird jeder Verständnis haben. Mit etwas Glück rechnen sie dir das erste Semester voll an. Du kannst ja noch einige Briefe schreiben, bevor du in Hamburg aufs Schiff gehst.«

Still vor sich hin fluchend begab sich Cord in sein Zimmer und zwang sich, konzentriert seine Papiere durchzusehen. Das hatte ihm gerade noch gefehlt, dass er sich von Elsa im Streit und ohne richtigen Abschied trennen musste. Er schluckte, Tränen stiegen ihm in die Augen. Natürlich würde er mit ihr in Hannover bleiben. Was nutzte ihm die große weite Welt, wenn sie nicht an seiner Seite war? Er konnte sich durchaus vorstellen, die Möbelfabrik mit ihr gemeinsam zu leiten – sie würden sich gewiss ausgezeichnet ergänzen. Er seufzte. Das werde ich ihr alles schreiben! Sie hat nicht mal meine Adresse in Stanford.

Tief Luft holend ging er in die Wohnküche, in der inzwischen sein Vater und sein Vetter Johann warteten. Der klopfte ihm auf die Schulter. »Großer Bahnhof, mein Lieber! Dort bringen wir dich heute ausnahmsweise mit der Droschke hin!« Selbst die Augen des roten Breuer waren verdächtig feucht. Aber er riss sich zusammen. Auf dem Bahnsteig umarmte er als letzter seinen Sohn. »Bin mächtig stolz auf dich. Bleib anständig und komm als Doktor Breuer wieder!« Der Schaffner ließ seine Pfeife ertönen und wedelte heftig mit den Armen. Cord riss sich los, sprang schnell in den Wagon 3. Klasse und sah seine winkende Familie immer kleiner werden. Schließlich setzte er sich auf die Holzbank, zückte sein Taschentuch und tat so, als ob er sich schnäuzte, während er seine Tränen trocknete. Noch nie in seinem Leben hatte er sich so einsam gefühlt.

Beim abendlichen Diner in der Königstraße bemerkte Maximilian: »Cord Breuer ist völlig überraschend bereits heute nach Amerika aufgebrochen. Der junge Mann hat in den letzten Jahren immer alles zu meiner großen Zufriedenheit erledigt und sich vom Laufburschen zum Hilfszeichner hochgearbeitet. Er berechtigt zu den schönsten Hoffnungen. Mal sehen, wen ich als Ersatz finde – er wird durchaus fehlen.«

Nicht nur dir, dachte Elsa, der bei dieser Nachricht ganz blümerant wurde. Sie konnte es so schnell gar nicht fassen. Cord war weg. Und das nicht nur ohne Abschied, sondern auch noch im Streit! Mit zitternden Händen legte sie Messer und Gabel beiseite. »Ich muss mich hinlegen, eine Migräne«, murmelte sie und erhob sich eilig. Emilie sah irritiert hinter ihrer blassen Schwester her.

Am nächsten Morgen beschloss Elsa nach einem kargen Frühstück einen langen Spaziergang mit Perrita durch die Eilenriede zu unternehmen. Sie hatte kaum geschlafen und hoffte, den Kopf in der frischen Luft frei zu bekommen. Wie immer wollte Perrita unbedingt einen Abstecher in die Küche machen. Nicht zuletzt, weil sie genau wusste, dass ihr Bertha stets eine kleine Leckerei zusteckte.

Im Souterrain herrschte schon seit sechs Uhr morgens geschäftiges Treiben. Auch die Köchin war wieder im Dienst. Sie sah Elsa prüfend an und meinte: »Wie wäre es mit einer Tasse Kakao für die Nerven?« Diese nickte dankbar: »Prima Idee!« und nahm am runden Tisch Platz. Während Perrita zu ihren Füßen hochzufrieden an einem kleinen Kalbsknochen knabberte, genoss sie Schlückchen weise ihr Lieblingsgetränk aus einem holländischen Kakaobecher.

Nachdem das Küchenmädchen hinausgegangen war, meinte Bertha: »Was ist los, Elsa?«

Die ergriff Berthas Hand: »Du zuerst – du siehst blass aus und hast Ringe unter den Augen. Wie geht es dir?«

»Bin noch etwas schwach auf den Beinen, komme jedoch zurecht. Die fürsorgliche Marga unterstützt mich unauffällig, wo sie nur kann. Aber jetzt zu dir!«

Elsa berichtete von dem Streit und Cords plötzlicher überstürzter Abreise.

»Vielleicht ist er mit Absicht eher abgereist und will nichts mehr mit mir zu tun haben! Und ich habe noch nicht mal seine Adresse. Aber ich würde ihm sowieso nicht ohne Weiteres schreiben. Erst mal muss er sich melden und entschuldigen. Oder wie siehst du das?«

Bertha überlegte. »Wäre ja wichtig zu wissen, wieso er so überstürzt abgereist ist. Das bekommen wir raus. Im Zweifelsfall über Marga. Die kennt die Breuers gut. Sobald ich was ausklamüsert habe, berichte ich dir. Und dann sehen wir weiter.«

»Versprich mir, dass du niemandem etwas sagst. Dass muss unser Geheimnis bleiben!«

»Ehrensache! Cord wird dir gewiss schreiben, der ist doch ein ganz vernünftiger Kerl. Eine Kartoffel nach der anderen. So ein Streit, den ihr nicht mehr beilegen konntet, der wird euch nicht auseinanderbringen. Es wird sich alles finden.«

Sie klopfte Elsa ermutigend auf die Schulter und stand auf, um weiter ihrer Arbeit nachzugehen.

Elsa trank den restlichen Kakao und richtete sich etwas her. Es hatte gutgetan, mal das Herz auszuschütten, sie fühlte sich ein wenig besser. Und Bertha, die selber schon vieles durchgemacht hatte, strahlte ein Verständnis aus, das wohltuend war.

Ein offizieller Nachmittagskaffee
Im Hause von Elßtorff

Wie es sich in ihren Kreisen gehörte, hatte Sophie mal wieder zum Kaffee eingeladen. Bertha hatte eine gedeckte Apfeltorte mit Rumrosinen und einen Frankfurter Kranz gebacken, sodass die Hausherrin lediglich Kleingebäck vom nahen Bäcker Fahrenhorst holen ließ.

Neben den Zwillingen, der Gräfin von der Schulenburg, der Gräfin von Potocki und einigen anderen Damen waren auch entfernte Verwandte der Elßtorffschen Linie dabei: Gertraude Bock von Wülverdingen und die Freifrau von Rosenberg, Gemahlin des Kammerherrn seiner Majestät des Kaisers.

Das Dienstmädchen Trine half beim Servieren und achtete darauf, dass alle Damen mit Getränken und Kuchen versorgt waren.

Während die Gäste über allerlei Belangloses plauderten, war Edelgarde von Potocki zurückhaltender als sonst, lobte aber die Torten. »Liebe Sophie, mit der neuen Köchin scheinst du einen guten Griff gemacht zu haben, der Frankfurter Kranz ist ebenso köstlich wie die Apfeltarte.«

»Ja, heutzutage eine geeignete Köchin zu finden, ist äußerst schwierig«, näselte die Gräfin von der Schulenburg. »Überhaupt das Personal – immer wieder kommt es zu Problemen!« Die meisten Damen nickten zustimmend.

Elsa rutschte spontan heraus: »Bei uns gibt es kaum Wechsel, was nicht zuletzt daran liegt, dass das Dienstpersonal anständig behandelt wird und vernünftig untergebracht ist. Unsere langjährige Köchin heiratet, sonst wäre sie gewiss bei uns geblieben.«

Gertraude Bock von Wülverdingen warf ihr einen scheelen Blick zu und entgegnete spitz: »Nun ja, man munkelt, dass ihr eine Frau aus dem Magdalenium genommen habt, sogar mit Kind! Mal sehen, wie lange das gut geht!«

»Wir sind ein christlicher Haushalt und zudem durch meinen Gatten dem freimaurerischen Gedankengut verpflichtet. Man muss seine Überzeugungen auch leben und es nicht bei bloßen Lippenbekenntnissen belassen«, entgegnete Sophie in einer für ihre Verhältnisse scharfen Replik.

Die Freifrau von Rosenberg sprang ihr bei. »Mein Gatte Richard ist ebenfalls bei den Freimaurern, ich finde es löblich, jemanden aus dem Magdalenium anzustellen und vor allem, das Kind bei der Mutter zu lassen. Wir sollten uns ein Beispiel nehmen.« Nach einem Blick in die Runde schien es ihr allerdings besser, das Thema zu wechseln, sie wandte sich direkt an Edelgarde: »Wie ich hörte, fahren Sie mit bei unserer wunderbaren Vergnügungsreise in den Orient?«

»Ja, die liebe Sophie fand, ich bräuchte mal eine Abwechslung.« Dass sie eingeladen war, brachte Edelgarde auch jetzt nicht über die Lippen.

»Wie abenteuerlich!«, meinte eine Dame. »Neulich las ich das nette Buch von Julius Stinde über Frau Buchholz im Orient. Es ist ja momentan en vogue dorthin zu reisen. Aber wenn ich seinen Beschreibungen glauben darf, außerdem strapaziös: Lange Fahrten mit der Bahn, Unbilden und Beschwerlichkeiten, dazu Scherereien und

Zollplackereien an den Grenzen, das klang nicht nach purem Vergnügen, so inspirierend es auch sein mag.«

»Das ist ja der große Unterschied zu unserer Art des Reisens mit der ›Augusta Victoria‹, einem der besten und stattlichsten Schiffe, die überhaupt den Ozean befahren«, erläuterte Emilie. »Wir werden eine Reihe prachtvoller Städte und Länder besuchen, ihre malerischen Szenerien unter sonnigem Himmel bewundern, ohne Wagen oder Hotel wechseln zu müssen und die lästigen Sorgen um das Gepäck zu haben.«

»Und nicht nur darauf freue ich mich«, fügte Edelgarde hinzu, »denn auch ich habe das Buch von Stinde intensiv und mit Vergnügen gelesen. Umso mehr weiß ich zu schätzen, dass während der ganzen Reise die ›Augusta Victoria‹ uns überall das gleiche traute Heim gewährt mit unserer lieben deutschen Sprache, denselben Gefährten, derselben Bedienung und derselben Küche. Ob wir in Italien oder Algier, am Nil oder am Bosporus weilen werden – immer kehren wir auf dieses Stück deutschen Bodens zurück, nachdem wir Land und Leute nach Gusto studiert haben.«

»Zwei Monate dauert die Reise«, teilte die Freifrau mit. »Wir werden wenige Hannoveraner sein, aber viele Hamburger fahren mit und es wird sogar international zugehen mit Engländern und Amerikanern, zumal man in unterschiedlichen Häfen zu- oder aussteigen kann.«

»Wir gönnen uns die komplette Reise«, betonte Sophie. »Allerdings ohne Zofe und Kammerdiener. Mein Gatte hat mich inzwischen überzeugt, dass der Service an Bord ausgezeichnet ist und wir kein Personal benötigen.«

»Ganz Recht, liebe Sophie«, entgegnete die Freifrau, »wir halten es genauso. Und die Dienerschaft kann in unserer Abwesenheit vieles aufräumen und sich nützlich machen.«

»Wann geht es denn los?«, erkundigte sich die Gräfin von der Schulenburg.

In diesem Moment wurde die angelehnte Tür zum Salon aufgestoßen und die kleine Marie stolperte herein. »Mama, Mama«, stammelte sie.

»Das Töchterchen unserer neuen Köchin Bertha Schrader«, erklärte Sophie, »da scheint etwas passiert zu sein!« Gertraude Bock von Wülverdingen erstarrte beim Anblick der hellblondgelockten, blauäugigen Kleinen. Ihr fiel die Kaffeetasse von dem teuren Kopenhagener Geschirr aus der Hand und zerschellte klirrend auf dem Parkett. Leichenblass starrte sie Marie an und begann zu zittern. Sofort sah Sophie ihren Verdacht bestätigt, denn die Ähnlichkeit mit den männlichen Mitgliedern der Familie war einfach frappierend. Als gute Gastgeberin sprach sie aber sofort beruhigende Worte. »Alles kein Problem, Gertraude, unsere Trine wird das kleine Malheur umgehend beseitigen.«

Sie tauschte einen raschen Blick mit Elsa. Die erhob sich sofort, nahm Marie auf den Arm und sagte: »Die Damen entschuldigen uns, ich sehe unten mal nach dem Rechten.«

Sie verließ mit der Kleinen den Salon, nahm flugs die Dienstbotentreppe, über die sie das Souterrain schneller erreichte. In der Küche fand sie Bertha ohnmächtig neben dem Herd vor, das Küchenmädchen war im Gemüsekeller beschäftigt und hatte nichts bemerkt. Rasch hielt sie der Köchin das Riechsalz unter die Nase, welches dank Margas Anweisung stets griffbereit im Küchenschrank stand. Bertha öffnete schnell wieder die Augen und richtete sich auf. »Mir war schwindelig, aber es geht schon besser.« Zum Glück betrat in diesem Augenblick Marga die Küche. »Du brauchst einen starken Kaffee und etwas Süßes«, meinte sie. »Und dann legst du dich einen Moment hin und ich gucke nach Marie. Elsa, du kannst wieder zu den Gästen hinaufgehen.«

Wie gut, überlegte Elsa, dass Marga sich vorläufig geweigert hat, als frischgebackene Gesellschafterin bei den nachmittäglichen Einladungen dabei zu sein. »Die meisten wissen, dass ich jahrzehntelang hier Haushälterin war«, hatte sie zu den Zwillingen gesagt, »und einige würden sich gewiss die Mäuler zerreißen. Ich mach mich derweil lieber nützlich.«

Da sie Bertha und Marie in bester Obhut wusste, eilte Elsa wieder in die Belle Etage. Dort war die immer noch bleiche Gertraude Bock von Wülverdingen dabei, sich zu verabschieden. Die übrigen Damen blieben zu Elsas Erleichterung nicht mehr lange, und bald waren Sophie und die Zwillinge unter sich.

»Das war eine ziemlich eindeutige Reaktion«, platzte Elsa heraus. »Die Frage ist jetzt nur noch, welcher der Herren der Erzeuger von Marie ist. Es gibt immerhin drei Söhne.«

»Und den Vater der Söhne«, murmelte Sophie eingedenk ihrer Erfahrungen in ihrem eigenen Elternhaus. Elsa hatte es trotzdem mitbekommen und starrte ihre Ziehmutter erschrocken an. Diese riss sich zusammen und forderte die Zwillinge nachdrücklich auf: »Keine Spekulationen und kein Wort zu Bertha. Sie hat offenbar ihre Gründe, eisern zu schweigen, und wir werden das akzeptieren! Auch du, Miss Holmes, wirst nichts unternehmen.«

Im Advent
Vorbereitungen für das Fest

Bertha hatte sich zum Glück einigermaßen erholt und leitete die umfangreichen Vorbereitungen für die Feiertage ein.

Sie stellte Gänseschmalz mit Majoran und Äpfeln ebenso her wie geräucherte Gänsebrüste und Gänseklein von den frisch geschlachteten Tieren, die vom Rittergut Rosenberg geschickt worden waren. Der Geruch und einige Kostproben Gänsefleisch versetzten Perrita in höchstes Entzücken.

Die Backwoche begann Bertha mit Weihnachtsstollen, Pfeffer- und Zuckernüssen und beendete sie mit Brezeln, Kranz- und Blechkuchen. Es roch anheimelnd nach Mandeln und geriebener Zitrone.

Sophie und Marga dekorierten im Salon und im Speisezimmer imposante, aus Edeltanne geflochtene Adventskränze. Sie wurden mit vier großen und 19 kleinen roten Kerzen und roten Bändern geschmückt. Wenn morgens beim Frühstück eine weitere Kerze angezündet wurde, rückte Weihnachten einen Tag näher heran.

Die Zwillinge verbrachten etliche Zeit in der Möbelfabrik in Linden. Während Elsa in der Künstlerklause am Zeichenbrett saß und lernte, ihre Entwürfe en detail auszufeilen, ließ sich Emilie in die Grundlagen der Buchhaltung einweihen. Beide machten zur großen Zufriedenheit ihres Großvaters beachtliche Fortschritte. Weniger glücklich mit diesem Vorgehen war Sophie. Bei einem Adventskaffee, zu welchen Wilhelm Jacob auf den Lindener Berg eingeladen hatte, nahm sie den Hausherrn bei Seite.

»Ist es dir wirklich ernst, dass die beiden in der Fabrik mitarbeiten und diese späterhin tatsächlich übernehmen und leiten sollen?«

»Ja, durchaus, liebe Sophie. Das ist zwar ungewöhnlich, wird sie jedoch unabhängig machen.«

»Aber, wenn das ruchbar wird, wer soll die Mädchen dann noch heiraten? Welcher Mann aus gehobenen Kreisen will eine Frau ehelichen, die in der Fabrik des Großvaters mitarbeitet und diese später sogar führen wird?«

Wilhelm Jacob lächelte: »Ich kann mir das gut vorstellen, die Continentale beispielsweise hat zwei Direktoren, den äußerst tüchtigen kaufmännischen Leiter Seligmann und den Chemiker Dr. Prinzhorn. Eine solche Aufteilung können wir ebenfalls vornehmen und ich würde mich nach und nach in den Hintergrund zurückziehen. Die schwere Krankheit hat mir eindrücklich klargemacht, dass Arbeit nicht alles ist.«

»Du weichst mir aus, Wilhelm! Die Direktoren in der Continentalen sind eindeutig Männer!«

»Ich möchte, dass die beiden eine sichere Existenz haben, egal ob sie sich günstig verheiraten oder nicht. Für eine Mitgift werde ich unabhängig davon sorgen, wobei ich mir ein Beispiel daran nehme, dass du über deine Gelder zumindest teilweise selber verfügen kannst.«

Sophie schluckte. »Ja, das hat gewiss seine Vorteile. Aber nochmals, Wilhelm, welcher Mann nimmt die Zwillinge dann noch zur Ehefrau?«

»Entweder einer, der selber Lust hat, mit anzupacken.« Er dachte an Cord Breuer. »Oder jemand, der Manns genug ist, über schnödem Standesdenken und männlicher Überheblichkeit zu stehen. Die Leitung der Fabrik ließe sich mit einem harmonischen Familienleben durchaus verbinden.«

Sophie seufzte tief. »Ehrlich gesagt, Wilhelm, ich hatte mir das anders vorgestellt. Die beiden sind dann außerdem ortsgebunden, während normalerweise die Ehefrau nicht nur dem Ruf ihres Herzens folgt, sondern auch in den Wohnort des Gatten zieht. So wie ich natürlich von München nach Hannover gekommen bin.«

»Vergiss nicht, Sophie, wie viele sich dünkelhaft an der unehelichen Geburt der Zwillinge stoßen. Das schmälert ihre Aussichten nicht wenig. Und gerade Elsa scheint ihr komplettes Heil nie in einer konventionellen Ehe gesehen zu haben.«

»In Letzterem stimme ich dir zu. Sie rebelliert seit jeher gegen die geringen Möglichkeiten, die Frauen haben, um unabhängig zu sein.«

»Wir können nicht alles arrangieren und kalkulieren, Sophie. Lass uns sehen, was sich bei unserer Seereise ergibt.«

»Wie du meinst, Wilhelm. Wir müssen deine Pläne für die Mädchen auch nicht als Erstes in die Bordzeitung setzen!«

»Versprochen! Aber bevor wir uns wieder zu den anderen gesellen, bitte ich dich, demnächst mit mir gemeinsam zum Geschäft von Friedrich Kröner zu fahren, um dort einigen Schmuck als Weihnachtsgeschenke für die Zwillinge zu erstehen. Da brauche ich unbedingt deinen fachkundigen Rat und exzellenten Geschmack.«

»Den Juwelier kenne ich gar nicht, ist der neu?«

»Ja, Friedrich Kröner hat Anfang Oktober sein Geschäft in der Hildesheimer Straße nahe am Aegidienthorplatz eröffnet. Wir haben den Innenausbau angefertigt und da ist es klar, dass ich auch dort kaufe.«

»Verstehe, passt es dir gleich morgen Nachmittag?«

»Abgemacht, ich hole dich ab.«

Als sie wieder bei den anderen saßen, meinte Sophie: »Ich möchte die Gelegenheit nutzen, um für unsere familiäre Weihnachtsfeier noch die Speisewünsche abzustimmen, bevor ich mit der genauen Planung beginne.« Das war nach einigem Hin und Her geschehen und bald darauf löste sich die Runde auf.

Am folgenden Tag war das Wetter garstig und lud nicht zu einem Spaziergang ein. Daher fuhr Wilhelm Jacob nachmittags mit seiner Kutsche in der Königstraße vor.

In der Hildesheimerstraße 4 angekommen, half er Sophie persönlich aus der Droschke und öffnete schwungvoll die Ladentür.

Sophie sah sich aufmerksam um und war angenehm überrascht über die äußerst geschmackvolle Einrichtung, deren schlichte Eleganz ihr gefiel.

Nachdem Wilhelm Jacob ihr den Inhaber und seine Verkäuferin, Fräulein Dora von Wedemeyer, vorgestellt hatte, bemerkte Sophie: »Das Interieur finde ich absolut gelungen. Die Tischlerarbeiten im unteren Bereich mit den perfekt gesetzten Furnieren auf den Türen wirken edel, aber dezent. So kommen die darüber in Vitrinen ausgestellten Uhren und Schmuckstücke wirklich gut zur Geltung.«

Der Inhaber und der Möbelfabrikant tauschten einen stolzen Blick. Und Wilhelm Jacob bemerkte eingedenk des kürzlich geführten Gespräches: »Zu den Entwürfen hat Elsa einen maßgeblichen Anteil beigetragen.« Darauf wollte Sophie jetzt gar nicht eingehen, sondern fragte: »Was hast du dir denn an Schmuck vorgestellt?«

»Den Zwillingen habe ich Perlenketten zugedacht und robuste Taschenuhren für die Reise.« Er zögerte einen Moment. »Und ich möchte mich bei Marga mit einem Geschenk für ihre aufopferungsvolle Pflege bedanken.«

Ohne eine Miene zu verziehen, nickte Sophie.

In diesem Moment brachte Fräulein Dora ein im reinsten Platt geführtes Verkaufsgespräch um eine goldene Uhr mit einem Ehepaar in Bückeburger Tracht zum erfolgreichen Abschluss: »Her heff ik en ganz nienich Stück. De Klock was inne Swiez herstellt worrn un buten is Allens ut Gold. De könnt se hinsmeten, seck drupssetten: de geiht jümmers. Da waren seck de Kinner unn Kinneskinner dröver früen, sau gout is dat Dingen. Dat giftet nich biem fienen Goldsmed Tielking in Stadthagen, ouk wenn hei seck Hofjuweleer schimmpen deiht. Dat het blouß de Kröner.«

»Völn Dank, Frauleine. Se hebben dat gout gemaket. Dat woult wi in usem Dörp vertellen. Denn kümmen ok annere Lüe.«

Offenbar hatte Dora aber ihre Ohren überall gehabt, denn nachdem die wohlhabenden Bauern mit zufriedener Miene gegangen waren, wandte sie sich der neuen Kundschaft zu.

»Sie sprechen platt!«, stellte Sophie erstaunt fest.

»Jou«, nickte diese, »eck bün ut Eldagsen, da wart jümmer Platt kört. Dat is ne ole Statt. Nu awers het Springe den Boanhoff und doa sin de bannig stolz drup.«

Da Fräulein von Wedemeyer scheinbar nicht bemerkte, dass sie weiterhin in der Sprache ihrer Kindheit redete, schaltete sich Kröner ein: »Unsere werte Käuferschaft vom Land weiß es zu schätzen, im vertrauten Dialekt beraten zu werden.«

»Ganz offensichtlich«, entgegnete Sophie. »Als gebürtige Münchnerin habe ich zwar nicht alles verstanden, aber die Herrschaften schienen außerordentlich zufrieden zu sein mit dem Verkaufsgespräch.«

Dora errötete leicht vor Stolz über so viel Lob. Es war ja schwierig genug gewesen, ihren Vater zu überzeugen, sie nicht auf das muffige Gut von Münchhausen in Roloven zu verehelichen. Sondern ihr die Möglichkeit zu geben, sich zumindest zunächst unverheiratet in Hannover ganz ihrer Freude an Uhren und Schmuck zu widmen.

»Fräulein von Wedemeyer lernte schon in der Familie einiges über Geschmeide«, erklärte Kröner, »sie ist mit großer Leidenschaft bei der Sache. Aber womit können wir Ihnen dienen?«

»Ich suche für meine Enkeltöchter zwei solide Taschenuhren für eine Vergnügungsreise zur See in den Orient, die wir Ende Januar antreten werden«, entgegnete Wilhelm Jacob. »Außerdem möchte ich jeder eine hochwertige Perlenkette schenken. Und für eine Dame um die Vierzig suche ich ebenfalls ein Weihnachtspräsent.«

»Eine Schiffsreise zum Vergnügen?«, entfuhr es Fräulein Dora spontan, »wie ungewöhnlich!« Dafür erntete sie einen scharfen Blick ihres Vorgesetzten, der solche Meinungsäußerungen gegenüber der Kundschaft gar nicht schätzte.

»In der Tat, wir werden zwei Monate unterwegs sein«, erklärte Sophie.

»Ich kümmere mich um die Uhren und Fräulein Dora um den Schmuck«, verkündete Friedrich Kröner.

»Welche Augenfarbe hat denn die Dame?«, fragte die Verkäuferin, was ihr ein anerkennendes Lächeln von Sophie eintrug.

»Sie hat graue Augen«, antwortete Wilhelm Jacob prompt.

»Und die jungen Damen aquamarinblaue«, ergänzte Sophie.

Fräulein Dora zog eine Schublade mit Perlenketten aus dem Tresen. »Perlen passen zu jedem Anlass und lassen sich immer gut kombinieren.« Sie nahm eine heraus. »Diese hat einen dezenten puderrosa Schimmer – das harmoniert mit der Augenfarbe der Dame im besten Alter und schmeichelt dem Teint. Das vermögen Perlen von superber Qualität übrigens immer. Und für die Enkelinnen würde ich einen Creme Ton empfehlen.«

Sophie betrachtete die Colliers genauer, wobei sie zugleich nach den Preisschildern sah. Die waren allerdings in so kleiner Schrift ausgezeichnet, dass sie diese selbst bei näherem Hinsehen nicht entziffern konnte. Friedrich Kröner bemerkte das sofort. Er räusperte sich und sagte dann leise: »Gnädige Frau, ich bin ja ebenfalls als Optiker ausgebildet. Wenn ich mir die Freiheit erlauben darf, einen Vorschlag zu machen: Für Ihre Reise könnte eine Lesebrille oder eine praktische Lorgnette, die sich mit einer Kette um den Hals tragen lässt, von Nutzen sein.«

Sophie schluckte. »Nun, als Brillenschlange möchte ich keinesfalls auf Reisen gehen.«

»In Ihrem Fall handelt es sich gewiss lediglich um eine Unterstützung beim Lesen. Das könnte ich schnell und unverbindlich feststellen.«

Unwillkürlich musste Sophie an Edelgarde denken, deren Weigerung eine Brille zu tragen sie stets moniert hatte. Mit einem etwas gequälten Lächeln stimmte sie zu: »Also gut Herr Kröner, dann walten Sie mal ihres Amtes.«

Daraufhin ermittelte er in einem anderen Teil des Ladens, welche Glasstärke benötigt wurde und zeigte mehrere aktuelle Modelle.

Sophie stand vor der Qual der Wahl und entschied sich für eine goldgefasste Lorgnette, die zusammenklappbar in einer dekorativen leichten Schildplatthülle verschwand. »Eine gute Entscheidung! Praktisch auch für Ihre Reise, gnädige Frau, so haben Sie die Lesehilfe immer griffbereit um den Hals, ohne dass Sie eine Tasche bei sich tragen müssen.«

»Wo wir gerade Mal dabei sind, möchte ich außerdem eine ebenfalls leichte Lesebrille bestellen. Wenn ich in einem Buch schmökere, ist das gewiss bequemer.«

»In der Tat, gnädige Frau, das ist gleichfalls ein ausgezeichneter Entschluss. Und Sie werden merken, wie viel schonender für die Augen damit das Lesen wird.«

Inzwischen hatte sich Wilhelm Jacob drei Perlenketten ausgesucht, außerdem zwei schlichte und robuste Taschenuhren, die für Reisen geeigneter waren als Golduhren, und niemanden in Versuchung führen würden, seine Zwillinge zu berauben.

Sophie betrachtete seine Auswahl mit der Lorgnette, mit der sie nun auch die Preise erkennen konnte. Wilhelm Jacob hatte gewiss nicht gespart. Sie nickte ihm bestätigend zu. »Die Perlen sind vom Feinsten. Das hast du alles sehr gut ausgesucht; meine Begleitung hättest du gar nicht gebraucht.«

»Aber wenn du deine Zustimmung gibst, bin ich auf der sicheren Seite. Außerdem wurde ich von Fräulein Dora hervorragend beraten.«

»Und ich habe ebenfalls profitiert – das Lesen wird mir künftig wieder mehr Freude machen.«

In diesem Moment trat die Gräfin von Waldersee ein. Die Damen begrüßten sich freundlich.

»Habe schon vernommen, dass Sie sich ebenfalls für das Magdalenium einsetzen werden«, verkündete die Gräfin.

»So ist es!«, bestätigte Sophie. »Wir haben hier gerade Weihnachtseinkäufe getätigt. Darf ich Ihnen den Möbelfabrikanten Wilhelm Jacob, den Großvater der Zwillinge, vorstellen?«

Ein prüfender Blick wandelte sich in einen wohlwollenden, denn die Gräfin fand den Herrn vom allerfeinsten gekleidet. Offenbar hatte er einen tüchtigen Schneider, der beste englische Stoffe verarbeitete.

»Angenehm«, säuselte sie und gab dann ein Etui an die Verkäuferin weiter. »Die Perlen müssen neu aufgezogen werden.«

Nachdem sie das Collier in die Hand genommen und begutachtet hatte, bemerkte Dora: »Unbedingt, gnädige Frau! Sicher ist sicher. Wir empfehlen außerdem eine schonende Reinigung dieser Prachtexemplare. Diamanten sind unvergänglich. Perlen jedoch gehören zu den empfindlichen Geschöpfen, die ebenso der Pflege bedürfen wie die Haut ihrer Trägerinnen, der sie zudem einen zarten Schimmer verleihen.«

»Das haben Sie schön gesagt«, bemerkte die Gräfin.

»Eine dieser Exemplare ist mehr wert als so manche komplette Kette, da wäre bereits der Verlust einer einzigen Perle ärgerlich. Wir zählen schnell gemeinsam durch, wie viele es sind.«

»Nicht nötig, ich vertraue Ihnen voll und ganz. Und jetzt bestellen Sie mir bitte eine Droschke 1. Klasse.«

Sofort bot Wilhelm Jacob an: »Meine Kutsche steht vor der Tür. Wir bringen sie gern nach Hause.« Was mit einem huldvollen Lächeln akzeptiert wurde. Gut aufgelegt und plaudernd verließen alle den Laden.

Und Friedrich Kröner zwirbelte zufrieden seinen schwarzen Schnurrbart, den er genau wie Kaiser Wilhelm II trug. Er freute sich über die neue Kundschaft und die lohnenden Umsätze.

Das Weihnachtsdiner
In der Königstraße

Kurz darauf saß Sophie an ihrem Sekretär über der Weihnachtsplanung. Sie entschied sich, das Weihnachtsdiner im kleinen Kreis mit insgesamt acht Personen am Heiligen Abend relativ einfach zu halten. Erstmals würde Marga in ihrer Stellung als Gesellschafterin mit am Tisch sitzen.

Ich werde englisch servieren lassen, beschloss sie, das können Franz und Trine gemeinsam bewältigen. Die großen Platten mit Fleisch oder Fisch im Kranz von Dekorationen kommen dann nach und nach im Aufzug aus dem Souterrain und werden von Franz auf der Anrichte tranchiert. Trine füllt flugs die vorgewärmten Teller mit Sauce, Gemüse und den jeweiligen Beilagen und serviert. Das ist praktisch für einen kleinen Kreis.

Bei einem großen Diner, wenn der Esstisch mit allen Einsteckplatten versehen für 24 Personen Platz bot, war freilich der russische Service unumgänglich. Dabei wurden die Gänge serviert, was acht Leihdiener erforderte, die Franz dann lenkte. Diese großen Gesellschaften gab Sophie nicht wirklich gern, da hier meist nur oberflächliche Gespräche nebst Klatsch und Tratsch an der Tagesordnung waren.

Sophie begann sich Notizen zu machen. Die Tafelaufsätze aus Silber mussten rechtzeitig auf Hochglanz poliert, der Likörkasten überprüft werden, ebenso die Bestände an Rheinwein und Mosel, von Fontane zu Recht als Nationalgetränk der Norddeutschen bezeichnet. Ein Lächeln huschte über Sophies Gesicht – sie freute sich schon auf den neuen Roman des Dichters, Stine, der ebenso wie die Lesebrille auf ihrem Nachttisch lag. Sie wusste, dass Marga das Buch bereits gelesen und ausdrücklich gelobt hatte.

Der Bordeaux konnte ebenso wie der Weißwein in Karaffen serviert werden, die von Franz nachgefüllt wurden. Die Weißweinflaschen würden in vorher gewässerten Tonkühlern stehen, da Maximilian eine heftige Abneigung gegen zu warmen Weißwein hatte.

Sie klingelte nach dem Dienstmädchen. »Bitte schick mir Bertha hinauf. Und auch Marga. Ich möchte das Weihnachtsmenü besprechen.« Mit ihrem Rezeptbuch aus der Pensionatszeit begab sie sich an den runden Tisch ihres Salons.

Marga und Bertha traten ein. »Bitte Platz zu nehmen«, bat die Hausherrin und wandte sich an Bertha. »Bei uns ist es üblich, am 24. abends nicht allzu üppig zu schlemmen – vom sogenannten Vollbauchweihnachten habe ich noch nie etwas gehalten. Wir folgen der profanen Sitte, sich am Heiligen Abend mit Kartoffelsalat und Würstchen zu vergnügen. Vorweg eine Gemüsesuppe, da lasse ich dir freie Hand, hinterher die traditionelle Welfenspeise. Wir wollen für den 1. Weihnachtstag ein Menü zusammenstellen, welches die goldene Mitte trifft.«

Bertha nickte eifrig. »An was hatten Sie denn gedacht, gnädige Frau? Die Gretchenfrage ist ja oft: Karpfen oder Gans? Oder beides?«

»Karpfen ist in vielerlei Hinsicht nicht ungefährlich«, meinte Marga. »Schon ihn kurz und schmerzlos vom Leben zum Tode zu befördern gelingt nur, wenn man sozusagen die Achillesferse des Fisches kennt. Die Garzeit muss ebenfalls genau stimmen. Sonst kann es passieren, dass er, kaum auf eine tiefe Platte gelegt, statt in feinem Blau zu leuchten, plötzlich in Trümmer fällt und ein unappetitliches Gemengsel von Gräten, Schuppen und Fischstückchen darbietet.«

»Und auch die beste Köchin, die all diese Klippen umschifft, steckt sozusagen nicht im Fisch drin – man weiß nie, ob er muddig schmeckt. Von den gefährlichen Gräten mal gar nicht zu reden!« Bertha zuckte mit den Achseln.

»Wir sind uns einig«, entschied Sophie, »Kein Karpfen! Dafür Forelle blau für den 2. Weihnachtstag, das ist was Leichtes. Aber auf jeden Fall für das Weihnachtsdiner weißen Heringssalat mit reichlich Kalbsbraten, gekochter Sellerieknolle, sauren Äpfeln und hartgekochten Eiern als kaltes Eingangsgericht.«

Mir läuft schon das Wasser im Munde zusammen, dachte Marga und schluckte.

»Wir werden gewiss vom Rittergut wieder Wild bekommen, also kannst du einen feinen Rehrücken zubereiten, dazu Rosenkohl, Rotkraut und Klöße.«

»Gerne, gnädige Frau. Wie wäre es mit Pastetchen mit Austern als warmes Eingangsgericht?«

»Sehr gut, das ist ja eine deiner Spezialitäten. Bestelle rechtzeitig in der Austernhandlung Gosewisch in der Luisenstraße vor.«

»Vorweg vielleicht eine klare Ochsenschwanzsuppe mit Käsestangen«, schlug Marga vor. »Die mag neben Schildkrötensuppe der gnädige Herr besonders gern.«
»Einverstanden«, meinte Sophie zufrieden. »Als entrements de douceur gibt es glaces et fruits und zu guter Letzt beurre et fromage.« Sie bemerkte, dass Bertha ihr nicht folgen konnte, »also Eis, Dessert und Früchte, Butter und Käse. Kommst du damit klar?«
»Kein Problem, gnädige Frau, was halten Sie davon, wenn ich außerdem einen Mohnkuchen backe?«
»Eine vorzügliche Idee, der schmeckt auch noch nach den Feiertagen. Und den Heringssalat bereite bitte so vor, dass er mindestens einen Tag durchziehen kann.«

Am Heiligen Abend begannen Emilie, Elsa und Heinrich bereits am Vormittag damit, den Baum zu verzaubern, wie es Heinrich mal als Junge genannt hatte.

Wie stets war die Edeltanne mit Hitjepuppen von Bäcker Borchers geschmückt. Die grellroten Tierminiaturen mit den weißen aufgespritzten Ziselierungen waren ursprünglich ein Dank der Bäckerinnung für die unblutige Einführung der Reformation gewesen. Dazu gesellten sich silberne und goldene Glaskugeln aus Lauscha in Thüringen, von denen Elsa als Kind jedes Jahr neue auf dem Weihnachtsmarkt hatte aussuchen dürfen. Zum Schluss hängten sie reichlich Lametta an die Äste.

Währenddessen hatte sich der Hausherr höchstpersönlich in die Küche begeben. »Einen anständigen Punsch zu brauen, ist ausschließlich Männersache«, hatte er wie stets seiner Frau verkündet. »Dieses Jahr gibt es einen Rumpunsch nach Uhlenhorst.«

In der Küche hatte Bertha den Saft von vier Zitronen ausgepresst und einige Zitronenzesten vorbereitet. Maximilian gab seine Anweisungen. »Jetzt kommt in eine Terrine eine Flasche Rum, das gesamte Zitronenzeug, etwa ein halbes Kilo Zucker und auf das Ganze ein Liter kochendes Wasser.« Bertha tat wie geheißen.

Maximilian sog genüsslich den Duft ein. »Die Terrine wird jetzt zugedeckt und alles kann bis zum Abend durchziehen, dadurch wird es noch besser. Wir werden uns an dem Punsch nach dem Essen erfreuen. Vor dem Servieren erwärmst du das Ganze vorsichtig in einem Bunzlauer Topf, gibst zur Feier des Tages eine Flasche Schaumwein hinein und stellst es dann flugs in den Speiseaufzug.«

Bertha knickste. »Jawohl, gnädiger Herr.«

»Sollte etwas übrigbleiben, füllst du es in ein Gefäß und bewahrst es liegend an einem kühlen Ort auf, so hält sich der Punsch bis zu einer Woche. Ein Puncheis oder Gelee wäre zu den Feiertagen willkommen.« Während Bertha erneut knickste, stolzierte Maximilian hinaus, um sich in sein Bureau zu begeben.

Nach der Bescherung unter dem riesigen Weihnachtsbaum im Salon hatten sich Elsa, Emilie, Heinrich, Tante Edelgarde, Marga, Wilhelm Jacob, Sophie und Maximilian an der festlich gedeckten Tafel versammelt.

Marga und die Zwillinge hatten die schönen Perlenketten angelegt, was Wilhelm Jacob sichtlich erfreute.

»Die Ketten putzen uns ungeheuer, Großväterchen«, bemerkte Emilie, »Du warst wieder außerordentlich großzügig, damit werden wir auf dem Schiff Ehre einlegen.«

Die Schwestern bewunderten zunächst die eleganten geschliffenen Kristallflakons der Parfums, die Sophie wie stets bei Liebe in der Karmarschstraße gekauft hatte. »Sowohl Jockey Club für Elsa, als auch White Heliotrope für Emilie sind zwei brandneue Kreationen von Leon Maugenet«, erklärte sie. »Ich hoffe, die Düfte gefallen euch, es ist nicht so einfach, ein Duftwässerchen auszusuchen, da diese sich ja auf jeder Haut anders entfalten.«

Die Zwillinge öffneten die versiegelten Stöpsel und tupften vorsichtig einen Tropfen auf den Puls am Handgelenk. Sie schnupperten an den Parfums, schnell verbreiteten sich die Bouquets. »Wunderbar!«, fand Emilie und auch Elsa war begeistert von dem etwas frischeren Duft, den Sophie für sie ausgesucht hatte.

»Da werdet ihr ja erfolgreich gegen alle Wohlgerüche des Orients anstinken können«, lästerte Heinrich, was die Damen gar nicht komisch fanden. Prompt ruderte er zurück. »Zwei ganz aparte Düfte …«, sagte er zerknirscht. Gerade rechtzeitig, denn seine Mutter hatte auch für ihn ein Duftwasser gekauft.

»Marque Noire, Parfum von Roger & Gallet« las er vor.

»Ebenfalls neu auf dem Markt«, betonte Sophie.

»Dann sind wir ja jetzt zu dritt mit den neuesten Kreationen für den Orient gewappnet, lieber Heinrich«, bemerkte Elsa spitz.

Während weiter Geschenke ausgepackt wurden, verhielt sie sich recht wortkarg. Ihre Gedanken waren bei Cord und sie dachte traurig an die Weihnachtsgeschenke, die sie bereits im November für ihn besorgt hatte. Ziselierte silberne Manschettenknöpfe, die sie ebenfalls bei Kröner erstanden hatte, und eine Federmappe aus feinstem Saffianleder für seine Schreibutensilien. Außerdem ein Foto von ihr, welches sie bei Wunder hatte anfertigen lassen, der neuerdings sein Atelier in der Königstraße gegenüber dem Tivoli betrieb.

Ich vermisse ihn schmerzlich, gestand sie sich ein. Nicht nur als meinen Liebsten, sondern auch als guten Freund und Vertrauensperson, was er für mich in den letzten Jahren gewesen ist. Schließlich haben wir den mysteriösen Todesfall im Königlichen Schauspielhaus gemeinsam aufgeklärt und so manche Abenteuer miteinander bestanden. Und er ist der Einzige, mit dem ich das Geheimnis um die Diakonisse Karla teile. Sie fasste an das von Cord geschenkte Silberherz, welches sie beständig als Talisman um den Hals trug.

Aus diesen Gedanken wurde sie von Emilie gerissen, die sie mit dem Ellenbogen anstupste und der Dame des Hauses ein aufrichtiges Kompliment machte: »Du hast die Tafel mal wieder besonders auserlesen und geschmackvoll gestaltet!«

Sophie lächelte erfreut. Mit Sorgfalt hatte sie eine zartgrüne Decke aus der Weberei Seegers in Steinhude ausgewählt, die perfekt mit dem Geschirr im Muster Fürstenberg Weinlaub harmonierte. Über jedem Gedeck stand ein Silberväschen mit zwei Christrosen, überhaupt dominierte Silberglanz bei den Kerzenleuchtern, den zahlreichen Tafelaufsätzen, den ziselierten Untersetzern bis hin zu den Serviettenringen. Man stieß mit einem Gläschen rosa Champagner von Taittinger in hellklingenden Gläsern der Firma Baccarat an.

Maximilian hob sein Glas erneut und sagte: »Die Weihnachtsbitte der hannoverschen Freimaurerlogen, ein Scherflein zum warmen Milchfrühstück für arme Kinder in den Schulen beizusteuern, die wieder im Hannoverschen Courier veröffentlicht wurde, ist besonders hoch ausgefallen. Dazu hat maßgeblich beigetragen, dass wir uns dieses Jahr, wie besprochen, mit weniger Geschenken begnügt und stattdessen kräftig gespendet haben.«

Alle stießen erneut an. Emilie sagte: »Nachdem, was wir an Not in Linden gesehen haben, wäre es mir sehr recht, in den kommenden Jahren ebenso zu verfahren. In vielen armen Familien werden die Kinder morgens ohne genügende Nahrung zur Schule geschickt und wenn sie hungrig mittags heimkommen, finden sie keine warme Mahlzeit vor, weil Vater und Mutter zur Arbeit fortgegangen sind. Was meint ihr, wollen wir auch in Zukunft mehr spenden statt zu schenken?«

»Ich bin dabei«, erwiderte Sophie spontan, »wir können sehr dankbar sein für unsere Lebensumstände und tun gut daran, andere zu unterstützen.« Das fand große Zustimmung und Maximilian erhob sichtlich erfreut nochmals sein Glas. Sophie warf dem Diener Franz einen Blick zu, der daraufhin sofort herbeieilte. »Schenk allen noch ein paar Tränen Sekt nach.«

Elsa fiel auf, dass der Blick ihres Großvaters wohlwollend auf dem dezenten, aber wohlgerundeten Dekolleté des Abendkleides von Marga ruhte, die ihm gegenübersaß. Er bewundert keinesfalls nur die Perlen – jenseits von Gut und Böse ist er gewiss nicht, folgerte sie, das werde ich im Auge behalten.

In diesem Moment meinte Wilhelm Jacob: »Ich überlege ernsthaft, wie es wäre, mir ein kleines Haus als Sommerfrische zuzulegen. Nicht allzu pompös, aber in reiner Luft und nicht zu weit von Hannover entfernt. Die dicke Luft in Linden und der ewige Dunst schlagen mir auf die Bronchien.«

Maximilian stutzte. »Das habe ich mir auch schon überlegt. Denn beträchtlich außerhalb der Stadt, wie etwa in Waldhausen, möchte ich nicht wohnen. Das ist unterhalb der Woche für einen Geschäftsmann nicht praktisch.«

»Und für uns Frauen ebenfalls nicht«, fügte Sophie prompt hinzu. »Ich bin zur grünen Witwe wahrlich nicht geeignet.«

»Da müsste man nicht unbedingt in die Sommerfrische nach Norderney reisen oder in den Harz, sondern kann bei Mutter Natur auftanken und vor allem ein Wochenende außerhalb der Stadt verbringen«, fuhr Wilhelm Jacob fort. »Man macht eine Landpartie über die Dörfer, kehrt unterwegs ein und landet schließlich im eigenen Domizil. Dort muss es nicht pompös sein, aber behaglich und nach individuellem Gusto.«

Erneut stimmte Maximilian ihm zu. »Man hat sein Privates, ist nicht auf die table d'hôte im Hotel angewiesen. Die Menus dort sind mir oft ein Graus.«

»Nicht nur das Essen ist oft miserabel. Mir missfällt besonders, dass man an eine Tafel mit Menschen platziert wird, mit denen man sich freiwillig nie an einen Tisch gesetzt, geschweige denn, ein Wort gewechselt hätte«, stimmte ihm Sophie aus tiefstem Herzen zu.

»Ganz meine Meinung! Da kehre ich lieber in einem einfachen Dorfkrug ein«, erklärte Wilhelm Jacob.

»Wie wäre es mit einer richtigen Blockhütte?« Elsa schaltete sich ein, was Emilie freute. In letzter Zeit schien ihre Schwester außer beim Arbeiten in der Künstlerklause von seltsamer Gleichgültigkeit befallen. So, als ob sie am normalen Leben nicht wirklich teilhabe.

»Sie sollte natürlich groß genug sein«, fuhr Elsa fort. »Aber wir könnten ausprobieren, wie das einfache Landleben am Wochenende vom Frühjahr bis zum Herbst konveniert und ob es bekömmlich ist. Auf Norderney zur Sommerfrische würde ich jedoch nur ungern ganz verzichten.«

»Das eine muss das andere nicht ausschließen. Ich finde es eine reizvolle Überlegung«, sagte Heinrich. »Die Berliner fliehen im Sommer auch aus der stickigen Stadt. Aber häufig ist es außerhalb wieder überlaufen. Elsas Idee gefällt mir, das wäre eine einfache Lösung, um es auszuprobieren. Und du Papa, könntest doch eine große Blockhütte entwerfen wie bei den Trappern im Wilden Westen.«

Bei diesem Stichwort wanderten Elsa Gedanken sofort zu Cord – sie verfolgte das weitere Gespräch nur noch am Rande.

Maximilians Augen blitzten unternehmungslustig. Auch Wilhelm Jacob hatte Feuer gefangen. »Da könnte ich so einiges in der Fabrik vorfabrizieren und den Rest nach Maß in einer befreundeten Tischlerei bestellen.«

Jetzt kam zum krönenden Abschluss neben einem Sorbet eine fertig geschälte frische Ananas auf den Tisch. »Die haben wir mal wieder deinem Freund Hermann Kasten zu verdanken«, wandte sich Sophie an ihren Mann.

»Es ist pyramidal, was der alles in seinen Gewächshäusern in Herrenhausen anbaut«, erwiderte der.

»Wie köstlich. Was für ein intensives Aroma!« Edelgarde war sichtlich entzückt, hob ihr Glas auf die Gastgeber. »Ich trinke auf euer Wohl und verbinde es mit meinem tiefempfundenen Dank, dass ich an diesem fulminanten Weihnachtsessen teilnehmen durfte. Besonders die Austernpastetchen waren ganz köstlich. Ich finde, eure neue Köchin hat ihre Feuertaufe mit Glanz bestanden.« Marga lehnte sich zufrieden zurück – schließlich war Bertha vor allem auf ihre Empfehlung hin eingestellt worden.

Nach dem Essen bot Sophie den Damen aus dem Likörkasten an, indessen sich die Herren zum Rauchen zurückzogen. Franz hatte in der Bibliothek den Kamin angezündet, der wohlige Wärme verbreitete. Das silberne Zigarrenkistchen stand bereit und eine Karaffe mit Eiswasser. Kaum hatten die drei Männer Platz genommen, servierte Franz den Kaffee, denn er wusste genau, dass der Hausherr großen Wert darauf legte, diesen heiß zu genießen.

»Ein Blockhaus als Domizil zum Wochenende, das würde mich wirklich reizen!«, nahm Maximilian den Faden wieder auf.

»Wir müssen uns außerdem überlegen, welche Region in Frage kommt«, ergänzte Heinrich.

»Vielleicht das Steinhuder Meer, Bissendorf am Wietzestrand, Barsinghausen, die Deisterorte …«, begann Wilhelm Jacob aufzuzählen.

»Dazu sollten wir unbedingt die Damen befragen!«, äußerte Maximilian in weiser Voraussicht. »Warum in die Ferne schweifen, wenn das Gute so nah liegen kann! Trinken wir einen edlen Cognac auf die Blockhütte!«

»Nach unserer Reise in den Orient können wir ernsthaft beginnen, dieses Thema zu vertiefen«, Wilhelm Jacob prostete Vater und Sohn zu.

Franz, dem sein Herr bedeutet hatte, dass er sich zurückziehen könne, grinste in sich hinein, während er zum Souterrain hinunterging. Da sind nun drei Generationen von Männern vertreten, sann er, aber bei dem Gedanken an eine Blockhütte strahlen sie wie halbwüchsige Buben. In der Küche wurde er schon ungeduldig erwartet, denn nun wollte das Personal endlich in Ruhe sein Weihnachtsfest genießen. Zwischendurch musste Bertha auf ein Klingelzeichen nur noch den Punsch nach oben in den Salon schicken. Den schenkte Maximilian eigenhändig ein. »Köstlich«, lobte seine Frau, »Den hast du erstklassig gebraut.«

Die Tage zwischen den Jahren vergingen wie im Fluge. Alle waren mit Reisevorbereitungen beschäftig. Elsa ging nochmals mit Emilie die Kleidung durch, zog sich aber dann an ihren Louis Philippe Schreibtisch zurück und skizzierte, um sich abzulenken. Was Cord wohl gerade macht, fragte sie sich mehrmals täglich. Oft wanderte ihre Hand zu dem silbernen Herzen.

Silvester verbrachten die von Elßtorffs wie stets in Kastens Hotel. Marga hingegen beging den Jahreswechsel gemeinsam mit Breuers in Linden und brachte die Nachricht mit, dass Cord gut an der Ostküste gelandet und auf dem langen Weg gen Westen sei.

Die Reise zur See
Letzte Vorbereitungen

Elsa empfand alles wie durch einen Schleier gedämpft – sie fühlte sich wie eine Marionette, die irgendwie funktionierte. Ein Abschiedsbesuch bei Roberta vor der Reise hatte daran ebenso wenig geändert wie besorgte Fragen von Emilie und Marga. Cord hatte ihr bisher nicht geschrieben, was ein lähmendes Gefühl verursachte, welches sie nicht abschütteln konnte.

Am besten ging es ihr, wenn sie in der Künstlerklause in der Fabrik saß und Entwürfe skizzierte. Sie hatte eine ganze Serie von Möbeln für Arbeiterwohnungen entworfen. Darunter Klapptische für die Küche, Betten, die man tagsüber an die Wand klappen konnte, sowie Sitzbänke, die sich zu Schlafplätzen umfunktionieren ließen.

»Die Entwürfe sind praktisch und solide«, lobte Wilhelm Jacob. »Nach der Reise arbeiten wir daran weiter. Aber jetzt konzentrieren wir uns erst mal auf unsere spektakuläre Lustfahrt zur See und aufs Packen.«

Elsas Vorfreude auf die Reise hielt sich jedoch in engen Grenzen. »Die Abwechslung und die frische Seeluft werden uns guttun«, meinte Emilie, die sich Sorgen um ihre wortkarge Schwester machte.

Inzwischen war die Reisegarderobe für alle fertig gestellt. »Jetzt müssen wir noch Perrita vernünftig ausstatten«, erklärte Marga. Emilie lächelte: »Sie hat doch zu Weihnachten ein feines dunkelrotes Lederhalsband samt Leine bekommen. Braucht sie vielleicht ein Abendkleid?«

»Mitnichten, du vorlautes Frauenzimmer!«, parierte Marga, während selbst Elsa sich ein Lächeln abrang. »Aber wir brauchen für unterwegs eine vernünftige Transporttasche.«

»Stimmt«, antwortete Elsa. »Nicht nur für die Eisenbahn – sie kann ja mit ihren kurzen Beinen kaum die Gangway hochtrippeln.«

Marga zog einen Bogen Papier aus ihrer Rocktasche. »Ich habe mich mal mit einer Skizze für unseren Schuster versucht. Die Hundereisetasche braucht eine rechteckige Holzplatte als Boden, die gepolstert und mit festem Leder bezogen wird. Vier solide Stangen halten die Seitenteile aus doppelt genommenem wasserabweisendem Segeltuch, welches auf halber Höhe Luftlöcher hat. Dann kann Perrita gut atmen, auch wenn sie liegt. Die Tasche wird so hoch, dass sie darin stehen und vorne bequem den Kopf herausstecken kann. Das Ganze wird mit einem Klappdeckel mit Schnallen geschlossen und mit zwei Tragegriffen transportiert.«

»Das ist genial, Marga, du denkst mal wieder an alles!«, rief Emilie. Elsa überlegte. »Was hältst du von einem zusätzlichen Tragegurt, damit man die Tasche auch über der Schulter tragen kann und notfalls die Hände frei hat – an der Reling zum Beispiel?«

»Sehr praktisch, so machen wir es!«

Je näher der Abreisetermin rückte, desto unruhiger wurde Elsa. Kein Brief von Cord, das war unerträglich! Sie begab sich hinunter ins Souterrain. »Bertha, besorg mir bitte von den Breuers die Adresse von Cord von der Stanford Universität. Aber sag, dass du ihm schreiben willst!«

Dann begab sie sich an ihren Louis Philippe Schreibtisch und brachte nach etlichen Versuchen folgenden Brief zustande:

Mein lieber Cord,

demnächst schiffen wir uns ein, und ich bin arg beunruhigt, weil ich nichts von Dir gehört habe. Lass uns den dummen Streit begraben, den wir leider durch Deine unvermutet schnelle Abreise nicht mehr beilegen konnten. Bitte versuch, mir postlagernd nach Konstantinopel zu schreiben – das müsste zeitlich hinkommen. Ich vermisse Dich sehr!

In Liebe Deine Elsa

Bereits am nächsten Morgen übergab ihr Bertha die Adresse. Elsa schrieb den Briefumschlag, steckte ihre Zeilen und das Foto von sich hinein und spazierte mit Perrita am Bahnhof vorbei zum Postamt, um den Brief persönlich aufzugeben.

Dazu hätte ich mich schon eher durchringen sollen, gestand sie sich ein. Wie es so oft der Fall ist, wenn ich etwas entschieden habe, geht es mir besser und der Kopf wird wieder freier.

Die Reise beginnt

Am 22. Januar fuhr die große Reisegruppe aus Hannover in aller Herrgottsfrühe nach Hamburg und von dort nach Cuxhaven. Sophie hatte ihre geerbte, mit einer Dampflock bestickte biedermeierliche Reisetasche fest im Griff, während der Zug bei strahlendem Sonnenschein mit der gemütlichen Geschwindigkeit eines Nebenbahngleises vor sich hin rasselte.

Maximilian, der ihr gegenüber am Fenster saß, rief aufgeregt: »Seht nur, da kommt der kaiserliche Zug aus Cuxhaven, die Salonwagen sind schneebedeckt.«

Als sie am späteren Mittag den Hafen erreichten, war aus Anlass des hohen Besuches des Kaisers alles in festlicher Flaggengala. Im Port lagen eingefrorene Schiffe dicht an dicht. Kapitän Barends hatte die ›Augusta Victoria‹ vormittags mit einem erfolgreichen Manöver an die Landungsbrücke bugsiert, wo sie die Hafeneinfahrt hermetisch abschloss. So konnte der Kaiser mit einem halbstündigen Blitzbesuch das Schiff besichtigen.

Durch ein dichtes Spalier von Cuxhavenern schlängelte sich der Zug der Orientreisenden dem riesigen Dampfer zu. Ein eisiger Wind zerzauste die Frisuren der Damen, fuhr den Herren unter die Rockschöße und pfiff um die am Pier aufgestapelten voluminösen Reisekoffer. Die Masten und die drei gelben gewaltigen Schornsteine ragten in die blaue, winterliche Luft, während große Eisschollen den schwarzen Rumpf umrahmten. Die Bordkapelle mit Kapellmeister Ascher spielte zur Begrüßung lustige Weisen.

»245 Mann Besatzung und 241 Passagiere werden an Bord sein. Dann wollen wir den schwimmenden Rokoko-Prunkbau mal erklimmen, der uns mit sich nehmen wird wie die Schnecke ihr Haus«, sprach Maximilien und schritt allen voran die Gangway hinauf.

Elsa hob sich die Hundereisetasche quer über die Schulter und war froh, sich festhalten zu können, denn Perrita quengelte unruhig hin und her. Als sie die sicheren Schiffsplanken unter sich hatte, nahm sie den Hund heraus und leinte ihn an. Mit neugierig glänzenden Knopfaugen beschnüffelte Perrita die neue Umgebung.

Wie die meisten anderen Passagiere suchte die von Elßtorffsche Reisegesellschaft als erstes ihre Kajüten auf, um zu sehen, wo man die nächsten zwei Monate verbringen würde. Die von Elßtorffs hatten auf dem Promenadendeck Luxuskammern 1. Klasse nebeneinander gebucht und einen eigenen Salon zwischen den Kabinen von Sophie und Maximilian und den Zwillingen.

Die Damen waren etwas entsetzt über die kleinen Kabinen, an denen sie vorbeigekommen waren. »Das sind ja Kabüffchen von wenigen Quadratmetern«, rief Sophie, »größere Räumlichkeiten wären für so eine lange Reise doch angebracht.«

»Gut, dass wir die Standardkabinen der 1. Klasse zur alleinigen Benutzung gebucht haben, die sind zwar nur sechs Quadratmeter groß, aber für eine Person recht gemütlich«, befand Wilhelm Jacob. »Das war es gewiss wert, dafür 1 1/2 Passagen zu entrichten.«

»Gewiss ist es alles eine Frage der Gewohnheit«, meinte Maximilian beruhigend. »Wir haben die Luxuskammern und zusätzlich den Salon privat nur für uns. Die Kabinen sind eigentlich nur zum Schlafen da, ansonsten werden wir uns auf Deck oder in den vielen Gesellschaftsräumen aufhalten. Im Liniendienst auf dem Nordatlantik sind diese Standardkabinen für bis zu vier Personen vorgesehen. Dagegen haben wir es doch äußerst komfortabel.« Insgeheim dachte er aber, dass Sophie gar nicht so Unrecht hatte. Denn eine Vergnügungsreise zur See dauerte schließlich ungleich länger als eine Atlantiküberquerung.

Heinrich hatte sich zwischenzeitlich in dem Labyrinth symmetrischer und einander vollkommen ähnlicher Gänge verirrt. Er wusste zu berichten: »Unsere Kajüten sind ja noch Gold. Habe im Achterschiff gesehen, das dort die Kabinen winzig sind, vielleicht 4 ½ Quadratmeter, mit Stockbetten für zwei Personen.«

»Ich finde es doch ganz bequem. Immerhin belegen wir als Alleinreisende Außenkabinen, die blitzsauber und recht behaglich sind«, meinte Marga begütigend. »Es gibt elektrisches Licht und fließendes warmes und kaltes Wasser. Was will man mehr. Ich werde mal einige Sachen auspacken und mich etwas heimisch machen.« Sie sah sich in der Kabine um. Rechts und links von der Tür gab es schmale Schränke. An der ungefähr 2,50 Meter breiten Seitenwand standen zwei Betten übereinander, gegenüber ein Sofa, welches offenbar auch zum Schlafen hergerichtet werden konnte. Stauraum befand sich unter Bett und Sofa, zusätzlich gab es Gepäcknetze wie im Eisenbahnabteil. Die obere Koje werde ich als Ablage benutzen, beschloss Marga. Jetzt gucke ich erst mal, wo die Toiletten und die Bäder sind. In ihrer Kabine zurück, wusch sie sich sorgsam die Hände; zwei Waschbecken befanden sich am Kopfende der Betten.

Mir ist nach frischer Luft. Auspacken kann ich später noch, wenn wir abgelegt haben, überlegte sie und eilte nach draußen.

Der neue Schiffsjunge geht an Bord

Marga schlenderte auf dem Deck entlang und sah nah der Gangway, die für die Mannschaft angelegt worden war, eine rundliche Frau auf einem Stuhl sitzen, einen ebenfalls properen Burschen neben sich. In diesem Moment näherte sich ein Schiffsoffizier und rief: »Alles von Bord, was nicht nach Ägypten will!«, woraufhin die Frau jammernd aufsprang und im Umdrehen Marga anrempelte, die sich von hinten genähert hatte.

»Oh jeminee, Gnädigste, es tut mir leid, der Abschied von mein Fiete kommt mich doch schwer an.«

Marga wollte sich schon umdrehen, um zu sehen, mit wem sie sprach – in letzter Sekunde wurde ihr klar, dass mit der gnädigen Frau sie selber gemeint war. Wer hätte gedacht, dass sie jemals so angeredet werden würde? Der Offizier klopfte dem Jungen so derb auf die Schulter, dass dieser zusammenzuckte. »Du bist bestimmt der neue Schiffsjunge! Wie heißt du und wie alt bist du?«

Der so angesprochene starrte auf die Decksplanken und murmelte: »Fiete Buttfanger, bald vierzehn!«

»Schöner alter friesischer Name. Dann merk' dir mal gleich, wenn du mit einem Offizier sprichst, nimmst du gefälligst Haltung an!«

Die Mutter, der die Tränen in den Augen standen, zuckte zusammen und entschuldigte sich. »Ja, er weiß ebend noch nich, wie der Benimm an Bord geht. Der Vadder is' zu früh verblichen, war auch ein Hamburger Seemann.« Sie wandte sich Marga zu, in der sie zu Recht eine mitfühlende Seele vermutete. Für die Dame bemühte sie sich, hochdeutsch zu reden und fügte leiser hinzu.»Er ist ein guter Junge, aber seitdem sein Vater auf See geblieben ist, werde ich nicht so recht fertig mit ihm. Er hat viel Schabernack im Sinn. Ich kann ihn kaum bändigen und hoffe, hier auf dem Schiff wird er Gehorsam lernen. Nun sehe ich den Bengel für Monate nicht mehr, vermisse ihn jetzt schon. Hoffentlich passiert ihm nichts, er ist doch alles, was ich noch habe.«

Marga vermutete, dass die Frau in diesem Moment mit ihrer Entscheidung haderte, den Jungen zur See zu schicken. Beruhigend drückte sie der weinenden Mutter die Hand.»Es wird sich schon alles Erfolg versprechend entwickeln!«

»Ach, gnädige Frau, er soll mir doch schreiben, da tut er sich aber schwer genug, wenn Sie ihm da ein wenig beistehen würden?«

Dem Offizier schien diese Unterhaltung zwischen einer Passagierin und der Mutter seines neuen Schiffsjungen gar nicht recht zu sein. Dies entging Marga nicht, daher sagte sie schnell:»Wenn es sich ergibt, werde ich Fiete helfen, Frau Buttfanger.«

Inzwischen standen dem hoffnungsvollen Burschen ebenfalls die Tränen in den Augen und er rang mit tiefem Schniefen mühsam um Fassung. Seine Mutter puffte ihm in die Rippen.»Wozu haste 'nen Taschentuch?«

Fiete zog ein blaukariertes Ungetüm aus der Hosentasche und schnäuzte sich heftig, er hatte aber Margas Zusage durchaus mitbekommen. Er sah sie dankbar an, unterzog sie dabei einer schnellen Musterung.

Bestimmt versucht er einzuschätzen, ob er mir genauso auf der Nase herumtanzen kann wie seiner Mutter, vermutete Marga völlig zu Recht. Das laut dröhnende Schrillen der Dampfpfeife unterbrach ihre Gedanken. Inzwischen riss dem Offizier der Geduldsfaden:»Zeit zum Abschied nehmen, aber jetzt bitte kurz und schmerzlos. Ich muss umgehend mit dem Kapitän das Stauen überprüfen.« Noch einmal lagen sich Mutter und Sohn in den Armen, dann riss sich Fenna Buttfanger los, drückte dankbar Margas Hand und kletterte die Gangway hinunter, die sofort hinter ihr losgemacht und an Land gezogen wurde. Der Schiffsjunge schwang seinen kleinen Seesack über die Schulter, winkte seiner Mutter ein letztes Mal zu, sah hoffnungsvoll zu Marga und trottete hinter dem Schiffsoffizier her.

Kapitän Barends, der ehemals auf Frachtschiffen gefahren war, bestand darauf, höchst persönlich einen Kontrollgang zu unternehmen, bevor das Schiff ablegte. Begleitet wurde er vom 1. Offizier Walter, denn vier Augen sehen mehr als zwei. Walter hatte den neuen Schiffsjungen mitgebracht und dem Kapitän vorgestellt.»Hier kannst du gleich was lernen, Fiete. Sicherheit hat allererste Priorität, da müssen notfalls selbst die wichtigsten Passagiere warten.«

Die letzten Spuren des Kohleübernehmens waren inzwischen beseitigt, die Luken, durch die die Ladung verfrachtet worden war, ordentlich geschlossen. Der 1. Offizier erklärte:»Wir überwachen alles sehr penibel, denn selbst eine scheinbar geringe Schlamperei könnte die Sicherheit des gesamten Schiffes gefährden. Die Ladung muss risikofrei und fest verstaut sein. Sonst könnte sich bei schwerer See, wenn sich das Schiff von einer Seite auf die andere legt, Fracht losreißen, in Bewegung geraten und die Stützen zerbrechen.«

»Was würde dann passieren?«, fragte Fiete bang.

»Ändert sich der Schwerpunkt, kann sich bei starkem Seegang das Schiff schief legen. Wenn es sich nicht mehr aufrichten lässt, ist sein Schicksal meist besiegelt.« Fiete nickte beklommen über seine erste Lektion. Dann schickte ihn Walter los, seine Koje im Unterdeck zu suchen.

Die ›Augusta Victoria‹ legt ab

Der Anker wurde geräuschvoll gelichtet, ein weiteres Dröhnen der Dampfpfeife ließ das Schiff erzittern, ein fröhlicher Pfiff des Schleppers antwortete, die Trossen spannten sich und die ›Augusta Victoria‹ fing an, sich langsam von der Kaimauer zu lösen.

Am Kai und auf dem Schiff wurden Tücher in allen Größen zum Abschied geschwungen. Marga beeilte sich, um dieses Erlebnis des Auslaufens mit ihren Reisegefährten zu teilen. Die Kapelle spielte lautstark »Muss i denn, muss i denn zum Städele hinaus«, wodurch die letzten Abschiedsrufe ihre Empfänger nicht mehr erreichten. Endlich erspähte Marga ihre Gruppe winkend an der Reling und gesellte sich zu ihnen.

»Haben dich schon vermisst«, meinte Elsa besorgt, »wo hast du nur gesteckt?«

»Ich bekam zufällig mit, wie ein neuer Schiffsjunge sich von seiner verwitweten Mutter verabschiedete. Der Kerl scheint den Schalk im Nacken zu haben, aber ich habe der besorgten Frau zugesagt, ihn im Auge zu behalten.«

»Du bist eine gute Seele«, bemerkte Wilhelm Jacob. »Wie heißt er denn?« Inzwischen waren auch die anderen aufmerksam geworden. Marga lächelte.»Als ich den Namen hörte, musste ich an die Sommerfrische auf Norderney denken. Er klingt typisch friesisch: Fiete Buttfanger.«

Wilhelm Jacob dachte daran, wie er durch einen Zufall im Sommer 1890 auf Norderney letztlich Enkelinnen und Tochter wiedergefunden hatte. Und schon damals war ihm Marga angenehm aufgefallen. Bis auf Elsa, die Perrita an Emilie übergeben hatte, begaben sich alle nach drinnen. Als die Decksplanken unter ihr vibrierten, regte sich in Elsa eine erste Ahnung, dass diese Schiffsreise mehr bedeuten könnte, als lediglich eine luxuriöse Vergnügungsreise. Die Fahrt zur Insel La Palma mit dem Reichspostschiff, schon ungewöhnlich und abenteuerlich genug, war der Suche nach den eigenen familiären Wurzeln geschuldet gewesen. Diese Reise Richtung Orient hingegen hatte etwas mit Weichenstellungen für ihr ureigenes Schicksal zu tun, das spürte sie genau. Das Vibrieren der Decksplanken übertrug sich unangenehm auf ihren ganzen Körper und der Nebel wurde immer dichter. Daher ließ das Schiff jetzt jede Minute das Nebelhorn erschallen und ging auf halbe Fahrt zurück.

Ein Mitreisender, der ebenfalls an der Reling lehnte, rief: »Zeig es der bösen Wetterhexe – scheene gepfiffen, Augusta Victorinchen.«

Obwohl das Deck merklich weniger bebte, beschloss Elsa, schleunigst ihre Familie zu suchen. Was sich als gar nicht so leicht erwies.

Erste Eindrücke und Bestimmungen für das Bordleben

Steuerbord heißt die rechte Seite des Schiffes, Backbord die linke, erinnerte sich Elsa an Maximilians Erklärungen.

Vom Promenadendeck aus betrat sie den Rauchsalon der 2. Klasse, wo ihr sofort die sorgfältigen Tischlerarbeiten auffielen.

Von Steuerbord auf dem breiten Promenadendeck gelangte man in den Rauchsalon der 1. Klasse. Dort saßen Maximilian und Heinrich von Elßtorff mit Wilhelm Jacob bei Zigarren und Cognac zusammen. Maximilian meinte: »Der Raum ist prächtig eingerichtet, aber etwas zu niedrig ausgefallen.«

»Demnächst plant man die Deckaufbauten höher«, erklärte Wilhelm Jacob, der sich vor der Fahrt ein wenig mit dem Schiffsbau vertraut gemacht hatte.

»Ihr qualmt ja wie die Schlote des Schiffes!«, rief Elsa beim Eintreten. »Ich habe die Orientierung verloren.«

»Unsere Damen findest du gewiss im Musik- und Damensalon«, informierte Heinrich seine Ziehschwester und erklärte ihr den Weg.

Elsa kam an fein ausgeführten Ansichten von Potsdam und Sanssouci vorbei, die den Vormast umgaben. Professor Kips von der Königlichen Porzellanmanufaktur Berlin hatte diese Werke erstellt.

Endlich erreichte sie den Salon, an dessen Vorderwand in einer reichgeschmückten Prunknische ein Porträt der Kaiserin Auguste Viktoria prangte und an die Namensgeberin des Schiffes erinnerte. Vom mit Spiegeln an Wänden und Decke dekorierten Salon eröffnete sich ihr ein umfassender Blick in den reich ausgeschmückten Lichtschacht. Nach meinen ersten Eindrücken hat man hier für die Innenausstattung reichlich Aufwand getrieben, fand Elsa.

Endlich sah sie Damen bei einer Tasse Kakao zusammensitzen und gesellte sich tief aufatmend dazu. »Hier kann man sich trefflich verlaufen!«, erklärte sie.

»Ja, ich werde einige Tage brauchen, um mich zu orientieren und unsere Kabinen auf Anhieb zu finden«, bestätigte Emilie. »Wir haben bereits die Bestimmungen für das Bordleben erhalten, ich habe dir ein Exemplar mitgebracht.« Elsa nahm einen Schluck von dem köstlichen Kakao, den ihr der Steward gebracht hatte und merkte, dass sie etwas durchgefroren war. Dann fing sie an zu lesen.

Zur geflissentlichen Beachtung!

1) *Frühstück wird von 8 bis 9 ½ Uhr morgens serviert. – Lunch um 12 Uhr. – Diner um 5 1/2 Uhr. – Thee um 8 Uhr abends. – Der Beginn der verschiedenen Mahlzeiten wird 15 Minuten zuvor durch einmaliges Läuten angezeigt.*
2) *In den Cabinen und auf Deck können nur in Krankheitsfällen Mahlzeiten verlangt werden.*
3) *Die Lampen werden um 11 ½ Uhr in den Salons und Rauchzimmern ausgelöscht.*
4) *Die Passagiere werden ersucht, die Bedienung zur Zeit der Mahlzeiten und namentlich kurz vor Beginn derselben so wenig wie möglich in Anspruch zu nehmen.*
5) *Passagiere, welche auf der Reise erkranken, haben den Beistand des Arztes zur Verfügung, der für seine Mühe und die verabreichten Medikamente keine Bezahlung fordern darf, dagegen sind die Bemühungen des Arztes, falls derselbe bei anderen Krankheiten in Anspruch genommen wird, in üblicher Weise zu honorieren.*
6) *Es befinden sich ein Barbier und ein Coiffeur an Bord, die für ihre Dienstleistungen zu bezahlen sind.*

7) Es ist keinem Passagier gestattet, Wein, Bier oder sonstige Getränke selbst bei sich zu führen: Dieselben sind an Bord zu den festgesetzten Tarifpreisen zu haben.
8) Nur kleinere Gepäckstücke sind in den Schlafkammern gestattet, damit der Raum nicht beengt wird; alles größere Gepäck wird im Bagageraum verstaut, zu welchem die Passagiere unter Aufsicht eines Offiziers Zutritt haben.
9) Es dürfen sich unter dem Gepäck keine Waren oder Kaufmannsgüter befinden.
10) Gelder, Werthpapiere und sonstige wertvolle Gegenstände können, versiegelt und mit dem vollständig und deutlich geschriebenen Namen des Eigentümers versehen, dem Zahlmeister zur Aufbewahrung während der Fahrt, jedoch ohne komplette Gewährleistung eingehändigt werden.
11) Die Passagiere werden ersucht, ihre Klagen über etwaige nachlässige Bedienung oder unhöfliches Betragen der Stewards dem Obersteward mitzuteilen. Wenn alsdann keine Abhülfe erfolgt, ist dem Oberkontrolleur davon Anzeige zu machen.
12) Die Passagiere werden gebeten, niemand von der Mannschaft Wein oder Spirituosen irgendwelcher Art zu verabfolgen; auch ist es nicht gestattet, mit der auf der Wache befindlichen Mannschaft zu sprechen.
13) Es ist keinem Passagier gestattet, die ihm angewiesene Schlafstelle ohne Vorwissen des Oberstewards zu wechseln.
14) Es ist nicht erlaubt, der Gesellschaft gehörende Betten, Matratzen oder Kissen auf dem Deck zu benutzen.
15) Das Rauchen ist nur in den dazu bestimmten Rauchzimmern oder auf dem Deck gestattet.
16) Bei stürmischem Wetter oder so oft der Capitain zur Sicherheit der Passagiere und des Schiffes es verlangt, haben die Passagiere das Deck zu verlassen und sich in die Kajüte zu begeben.

»Den Punkt 7 haben gewiss nicht nur unsere Herren ignoriert«, schmunzelte Elsa.

»Da werden bestimmt von Cognac über Rum bis Kirschwasser die unterschiedlichsten Landsmannschaften zusammenkommen«, stimmte ihr Sophie lächelnd zu.

»Bevor wir uns zu den Kammern und dann zum Diner begeben, müssen wir erkunden, wo Perrita Gassi gehen kann«, wandte sich Emilie an Elsa. »Kommst du mit?« Die Hündin war beim Hören ihres Namens sofort aufgestanden und die Schwestern begaben sich auf den Weg Richtung Heck.

Eine unerwartete Begegnung – auch für Perrita

Unterwegs befragten sie einen Matrosen, der ihnen den Weg zum untersten Deck beschrieb. Sie kamen gerade an den Kabinen des Promenadendecks vorbei, als Perrita, die nicht angeleint war, mit gesträubtem Nackenfell anfing zu knurren und wie ein geölter Blitz einem ihnen entgegenkommenden Passagier ins Hosenbein biss. Dieser stieß zugleich mit den Schwestern einen lauten Schrei aus. Bei dem Herrn war ungewiss, ob Schmerz die Ursache war oder der Anblick der beiden jungen Frauen. Bei den Zwillingen handelte es sich keineswegs um ein freudiges Erkennen.

»Victor Rehnhoff, ausgerechnet Sie sind hier an Bord!«, rief Emilie während Elsa sich bemühte, die immer noch knurrende Perrita an die Leine zu legen.

Auch der Anwalt rang um Fassung, verbeugte sich knapp und erklärte: »Ich nehme mit meiner Verlobten und deren Tante an dieser Reise teil. Und diese bissige Promenadenmischung sollten Sie gefälligst nur an der Leine spazieren führen!« Eilig passierte er die Zwillinge und den Hund in gebührendem Abstand.

Die gingen rasch weiter und dann brach Emilie in ein so haltloses Kichern aus, dass sie ihre Schwester ansteckte. Das verstärkte durchaus die schlechte Stimmung von Victor Rehnhoff, dem der Wind ihr Gelächter zutrug.

Elsa, der in ihrer Lage kaum danach zu Mute war, das junge Glück dieses Paares mitzuerleben, fand: »Der hat mir gerade noch gefehlt!«

»Nimm es gelassen, liebe Schwester, wir haben ihn ja damals ordentlich vorgeführt, als er meinte, nach dir dann mir den Hof machen zu müssen. Und die Damen aus Klagenfurt haben wir bereits auf Norderney zu Gesicht bekommen. Das werden wir gemeinsam darüberstehen.« Spontan nahm Elsa ihre Schwestern in den Arm. »Genau, wir zusammen schaffen das und lassen uns dadurch die Reise gewiss nicht vermiesen.«

Inzwischen waren sie etliche Treppen abwärts gestiegen und befanden sich auf dem untersten Deck. Dort hatte man eine große, flache Kiste aus Blech deponiert, die mit Sand und Streu ausgelegt war. Ein Schiffsjunge harkte das Gemisch gerade sorgfältig.

»Wie heißt du?«, fragte Elsa.

»Ich heiße Fiete Buttfanger, bin neu an Bord und für die Hunde-Ecke eingeteilt.« Sein Gesicht drückte deutlich aus, was er von dieser Aufgabe hielt.

»Das ist Perrita! Magst du denn Hunde?«, erkundigte sich Emilie.

»Ja, jedenfalls lieber als Katzen!«

Elsa setzte Perrita auf die Deckplanken und diese lief sofort schwanzwedelnd zu Fiete, um ihn zu beschnuppern. Der ging in die Knie und hielt ihr die flache Hand hin. Nach ausgiebigem Schnüffeln leckte Perrita ihm die Hand und näherte sich dann der Kiste. Wie fragend runzelte sie die Hundestirn und sah Fiete an. Der klopfte bestätigend auf den Rand: »Hopp, nimm die Chose erstmal in Besitz, bevor in Southampton der olle Mops an Bord kommt!« Das Ganze entsprach perfekt Perritas Bedürfnissen, die sich stets geweigert hatte, ihre Geschäfte auf dem Trottoir zu erledigen »Es reist ein weiterer Hund mit?«, hakte Elsa nach.

»Ja, mit einer wohl steinreichen englischen Dame. Außer Engländern kommen in Southampton ebenfalls Amerikaner an Bord.« Mittlerweile hatte Perrita die Kiste eingeweiht und kratzte eifrig. »Das sind die palmerischen Wurzeln«, behauptete Elsa, »sie macht das stets so lange, bis ihre Hinterlassenschaften mit Sand bedeckt sind.«

Fiete guckte völlig verständnislos. »Der Hund kommt von den Kanarischen Inseln«, erläuterte Emilie, »und hat noch viele Urinstinkte.« Das schien den Jungen nicht sonderlich zu interessieren. Elsa dachte wie so oft praktisch. »Für den Fall, dass wir länger an Land gehen wollen, magst du dich dann um unseren Vierbeiner kümmern? Es soll dein Schaden nicht sein.«

»Wenn der Käpt'n nix dagegen hat, mach ich das gern!«

»Gut, wir haben die Kabinennummer 29.«

Damit trennten sie sich. »Jetzt haben wir Margas Schützling auch schon kennen gelernt«, meinte Emilie, »der hat es, glaube ich, faustdick hinter den Ohren.«

»Perrita mag ihn und auf ihre Menschenkenntnis ist Verlass«, entgegnete Elsa.

Das erste Diner an Bord

Genau um Viertel nach fünf wurde der Gong zum Essen geschlagen. Das Dröhnen hallte wie Donner durch die Gänge und war nicht zu überhören. Gespannt begab sich die von Elßtorffsche Gruppe auf den Weg zu den Speisesälen. Die luxuriös im Renaissancestil dekorierten Räume der 1. Kajüte wurden wegen ihrer Pracht ebenso bestaunt und bewundert wie die üppig gedeckten Tafeln. Die strahlende Helligkeit der beiden Säle ließ das Grollen des Meeres draußen und die feuchten Nebelschwaden fast vergessen, das Tuten des Nebelhornes erinnerte jedoch daran.

Dieses erste abendliche Zusammentreffen fand, wie Sophie anmerkte, ›sans grande toilette‹ statt, denn die befand sich in den Koffern, die noch in den tiefen Schlünden des Zwischendecks lagerten.

An der Mitteltafel residierte Direktor Ballin mit seiner Gemahlin und einem Stab von ehrwürdigen Hamburger Prominenten.

Die von Elßtorffsche Reisegesellschaft saß in einem der beiden mit vergoldetem Schnitzwerk überreich ausgestatteten Speisesalons an einem runden Tisch für zwölf Personen. Zu Elsas Erleichterung befand sich Victor Rehnhoff im benachbarten Salon, sodass sie ihn nicht sehen konnte.

Da das Ehepaar Rosenberg mit zu Tische saß, musste man sich nur noch mit einem Herrn bekannt machen, der offensichtlich in der Begleitung seines Sohnes reiste. »Gestatten, die Herrschaften, ich bin Hermann Weth, ich schreibe für das Hamburger Fremdenblatt und den Berliner Börsen Courier. Und das ist mein Sohn Hans, der mit seinen 13 Jahren das Vergnügen hat, der hervorragendste Passagier nach unten, sprich der jüngste, zu sein. Ich hatte bereits die Ehre, die allererste Fahrt mitzumachen und werde ebenfalls über die zweite berichten.«

»Großartig«, meinte Maximilian, »da können Sie uns vielleicht bei dem ein oder anderen Landausflug wertvolle Hinweise geben. Aber zunächst möchte ich Ihnen unsere kleine Reisegesellschaft vorstellen.«

Nachdem die Honneurs gemacht, etliche Visitenkarten ausgetauscht und Kabinennummern notiert waren, meinte Weth:

»Es wird mir eine Ehre und ein Vergnügen sein, an dieser Tafel zu sitzen, vor allem, weil ich doch in Gesellschaft so vieler liebreizender Damen reisen darf. Meine Herren, trinken wir sogleich auf das Wohl unserer Reisegefährtinnen!«

Die aufmerksame Bedienung wurde teilweise auch von den Musikern besorgt. »Hier müssen offenbar alle ringsumher mit anpacken«, bemerkte Emilie. Der liebenswürdige Direktor Ballin überzeugte sich in beiden Salons, dass seitens der Küchenverwaltung allen Verfügungen der Direktion entsprochen worden war. Die Auswahl an Speisen wurde von der Tischrunde als äußerst üppig empfunden:

Bouillon, Reis.
Geb. Rotzunge, Butter, sauce-remoulade.
Roastbeef, Brechbohnen, junge Erbsen.
Schweser à la Cardinal.
Entenbraten, Roast-duck.

Salat, Compot.
Eis, Backwerk.
Citronenpudding, Fruchtsauce

»Was ist denn Schweser?«, fragte Emilie.
»Das ist Kalbsbries«, erwiderte Marga prompt. »Kann sehr delikat sein, aber wer zu Gicht neigt, sollte das besser weglassen.«
Nachdem sie von den ersten wohlschmeckenden Gerichten gekostet hatten, sagte Sophie leise zu Emilie: »Wie opportun, dass wir unsere Kleidung großzügig haben nähen lassen.«
Bevor die Tafel aufgehoben wurde, erklärte Maximilian: »Das werde ich nach der Reise meinem Freund, dem renommierten Hotelier Kasten erzählen. Das Essen ist von einem Wohlgeschmack und einer Vollendung, wie es selbst in Hotelküchen allerersten Ranges kaum erreicht, geschweige denn übertroffen wird.«
Nach diesem ersten Diner war Sophie ganz zufrieden mit der Tischgesellschaft. Sowohl mit dem geselligen Herrn Weth und seinem 13- jährigen Sohn Hans als auch mit dem entfernt verwandten Freiherrn von Rosenberg und dessen Gattin, die sie insgeheim aber für ziemlich hohlköpfig hielt. Außerdem war sie für Sophies Geschmack zu überreichlich mit offenbar wertvollem Schmuck behangen. Immerhin hatte sie den Eindruck, dass hier alles für das Wohlbehagen der Gäste getan wurde und sie es nicht bereuen würde, ohne Dienerschaft gereist zu sein. Da war Maximilian doch recht hartnäckig in seiner Ablehnung gewesen und so hatte sie schließlich als die Klügere nachgegeben. Alle waren nach den Aufregungen und den vielen Eindrücken am Anreisetag müde und man begab sich zeitig zur Ruhe, zumal die See zunehmend unruhig wurde.

Wer ist an Bord?

Sophie hatte bereits früh in einem der relativ wenigen Badezimmer ein warmes Wannenbad genommen, für deren Benutzung der Badesteward nach Anmeldung einen Zeitplan aufstellte. Danach absolvierte sie einen erfrischenden Spaziergang auf dem mehr als 100 m langen, mit einem festen Sonnendach versehenen Promenadendeck. Schließlich musste man sich Appetit auf das Frühstück holen. Dieses wurde um 7 ¾ Uhr durch den lauthals ertönenden Gong des Kellners angekündigt. Das Geräusch konnte selbst Tote wecken!

Die von Elßtorffsche Gruppe erschien pünktlich und vollzählig, während die übrigen Herrschaften sich wohl noch einmal umgedreht hatten.
Die Frühstückskarte bot Folgendes:
Hominy – Maisbrei.
Gebr. Seezunge.
Beefsteak.
Schinken und Eier. Rührei.
Verlorene Eier. Gekochte Eier.
Omelette. Cakes.
Thee. Kaffee. Schokolade.
Kalte Speisen
Roastbeef.
Gekochter Schinken.
Zunge. Frucht.
»Das ist ja wie im Schlaraffenland!«, sagte Edelgarde zu Sophie.
»Seeluft macht hungrig«, meinte Heinrich und langte kräftig zu.

Nach dem Frühstück begab man sich auf das Promenadendeck, um dort dem Konzert der 20 Mann starken Kapelle zu lauschen, die selbst bei Wind und Wetter ihr Programm zum Besten gab. Danach zog sich Sophie in den Damensalon zurück und studierte eingehend die Liste der Passagiere mit Angabe der Kabinen-Nummern in der ersten Ausgabe der bordeigenen Zeitung. So hatte sie es auch stets während der Sommerfrische auf Norderney mit der täglich erscheinenden Badezeitung gehalten. Die Reisegesellschaft, die sich auf dem Schiff eingefunden hatte, war gewiss noch exklusiver als das meist schon recht gehobene Publikum auf Norderney. Und dass ärgerlicherweise der Rechtsanwalt Rehnhoff samt Verlobter und deren Tante an Bord war, hatte Emilie ihr schon brühwarm berichtet. Man würde sich eben mit Contenance so weit wie möglich aus dem Weg gehen.

Befriedigt stellte sie fest, dass nur eine kleine Minderheit der Gäste mit Personal reiste. Nannten Spötter den zur Anknüpfung zarter Bande oft genutzten Tennisplatz gern Heiratszwinger, so war das gegen das Bordleben ein harmloser Kindergarten. Elf Töchter zählte Sophie auf der Gästeliste, die, wie sie bald feststellte, alle im heiratsfähigen Alter waren. Das galt genauso für die allein mitreisenden Damen, ebenfalls elf, davon drei Engländerinnen.

Da nur ungefähr ein Drittel der Passagiere Frauen waren, wurde dem weiblichen Geschlecht große Aufmerksamkeit zuteil. Zufällig hatte Sophie gehört, wie ein Hamburger lästernd zu seinem Sohn sagte:

»Wir sind umringt von einem Flor verheirateter Damen und solchen, die es werden wollen. Und die haben den ganzen Tag nichts Anderes zu tun, als still zu halten, wenn ihnen der Hof gemacht wird.«

Southampton und ein Mops

In Southampton wurden Kohlen gebunkert und englische und amerikanische Gäste aufgenommen. Unter ihnen war eine exzentrische englische Lady mit wallendem Witwenschleier, die in Begleitung eines grauen Mopses, eines Papageis und eines Butlers das Schiff betrat, um eine der besten Kabinen zu beziehen.

Die von Elßtorffs gingen kurz von Bord, vertraten sich in der Highstreet ein wenig die Füße und musterten die Läden. Dann zogen sie es wegen des nebligen Wetters vor, sich in Ruhe häuslich in den Kabinen einzurichten und danach das Schiff zu erkunden.

Nach der Abfahrt legte die englische Lady, die zum Diner samt Mops in Begleitung ihres Butlers erschien, einen großen Auftritt hin. Der von Elßtorffsche Tisch beobachtete das spektakuläre Erscheinen fasziniert. Maximilian meinte: »Sophie, womöglich willst du dich demnächst ebenfalls nur noch mit Diener und Perrita präsentieren?«

Bevor diese eine geharnischte Antwort geben konnte, puffte Elsa ihr warnend in die Seite. So bemerkte sie rechtzeitig, dass Maximilian sie auf den Arm nehmen wollte und reagierte geistesgegenwärtig: »Davon trennen mich circa 20 Lebensjahre und diverse Pfunde Lebendgewicht. Und keineswegs würde ich bei einer solchen Figur mit einem Mops herumspazieren.« Alle lächelten, auch Wilhelm Jacob. Der dachte indessen über die zwanzig Jahre nach, sah zu Marga und fühlte sich entschlossener denn je, seinem Leben eine andere Wendung zu geben.

Montag, 25. Januar 1892 – Seetag
Ein stürmischer Reisebeginn

Schon beim Eintritt in den Kanal geriet die ›Augusta Victoria‹ in leichtes Schwanken, um in der Biskaya in heftiges Stampfen und Schlingern zu verfallen.

Somit fiel nicht nur ein weiterer Auftritt der englischen Lady samt Mops und Papagei ins Wasser, sondern für die meisten Passagiere gleichermaßen das Frühstück. Die vor den Kajüten abgestellten

Gepäckstücke rutschten hin und her und sorgten für zusätzliche unangenehme, scharrende Geräusche. Einige Musiker der Schiffskapelle spielten tapfer einen sonntäglichen Choral, ganz ohne Kapellmeister, der ebenfalls in seiner Kabine darniederlag.

Eine der Wenigen, die der Seekrankheit trotzten, war Edelgarde, die sich durch die schwankenden Gänge zum Speisesalon durchkämpfte. Sie vermeinte, von einem der Tische polnische Sätze zu vernehmen, konnte aber nichts erkennen, da sie mal wieder ihre Brille nicht aufgesetzt hatte. Aleksander Opalinski, der mit seinem Sohn Zygmunt und seiner deutschen Nichte Lene in einer abgelegenen Ecke saß, bemerkte sie sehr wohl. Schließlich waren auf der Passagierliste nicht viele polnische Namen verzeichnet. Zygmunt fiel auf, dass Edelgarde ihren höflich grüßenden Tischgenossen Hermann Weth zunächst gar nicht erkannte und meinte: »Diese Dame scheint ohne Brille blind wie ein Huhn zu sein – es ist schon ein Ding mit der weiblichen Eitelkeit.«

Sein Vater brummte Unverständliches und blickte sich suchend um, alldieweil er zuvor blitzschnell dem Elßtorffschen Tisch den Rücken zugekehrt hatte. »Ich würde lieber in dem anderen Salon sitzen, da schaukelt es nicht so arg«, erklärte er. Nachdem er dem Steward ein reichliches Trinkgeld gegeben hatte, frühstückten die drei im benachbarten Speise-Saal weiter.

Edelgarde von Potocki und Hermann Weth hielten es in dem vorne liegenden, arg schwankenden Salon nicht lange aus. Sie begaben sich auf den Rückweg. »Bei stürmischer See ist ein hilfreicher starker männlicher Arm zum Erklimmen der steilen Treppen durchaus willkommen«, meinte Edelgarde, als Weth ihr Unterstützung anbot. Sie dachte an Sophies Hinweis, sich nach einem Ehekandidaten umzusehen, aber der Journalist kam für sie nicht ernsthaft in Betracht.

Direktor Ballin, stets besorgt um das Wohlbefinden seiner Gäste, verfügte angesichts der verheerenden Auswirkungen der Seekrankheit, dass zum zweiten Frühstück Austern nach Belieben gereicht werden sollten. Diese Großzügigkeit vermochten allerdings die wenigsten zu würdigen. Einige männliche Passagiere hielten sich in Decken und Mäntel gehüllt auf dem Deck auf. Viele Damen waren bei dem rauen Wetter furchtsam und trauten sich nicht hinaus.

Die meisten, und dazu zählte auch die von Elßtorffsche Gruppe, blieben für diesen Tag unsichtbar. Die Kammer- und Deckstewards mühten sich redlich, Trost mit Toast und Tee zu spenden, sowie beruhigend zuzureden und verdienten sich dadurch redlich ihren Ruf als Engel der See.

Dienstag, 26. Januar 1892 – Entlang der portugiesischen Küste
Verehrer für die Zwillinge?

Die See war noch rau, aber das Schiff schlingerte nicht mehr so stark, und eine milde Brise mit weicher Luft vermittelte die erste Ahnung von Frühling. Statt in den vorne liegenden wackeligen Speisesalons wurde auch mittschiffs auf dem Promenadendeck serviert, was die Lebensgeister allgemein hob.

Kapellmeister Emil Ascher schlug vor: »Verehrte Damen und Herren, lassen Sie uns für den morgigen Festmarsch zu Kaisers Geburtstag eine Generalprobe abhalten. Folgen Sie bitte zu zweit unserer Kapelle!«

»Bewegung wird uns wohltun Elsa, du bist immer noch ganz blass um die Nase«, Emilie ergriff die Hand ihrer Schwester. Gefolgt von Wilhelm Jacob und Marga Lheiß schlossen sie sich Ascher und seiner Schar mit Trommlern, Pfeifern und Musikanten an. Zum Gigerlmarsch und weiteren schmissigen Melodien ging es rund ums Schiff. Dabei bildete sich eine bunte Reihe, sodass Bekanntschaften gemacht oder auch vertieft wurden. Hermann Weth begleitete Edelgarde, die wieder ohne Brille ziemlich orientierungslos voranschritt. Mit festem Griff verhinderte er, dass sie stolperte. Da nicht genügend Damen vorhanden waren, geriet Heinrich an Aleksander Opalinski. Man stellte sich einander kurz vor und war dann mit der Polonaise beschäftigt. Am Ausgangspunkt zurück meinte Heinrich zu seinem Begleiter: »Darf ich als angehender Mediziner fragen, was mit ihrer Nase passiert ist?«

»Aber sicher, junger Mann! Die hat ein Pferd verunstaltet. Doch jetzt entschuldigen Sie mich bitte, ich möchte diesen Walzer mit einer unserer entzückenden Damen tanzen.«

Heinrich deutete eine Verbeugung an und wunderte sich – er hätte schwören können, dass die gebrochene Nase durch einen, wenn nicht mehrere Fausthiebe entstanden war. Der Pole schwenkte indessen eine Dame über das Deck, was nicht einfach war, da das Schiff immer noch etwas schlingerte. Seine verunstaltete Nase hält Opalinski jedenfalls nicht davon ab, der holden Weiblichkeit gehörig den Hof zu machen. Und sein Sohn steht ihm da nicht im Geringsten nach, beobachtete Heinrich. Der tanzt doch tatsächlich mit der Verlobten von Victor Rehnhoff!

Genau das veranlasste Elsa und Emilie, sich zu verabsentieren, keinesfalls wollten sie riskieren, von dem Anwalt aufgefordert zu werden. Sie schlenderten zum Heck, wobei die meisten Herren nur noch mit einer angedeuteten Verbeugung grüßten, beziehungsweise an Hut oder Schirmmütze tippten.

Die Damen hatten nämlich auf Anregung Sophie von Elßtorffs beschlossen, die Regeln des Umgangs soweit dem Bordleben anzupassen, dass die Herren nicht dauernd bei jeder Begegnung höflich den Hut ziehen mussten. Denen war das sehr recht, weil es zum Beispiel auch nervte, eine schlotterige Reisemütze beständig ab- und wieder aufzusetzen. So fand der Ukas in der Bordzeitung breite Zustimmung: Das Hut abnehmen beim Gruß ist verboten; wer es dennoch tut, zahlt eine Mark!

Sophie hatte sich mit einem Baedeker über Gibraltar in den Damensalon zurückgezogen. Dabei las sie kaum, sondern fing an, ihre Beobachtungen und Eindrücke zu sortieren. Sie vermutete, dass sich eine erkleckliche Anzahl jüngerer Frauen nach einem Heiratskandidaten umsahen. Je reicher, desto besser. Ausgenommen vielleicht einige Amerikanerinnen, die aus sehr wohlhabenden Familien stammten – für die war ein wohlklingender Adelstitel ebenso verlockend.

Die Konversation während der ersten Tage diente zunächst der Orientierung. Nicht nur, wer wessen Geistes Kind, sondern vor allem, wer als besonders vermögend einzuschätzen war. Je schneller man die Spreu vom Weizen trennen konnte, desto besser. Sophie hegte den Verdacht, dass auch einige männliche Gäste die Reise als Investition in eine gute Partie angetreten hatten. Über die gewonnenen Eindrücke tauschte sie sich gern mit Marga und Wilhelm Jacob aus, der sich rasch als genauer Beobachter erwies. Und ebenfalls nach geeigneten Kandidaten für die Zwillinge Ausschau hielt, die zu seinen Plänen mit der Möbelfabrik passen könnten. »Die Flirtation an Bord ist sehr weitgehend, man wird ihr kaum entgehen können«, hatte er mit einem schiefen Lächeln konstatiert.

»Zumal das weibliche Geschlecht mit 67 Damen auffallend unterrepräsentiert ist, wir sind ja sozusagen die Hennen im Korb«, bemerkte Marga trocken.

Edelgarde hingegen enttäuschte in dieser Hinsicht. Ihr Gedächtnis für Gesichter war noch miserabler, als sie zugegeben hatte. Und da sie trotz ihrer sehr schlechten Augen die Brille verschmähte, sah sie nur auf kürzeste Entfernung gut. Daher fiel es ihr schwer, Gehörtes mit Sicherheit den richtigen Personen zuzuordnen. Ansonsten zeigte sich Edelgarde ausgezeichnet vorbereitet, hatte allerdings wohl vor allem Julius Stindes Orientreise studiert. Einer ihrer Lieblingssätze war: »Wer weiß, was uns bei den Wilden im Orient bevorsteht!« Das gewöhnte sie sich trotz der Einwendungen von Sophie partout nicht ab. Kein Wunder – denn nicht nur sie sprach und dachte so.

Leider schien Elsa wenig interessiert an Herrenbekanntschaften. Sophie fragte sich, ob sie immer noch an diesen jungen Lehrersohn dachte? Schon als Kind war sie so eigenwillig gewesen. Auf die einzelnen Reiseziele hatte sie sich trefflich vorbereitet und glänzte mit entsprechenden Anmerkungen, was gewiss nicht allen Herren gefiel. Und Elsa langweilte sich offensichtlich, wenn ihr mit banalen Schmeicheleien der Hof gemacht wurde. Dass ausgerechnet dieser Rechtsanwalt samt Verlobter und deren Tante an Bord war, konnte die Stimmung ihrer Ziehtochter verständlicherweise kaum heben.

Mit ihren guten Sprachkenntnissen in Französisch, Spanisch und Englisch bewegte sie sich auf dem internationalen Schiffsparkett sicher wie ein Fisch im Wasser – was keineswegs für viele deutsche Gäste galt, die zudem recht gern unter sich blieben. Das traf vor allem für die zahlreichen Hamburger zu, von denen einige leidenschaftlich Skat spielten. Ja, bei den Amerikanern, den Südamerikanern und den Engländern machte Elsa durchaus bella Figura – aber einen Kandidaten an der Angel hatte sie bisher nicht.

Eine ungewöhnliche Konversation

Man hatte Kap Finisterre passiert und konnte von Backbord die romantische Küstenlinie bewundern. Neben Elsa und Emilie taten dies zahlreiche Fotografen, die mit sehr modernen Kodaks oder älteren dreibeinigen Apparaten wahre Breitseiten auf die Küste abfeuerten. Die Herren bedachten die Zwillinge mit nichtssagenden Komplimenten und priesen dabei ihre fotographischen Werke. Etliche mehr oder weniger kunstgewandte Passagiere versuchten sich mit Aquarell und Blei, wobei einige offenbar darauf aus waren, Bewunderung von den vorbei flanierenden Passagieren zu erhaschen.

Elsa indessen vermisste schmerzlich ihre Unterhaltungen mit Cord. Da war es eben nicht darum gegangen, sich selbst dauernd in ein günstiges Licht zu rücken. »Viele sehen das hier als oberflächliche Vergnügungsreise, mit der sie hinterher angeben können«, sagte sie zu Emilie.

»Das ist auch mein Eindruck. Aber wir genießen es trotzdem. Du mit deinen Sprachkenntnissen kannst ja der deutschen Kolonie hier leicht entfliehen, was für mich schon schwieriger ist. All das zu beobachten, ist ebenso spannend, wie die fremden Länder und Kulturen.«

»In der Tat, der Tanz um die männlichen und weiblichen goldenen Kälber ist schon bemerkenswert. Allein, wie die zufälligen Aufeinandertreffen herbeigeführt werden.«

»Genau! Und wie bewundernd die Damen an den Lippen der Herren hängen, wenn diese irgendetwas Kluges über den Orient von sich geben.«

»Manche würden sich nicht mal entblöden, in Ägypten eine Mumie zu kaufen und diese in die Heimat zu transportieren.«

»Wozu das denn?«

»Mumien auszuwickeln – natürlich nach einem exzellenten Diner – ist in gehobenen Kreisen der letzte Schrei.«

»Du willst mich wohl auf den Arm nehmen?«

»Keinesfalls. Achtung, da kommt der Rittergutsbesitzer von Krause. Der gehört auch zu den Hähnen, die glauben, dass ihretwegen die Sonne aufgeht.«

Emilie prustete so vor Lachen, dass ihr Tränen in die Augen traten. Bewusst sprach Elsa so laut, das von Krause es hören konnte: »Ich interessiere mich brennend für die Apis-Stiere des alten Ägypten. Da werden wir in Memphis einiges zu sehen bekommen.«

Inzwischen hatte sich der Rittergutsbesitzer mit einer Verbeugung zu ihnen gesellt.

»Ach, gnädiges Fräulein, was ist denn an den Apis-Stieren so spannend?«

»Für die einbalsamierten Stiere errichteten die Ägypter eine unterirdische Anlage mit tonnenschweren Sarkophagen. Der Granit musste aus dem rund 1000 km entfernten Assuan herangeschafft werden.«

Dem Rittergutsbesitzer blieb vor Staunen der Mund offenstehen. »Sarkophage? Für Stiere? Die wurden einbalsamiert? Statt sie zu verspeisen? Wieso das denn?«

Inzwischen hatten sich Heinrich und die beiden Hamburger Herren Naumann und Meier dazu gesellt. Da diese oft zusammen auftauchten, wurden sie wegen des gleichen Vornamens von den Schwestern spaßeshalber das doppelte Mäxchen genannt. »Der Apis-Stier war ursprünglich ein Fruchtbarkeitsgott. Durch sein Kultzentrum in Memphis wurde er schon früh mit Ptah, dem Schöpfer und Bildner der Erde, verbunden. Er galt als seine Manifestation auf Erden oder auch als sein Sohn oder Herold.«

Der Rittergutsbesitzer räusperte sich. »Nun ja, ein Stier als Fruchtbarkeitsgott. Aber, mit Verlaub, gnädiges Fräulein, das sind eigentlich

Themen, die für zarte Damenohren kaum geeignet sind.« Damit hatte er unbewusst Elsa das richtige Stichwort gegeben. Emilie sah ihre Schwester an und ahnte schon, dass etwas Provozierendes kommen würde.

»Ach, finden Sie wirklich? Bisher ging ich davon aus, dass kulturgeschichtliche Themen zur Allgemeinbildung gehören und alles Ägyptische, vor allem auch Mumien, erfreuen sich ja derzeit in höheren Kreisen großer Beliebtheit.«

»Sogar in allerhöchsten Gesellschaftsschichten«, sprang Heinrich ihr bei.

Die übrigen Herren wirkten erstaunt.

»Manche Dinge werden natürlich nur in interessierten, exklusiven Kreisen weitergegeben und erreichen nicht die Provinz«, fügte Elsa etwas mokant hinzu.

Heinrich, auf die Spitzen seiner Ziehschwester eingespielt, nickte gewichtig und erklärte: »Vor einigen Jahren lud der Hohenzollernprinz Friedrich Karl in sein Jagdschloss zum Diner ein. Nach einem opulenten Mahl kam der Höhepunkt des Abends: Die Gäste versammelten sich um einen Billardtisch, auf dem eine Mumie in ihrem braunen Leinen lag. Diese wurde langsam ausgewickelt, bis das Gesicht einer jungen Frau zum Vorschein kam. Es fanden sich zur großen Enttäuschung der exklusiven Gäste aber weder Amulette noch Papyrusrollen zwischen den Mumienbinden.«

Die Hamburger schüttelten sich. »Ziemlich degeneriert, mit Verlaub«, befand Max Meier.

»Und was wurde aus der Mumie?«, fragte Max Naumann.

»Das ist ungewiss. Böse Zungen behaupten, sie habe als Brennholz im Kamin geendet.«

Der Rittergutsbesitzer, mehr den praktischen Fragen zugewandt, brummelte: »Stiere einbalsamieren, na, das wüsste ich. Die kann man ja wohl besser aufessen.«

»Undenkbar«, rief Elsa, »das wäre ein Sakrileg gewesen. Der Apis-Stier verkörperte die Zeugungskraft des Stiers und die schöpferische Kraft Ptahs, weshalb die Vitalität des Pharaos mit Apis gleichgesetzt wurde. In Memphis, südlich des Ptah-Tempels, konnten die Gläubigen die göttliche Inkarnation des Apis-Stieres bewundern. Es gab auch Prozessionen und religiöse Rituale.«

»Umstritten ist, ob der Bulle im 25. Lebensjahr feierlich getötet wurde«, ergänzte Heinrich.

»Sei es, wie es sei – jedenfalls konnte er sich in der Kultstätte mit seinem eigenen Kuh-Harem an den schönen Seiten des Lebens erfreuen«, meinte Elsa. »Und ich möchte jetzt einen heißen Tee genießen. Bis bald, werte Reisegenossen!« Die Zwillinge ließen recht konsternierte Herren zurück.

»Gebildete Weiber sind mir ein Graus«, brummelte von Krause. »Frauen, die eigene Meinungen haben und diese auch noch bei unschicklichen Themen vehement vertreten, kommen für mich nicht in Frage.«

»Da lob ich mir doch Marianne Ballin, eine wahrhaft deutsche Frau mit unerschütterlichen Gleichmut. Die, höher gewachsen als ihr Gatte, gleichsam wie ein voluminöser guter Geist besänftigend ihre Flügel über dem nervösen, perfektionistischen Genie ausbreitet«, bemerkte Max Meier geradezu schwärmerisch.

»So soll es sein!«, stimmte ihm Max Naumann zu. »Der Hafenzar kann sich glücklich schätzen. Geistreiche Frauen, die mit Eigenwilligkeiten brillieren, schaden sich selbst und ihren Gatten. Nach dem Vortrag über die Apis-Stiere brauche ich jetzt was Stärkeres als Tee.«

»Das lässt sich machen«, erwiderte von Krause. »Manchmal braucht ein richtiger Kerl einen ordentlichen Schuss Rum im Tee!« Wieherndes zustimmendes Gelächter erfolgte.

Heinrich hatte die Unterhaltung amüsiert verfolgt. Um Unterschiede zwischen den Zwillingen festzustellen, die sich äußerlich wie ein Ei dem anderen glichen, war es nur nötig, zuzuhören. Elsa drückte ihre Meinung meist in klaren Behauptungen aus, während Emilie eher vorsichtig formulierte und ein: ›Ich würde meinen‹ noch mit einem verbindlichen Lächeln verband. Elsa hingegen sprach mit ernstem Gesichtsausdruck und sah ihre Gegenüber direkt an. Dass seine Ziehschwester damit bei den meisten seiner Geschlechtsgenossen wenig Begeisterung auslöste, war ihm völlig klar. Emilie hingegen würde so manches Männerherz höherschlagen lassen – galt das auch für sein eigenes?

Nachdem Heinrich seiner Mutter von diesem Gespräch berichtet hatte, stöhnte diese innerlich auf: So würde man Elsa nie unter die Haube bekommen!

Eine Unterhaltung über Juwelen

Die Herren hatten sich nach dem Diner entschuldigt und waren in den Rauchsalon abgezogen. Die Damen verweilten noch auf ein Likörchen im Musiksalon. Die Gespräche drehten sich um Kleidungsfragen für den großen Ball, der am folgenden Tag um 9.30 im 2.

Salon zur Feier des Geburtstages seiner Majestät, Kaiser Wilhelm II, stattfinden sollte.

»Auf gar keinen Fall packe ich meinen Schmuck in den Safe!«, rief Frau von Rosenberg mit etwas schriller Stimme. »Allein wenn ich mir das Gerenne zum Zahlmeister vorstelle, um die jeweils passenden Preziosen zusammenzustellen. Es soll schließlich alles auch farblich auf die Garderobe abgestimmt sein. Und was tagsüber geeignet und angemessen ist, muss später gegen den Schmuck für die Abendrobe beim Ball getauscht werden.«

Emilie und Elsa tauschten einen beredten Blick. Bevor eine von ihnen etwas sagen konnte, ging es bereits weiter. »Meine Juwelen will ich bei mir haben. Auch wenn wir in die Sommerfrische in ein Hotel fahren, lege ich sie nie in den Safe. Und hier auf dem Schiff schon mal gar nicht! Stellen Sie sich vor, wir müssen in die Rettungsboote und mein wunderschöner Schmuck liegt im Schiffssafe und versinkt auf Nimmerwiedersehen!« Ihre Stimme überschlug sich. »Nein, niemals! So kann ich mit einem Griff alles an mich nehmen und habe meine kostbaren Juwelen gerettet.« Aus den Augenwinkeln nahm Elsa wahr, dass Zygmunt Opalinski in Begleitung von Lene langsam vorbeiging und aufmerksam zuhörte.

»Aber haben Sie keine Angst, dass ein Dieb den Schmuck stehlen könnte?«

»Dazu, junges Fräulein Emilie«, meine die Freifrau herablassend, »müsste der ja wissen, wo er ist. Und ich habe äußerst raffinierte Verstecke!«

Die so Angesprochene warf Elsa einen genervten Blick zu und erklärte entschuldigend. »Wir müssen uns verabschieden, wir werden von den Herren erwartet zum Großen Zapfenstreich rund ums Schiff und brauchen etwas zum Überziehen aus den Kabinen.«

Frau von Rosenberg zückte ihre goldene, mit Brillanten besetzte Taschenuhr und stieß einen affektierten kleinen Schrei aus. »Ach, schon so spät. Gehen Sie nur, meine Zofe erwartet mich, wir werden jetzt in der Suite in Ruhe alles für die unterschiedlichen Garderoben für morgen zusammenstellen. Damit kann man gar nicht früh genug anfangen. Ich werde auf jeden Fall meinen besten Schmuck tragen. Zu Kaisers Geburtstag müssen wir schließlich patriotisch auftreten und unser Reich würdig repräsentieren. Diese Amerikanerinnen, die herumlaufen wie wandelnde Christbäume, kann man nur durch superben Geschmack belehren. Bye, bye!« Und damit rauschte sie endgültig davon.

Sophie dachte, dass sie mit ihrer Einschätzung von Hohlköpfigkeit richtig gelegen hatte.

»Womit mal wieder bewiesen wäre, dass Damen aus bester Gesellschaft noch lange kein Garant für eine angenehme Unterhaltung sind«, bemerkte Elsa. »Dabei ist ihr Gemahl, der Major Freiherr von Rosenberg, Kammerherr seiner Majestät, ein umgänglicher Zeitgenosse. Die beiden wohnen übrigens in der Brühlstraße 2.«

Emilie nickte. »Sehr wohl, Miss Holmes! Mein Bedarf an Angeberei und hohlem Getue ist mehr als gedeckt. Lass uns Heinrich suchen.«

Um 8 Uhr erklang an Deck ein langer Trommelwirbel, der den Beginn des Zapfenstreiches verkündete. Es gab drei Schiffsumrundungen, wieder angeführt von Ascher, nach ihm vier Trommler, eine große Bumm Trommel, Pfeiffer, Bläser und die Passagiere zu zweit. Den krönenden Abschluss bildeten ein Choral und patriotische Melodien. Zu guter Letzt erscholl ›Heil dir im Siegerkranz‹ und mischte sich mit dem Rauschen des Meeres. Die See wurde ruhiger und in der Ferne schimmerten die Lichter der portugiesischen Küste herüber.

Mittwoch, 27. Januar 1892 – Kaisers Geburtstag
Vor Prinzen wird gewarnt

Bei Sonnenaufgang ertönte eine feierliche Reveille, und das Schiff wurde zu den Klängen des Flaggenmarsches mit der Flaggengala versehen. Die von Elßtorffsche Gruppe war schon früh an Deck und erfreute sich an der zunehmenden Wärme, die Plaid und Regenrock überflüssig machte.

»Da haben wir wahrlich Kaiserwetter«, meine Wilhelm Jacob, »mit indigoblauem glattem Meer und wenigen Schäfchenwolken am azurklaren Himmel. Da wird uns nach den unruhigen Seetagen das Frühstück besonders munden.« Alle langten ordentlich zu, nur Elsas Magen reagierte immer noch empfindlich und sie begnügte sich mit einem Omelett und türkischem Reis, während ihre Begleitung Fisch und Rührerei, Schinken, Beefsteaks und Pfannkuchen vertilgte.

Emilie wunderte sich, dass ihrer Schwester so oft und so leicht übel wurde. Dabei war sie doch bei der Überfahrt nach Norderney vorn am Bug gewesen, wo es am heftigsten schaukelte. Und auf den Seereisen nach La Palma hatte sie Wind und Wellen fröhlich getrotzt.

Apropos fröhlich – das war sie ja in letzter Zeit kaum mehr, sondern häufig geistesabwesend, still und in sich gekehrt. Besorgt überlegte Emilie: Warum vertraut sich meine Schwester mir nicht an? Ob sie es missbilligt, dass sich ihr Ziehbruder verstärkt um mich bemüht? Wobei ich mir gar nicht sicher bin, ob das gegenseitige gute Verstehen, welches sich zwischen Heinrich und mir entwickelt, überhaupt von ihr wahrgenommen wird. Das analytische Gehirn von Miss Holmes scheint derzeit nicht immer eingeschaltet zu sein. Gewiss hängt es mit Cords plötzlicher Abreise nach Amerika zusammen, die ja geradezu Hals über Kopf erfolgt war – ob die beiden sich in letzter Sekunde gestritten hatten? Elsa hatte ja manchmal einen ziemlichen Dickschädel. Oder war da etwas ganz Anderes passiert und Elsas Übelkeit lag gar nicht am Seegang? Emilie bemerkte, wie ihr bei diesem Gedanken selber flau im Magen wurde. Das hätte gerade noch gefehlt! Ob Marga etwas wusste? Sie beschloss, ihre Schwester fortan mit Argusaugen zu beobachten.

Bei der morgendlichen Promenadenmusik wurden, dem Charakter des Tages angemessen, patriotische Märsche und Lieder gespielt.

Nachmittags tummelten sich Wilhelm Jacob, Maximilian und Heinrich an Deck. Die Damen blieben in einem der prächtigen Salons unter sich und genossen – very british – hauchdünne Gurkensandwiches, Scones und alle Herrlichkeiten, die zu einem echten High Tea gehören.

Ballin persönlich hatte dafür gesorgt, dass es bei der opulenten Verpflegung reichlich Abwechslung gab. »Mit diesem High Tea hat unser tüchtiger Ballin bestimmt an die 21 englischen und 14 amerikanischen Passagiere gedacht, um denen an Kaisers Geburtstag etwas für sie Typisches zu bieten«, vermutete die wie stets bestens informierte Sophie. »Neben dem Earl of Kilmorey, Frau Thistleth mit Dienerin und Diener und Frau Mac Bride kommen zahlreiche Passagiere aus London und viele aus New York. Dazu sorgen wohlhabende Juden, Gäste aus Norwegen, Frankreich, der Schweiz und Brasilien für internationales Flair.«

»Es wird eben bewusst nicht nur dem deutschen Geschmack Genüge getan, wobei die Hamburger mit 70 Personen eindeutig dominieren. Es heißt, den Hamburgern seien drei Dinge eigen«, berichtete Edelgarde.

»Nanu, was soll das sein?«, fragte Emilie.

»Sie sind bemüht, sich gleiche Reisemützen anzuschaffen, sich sämtliche Mahlzeiten vortrefflich schmecken zu lassen – und Kaviarbrötchen zu essen, als ob sie dafür bezahlt werden.« Alles lachte.

»Unter den Amerikanern, die ja bekanntlich oft auf Adelstitel aus sind, soll mindestens ein Multimillionär im sogenannten besten Alter sein«, teilte Edelgarde mit.

»Vielleicht handelt es sich um einen von denen, die dauernd um die Verlobte von Victor Rehnhoff herumscharwenzeln? Die Tante von ihr gibt sich ja als so was von adelig. Und einer von den Amerikanern verschlingt sie seit dem ersten Tag mit den Augen.« Sophie entging kaum etwas.

»Aber die Verlobte des Anwaltes schien mir neulich den Avancen eines Amerikaners gar nicht so abgeneigt – das wäre doch was, wenn so einer einem deutschen Rechtsanwalt die Braut abspenstig machte«, meinte Marga.

»Mary von Rainer-Harbach goutiert aber wohl eher die Komplimente dieses polnischen Zygmunt. Ja, dieser Aleksander von Opalinski mit der gebrochenen Nase und sein gutaussehender Sohn – die beiden sind in den passenden Altersklassen sehr erfolgreich. Bisher galten Tennisplätze für ideal als Verlobungszwinger – demnächst werden es Schiffe sein, die Vergnügungsreisen zur See unternehmen.« Emilie beobachtete ebenfalls, was vor sich ging.

»Diese polnischen Herren samt der deutschen Nichte habe ich noch gar nicht richtig wahrgenommen«, bemerkte Edelgarde. Nach meinen gemachten Erfahrungen lege ich zudem keinen gesteigerten Wert darauf, fügte sie in Gedanken hinzu.

»Liebe Cousine, daran wird sich nichts ändern, es sei denn, du entschließt dich, eine Brille oder wenigstens deine Lorgnette zu benutzen«, reagierte Sophie prompt.

Edelgarde ignorierte die Spitze. »Es ist ein internationaler, gediegener Kreis an Bord«, bemerkte sie, wobei sie geflissentlich den Blickkontakt mit Marga vermied. Im Allgemeinen riss sie sich zusammen, aber ab und an kam ihre scharfe Zunge mit einer bösartigen Bemerkung durch; dann suchte sie jedoch ihre Opfer außerhalb der eigenen Entourage.

Emilie fand es angenehm, dass sie mal unter sich waren, ohne die feste Tafelrunde, und erzählte daher unbefangen: »Wie ein Lauffeuer hat sich das Gerücht verbreitet, dass nicht nur ein amerikanischer Multimillionär, sondern auch ein veritabler Prinz inkognito an Bord sei. Stellt Euch vor, der würde einem den Hof machen! Wäre das nicht wahnsinnig romantisch?«

Bevor Elsa, die für Cords Gesellschaft jedem Millionär und jedem Thronfolger die kalte Schulter gezeigt hätte, etwas äußern konnte, kam ihr Sophie in scharfem Ton zuvor. »Sollte tatsächlich ein Prinz an

Bord sein, so ist der auf ein Abenteuer aus und hofft, reiche Beute bei sentimentalen Dummchen zu machen. Eine Ehefrau sucht er hier ganz bestimmt nicht, der europäische Hochadel ist ja an Standesdünkel kaum zu überbieten. Ehen werden bei denen gemäß Nützlichkeitskriterien zusammengeschustert, es geht um Allianzen, Mitgift und Thronerben, aber keineswegs um Liebe.« Emilies nach einem weiteren Sandwich ausgestreckte Hand zuckte wieder zurück. Ungerührt fuhr Sophie fort: »Eine hübsche Prinzessin hingegen hat schon so manchem kleinen Königreich zu mehr Macht und Einfluss verholfen, egal, ob es der Betreffenden passte oder nicht.«

»Das gilt auch dann und wann für die nicht ganz so Bildschönen«, fügte Elsa grimmig hinzu.

Heftig setzte Emilie ihre Teetasse ab, sodass es klirrte. »Da vergeht es einem ja, von einem Dasein als Prinzessin zu schwärmen, wenn man an den Meistbietenden verschachert wird, egal ob der überhaupt gefällt.«

»Nun, auf Bällen, Wohltätigkeitsveranstaltungen und so weiter geht es doch ebenfalls zu wie auf dem Pferdemarkt – da werden die Kandidatinnen taxiert und genauestens unter die Lupe genommen«, meinte Elsa genervt. »Manchmal Emilie, bist du doch eine unheilbare Träumerin! Dabei sollten wir Frauen viel selbstbewusster auftreten, schließlich sind wir die Meisterstücke der Schöpfung.«

Alle blickten sie fragend an. Mit einem ironischen Lächeln warf sich Elsa in die Brust. »Das habe ich aus einem Gedicht von einer unbekannten Verfasserin.«

»Aha – und wie lautet es?«, fragte Marga.
Sofort legte Elsa los:
»Gott schuf die Welt,
zuletzt den Mann, ein Exemplar!
Man sah, dass Gott schon etwas müde war.
Denn als er sich den Mann beschaute,
da fehlte dies, da fehlte das –
und an dem ganzen Mann da taugte,
nur eine einzige Rippe was.
Und diese ward ihm noch genommen,
und eine Frau daraus gemacht.
So sind wir auf die Welt gekommen,
wurden geschaffen mit Bedacht.
Und dieses nun der Frau zum Lobe,
man sieht es auf den ersten Blick:
Der Mann ist nur ein Stück zur Probe,
doch wir, wir sind das Meisterstück!«

Sogar Edelgarde lächelte bestätigend: »Sehr nett Elsa, könnte von dir sein!« Sophie warf ihr einen schrägen Blick zu und sah dann streng die Zwillinge an: »Da eure Mutter leider nicht mit uns reisen kann, fühle ich mich für euch verantwortlich. Und muss daher eine deutliche Sprache führen. Meisterstücke hin oder her – für Prinzessinnen und Königinnen gilt absolute Treue als unabdingbar, denn Kuckuckskinder fürchtet man in Herrscherhäusern wie der Teufel das Weihwasser. Georg Ludwig, Kurfürst von Hannover, hat seine Gemahlin nicht umsonst ins Amtshaus Ahlden verbannt und ihren Geliebten Königsmarck ermorden lassen, während er selber mit seiner Mätresse noch drei Töchter in die Welt gesetzt hat.«

»So ist es«, erklärte Marga. »Was für die Frau ein großes Risiko darstellt, ist für den Mann ein nettes Abenteuer. Noch schlimmer finde ich es beispielsweise, dass bei einem Mädel, das sich mit einem Offizier einlässt, gefragt wird, ob sie überhaupt etwas taugen könne. Wo sie doch von vornherein wissen müsste, dass er sie nicht heiraten will oder kann. Die Dummen sind immer die Frauen. Und es ist ebenso erstaunlich wie deprimierend, dass sich daran seit langem nichts geändert hat.«

Grimmig stimmte Sophie ihr zu: »Genauso ist es. Die Gatten aller Stände sind oft eifrig unterwegs, was unter der Hand durchaus bekannt ist, und tragen nicht unerheblich zum Zuwachs der Bevölkerung bei. Daher: Hütet euch vor Prinzen ebenso wie vor adeligen Offizieren!«

Nun griff Emilie mit einem bedauernden Seufzer zum Trost doch nach dem Gurkensandwich. Nachdem sie sich mit einigen Schlucken Tee gestärkt hatte, kam Sophie zum Schluss ihrer Ermahnungen: »Bleibt im Rahmen der unerbittlichen Standesgrenzen, alles andere bringt nur Probleme. Egal, ob sich eine Bürgerliche in einen Offizier von hohem Adel verliebt wie eure Mutter oder gar in einen mittellosen jungen Mann.« Ihr Blick verweilte einen Moment auf Elsa, die innerlich erstarrte. Wusste Sophie über Cord und sie doch Bescheid? Sie fühlte Übelkeit in sich aufsteigen und verließ mit einer gemurmelten Entschuldigung eilig den Raum. Marga schaute ihr mit gerunzelter Stirn hinterher.

Zum Diner um 5 Uhr trafen sich die Reisenden in den beiden Salons der 1. Klasse. Wilhelm Jacob, Maximilian und Heinrich von Elßtorff hatten wie alle deutschen Herren Frack und weiße Halsbinde angelegt. Es gab einiges an Orden zu bewundern. Die Freifrau von Rosenberg stach, was den Schmuck betraf, alle anderen Damen aus.

»Die goldene Regel, nicht mehr als sieben Schmuckstücke zu tragen, kennt sie offenbar nicht«, zischelte Sophie Edelgarde zu. »Auch noch mit einem Brillant-Diadem«, mokierte sich diese ebenfalls, »sie funkelt wie ein Tannenbaum, da kommen die von ihr geschmähten Amerikanerinnen nicht mit.« Elsa und Emilie trugen die feinen Perlenketten, die ihnen der Großvater zu Weihnachten beim Juwelier Kröner erstanden hatte. In ihren aquamarinblauen Abendroben aus bester Seide ernteten sie wohlgefällige Blicke.

Das Menü war zur Feier des Tages besonders reich gestaltet, die Paketfahrt ließ Champagner ausschenken. Maximilian hob sein Glas: »Wir trinken auf das Wohl der entzückenden Damen unserer Runde, die alle anderen Tische übertrumpfen!«

Nach dem 2. Gang erhob sich Direktor Ballin, und die ganze Gesellschaft, gleich welcher Nationalität, stand ebenfalls auf, um dem Toast auf den Kaiser zu lauschen. »*Es ist mir die freudige Aufgabe geworden, dem Gefühle Ausdruck zu geben, welches heute am Kaisertage die Herzen aller Deutschen erfüllt. Lassen Sie uns hier im Angesicht der Markscheide zweier Erdteile dem dritten deutschen Hohenzollernkaiser aufs Neue die Treue zu ihm und dem Reiche geloben. Und lassen Sie uns ihm, wenn auch fern vom Vaterlande, so doch von einem Stücke deutschen Bodens aus, von einem Schiffe, das er noch vor wenigen Tagen zu unserer aller Freude und zu glückverheißender Vorbedeutung seines höchsten Besuches gewürdigt hat, unsere herzinnigsten und untertänigsten Segenswünsche darbringen. Lassen Sie es uns verkünden, dass heute überall, wo Gottes Sonne strahlt, wo das Meer seine Woge wälzt, auf dem Lande und auf dem Wasser, wo immer Deutsche sich befinden, der Ruf erschallt: Gott segne den deutschen Kaiser! Er walte über seinem erhabenen Werk, das er sich vorgesetzt zur Befestigung des Reiches, zur Beglückung seines Volkes, zur Förderung der idealen Güter der Nation! Auch die ausländischen Gäste, die zu unserer Freude unter uns weilen, werden sicherlich nicht zögern, dem jungen Herrscher, der die ihm gegebene gewaltige Kraft nur anwendet, um der Welt die Segnungen des Friedens zu bewahren, ihre Huldigung darzubringen, und mit uns einzustimmen in den Ruf der alten Treue und Ergebenheit: Seine Majestät, der deutsche Kaiser und König von Preußen, Wilhelm II., lebe hoch und abermals hoch und immerdar hoch.«*

Begeisterte Hochrufe folgten. Die Stimmung war allgemein animiert, was, wie Maximilian feststellte, auch auf die anderen vertretenen Nationen zutraf.

Am Abend fand ein großer Bier-Kommers in den prachtvollen Räumen des Speisesaals der 1. Kajüte für die Herren statt. Die Damen sahen vom Lichtschacht und dem Musiksalon aus zu.

Einhundertsechzig deutsche Männer waren vehement entschlossen, wie es seit des ersten Wilhelm Zeiten üblich war, Kaisers Geburtstag als das Fest der völligen Neugeburt Deutschlands zu einem Reich mitzufeiern. Zu Beginn wurde die ›Augusta Victoria‹ Bordzeitung Nummer 3 mit den Festliedern verteilt. Die Herren genossen nach heimatlicher Weise schäumenden Gerstensaft, der in Bierseideln gereicht wurde. Direktor Ballin präsidierte, eröffnete kurz und erteilte dann das Wort dem Lübecker Senator Wolpmann. Dessen Toast auf den Kaiser wurde mit stürmischer Begeisterung aufgenommen. Ballin erhob sich:»Ich beantrage, von Gibraltar aus ein Telegramm an unseren verehrten Kaiser zu senden.«

Die Reden auf den jungen Kaiser und das Reich, die Kaiserin, den Fürsten Bismarck, den Grafen Moltke und die Damen gingen Heinrich auf die Nerven. Sie passten allerdings perfekt auf eine Schiffsreise, denn sie strotzten davon, dass der Kaiser persönlich das Ruder ergreife, sich auf der Kommandobrücke befände, mit Volldampf voraus Kurs halte. Die Lieder, die zwischendurch mit Inbrunst geschmettert wurden, machten, so fand er, das Ganze keineswegs besser.

Maximilian von Elßtorff und Wilhelm Jacob wurden auserkoren, Kapitän Barends, der auf der Brücke stand, den Dank der Passagiere an ihn und seine Mannschaft zu überbringen.

Wilhelm Jacob meinte:»Den Käpt'n halte ich für eine würdige Verkörperung des echten deutschen Seemanns.«

»Genau! Die prächtige Seemannsnatur ist beeindruckend. Und die Besatzung ist formidabel«, meinte Sophie.»Die Seeleute kommen mir vor wie Forstmänner, die sich im Umgang mit der Natur auch viel Ursprünglichkeit und Kindlichkeit bewahrt haben.«

»Da ist was Wahres dran!«, stimmte Edelgarde ihr zu.

Auf der windumbrausten Kommandobrücke ging Barends mit dem breiten Schritt des Seemanns, die Hände in den Taschen, auf und ab.

»Wir kommen vom Festkommers und überbringen den Dank der Passagiere an Sie und die gesamte Mannschaft«, erklärte Maximilian.

»Das ist schon ein Kontrast hier oben mit der sprühenden schwarzen See, die nur vom Mond erhellt wird, und der überschäumenden Fröhlichkeit unten in den Salons«, konstatierte Wilhelm Jacob.

»Es ist unsere Aufgabe, für die Sicherheit zu sorgen«, erwiderte Barends mit großem Ernst.»Wir befinden uns zwischen den Leuchtfeuern von Tanger und Cap Trafalgar«, er wies auf zwei weit voneinander entfernt liegende Lichtpunkte.»Da muss ich als Schiffsführer auf den gemeinsamen Trunk auf das Wohl unseres Kaisers verzichten.« Die beiden Abgesandten dankten erneut und verabschiedeten sich mit einem kräftigen Händedruck.

Elsa begannen die vielen Reden und Lobpreisungen zu langweilen. Sie hörte nicht mehr zu und vertiefte sich in die Innenausstattung des Saales. Bereits seit dem ersten Tag hatte sie sich genau im Schiff umgesehen und die Dekorationen eingehend betrachtet. Das machte sie auch gern, wenn die von Elßtorffs auswärts speisten oder in die Sommerfrische fuhren. Mit Vergnügen entwickelte sie dann Veränderungen, manchmal entwarf sie in Gedanken ganz andere Einrichtungen. Des Öfteren tauschte sie sich darüber mit Sophie aus, die für ihren exquisiten Geschmack bekannt war und dem bombastischen Gründerstil nichts abgewinnen konnte.

Elsa war froh, als Ballin um 8 1/2 Uhr den Kommers schloss.

Arm in Arm mit ihrer Schwester begab sie sich zum Ball in den vollständig ausgeräumten Salon der 2. Klasse. Kapellmeister Emil Ascher, an dessen Brust es vor Orden glänzte, verstand es mit seiner 20-Mann-Kapelle perfekt, die Polonaise zu führen. Alle Damen der von Elßtorffschen Gruppe ließen keinen Tanz aus, es gab einen Überfluss an männlichen Partnern, obwohl sich einige der älteren Reisenden in den Rauchsalon verzogen hatten. Die polnischen Herren Opalinski, Vater wie Sohn, erwiesen sich als exzellente Tänzer. Elsa fiel auf, wie harmonisch Zygmunt Opalinski mit Mary von Rainer-Harbach Walzer tanzte, mit Argusaugen beobachtet von ihrer Tante und ihrem Verlobten. Marga Lheiß und Wilhelm Jacob glitten ebenfalls elegant über das Parkett. Wider Erwarten genoss es Elsa zu tanzen, die Bewegung zu den einschmeichelnden Rhythmen Strauß'scher Walzer vertrieb trübe Gedanken. Das »doppelte Mäxchen« forderte die Schwestern mehrfach auf und die Zeit verging wie im Fluge.

Der Gong um 11 ½ Uhr läutete das Ende des Balles auf See ein und gegen 1 Uhr lief die ›Augusta Victoria‹ in die Bucht von Gibraltar ein und warf Anker. Die Zwillinge sahen hinaus auf den majestätischen Felsen, der in den Strahlen des Mondes glänzte. »Ich freue mich auf unseren Landgang«, murmelte Emilie und fiel dann müde ins Bett. Elsa jedoch lag noch länger wach – ihre Gedanken eilten zu Cord und mischten sich mit Einrichtungsideen für das Schiff.

Donnerstag, 28. Januar 1892 - Gibraltar
Der erste Landausflug und Ideen für Direktor Ballin

Emilie erwachte früh und warf einen erwartungsvollen Blick aus den Fenstern der Kabine. Die hohen Felsen und die malerisch aufgebaute

Stadt mit den Befestigungen der Engländer boten einen imposanten Anblick. Sie schüttelte Elsa sanft an der Schulter. »Aufwachen, Schwesterherz, bestes Wetter, wir müssen uns die Bucht von Algeciras unbedingt vom Deck aus ansehen.« Bald standen die Schwestern samt Perrita draußen. Über die tiefblaue, leicht gekräuselte See sahen sie zur Rechten den afrikanischen Küstensaum mit dunklen Bergkonturen, zur Linken den Höhenzug der Sierra Nevada mit dem schneebedeckten Pic de Trocadero, während sich vor ihnen die terrassenförmig ansteigende Stadt ausbreitete.

Kleine, mit der Paquetfahrt-Flagge geschmückte Dampfer, brachten die Reisenden in einer Viertelstunde an Land. »Das sieht ja alles nach einem ruhigen Ausschiffen aus«, befand Elsa. »Da können wir Perrita mitnehmen, die braucht dringend mehr Auslauf und wird es genießen, mal wieder festen Boden unter den Füßen zu haben.«

»Das wird auch vielen Zweibeinern nach dem stürmischen Reisebeginn so gehen«, vermutete Emilie.

Wie die meisten Reisenden hatten die von Elßtorffs für ihre Gruppe bei Herrn Moll, der die Firma Cook vertrat, eine Besichtigungstour für Gibraltar gebucht.

Elsa hatte den kleinen Hund wieder in der praktischen Schultertasche transportiert. Am ›Oldmole‹ stiegen sie an Land und befanden sich gleich mitten im Getümmel eines südlichen Hafenplatzes. Perrita zog ob der neuartigen Gerüche aufgeregt und eifrig schnüffelnd die Nase kraus, während die Menschen als ›Augentiere‹ fasziniert Spanier, Araber, farbige Frauenzimmer, zerlumpte Kinder und zahlreiche kleine Esel wahrnahmen.

»Die schottischen Soldaten mit nackten Beinen, rotem Rock, einem Ziegenfell vorm Bauch und einem Kork Helm auf dem Kopf fallen hier besonders auf«, fand Sophie. »Und die Engländer in ihren roten Röcken wirken dazwischen außerordentlich dekorativ.«

In diesem Moment blieb ein Engländer stehen und musterte offenbar nicht nur die Besucher interessiert, sondern vor allem den Hund. Er tippte an den Rand seines Helms und fragte: »Gewiss sind Sie Deutsche und sicherlich mit diesem extraordinären Schiff gekommen, nicht wahr? Ich bin Colonel Turner und habe eine preußische Großmutter.«

Maximilian von Elßtorff stellte sich ebenfalls vor und erklärte: »Wir kommen aus Hannover.«

»Aber woher haben Sie nur diesen prachtvollen kleinen Jack Russell-Terrier? Das ist ja ein besonders schönes Exemplar!«

Maximilian erstarrte. Schließlich hatte er sich als Anhänger von Rassehunden anfangs dagegen verwahrt, einen Terrier Mischling von La Palma aufzunehmen.

»Wieso Jack Russell Terrier?«, fragte Elsa.

»Russell war Pfarrer und passionierter Jäger. Er züchtete einen speziellen Schlag von Foxterriern. Während seiner Zeit in Oxford erwarb er 1819 eine weiße rauhaarige Hündin, genannt Trump, mit Abzeichen am Kopf. Ihr Bild hängt übrigens in der Sattelkammer des Schlosses Sandringham und ist das Eigentum der Queen. Trump wird als Stamm-Mutter der Rasse bezeichnet. Ihr Hund sieht täuschend ähnlich aus.« Elsa und Heinrich konnten sich ein Grinsen in Maximilians Richtung nicht verkneifen.

»Da hätte Perrita ja eine beachtlichere Ahnenreihe vorzuweisen als so mancher Mensch«, sagte Emilie.

»Foxterrier werden seit Mitte des 19. Jahrhunderts aus England exportiert und für die Fuchsjagd eingesetzt. Vor ungefähr zehn Jahren kamen auch Hunde nach Australien, die direkte Nachkommen von Terriern des John Russell waren.«

»Perrita stammt von der kanarischen Insel La Palma!«, erklärte Heinrich. »Dort sind diese Hunde bekannt dafür, dass sie gute Mäusefänger sind, weshalb sie ›ratoneros‹ genannt werden. Sie jagen ebenfalls Kaninchen.«

Der Colonel sah verblüfft in die Runde. Nachdenklich kratzte er sich am Kinn. »Dann haben gewiss meine Landsleute, die ja auch auf Teneriffa ansässig wurden, diese Terrier mit auf die Kanarischen Inseln gebracht.« Er beugte sich zu Perrita, die den Engländer mit großen Knopfaugen anstarrte und die ganze Zeit mit gespitzten Ohren den Anschein erweckte, genau zuzuhören. Eifrig wedelnd ließ sie sich streicheln.

»Das darf bei ihr durchaus nicht jeder, sie merkt, dass Sie Hunde mögen, Colonel«, erklärte Elsa. Der bedachte die junge Dame mit einem wohlwollenden Blick, aber man musste sich verabschieden, denn die bestellte Kutsche wartete bereits.

Voller Eindrücke von diesem ersten Landgang traf man sich nachmittags wieder auf dem Promenadendeck und tauschte Erlebnisse aus. Elsa und Emilie waren besonders angetan von den Affen, welche in geringer Zahl gehegt und gepflegt wurden und von denen sie glücklicherweise einige gesehen hatten. »Ja, solange die Affen die Felsen bewohnen, werden die Engländer mit Gibraltar die Kontrolle über den Zugang zum Mittelmeer haben«, meinte Hermann Weth. »Von diesem Fels aus, auf dem sich der britische Löwe mit der ganzen Rücksichtslosigkeit seiner Rasse festgesetzt hat, beherrscht er Gewehr bei Fuß diese Weltstraße. Mit zähem und ausdauerndem Genie und unter unendlichen Opfern haben sie den Felsen in eine uneinnehmbare Festung verwandelt.«

Sophie war froh, dass gerade keine englischen Gäste in der Nähe waren und fragte rasch:»Und wo waren Sie dieses Mal, Herr Weth?«

»Mein Sohn und ich haben die äußerste Südspitze der Halbinsel, die Punta de Europa de Gibraltar, aufgesucht und die extrem steilen Hänge der Ostseite bewundert. Und wir sind natürlich durch die Stadt gebummelt, wo es vor rotrockigen Angehörigen des englischen Mannschaftsstandes nur so wimmelt.«

»Mir hat vor allem die Alameda gefallen, das ist wirklich ein herrlicher Park!«, rief Edelgarde begeistert aus, die ausnahmsweise ihre Brille zum Einsatz gebracht hatte.»Es war eine Wonne, all die üppigen Opuntien, die rotblühenden Kakteen, die Aloen mit ihrem Blütenschaft, Palmen, Zypressen und Mandeln, Eichen und Mimosen neben Pinien und Kastanien zu bestaunen.«

»Ja, alles ist mit echt englischer Pedanterie angelegt und gepflegt«, meinte Weth, der keine Gelegenheit ausließ, in seiner unnachahmlichen Art Pfeile gegen die Engländer abzuschießen.

Auf dem Promenadendeck hatten Afrikaner und Spanier einen farbenfrohen Bazar errichtet. Die Musik spielte fidele Weisen dazu und begünstigte damit die Kauflust. Es wurde gestikuliert und gelacht, beim Handeln die Finger zur Hilfe genommen. Auch die Mannschaft, von denen kaum jemand Ausgang gehabt hatte, beteiligte sich eifrig an dem Treiben. Fiete Buttfanger erstand nach langem Feilschen ein Tuch für seine Mutter, wobei Marga ihn beriet.

Elsa stach eine dunkelrote maurische Ledertasche mit reicher Stickerei ins Auge. Außerdem gefiel ihr ein ebenfalls kunstvoll bestickter dunkler Geldbeutel, den sie nach längerem Handeln für Cord erstand. Bald fingen auch Emilie und Sophie an, etwas zu kaufen und schließlich waren alle mit Andenken und Mitbringseln versehen. Zufrieden mit der ersten Beute dieser Reise konnte man sich dann dem wie immer hervorragenden Abendessen widmen.

Nach dem Diner saßen Wilhelm Jacob und Maximilian von Elßtorff zusammen und tranken Cognac. Die Damen wollten auf dem Deck lustwandeln, den spektakulären Ausblick genießen und sich dann zu den Herren gesellen.

Wilhelm Jacob ließ einen Schluck des edlen Hennessys auf der Zunge zergehen.»Dieser von Kellermeister Emile Fillioux kreierte X.O. trifft voll meinen Geschmack, der Bordellbarock hier im Schiff von Johann Georg Poppe hingegen gar nicht. Wie siehst du das, Maximilian?« Das Stichwort Bordell ließ dessen Phantasie mal wieder abschweifen zu der schönen Helena, die er in einem Edeletablissement in Kleefeld bei Hannover kennengelernt hatte.

Wilhelm Jacob riss ihn aus seinen Gedanken. »Du sagst gar nichts. Gefällt es dir denn?«

»Wie kommst du nur darauf? Du weißt doch, wie wir eingerichtet sind und kennst zudem Sophies ausgezeichnetem Geschmack. Die hat mit Historismus und dem Schwelgen in vergangenen Stilen gar nichts Sinn, ebenso wenig unsere Elsa. Aber da kommen sie ja gerade.« Die Herren erhoben sich und warteten höflich, bis Sophie und die Schwestern Platz genommen hatten.

»Marga und Edelgarde promenieren noch«, erklärte Emilie.

»Was möchtet ihr trinken?«, fragte Maximilian, während bereits ein Steward herbeieilte.

»Nun, ihr seid ja schon bei einem Sundowner«, meinte Sophie mit Blick auf die Cognacschwenker, »eine nette Sitte übrigens, von unseren englischen Mitreisenden übernehme ich das gern. Mir wäre nach einem Gläschen Champagner.«

»Welche Sorte darf es sein, gnädige Frau?«

»Veuve Cliquot ist immer hervorragend.« Die Zwillinge nickten zustimmend.

»Auf unsere wunderbare Reise«, sagte Sophie, während sie anstießen. »Wilhelm, das war eine hervorragende Idee von dir. Ich finde, es macht sich angenehm bemerkbar, dass es beim Leben an Bord weniger formal zugeht als in der sehr konservativen hannoverschen Gesellschaft.«

»Das geht mir ähnlich«, entgegnete Wilhelm Jacob, »aber sag mal, wie findest du die Innenausstattung?«

»Sehr pompös und repräsentativ. Ich frage mich jedoch, ob ein Schiff aussehen muss wie ein schwimmendes Luxushotel?«

»Genau«, rief Emilie, »das ist das richtige Stichwort. Komme mir teilweise vor wie in Kastens Hotel.«

»Ich finde es total überladen«, pflichtete Elsa ihr bei. »Der Damensalon mit den großen Ölgemälden, Spiegeln, Behängen aus Seide und Damast erweckt ebenso wie der sich anschließende Musiksalon den Eindruck, als würde man sich in den Staatszimmern eines Schlosses und nicht auf einem Dampfer befinden. Und ich vermisse den Bezug zum Meer, den könnte man auch farblich viel mehr betonen.«

Sophie nickte. »Alles müsste in einem Stil und mit aufeinander abgestimmten Farben komponiert sein. Die prunkvollen historisierenden

Formgebungen werden in nicht allzu ferner Zukunft einer schlichteren Linienführung weichen, das zeichnet sich bereits jetzt bei der französischen Avantgarde ab. Aber da sind wir wohl geschmacklich unserer Zeit voraus. Das mit dem maritimen Charakter finde ich inspirierend, Elsa, das steht für Frische und Freiheit und passt natürlich zum Reisen auf dem Wasser.«

»Und dazu viel Messing!«, rief Elsa. »Das gehört erstens zur Tradition des Schiffsbaus und zweitens ergänzt es blau und weiß mit einem warmen Farbton.«

»Auch zu den Reisezielen könnte man in einigen Salons Bezüge herstellen.« Sophies Augen begannen ebenso zu glänzen wie die ihrer Ziehtochter.

»Genau, liebe Tante. Vor allem Anlehnungen an den orientalischen Stil würden sich anbieten, das ist sowieso en vogue.«

»Aber bitte nicht diese schrecklichen Ölgemälde mit Haremsszenen«, rief Sophie.

Nachdenklich meinte Wilhelm Jacob: »Wie man an uns sieht, zieht der Orient nicht mehr nur Gelehrte an. Einige Reminiszenzen würden gewiss goutiert. Elsa, daran sollten wir auch bei unserem Möbelprogramm denken.«

»Gute Idee, Großpapa, wir werden alles vor Ort genau studieren können.«

Sophie hörte es mit gemischten Gefühlen. Eine Frau, die Möbel entwarf, das war ja schon ungewöhnlich genug. Dass Wilhelm Jacob jedoch ernsthaft überlegte, Elsa an seine Nachfolge heranzuführen, ging hingegen entschieden zu weit. Aber noch war ja nicht aller Tage Abend. Und so meinte sie nur: »Das wäre eine wahrhaft reizvolle Aufgabe, so eine Schiffseinrichtung von A-Z durchzuplanen. Wir würden das mit Verlaub besser machen, als dieser Stilmischmasch hier.« Sie konnte nicht ahnen, was sie mit dieser Aussage auslösen sollte, denn in diesem Moment gesellte sich Albert Ballin, der die ganze Zeit zugehört hatte, mit einer Verbeugung zu ihnen.

»Einige ihre Überlegungen hörte ich zufällig mit«, sagte er. »Haben die Herrschaften etwas mit dem Erschaffen eines guten Interieurs zu tun?«

Wilhelm Jacob räusperte sich und deutete eine Verneigung an. »Das kann man so sagen. Maximilian von Elßtorff ist Architekt, seine Gattin Sophie ist in Hannover bekannt für ihren exzellenten Geschmack, meine Enkelin Elsa hat das Talent meiner verstorbenen Frau für das Entwerfen von Möbeln geerbt und ich bin Möbelfabrikant.«

Er überreichte eine seiner Geschäftskarten aus handgeschöpftem Büttenpapier. Ballin musterte sichtlich interessiert die Runde und sagte dann: »Wir wollen es nicht beschreien, aber ich bin davon überzeugt, dass diese Reisen fortgeführt werden. Die im letzten Jahr war ein voller Erfolg. Allerdings fehlte es damals auch in meiner allernächsten Umgebung nicht an Leuten, die glaubten, ich sei nicht ganz richtig im Oberstübchen, derweil ich mit 241 kühnen Reisenden die allererste Vergnügungsfahrt in den Orient unternahm.«

»Kein Wunder«, entgegnete Sophie, »die Seereise als Selbstzweck ist eben ein neuer und bislang völlig ungewöhnlicher Gedanke.«

»Für einige der feinen Hanseaten bleibe ich immer noch der Hafenjude. Aber mein Feld ist die Welt – und das werde ich beweisen.«

Elsa beobachtete den recht klein gewachsenen Mann mit dem bereits ziemlich faltigen Gesicht und dachte: Seine Ausstrahlung liegt an den wunderbaren Augen, die lebhaft und sprechend sind. Nicht umsonst sagt man, dass er und seine Gattin es meisterhaft verstehen, ihre Gäste zu unterhalten.

»Wir werden in absehbarer Zeit ein Dampfschiff bauen, das von Anfang an für die Kreuzfahrt bestimmt ist. Ich frage die Passagiere ja häufig, wie ihnen das Schiff gefällt. Aber das ›wonderful‹ oder ›marvellous‹ zum Beispiel der Amerikaner bringt mich nicht weiter. Nach den Erfahrungen mit der ersten Orientreise haben wir zum Beispiel begonnen, die Plüschbezüge, die Hitze unangenehm speicherten, gegen geeignetere Stoffe auszuwechseln.«

Ballin, dessen pedantischer Aufmerksamkeit kaum etwas entging, hatte bei der ersten Reise eine Menge moniert: Minderwertige Äpfel, zu kleine Kopfkissen und zu schmale Handtücher, verschossene Teppichböden, lauen pappigen Toast, der nicht in der Serviette gereicht wurde ebenso wie zu kleinformatige Butterdosen. Eine edel und perfekt eingedeckte Tafel war ihm auf seinen Schiffen genauso wichtig wie als Privatmann. Dass Schinken und Brot in der gleichen Kammer gelagert wurden, störte ihn ebenfalls, das galt auch für die nicht selbstschließenden Eingangstüren der Herrentoiletten des Rauchsalons oder mangelhafte Sprachkenntnisse der Stewards. Inzwischen hatte er befriedigt festgestellt, dass diese Missstände behoben worden waren.

In der Tat wollte Ballin, detailversessen wie er war, auch die Eindrücke der Gäste für die weitere Gestaltung seiner Schiffe nutzen. Die Kommentare der deutschen Passagiere enthielten jedoch wenig Konkretes. Umso erfreuter war er, als Elsa meinte: »Der Speisesaal mit dem über zwei Stockwerke gehenden und mit einer Kuppel gekrönten Lichtschacht gefällt mir besonders. Allerdings müsste er mehr mittschiffs liegen, wo es bei Seegang nicht so stark schaukelt. Das Schiff hier ist natürlich kein Vergleich mit dem Reichspostschiff, mit dem wir letztes Jahr nach La Palma gereist sind. Aber insgesamt würde ich mir einen schlichteren Stil wünschen, mit vielen maritimen Anklängen.«

»Wie begründen Sie das, gnädiges Fräulein?«, fragte Ballin.

»Die prächtige Innenausstattung ist sozusagen beliebig, sie greift einige deutsche Themen auf, hat aber kaum Bezug zum Thema Reisen, vermittelt keine Anreize zum Entdecken fremder Kulturen, zur Erweiterung des eigenen Horizontes.«

»Daran ist einiges Bedenkenswertes. Mir persönlich gefällt das sogenannte Hotelbarock recht gut, auch deshalb, weil es der Stil ist, der in der Welt etwas zählt. Viele internationale Reisende wünschen sich Traumschiffe, die wie Traumschlösser ausgestattet sind.«

»Die ästhetische Umgebung beeinflusst den Menschen stark im Positiven wie im Negativen«, ergänzte Sophie. »Neben Reminiszenzen auf unsere deutsche Kultur wären maritime Anklänge eine kluge Ergänzung, um Geist und Herz für neue Eindrücke zu öffnen.«

»Darüber werde ich intensiver nachdenken«, meinte Ballin.

»Das Gestaltungskonzept der Kabinen müsste überdacht werden, wenn diese für volle zwei Monate ausreichend Platz bieten sollen. Da würde ich ausnahmsweise von dem traditionellen Mahagoni abgehen und für die engen Kammern lieber helle Farben verwenden. Auch auf relativ kleinem Raum kann es repräsentativ, hochwertig und zugleich praktisch sein.« Ballin horchte auf. Hier war tatsächlich jemand, der mit wachem Verstand und offensichtlich gutem Geschmack praktische Ideen entwickelte.

»Gnädiges Fräulein, ich bin beeindruckt. Also, wenn Sie Ideen haben und einige Skizzen anfertigen wollen, ich wäre sehr daran interessiert.«

»Meine Enkelin hat bereits einfache, aber solide Möbel für Arbeiterfamilien entworfen. Auch dort gilt es, auf kleinem Raum vieles praktisch unterzubringen.«

»Ja, davon ließe sich in eleganter Ausführung einiges übertragen. Die behaglichen Schlafkammern mit großen Betten und luxuriösen Toiletten gefallen mir gut. Für längere Reisen sind die Kabinen mit Stockbetten nicht das Richtige für ein teilweise sehr verwöhntes Publikum. Kurzum: Es fehlt Stauraum und etwas mehr Platz wäre angenehm. Die Gesellschaftsräume hingegen dürfen sich durchaus mit den besten Hotels messen.«

»Vielleicht könnte man Kammern zusammenlegen«, meinte Ballin nachdenklich.

»Und mehr Kabinen als bisher verbinden. Wer wie wir Platz möchte, hat dann einen kleinen Salon, dessen Sofa bei Bedarf in ein Klappbett verwandelt werden kann.«

Ballin nickte Elsa anerkennend zu. »Bin gespannt auf Ihre Vorschläge, gnädiges Fräulein.« Und damit verabschiedete er sich.

Wilhelm Jacob sagte: »Ich bin stolz auf dich, du hast vortrefflich argumentiert.« Und Sophie gestand sich ein, dass Elsa das Zeug zu einer guten Geschäftsfrau hatte.

Um Mitternacht fuhr die ›Augusta Victoria‹, die tagsüber ihren Kohlenvorrat aufgefüllt hatte, hinaus ins Mittelmeer, das sich glatt wie die Alster in Hamburg präsentierte.

Freitag, 29. Januar und Samstag 30. Januar 1892 – auf See
Fiete Buttfangers Entwicklungsweg

Der I. Obersteward Hermann Steffens merkte schnell, dass Fiete gern zu allerhand Unfug aufgelegt war und eine feste Hand brauchte. So teilte er ihn zum Reinigen der Kabinen ein, wo er sich reichlich ungeschickt anstellte und die Utensilien der Gäste nicht nur betrachtete, sondern neugierig in die Hand nahm.

»Junge, das gehört sich nicht, wenn etwas kaputt geht, ist der Teufel los«, fuhr ihn der III. Obersteward an. »Das haut ja nun mal gar nicht hin.«

Schließlich wurde er zum Abräumen und Tischdecken eingeteilt, manchmal auch zum Deckschrubben, was er nur murrend und äußerst ungern ausführte.

Bald hatte er die Hamburger Fraktion mir seinem Lausbubencharme für sich eingenommen. Als diese mitbekommen hatte, dass er aus dem Gängeviertel kam und zum ersten Mal allein auf See war, flogen ihm nicht nur einige Herzen, sondern auch das ein oder andere Kaviarbrötchen zu. Seine Neugierde nahm man amüsiert zur Kenntnis – ebenfalls, dass er für kleine Streiche immer zu haben war. Fiete entdeckte nach und nach die ihm völlige fremde Welt der wohlhabenden Passagiere. Dass die Gegensätze zum ärmlichen, eng bebauten Gängeviertel nicht krasser hätten sein können, nahm er als gegeben hin.

Allerdings: Die Kaviarbrötchen hatten ihn auf den Geschmack gebracht. Es reizte ihn, neue Dinge zu probieren und er wollte die besten Möglichkeiten dafür nutzen. Daher beschloss er, sich beim Dienst als Hilfs-Steward ernsthaft zu bemühen. Er lernte, wie der Tisch mit diversen Gläsern und Bestecken korrekt eingedeckt wird. Und begann, sich beim Abräumen den einen oder anderen Leckerbissen unauffällig einzuverleiben.

»Lehrjahre sind keine Herrenjahre«, bläute ihm sein Vorgesetzter des Öfteren ein, wenn er ihn erwischt hatte. Bald war Fiete so geschickt, dass es niemand mehr bemerkte. Er fing auch an zu probieren, was in den halbgeleerten Gläsern abgetragen wurde – er wusste ja inzwischen, was in welches Glas gehörte – und kannte sich bei den verschiedenen Geschmacksrichtungen bald immer besser aus. Allerdings kam ihm Marga auf die Schliche. »Junge, du hast eine Fahne. Sag bloß, du trinkst beim Abräumen aus den nicht geleerten Gläsern?«

Prompt bekam Fiete einen roten Kopf.

»Bist du von allen guten Geistern verlassen? Wenn der I. Obersteward Steffens das rausbekommt, kannst du wieder das Deck schrubben oder gar Kohlen schaufeln! Versprich mir, dass du das einstellst.«

Fiete blickte zerknirscht und brummte Zustimmung, nahm sich aber vor, das eine oder andere Getränk, das er noch nicht probiert hatte, dennoch zu verkosten. Er wollte sich wenigstens eine Vorstellung von dem Geschmack machen, wenn es um die unterschiedlichen Weine, Sekt, Champagner, Port, Sherry und die große Fülle der Cocktails und hochprozentigen Tropfen ging. Denn inzwischen fand er es spannend, darüber mehr zu lernen. Und bei den Tischgesprächen schnappte er einiges auf. Was er nicht verstand – und das war zunächst eine ganze Menge, fragte er beim II. Obersteward oder bei Marga nach. Die hatte ihn, wie seiner Mutter versprochen, unter ihre Fittiche genommen. So lief er bei ihr gern zu einem Klönschnack auf, wenn er ab und zu Perrita abholte, um mit ihr Gassi zu gehen. Sie rettete ihn auch, als er heftig mit der Seekrankheit kämpfte, mit Ingwerpastillen und weiteren Hausmitteln.

»Der Opalinski hat ebenfalls eine große Hausapotheke«, berichtete er Marga bei dieser Gelegenheit von seinen Beobachtungen beim Kabinensäubern. »Der hat, glaube ich, noch mehr mit als Sie. Sogar eine Art Bunsenbrenner hat der dabei.«

»Du meine Güte, das finde ich wirklich übertrieben, hoffentlich fackelt er nicht das Schiff ab«, meinte Marga.

Insgeheim fragte sie sich, ob der Junge ihr nicht etwas vorflunkerte, um sich wichtig zu machen. Denn war er anfangs auf das Seemannsgarn reingefallen, mit dem die Matrosen ihn gern aufzogen, so fing er bald selber an mit zu spinnen, und zeigte dabei durchaus Talent. Dies wiederum machte es ihr manchmal schwer zu unterscheiden, was Dichtung und Wahrheit war.

So wie er sie bei den Albatrossen hereingelegt hatte.

»Stellen Sie sich vor, Frau Lheiß, ich habe einen Albatros gesehen. Ob das wohl mein Vadder war?«

»Wieso dein Vater?«, hatte sie ihn voller Unverständnis gefragt.

»Na, die Seelen der auf See verstorbenen Seeleute nehmen doch die Gestalt eines Albatros an.«

Marga tat der Junge von Herzen leid und sie strich ihm liebevoll über den Kopf. Beim Diner berichtete sie von diesem Erlebnis.

»So, so, das klingt spannend«, äußerte Maximilian. »So einen großen Vogel mit 3½ Meter Spannweite – die längsten in der Natur vorkommenden Flügel – würde ich gern mal sehen. Albatrosse sind die größten Seevögel der Welt und legen bis zum Alter von ungefähr 50 Jahren in etwa sechs Millionen Reisekilometer zurück.«

»Nun, vom Alter her könnte es sich ja um den ertrunkenen Buttfanger Senior gehandelt haben«, meinte Heinrich, wobei sein Grinsen von Emilie als unpassend empfunden wurde.

Aber auch Maximilian konnte sich ein Schmunzeln kaum noch verkneifen. »Albatrosse folgen oft Schiffen, da sie durch deren Aufwinde kraftschonender fliegen können. Sie begleiten, ebenso wie die Möwen, Fischerboote, um über Bord geworfenen Fischabfälle zu ergattern. Die großen Seevögel wurden früher zur Bereicherung der Verpflegung gejagt. Der Seemannsglaube, dass es Unglück bringt, einen Albatros zu töten, entstand erst später.«

»Allerdings«, ergänzte Heinrich, »gibt es im Nordatlantik und seinen Nebenmeeren normalerweise keine Albatrosse.«

»Fragt sich daher, ob er sich das mal wieder ausgedacht hat, um sich in deiner mitfühlenden Seele einzuschleichen«, meinte Wilhelm Jacob.

Begütigend sagte Emilie: »Er ist zwar ein Schelm, aber eben auch ein armer, vaterlos aufgewachsener Kerl. Wir sollten nicht zu hart mit ihm ins Gericht gehen.« Dem schloss sich Marga an, aber seitdem war sie bei Fietes Erzählungen auf der Hut. Sie freute sich jedoch, dass der Junge begann, sich einzuleben.

Genüssliche Tage auf See

Das galt ebenso für die von Elßtorffs, die sich wie viele andere Passagiere auch, an Bord schon recht zu Hause fühlten. Bei glatter See, warmer Luft und tiefblauem Himmel fuhr die ›Augusta Victoria‹ in Sichtweite der spanischen Küste, die Schneefelder der Sierra Nevada schimmerten im Sonnenlicht. Die von Elßtorffsche Gruppe hatte sich auf dem Promenadendeck verabredet. Edelgarde hatte mal wieder ihr Strickzeug dabei – ihre praktischen Dreieckstücher für die Schultern wurden von den Damen allgemein bewundert. Rittergutsbesitzer von Krause betrachtete die Strickende wohlgefällig »Gnädige Frau, Sie sind ein ewiger Fleiß! Ja, wo Wolle ist, ist auch ein Weib, und sei es nur zum Zeitvertreib!« Die so Gelobte lächelte erfreut, während Elsa innerlich mit den Zähnen knirschte.

Bei der Musik der stilvoll Carmen und Preciosa aufspielenden Kapelle galt es nun, die Ausflüge von Alexandrien aus nach Kairo und Umgebung zu besprechen.

»Die Anmeldung muss spätestens am Abend vor der Ankunft des Schiffes in Genua geschehen«, erklärte Herr Moll, der Vertreter von Cook & Son. »Von dort aus erfolgt die telegraphische Bestellung für die Hotels in Alexandrien und Kairo sowie für die Extrazüge und Dampfer durch den Agenten von Cook.« Er verteilte Formulare. »Bitte mit Tinte und genau ausfüllen, vor allem was die Reservierung von Zimmern und Betten betrifft. Es sind neun Pfund Sterling gegen Quittung zu deponieren. Und nun wünsche ich Ihnen viel Vorfreude.« Damit eilte er weiter, um seine Anmeldezettel zu verteilen.

Elsa las vor: »Eine gute Hotelunterkunft ist gesichert. Auch die Ausflüge von Kairo nach den Pyramiden von Gizeh und der Sphinx, nach Sakkarah, den Gräbern der Apis-Stiere, dem Obelisken von Heliopolis, den Gräbern der Mameluken, dem Nilmesser usw. können mit der größten Zahl von Teilnehmern bequem ausgeführt werden. Die Gesellschaft wird in Sektionen aufgeteilt, von denen die eine heute, die andere morgen die sehenswerten Plätze aufsucht.«

»Wollen wir das wirklich alles ansehen?«, fragte Sophie zaghaft.

»Für mich sind die Pyramiden der absolute Höhepunkt«, erklärte Maximilian. »Als Architekt diese Meisterwerke der Baukunst mit eigenen Augen sehen zu dürfen, darauf freue ich mich am meisten.«

Inzwischen hatten sich Herrmann Weth und sein Sohn Hans zu ihnen gesellt. »Gnädige Frau, die Damen«, wandte ersterer sich an die Runde, »ich empfehle, alle Ausflüge mitzumachen – für mich war das im letzten Jahr der absolute Höhepunkt der Reise. Jerusalem und die weiteren Orte, die dort zu besichtigen sind, fand ich hingegen teilweise enttäuschend. Bethlehem zum Beispiel ist das schlimmste Schmutznest, das wir erlebt haben.«

»Dann sollten wir das ägyptische Abenteuer auch komplett buchen, zumal wir kleidungsmäßig aufs Beste gerüstet sind«, meinte Elsa.

»Einverstanden«, sprach Sophie, »Aber eines nach dem anderen. Wegen Jerusalem können wir später entscheiden. Wer von uns lieber an Bord bleiben und zum Beispiel nur Jaffa und Umgebung besichtigen möchte, dem sei das unbenommen.«

Edelgarde, der die aufwendigen Ausflüge sowieso etwas suspekt waren, stimmte ihr zu. »Also brechen wir gemeinsam nach Ägypten auf und beschließen dann alles Weitere.« Und so geschah es.

Die zwei Seetage bis Genua vergingen bei bestem Wetter wie im Fluge.

Am 30. Januar lag Mallorca an der Steuerbordseite, mit Schnee auf den Bergspitzen. »Scheint eine schöne Insel zu sein, da möchte ich ebenfalls mal hin«, meinte Heinrich. Auf der anderen Seite lag in der Ferne die spanische Küste von Valencia und Barcelona.

»Dass es jetzt tiefster Winter und Ende Januar ist, muss ich mir immer erst künstlich einreden«, bemerkte Marga und strahlte.

»Lasst uns mit Perrita ein paar Runden ums Deck laufen«, schlug Emilie vor, »durch die gute Seeluft habe ich schon wieder zu reichlich gefrühstückt!«

»Wenn es nur das Frühstück wäre«, ergänzte Sophie. »Drei üppige Mahlzeiten pro Tag und zwischendurch werden noch Bouillon, Biskuits, belegte Brötchen, Eis aller Fruchtgattungen, Gebäck, Süßigkeiten und Konfekt an Deck gereicht.«

»Es ist die reinste Mastkur«, stöhnte Heinrich, »und unseren braven Stewards genügt das immer noch nicht. Die empfehlen stets neue Gerichte, selbst wenn einem bereits die Augen aus dem Kopf quellen, und maulen, sofern man nichts mehr zu sich nehmen möchte.«

»Ja, das sind Probleme«, lästerte Maximilian, »im Schlaraffenland hätten wir es nicht so gut, davon bin ich fest überzeugt.«

»Also umrunden wir das Deck, Bewegung bekommt Perrita und uns gut. Sonst laufen wir trotz unserer schon auf Zuwachs geschneiderten Reformkleidung Gefahr, im wahrsten Sinne des Wortes aus allen Nähten zu platzen«, meinte Marga.

»Da dies leider nicht für uns Herren gilt, sollten wir zwei Runden mehr laufen«, schlug Wilhelm Jacob vor.

So schritten sie zur Vormittagsmusik, es wurden Stücke aus der Oper Die Hugenotten gespielt, flott voran. Und nicht wenige der Herren nutzen dabei die Zeit, um Damenbekanntschaften anzuknüpfen oder zu vertiefen.

Elsa fiel auf, dass sich hierbei vor allem Aleksander Opalinski und sein Sohn hervortaten. Was offensichtlich der zurückhaltenden Lene nicht gefiel. Es kam Elsa so vor, als ob diese eifersüchtig sei, da sie das Benehmen des attraktiven Zygmunt mit Argusaugen verfolgte. Der offenbar zum Missfallen von Victor Rehnhoff immer wieder seiner Verlobten, Mary von Rainer-Harbach, Komplimente machte.

Sein Vater flirtete derweil mit Marys Tante, der Baronin Sina de Hodos.

»Es ist mir ein Vergnügen, hier auf dem Schiff mit liebenswürdigen Menschen zusammen zu sein, vor allem Ihre Gesellschaft vermag ein wenig mein einsames Herz zu trösten.«

»Aber Sie haben doch jede Menge Personal. Sie sprachen von Ihrer Haushälterin, die dafür sorgt, dass man Ihnen jeden Wunsch von den Augen abliest.«

»Ach, verehrte Baronin, bezahlte Liebesdienste haben stets einen schalen Beigeschmack. Es ist der Gleichklang mit einer liebenden weiblichen Seele, der mir fehlt.« Er berührte wie zufällig ihren Unterarm oberhalb des Handgelenks, wo die Spitzenvolants des Ärmels etwas Haut freigaben. Sina de Hodos spürte, wie sich dort die Härchen aufrichteten und sie gleichzeitig ein kleiner, äußerst wohliger Schauer durchfuhr. Was sie sich selbstverständlich nicht anmerken ließ.

»Sie kommen mir manchmal etwas bedrückt vor, mein Lieber. Ich hoffe, dass ich das so sagen darf.«

»Ach, Verehrteste, Sie sind eine gute Beobachterin und eine Menschenkennerin. Es ist nicht nur das einsame Leben eines Witwers, welches mir auf der Seele liegt.« Er blickte melancholisch aufs Meer.

»Was beschwert Ihre Seele denn noch?«

»Die Heimatlosigkeit! Wir sind ein Volk, dessen Land drei Mal brutal aufgeteilt wurde, welches seit gut 100 Jahren kein eigenes Staatswesen mehr besitzt, man unterdrückt unsere Identität. Ich entstamme einem uralten polnischen Geschlecht, mich dauert das Schicksal meiner Nation.« Da ergriff die Baronin kurz teilnehmend seine Hand.

»Sie sind ein mitfühlender Engel, gnädige Frau!« Er richtete sich auf. »Aber noch ist Polen nicht verloren!« Er sah sie mit blitzenden Augen an und bedeckte ihre Hand mit einem Kuss, der keinesfalls comme il faut war. Sie errötete prompt und er meinte, scheinbar zerknirscht: »Les Polonais sont un peut sauvages.«

»Manchmal wohl mehr als nur ein wenig wild«, entgegnete Sina de Hodos und beide tauschten einen tiefen Blick.

Opalinski fügte hinzu: »Mein Sohn, dem es bereits jetzt an nichts fehlt, wird bald wahrhaft fürstlich leben können. Denn unsere neuen Silberminen werfen schon kurz nach der Eröffnung erste Gewinne ab. Und werden in Zukunft – Verzeihung, wenn das vom Sprachbild her nicht recht passt – eine wahre Goldgrube sein.«

Die Baronin nahm sich vor, davon ihrer Nichte zu berichten. Und Opalinski war mit dem Verlauf des Gespräches außerordentlich zufrieden.

Zwei Todesfälle

Im Damensalon wurde ab und an gern über gerade Abwesende gelästert. Einige Damen begutachteten sich genauestens gegenseitig, registrierten minuziös, was an Kleidung und Schmuck getragen wurde.

»Ach, das Essen ist einfach zu lecker«, meinte die Freifrau von Rosenberg, »ich habe garantiert schon zugenommen. Wenn das so weitergeht, passe ich in einige Roben nicht mehr hinein.« Die Damen nickten verständnisvoll.

»Aber das ist doch kein Problem«, näselte Frau von der Sahl, »da lasse ich mich von meiner Zofe eben etwas kräftiger schnüren.«

»Bei noch festerem Korsett vergeht mir von allein der Appetit«, meinte die Freifrau, »außerdem ist das enge Schnüren schädlich für die Gesundheit, das wissen wir doch alle.«

»Wer schön sein will, muss leiden«, bemerkte spitz Frau von der Sahl. »Wer möchte schon rumlaufen, wie die Damen der Reisegruppe aus Hannover in diesen seltsamen Reformkleidern. Nein, für meine Wespentaille bringe ich gern ein Opfer.«

»Die Reformkleider scheinen aber wunderbar luftig und bequem zu sein. Und die Damen können ihr Essen gewiss mehr genießen als unsereins, geschnürt auf 48 cm Taillenumfang. Mein Hausarzt warnt insbesondere vor den Korsetts mit Stahlstangen, weil durch sie die inneren Organe gequetscht werden können«, erwiderte die Freifrau.

»Papperlapapp. Die Stahlkorsetts sind schon so lange Mode, dass unsere Körper daran gewöhnt sind. Mein Gatte jedenfalls liebt es, wenn er meine Taille mit beiden Händen umfassen kann.«

»Also, mal unter uns Pastorentöchtern«, Frau Rosenberg senkte die Stimme verschwörerisch, »um der Wahrheit die Ehre zu geben –

wenn das Korsett abgelegt ist, kommen die tatsächlichen Gegebenheiten ans Licht. Und die sind nicht immer schön, mit Schnürfurchen und Druckstellen.«

In diesem Moment traten die Zwillinge und Sophie herein, die bereits ihre Abendkleidung im Reformstil trugen. Sophie hatte die letzten Worte gehört und sagte spontan: »Das alles habe ich früher auch durchgemacht. Bis ich schwer krank geworden bin. Seitdem ich mich anders kleide, auf hautenge Knöpfstiefelchen verzichte und viel spazieren gehe, erfreue ich mich bester Gesundheit.«

»Wie schön für Sie, meine Liebe!« Frau von der Sahl musterte Sophie und die Zwillinge von Kopf bis Fuß. »Nicht jede Evastochter ist bereit, sich mit solch wallenden Gewändern zu entstellen, in denen die weiblichen Formen so wenig betont werden.«

»Es gibt ein informatives Werk von Dr. Niemeyer über die Schädlichkeit der Schnürmieder, welches ich sehr empfehlen kann. Er beschreibt, dass Nieren- und Leberkrankheiten, Kongestionen, Atemnot und Migräne anzeigen, dass man nicht ungestraft Jahre hindurch Lunge und Leber eindrückt«, erklärte Sophie.

»Meinen Sie wirklich, dass man das glauben kann?«, zweifelte Frau von Rosenberg.

»Manche Ärzte wollen sich nur wichtigmachen«, pflichtete ihr Frau von der Sahl sofort bei.

Elsa unterstützte Sophie. »Nur durch eine gesunde Lebensweise und eine Kleidung, die nicht einengt, sondern sich anschmiegt, wird leibliches und damit auch seelisches Wohlbefinden ermöglicht.«

»Junge Frau, mein Wohlbefinden ist ausgezeichnet!« Elsa bekam noch einen giftigen Blick ab. »Und jetzt entschuldigen Sie mich.« Einige andere Damen, die dem Gespräch gespannt gelauscht hatten, rauschten ebenfalls hinaus. Sophie und die Zwillinge zuckten belustigt mit den Achseln, sie waren solche Reaktionen mittlerweile gewohnt.

Elsa sagte zu Emilie: »Die eine Dame greift beim Essen munter zu. Und erhebt sich immer ungefähr nach der Hälfte des Diners. Wenn die man nicht mit einem Brechmittel, volkstümlich auch Kotztropfen genannt, Platz schafft.«

Am Ende des wieder ebenso opulenten wie köstlichen Abendessens erhob sich plötzlich am Nachbartisch Frau von der Sahl so ruckartig, dass ihr Stuhl umfiel. Totenbleich sank sie bewusstlos zusammen. Sofort eilte ihr Gatte von der anderen Seite des Tisches herbei, ebenso der Schiffsarzt. Der winkte zwei Stewards heran und man trug die Ohnmächtige schleunigst in ihre Kabine. Dort befahl der Arzt, sofort das Korsett zu öffnen, welches den Körper widernatürlich einzwängte. Für einige Momente erlangte die blasse Frau das Bewusstsein. »Herr Doktor, ich fühle mich so elend, helfen Sie mir.« »Ich tue mein Bestes, gnädige Frau«, entgegnete dieser, aber er ahnte Böses. Und tatsächlich, es geschah, was er befürchtet hatte: seine Patientin verfiel in heftige Krämpfe. »Hier gibt es keine Hilfe und keine Rettung mehr«, sagte er leise zu dem entsetzten Ehemann, den er beiseite zog. »Das zu feste Schnüren hat die Leber zerschnitten – ihre Gattin ist leider nicht das erste Opfer der Eitelkeit vieler Frauen, die meinen, ungestraft gegen die Gesetze der Natur sündigen zu können.«

Später führte Kapitän Barends in seiner repräsentativen holzvertäfelten Kajüte ein langes Gespräch mit dem Ehemann, dem er seinen besten Cognac kredenzt hatte. »Den Leichnam ihrer Gattin in die Heimat zu überführen, dürfte sich äußerst schwierig gestalten. Es kommt zum Glück selten vor, dass wir das Meer zur letzten Ruhestätte wählen müssen, aber es ist eine würdige Zeremonie, das kann ich Ihnen versprechen. Beraten Sie sich nochmals mit unserem Schiffsarzt Dr. Steffens.«

Der Gatte willigte schließlich in eine Seebestattung ein: »Morgens in aller Herrgottsfrühe. Nur mit dem Geistlichen, ich wünsche kein Aufsehen und keine Kondolenz. Das kann ich nicht ertragen! Und ich werde das Schiff im nächsten Hafen verlassen.«

Kapitän Barends fühlte sich nach diesem Gespräch ziemlich mitgenommen. Aber die zweite Hiobsbotschaft folgte schon kurz darauf. Der 1. Offizier klopfte heftig an der Tür. »Käpt'n, ein Kohlentrimmer ist gestolpert, in den Schiffsraum gefallen und zu Tode gestürzt.«

Barends war umso entsetzter, als es sich bei dem Toten um einen Familienvater handelte, den er persönlich kannte. »Wir werden nach dem Auslaufen von Genua nachts um fünf Uhr die Bestattung der beiden Verstorbenen vornehmen. Informieren Sie Direktor Ballin. Die Todesfälle werden wir nicht ganz geheim halten können. Und bitten Sie den englischen Geistlichen, bei Herrn von der Sahl vorstellig zu werden, damit er Trost spenden kann. Die Mannschaft möge eine Abordnung von drei Matrosen bestimmen, die dem Seemannsbegräbnis in Namen der Besatzung beiwohnen sollen.«

Der 1. Offizier Walter warf dem Kapitän einen besorgten Blick zu: »Aye, aye Sir! Sie sollten noch ein wenig ruhen, bevor der Lotsendampfer kommt. Ich gehe derweil auf die Brücke.«

Sonntag, 31. Januar 1892 – Genua
Ein Zwischenfall beim Ausbooten

In der Frühe glitt das Schiff an der Riviera entlang. Die Alpenkette schimmerte rosig und violett in der Morgensonne. Aber nach Genua zu zeigten sich dicke graue Wolken und bald herrschte unangenehm kühles, regnerisches Schmuddelwetter.

Zu dieser trüben Stimmung passte die Nachricht vom Tod zweier Menschen, die sich wie ein Lauffeuer verbreitete. Sophie war entsetzt, wie prompt der Tod nach dem kurz vorher geführten Gespräch zugeschlagen hatte. »Wie gut, dass ich euch alle zur Reformkleidung bekehrt habe«, erklärte sie.

»Dem stimme ich zu«, betonte Heinrich. »Es gibt leider eine ganze Reihe von Damen hier an Bord, die sehr unvernünftig sind. Von denen kann garantiert nicht eine die Pyramiden besteigen!«

»Zwei Todesfälle hintereinander, hoffentlich kein böses Omen, dass noch ein dritter Mensch in Gefahr für Leib und Leben kommt«, bemerkte Elsa.

Genuas Berge mit Häusern und Kirchen waren von dünnen weißen Nebeln verhüllt, die Badeorte mit ihrem hellen Strand wirkten bei dem Wetter wenig einladend. Von einer Werft leuchtete ein knallrot gemennigter Schiffsrumpf auf dem Slipp herüber.

Für den Besuch von Genua waren nur fünf Stunden vorgesehen, sodass Heinrich lästerte: »Der Grund für diesen unerwarteten Aufenthalt dürfte vor allem den 79 neuen Passagiere geschuldet sein.«

»Mit einem rauen Nordwest und Regenschauern haben die ja keinen freundlichen Start«, meinte Maximilian.

»Immerhin gibt es einen Führer und Dolmetscher für Genua«, lobte Marga, »und wir können zur Post und vom Telegraphenamt Grüße heimwärts schicken.«

»Wir treffen uns in einer Viertelstunde wetterfest verpackt, um einen der kleinen Dampfer zu besteigen, die zwischen Schiff und Land pendeln«, bestimmte Maximilian. Elsa hatte einen Brief an Cord verfasst und hoffte darauf, in Konstantinopel endlich Post von ihm zu erhalten.

Der Umstieg auf die Pendeldampfer gestaltete sich in Folge des Seegangs nicht einfach. Zwar standen sowohl am Ausgang der ›Augusta Victoria‹ als auch auf dem Dampfer zwei kräftige Matrosen, um den jeweiligen Passagier zu stützen, aber es galt, den richtigen Moment abzupassen. Der Steuermann des Dampfers hatte seine Probleme, nicht abzutreiben. Heinrich gelang der Sprung als Erstem, alle anderen folgten. Die zögerliche Edelgarde bildete das Schlusslicht. Zu ihrem Entsetzen sah Elsa, wie diese strauchelte. Es schien, dass sie ins Schiff zurücktaumelte, da sie an etwas hängengeblieben war. Dann stürzte sie schnell Richtung des schaukelnden Pendeldampfers, und nur dem beherzten Zugreifen der beiden Matrosen dort war es zu verdanken, dass sie nicht zwischen die Schiffe geriet, was mindestens zu üblen Quetschungen geführt hätte. Lediglich ein Stück Rocksaum hatte Edelgarde eingebüßt, sonst war ihr nichts passiert. Erschrocken setzte sie sich neben Emilie, während die übrigen Passagiere nun ohne Zwischenfälle folgten. Alles war so schnell gegangen, dass nicht nur Edelgarde, sondern auch die anderen Fahrgäste im Gegensatz zu den blassen Matrosen die Gefahr für Leib und Leben nicht realisiert hatten. Elsa hingegen hatte das Ganze genau beobachtet und war entsetzt. Es kam ihr so vor, als habe jemand Edelgarde kräftig auf den Rocksaum getreten – ob das ein Missgeschick gewesen war oder gar Absicht? Sie hatte in dem recht undisziplinierten Gedränge den Rittergutsbesitzer von Krause und die Polen wahrgenommen. Aber wer sollte Edelgarde etwas antun wollen und warum? Elsa schalt sich selbst als überreizt, nahm sich jedoch vor, Edelgarde im Auge zu behalten.

Die Überfahrt dauerte eine Viertelstunde, dann gingen sie in Genua an Land. Die von Elßtorffs suchten zuerst die Post auf, die ebenso wie einige Geschäfte für die Passagiere geöffnet hatte. Elsa musste einige Briefmarken kaufen, um den Brief nach Amerika zu frankieren.

Sie ließen sich zum großartigen Campo Santo mit seinen beeindruckenden Grabmälern fahren. Danach erledigten vor allem die Damen allerlei kleine Einkäufe in den malerischen engen Gassen der Stadt. Eine Droschke brachte sie schließlich zum Hafen zurück. Dort sahen sie, dass die Breitseite der ›Augusta Victoria‹ mit Kohlenhulks und Proviantschiffen blockiert war. Ganze ausgeschlachtete Schweine, Rinderviertel und anderes Fleisch verschwanden im Bauch des Dampfers. Elsa verspürte bei dem Anblick eine leichte Übelkeit und war froh, dass es dieses Mal beim Pendeln zum Schiff keine Probleme gab und Edelgarde sicher wieder auf die ›Augusta Victoria‹ gelangte. Dort herrschte auf Deck ein ziemliches Gewühl, die Stewards waren eilig dabei, zahlreiche Gepäckstücke der neuen Gäste in die Unterkünfte zu schaffen.

Auch Post war wieder auf die Kabinen verteilt worden. Für Elsa lag ein kleiner Brief von Bertha dabei.

Liebe Elsa, ich vermisse Dich! Und Marie vermisst Perrita! Ab und zu kommt Miene vorbei, die bereits sehr rundlich ist. Sie hat mir einige Kniffe beim Kochen beigebracht. Wenn Ihr zurück seid, kann mich kaum noch ein Essenswunsch der gnädigen Frau schrecken. Wir sind nicht untätig, sondern räumen und putzen sowohl im Souterrain als auch in der Belle Etage. Schon erstaunlich, was sich doch hier und da an Staub eingenistet hat. Wenn Ihr wiederkommt, wird es überall blitzen und blinken. Hab eine schöne Zeit und grüße Marga und Emilie von mir.
Alles Gute wünscht Dir Bertha
P.S.: Über Cord habe ich nichts weiter gehört.

Beim Diner stach der Doppelschraubendampfer fast unmerklich in See und nahm Fahrt auf zum Sonnenland der Pharaonen. Die Seebestattungen fanden in den frühen Morgenstunden mit einer würdigen Zeremonie statt.

Montag, 1. Februar 1892 – auf See
Diebe an Bord?

Weit entfernt vom Land durchschnitt die ›Augusta Victoria‹ eine weiche, sonnenbeschienene See. Die meisten Passagiere genossen den ruhigen Tag lesend, dösend oder ins Kielwasser schauend. Herrenrunden amüsierten sich bei Skat und Poker, wobei teils um sehr hohe Einsätze gespielt wurde. Eifrig dabei waren einige Hamburger, allen voran das ›doppelte Mäxchen‹, der Rittergutsbesitzer von Krause, sowie die Herren Opalinski, deren Nichte Lene ab und zu kiebitzte. Es hieß, die Polen hätten viel Glück im Spiel.

Kapitän Barends jedoch konnte sich an der Idylle seiner zufriedenen Passagiere nicht lange erfreuen – und dies galt ebenso für Direktor Ballin. Denn sie wurden von Major Freiherrn von Rosenberg und seiner Gemahlin um ein dringendes Gespräch gebeten. Man traf sich in der Kajüte des Kapitäns, für deren repräsentative Ausstattung die aufgeregten Passagiere jedoch nicht den geringsten Blick hatten. Barends und Ballin nahmen auf der Sitzbank hinter einem großen ovalen Tisch Platz, der auch ausreichend Fläche zum Ausbreiten von Seekarten bot. Der Freiherr und seine Frau setzen sich gegenüber auf olivgrüne Chesterfield-Stühle.

Die Freifrau von Rosenberg platzte mit hochroten Wangen heraus: »Mein Schmuck! Fort! Unauffindbar! Gestohlen!«

Ihr Gatte fügte kaum ruhiger hinzu: »Die kostbarsten Juwelen, die sie zum Ball getragen hat, befinden sich nicht mehr am gewohnten Ort.«

Ballin räusperte sich. »Ich erinnere mich, dass einige Damen diese Preziosen besonders bewundert haben. Aber was heißt gewohnter Ort? Befand sich der Schmuck etwa in der Kabine? Und nicht zur Aufbewahrung beim Zahlmeister?«

»Ich habe meine Geschmeide stets bei mir und nie ist etwas passiert, da ich alles an unterschiedlichen Orten gut verstecke. Der Rubinschmuck ist ebenfalls verschwunden. Nur ganz wenige Schmuckstücke sind noch da.«

»Wann haben Sie die Stücke zum letzten Mal gesehen?«

»Nun, als ich sie nach dem Ball abgelegt habe. Und heute Morgen waren sie weg!«

»Gestern in Genua war ziemlich viel Gewirbel auf dem Schiff«, meinte der Kapitän nachdenklich.

Ballin räusperte sich erneut. »Wie hoch würden Sie in etwa den Wert des Schmuckes beziffern, Herr Major?«

»Da könnte man weitere Reisen mit der ›Augusta Victoria‹ von machen, mindestens 6.000 Goldmark, niedrig geschätzt.«

»Wenn man denn nach diesem Erlebnis solche Fahrten überhaupt noch wollte«, keifte seine Gattin.

»Wir werden in aller Diskretion Nachforschungen anstellen«, entgegnete Ballin mit unbewegter Miene.

Barends hingegen war erblasst. »Ich würde keinesfalls in Alexandria die Polizei verständigen, es sei denn, Sie bestehen darauf. Weder den Türken noch der englischen Schutzmacht ist zuzutrauen, dass sie etwas herausfinden, dafür würden sie aber einen riesigen Wirbel veranstalten. Damit ist niemandem gedient.«

»Wenn der Schmuck verschwunden bleibt, kann ich versuchen, einen Teil des Wertes über Versicherungen zu erstatten«, sagte Ballin. »Aber da die Wertgegenstände nicht beim Zahlmeister deponiert waren, wie es in Nummer 10 unserer Bestimmungen angezeigt ist, dürfte das bedauerlicherweise schwierig werden.«

»Während die meisten Gäste in Ägypten unterwegs sind, könnten wir uns unauffällig in den Kabinen umschauen«, schlug der Kapitän vor. »Bis dahin wäre es nützlich, wenn Sie Diskretion walten lassen. Außerdem brauchen wir eine Beschreibung aller verschwundenen Schmuckstücke, damit wir wissen, wonach wir suchen sollen. Womöglich bewahren noch mehr Damen wertvolle Stücke in ihren Kabinen auf.«

»Wir werden morgen in der Bordzeitung nochmals darauf hinweisen, dass Schmuck beim Zahlmeister zu deponieren ist und davor warnen, Hochwertiges auf die Landausflüge mitzunehmen«, ergänzte Ballin.

Der Freiherr, obwohl erbost, erkannte, dass er nicht allzu gute Karten hatte.

Nachdem noch einige Punkte erörtert worden waren, verließen die von Rosenbergs die Kapitänskabine. »Eines sage ich dir, holde Gattin, ein Verlust von 6000 Goldmark ist kein Pappenstiel! Die meisten Schmuckstücke sind kaum zu ersetzen. Jetzt wandern erstens alle Teile, die noch vorhanden sind, stante pede zum Zahlmeister. Zweitens wirst du nie wieder kostbaren Schmuck mit auf Reisen nehmen, es sei denn, er wird in einem Safe aufbewahrt.«

»Wer vermutet schon Juwelendiebe an Bord eines Luxusschiffes!«, rief seine Frau völlig außer sich.

Das fragte sich auch vollkommen entsetzt Elsa, die gerade promenierte, aber nicht bemerkt wurde, da sie durch ein Rettungsboot verdeckt wurde. Wie gut, dass Sophie keine hochwertigen Schmuckstücke mitgenommen hat, dachte sie. Indessen fuhr der Freiherr seine Frau an: »Sei gefälligst leise. Sonst kannst du es gleich in die Bordzeitung setzen.« Elsa ging rasch weiter, sie war zutiefst beunruhigt. 6000 Goldmark waren ein ziemliches Vermögen! Gab es Diebe unter den Passagieren? Wem war das zuzutrauen? Wie konnte man sich da sicher fühlen? Ob sie mit den anderen darüber reden sollte?

Für den Kapitän und den Direktor war es nicht die letzte unangenehme Überraschung dieses Tages. Herr von der Sahl bat dringend um eine Unterredung unter sechs Augen. Wieder traf man sich in der Kajüte des Kapitäns. Der Witwer räusperte sich umständlich und fasste sich an den Hals, ihm schien der Kragen zu eng zu sein. »Meine Herren, ich bedanke mich für die würdige Zeremonie. Auch der englische Father hat dazu beigetragen.«

Barends neigte zustimmend den Kopf.

»Ich habe angefangen, die persönlichen Sachen meiner Frau durchzusehen, da ich in Alexandria von Bord gehen will. Dabei habe ich eine äußerst unangenehme Entdeckung gemacht: Das komplette Schmuckkästchen meiner Gattin ist unauffindbar.« Der sonst so beherrschte Ballin gab einen entsetzten Laut von sich und wechselte einen schnellen Blick mit dem Kapitän. Der fragte: »Wann haben Sie die Kassette zuletzt gesehen?«

»Als ich den Schmuck, den meine Gattin bei ihrem Tod getragen hat, dort hineingelegt habe.«

»Also vor unserer Ankunft in Genua!«

Die nun folgende Unterhaltung glich der mit dem Ehepaar von Rosenberg. Ballin bat um eine Beschreibung der Schmuckstücke und verabschiedete den Witwer unter vielen bedauernden Worten.

Dann meinte Ballin: »Das nenne ich eine fette Beute. Dieses Mal wird der Wert mit circa 4.000 Goldmark angegeben, das macht zusammen mal eben 10.000 Goldmark.«

»Unter uns – was für ein Leichtsinn, so teuren Schmuck mit auf Reisen zu nehmen«, brummte der Kapitän.

»Prestige, mein Lieber, man will zeigen, was man hat und sich dadurch hervortun. Zum Glück machen das nicht alle mit. Viele der Damen sind mit Schmuck zurückhaltend und dezent, zum Beispiel die in der sympathischen Gruppe um die Familie von Elßtorff.«

»Wir weihen den Zahlmeister ein und den 1. Offizier. Mit der Beschreibung der Schmuckstücke werden wir in Alexandria heimlich alle Kabinen durchsuchen. Und wir verfassen eine Empfehlung für die Bordzeitung. Falls die Diebe an Bord sind, mag sie das möglicherweise warnen, aber das sind wir unseren Passagieren schuldig.«

»Wir werden das Ganze vorsichtig formulieren«, beschloss Ballin vorläufig das Thema.

Kurz darauf berichtete er seiner Frau bestürzt von den Diebstählen.

»Es ist jetzt schon katastrophal – ich wage nicht, mir vorzustellen, was passiert, wenn das so weitergeht. Immerhin wird eine dringende Empfehlung in unserer Bordzeitung stehen, Schmuck zum Zahlmeister zu geben.«

»Das ist gut. Falls du möchtest, kann ich heute beim Diner noch einige entsprechende Anmerkungen machen.«

»Eine ausgezeichnete Idee, du hast für schwierige Themen immer ein feines Taktgefühl.«

»Ich werde mit gutem Beispiel vorangehen.«

Und so geschah es.

Marianne Ballin erschien fast ohne Schmuck, was nicht unbemerkt blieb. Darauf angesprochen, sagte sie: »Ich habe die wenigen wertvollen Stücke, die ich überhaupt mitgenommen habe, heute beim Zahlmeister eingesiegelt verschließen lassen. Kostbares bei Landgängen zu tragen heißt sowieso, das Schicksal herauszufordern oder gar einen Überfall zu riskieren. Und wenn wir auf Exkursionen an Land sind, passen zwar unsere Leute von der Mannschaft auf wie die Luchse, aber sie können ihre Augen nicht überall haben. Und in der Kabine ist teurer Schmuck nicht vollständig versichert.«

Einige Damen tauschten Blicke aus. Elsa, die gerade vorbeiging, dachte sich ihren Teil, verzog jedoch keine Miene, während sie ihrem Tisch zustrebte.

»Aber so ganz ohne meinen Schmuck fühle ich mich quasi unvollständig«, bemerkte eine der Damen, »um nicht zu sagen nackt«, setzte sie leise hinzu. Was bei den Frauen in ihrer Nachbarschaft ein verständnisvolles Lächeln hervorrief.

»Das ist sicherlich Gewohnheit, aber unter uns sind wir ja geradezu eine Reisefamilie geworden, da brauchen wir eigentlich nicht mehr mit Schmuck zu glänzen. Das haben wir nicht nötig.« Albert Ballin warf seiner Frau einen bewundernden Blick zu.

Einige Damen nickten gedankenversunken.

»Und viel schlimmer träfe es uns, wenn tatsächlich etwas abhandenkommt«, fügte Frau Ballin nachdrücklich hinzu.

»Das ist wohl wahr«, meinte Sina de Hodos nachdenklich. »Wir behalten am besten nur ein Minimum bei uns und bringen alles andere zum Zahlmeister. Wenn ich es recht bedenke, bringt wertvoller Schmuck auf Reisen eh nur Verdruss, dauernd bin ich dabei, etwas zu suchen.«

Ihre Nichte Mary nickte: »Wir bekommen unterwegs doch allen möglichen netten Tand angeboten. Gerade in Ägypten kann man da gewiss fündig werden, wenn man das Ganze mit gutem Geschmack angeht. Ich werde was Hübsches aussuchen, an Bord tragen und habe zum Ende der Reise gleich kleine Geschenke fürs Personal. Damit erübrigt sich das lästige Besorgen von Mitbringseln, was die Domestiken doch irgendwie erwarten. Und man muss das mitspielen, um sie an sich zu binden«, sie seufzte, »sonst droht ein dauernder Wechsel der Hausangestellten, was einfach enervierend ist.«

Victor Rehnhoff gefielen diese Ausführungen zum Thema Dienerschaft wenig. Diese junge Dame ist ein ziemlich verwöhntes und hochnäsiges Wesen, fand er nicht zum ersten Mal. Da war doch Elsa wohltuend anders.

»Eine ebenso bezaubernde wie praktische Idee«, lobte Marianne Ballin indessen und viele der Frauen am Tisch schlossen sich dem an.

Albert Ballin hob sein Glas. »Ein Hoch auf unsere klugen Damen«, sagte er erleichtert. Die Gefahr ist gewiss nicht gebannt, überlegte er, aber das Risiko verringert.

Passend zu den dramatischen Ereignissen endete der Tag. Während des Bierkonzerts ertönte der Ruf von der Kommandobrücke:

»Der Stromboli kommt in Sicht!« Wie die meisten Passagiere eilte auch die Elßtorffsche Gruppe hinaus. Nach und nach, so wie sich die Augen an die finstere Nacht gewöhnten, schälte sich weit draußen eine dunkle Bergmasse heraus. Maximilian deutete in die Richtung und äußerte launig: »Dieser Berg dient seit Jahrtausenden den Seeleuten als Gratisleuchtturm.«
Und in der Tat, während sie näher herankamen, spie der Vulkan ungefähr alle Viertelstunde Feuer und Flammen. Elsa und Emilie standen Hand in Hand an der Reling und genossen das Schauspiel. Als störend empfanden sie jedoch, dass viele der männlichen Passagiere jeden Ausbruch mit Hurra-Gebrüll bedachten.
Nachts durchquerte die ›Augusta Victoria‹ die Straße von Messina.

Dienstag, 2. Februar 1892 – auf See
Alles nur Zufall?

Morgens waren die schneebedeckten Berge Süditaliens zu sehen, die Elsa, Emilie und Heinrich bei ihrem frühen Rundgang an Deck mit Perrita bewunderten. »Bald werden wir bis Ägypten nichts Anderes mehr erblicken als Wasser«, bemerkte Heinrich.

Nach dem wie stets üppigen Frühstück hatte sich die von Elßtorffsche Gruppe, da es recht windig war, in einem der Salons versammelt. Sophie las aus der Bordzeitung vor:
»Ausflug Alexandrien – Kairo
Die Reisenden, die unter Führung von Thomas Cook & Son nach Kairo usw. gehen, tuen am besten, so wenig Gepäck wie möglich mitzunehmen. Wir empfehlen dringend, für Landausflüge keinerlei Wertgegenstände wie Schmuck, goldene Uhren und Ähnliches mitzuführen. An Bord sind Wertsachen, auch aus versicherungstechnischen Gründen, am besten im Safe des Zahlmeisters aufgehoben.«

Elsa vergewisserte sich, dass sie allein waren und platzte dann mit ihrer Neuigkeit heraus: »Stellt euch vor, unserer Freifrau von Rosenberg ist fast ihr gesamter Schmuck gestohlen worden. Ist das nicht schrecklich?« Edelgarde stieß einen spitzen Entsetzensschrei aus. »Etwa auch diese unglaublichen Teile, die sie zum Ball getragen hat? Samt Diadem?«
»Wahrscheinlich«, entgegnete Elsa.

»Fräulein Holmes, woher wissen Sie das schon wieder?«, fragte Emilie.
»Ich habe es zufällig gehört, als das Ehepaar von Rosenberg aus der Kapitänskabine kam, wo sie vermutlich Meldung gemacht haben.«
»So etwas scheint dich magisch anzuziehen, Elsa, wird das ein neuer Fall für dich?«, zog Heinrich seine Ziehschwester auf.
»Gewiss nicht«, erwiderte diese. »Wir wissen ja auch gar nicht, ob der Dieb oder die Diebe zu den Passagieren gehören. Vielleicht sind sie in Genua unbemerkt an Bord gegangen. Aber es kann nicht schaden, auf unsere wenigen Wertsachen zu achten und ansonsten wachsam zu sein. Im Übrigen gedenke ich die zwei bevorstehenden See-Tage mit Skizzen für das Interieur von Schiffen zu verbringen.«
»Gute Idee«, meinte Wilhelm Jacob. »Dürfen Sophie und ich ab und zu mal draufgucken?«
»Gerne doch, ihr habt bestimmt auch Anregungen«, entgegnete Elsa vergnügt. Sie suchte sich einen windgeschützten Tisch und machte sich ans Werk. Die Inneneinrichtung von Schiffen könnte immerhin ein völlig neuer und interessanter Geschäftszweig für die Möbelfabrik werden.

Vor dem Diner hatte sich eine fröhliche Runde auf dem Promenadendeck zusammengefunden und man amüsierte sich mit Ratespielen. Elsa hatte ihr Skizzenbuch beiseitegelegt und sich dem Stuhlkreis angeschlossen. Man genoss nicht nur den Sonnenschein, sondern auch einen neu kreierten Cocktail, ›Alexandriner‹ genannt, den die Stewards auf Kosten der Reederei zu ihnen herausgebracht hatten. »Mit herzlicher Empfehlung von Direktor Ballin«, grüßte der I. Obersteward Steffens in die Runde. »Wer die Ingredienzien genau errät, gewinnt eine Flasche besten Rotspons!« Bravorufe erschallten prompt.

Aufgrund der ungewöhnlichen Sitzordnung mussten einige Gläser in die erste Stuhlreihe durchgereicht werden. Während alle eifrig probierten, stellte Edelgarde ihr Glas bedauernd zur Seite. Cocktails bekamen ihr überhaupt nicht, sie verursachten ihr eine schlimme Migräne. Eine allgemeine Raterei begann, was wohl in dem Cocktail sei, und die Zeit bis zum Diner verstrich unter fröhlichem Geplauder wie im Fluge.

Um halb sechs klopfte es heftig an Margas Kabinentür, doch bevor sie reagieren konnte, wurde die Tür aufgerissen und Fiete stürzte herein.

»Junge, du bist ja ganz grün im Gesicht!« Sie ging näher an ihn heran. »Und du riechst nach Alkohol! Du hast mir doch versprochen, nichts mehr zu trinken, du ungehorsamer Kerl!«

»Wollte nur einmal probieren, wie der neue Cocktail, der ›Alexandriner‹, schmeckt, den kannte ich noch nicht! Ein Glas kam voll zurück. Und nun ist mir so hundeelend – dabei habe ich wirklich nur zwei kleine Schlucke genommen, nicht mehr.« Er wankte und stammelte dann: »Vielleicht war irgendetwas verdorben. So übel kann mir nicht von dem Bisschen sein.«

Margas Gedanken überschlugen sich. Der Junge saß inzwischen leichenblass auf ihrem Bett und schien einer Ohnmacht nahe. Das waren Symptome wie bei einer Vergiftung! Egal, was die Ursache war, das Zeug musste aus seinem Körper. Sie beschloss kurzerhand, ihm ein Brechmittel zu verabreichen, das sie bei Verdacht auf eine Lebensmittelvergiftung einsetzte. Schnell ließ sie Fiete die Tropfen einnehmen und hielt die Waschschüssel bereit, in die er sich prompt in hohem Bogen übergab. Eine Viertelstunde später war sein Magen offenbar leer und es kehrte ein wenig Farbe in sein Gesicht zurück. Vorsichtig flößte ihm Marga warmes Wasser mit Olivenöl ein.

»Bei welcher Gelegenheit hast du das volle Glas abgeräumt?«

»Nachdem die Runde auf Deck sich auflöste, um sich auf das Diner vorzubereiten. Es könnte sein, dass die Gräfin von Potocki es stehen ließ.«

»Und wer war alles in ihrer Nähe?«

Fiete musste nicht lange überlegen: »Ihre Zwillinge waren dabei und die von Elßtorffs. Außerdem der Rittergutsbesitzer von Krause, das doppelte Mäxchen aus Hamburg und diese Polen, der Opalinski mit seinem Sohn.«

Marga beschloss, Elsa zu befragen. Auf die Beobachtungen von Miss Holmes war meist Verlass! Sie gab dem Jungen noch ein Glas Wermutwein.

»Geh' sofort zu deiner Koje und leg' dich ein wenig hin. Ich entschuldige dich beim Obersteward!«

Jetzt hatte Marga es eilig, den Burschen loszuwerden. Gleichzeitig überlegte sie, ob ein ziemlich geschmacksneutrales Gift in dem Getränk gewesen sein müsste. Wobei in einem Cocktail ein bitterer Beigeschmack weniger auffallen würde als in einem Glas Wein. Darüber wollte sie noch in Ruhe nachdenken. Fiete hatte auch über leichte Sehstörungen und Atembeschwerden geklagt. Hoffentlich würde nichts zurückbleiben. Nach dem Diner würde sie sich vergewissern, wie es ihm ging. Notfalls musste der Schiffsarzt hinzugezogen werden.

Sie wollte unbedingt die Augenzeugen des Geschehens befragen, ob ihnen etwas aufgefallen war. Vor allem: Wem hatte dieser feige Anschlag gegolten? Marga klopfte an der Tür des kleinen privaten Salons der von Elßtorffs und fand dort zu ihrer Erleichterung Elsa vor, die bereits zum Diner umgezogen war.

»Wer saß bei Edelgarde in der Nähe bei der Cocktailrunde? Ich erkläre dir gleich, worum es geht.«

Konsterniert sah Elsa sie an. »Du bist ja völlig aufgelöst! Lass' mich überlegen. Edelgarde saß vorne, rechts und links von ihr die Hamburger ›Mäxchen‹, hinter ihr Sophie und Maximilian und ganz hinten saßen die Polen und reichten die Gläser mit in die vorderen Reihen.«

Marga sank auf einen Sessel.

»Was ist passiert?«

»Fiete, der Schlingel, hat, obwohl er mir versprach, es nicht mehr zu tun, mal wieder beim Abräumen probiert. Und zwar aus einem noch gänzlich vollen Glas. Er hat nur genippt, dennoch war ihm so übel, dass ich ernsthaft überlege, ob da Gift im Spiel war. Ich wage nicht mir vorzustellen, was passiert wäre, wenn jemand das komplette Glas ausgetrunken hätte.«

»So, so, ein unberührtes Glas. Vielleicht von Edelgarde, denn die kann Cocktails nicht mehr vertragen, aber das weiß nur ihr engster Kreis.« Sie stutzte. »Kürzlich in Genua wäre sie fast zwischen Schiff und Tenderboot gequetscht worden, da scheint ihr jemand fest auf den Rocksaum getreten zu haben.« Bestürzt sahen sich die beiden Frauen an.

»Ein merkwürdiger Zufall mag wohl noch angehen, aber gleich zwei?«, dachte Elsa laut.

»Wer sollte ausgerechnet Edelgarde etwas antun wollen?«

»Keine Ahnung. Wir müssen sie dringend warnen, ohne unseren Verdacht zu äußern. Es ist unbedingt notwendig, dass sie ab sofort ihre Brille trägt. Und wir werden sie wachsam im Auge behalten. Aber jetzt solltest du dich schleunigst umziehen, du weißt, wie Maximilian Unpünktlichkeit hasst.«

Nach dem Essen eilte Marga zu Fiete und stellte beruhigt fest, dass es dem Jungen schon wieder besser ging. Eindringlich ermahnte sie ihn: »Lass endlich das Probieren von alkoholischen Getränken sein. Offenbar bekommt dir das nicht – wahrscheinlich hast du eine Unverträglichkeit!« Sie hoffte, ihn dadurch vom Kosten der Alkoholika abzubringen und auch möglichen Spekulationen über die Ursachen seiner Übelkeit vorzubeugen.

Indessen saß Elsa gedankenversunken mit einem Tee auf dem Promenadendeck. Sie wusste mittlerweile aus Erfahrung, dass sie an Menschen andere Dinge wahrnahm als die meisten Männer, was auch auf Cord zu traf, mit dem sie einige detektivische Abenteuer bestanden hatte. Dies galt nicht nur für alltägliche Situationen, wo sich beispielsweise Frauen anhand von Kleidung, Schmuck und Ausdrucksweise ein erstes Bild von einer Geschlechtsgenossin machten. So hatte sie die Verlobte von Victor recht schnell als oberflächliches Wesen ohne den geringsten Tiefgang eingeschätzt, ein typisches Produkt einer vordergründigen Dressur, deren Ziel es war, vorteilhaft verheiratet zu werden. Marga hatte das etwas drastischer ausgedrückt, indem sie sie als eingebildete dumme Pute bezeichnet hatte, was Elsa nicht ohne eine gewisse Genugtuung zur Kenntnis nahm.

Mit Lene hingegen stimmte irgendetwas nicht. In Gesellschaft mit anderen Frauen war sie äußerst einsilbig und schien ungeübt in seichter weiblicher Konversation, die sich gern um Mode, Romane und Probleme mit Dienstboten bewegte. Trotzdem hatte sie etwas an sich, was Männeraugen wohlgefällig auf ihr ruhen ließen. Auch Marga war schwer zuzuordnen, irritierte dann und wann, trotz aller Zurückhaltung. Für eine Gesellschafterin war sie in praktischen Fragen wie in medizinischen Kenntnissen zu bewandert.

Elsa konstatierte, dass ihre Gedanken abgeschweift waren, und rief sich zur Ordnung. Sie wollte ja versuchen, die feigen Anschläge auf Edelgarde zu klären. Gewisse Feinheiten nahmen Männer einfach nicht wahr. Frauen hatten auf vieles einen unterschiedlichen Blick, das war ihr bei dem mysteriösen Mordanschlag im Königlichen Schauspielhaus klargeworden, bei dem der Kriminalinspector auf andere Details geachtet hatte als sie. Unter den Passagieren konnte sie ganz unverdächtig nachforschen und man würde sich ohne Arg mit ihr unterhalten. Wie gern würde sie jetzt gemeinsam mit Cord die Fakten analysieren!

Sie seufzte, drückte das silberne Herz an ihrem Hals und überlegte dann, wer ihr bisher bei den fraglichen Vorfällen in Edelgardes Nähe aufgefallen war. Die englische Lady mit dem Butler und dem Mops waren wohl kaum verdächtig, ebenso wenig der aufmerksame Herr Weth, der gewiss ebenfalls einzelne Charaktere studierte. Könnte der hilfreich sein? Sollte sie ihn mal unauffällig in ein Gespräch verwickeln und hören, wie er andere Passagiere einschätzte, zum Beispiel das doppelte Mäxchen aus Hamburg und den Rittergutsbesitzer von Krause? Letzterer schien Edelgarde den Hof zu machen, was Sophie bereits mit Genugtuung angemerkt hatte. Vom Niveau würden sie gut zueinander passen, befand Elsa mit einem ironischen Lächeln, denn eigentlich sind sie beide Kulturbanausen. Waren nicht diese drei Skatverrückten mit den ebenfalls den Karten verfallenen Polen immer in Edelgardes Nähe gewesen? Die Polen waren inzwischen bekannt dafür, dass sie gern um hohe Summen spielten. Dabei waren die Mienen der beiden Männer häufig regelrecht maskenhaft. Wobei Lene auffällig oft an den Spieltischen vorbeiging. Ob sie etwa Zeichen gab? Betrogen die Polen gar beim Karten spielen?

Elsa rief sich selber zur Ordnung. Womöglich geht meine Phantasie mit mir durch, weil mir missfällt, dass die beiden sich im beständigen, dabei penetranten Flirtverhalten befinden. Sie tragen mir auch die Schmeicheleien zu dick auf und sind nicht sonderlich geistreich, aber es gefällt vielen Damen hier durchaus. Und der Vater scheint einiges von Schmuck zu verstehen oder zumindest baut er gedrechselte Komplimente darüber ein.

Zufällig hatte sie eine Konversation mitbekommen, die er mit Sina de Hodos geführt hatte. »Diese Perlen betonen Ihren ebenmäßigen Teint besonders vorteilhaft, gnädige Frau. Stammen sie aus der Südsee?«

»Ja, Sie scheinen ein Kenner zu sein!«

»Edle Schmuckstücke, vor allem Diamanten, unterstreichen die Ausstrahlung einer edlen Erscheinung. Und genauso wichtig ist es, Schmuck passend zusammenzustellen und zu tragen. Manche Damen wirken doch wie ein wandelnder Tannenbaum. Dabei ist die einfache Regel: nicht mehr als maximal sieben Teile!«

»Wieso sieben?«

»Uhr, Armband, zwei Ringe, Ohrringe, Kette, Brosche, eventuell ein Haar Reif oder je nach Anlass ein Diadem!« Die Baronin nickte verstehend.

»Es gilt auch darauf zu achten, wer eine schöne Ring-Hand hat. Nicht jeder Ring passt auf jede Hand. Voluminöse Brillantringe auf Wurstfingern wirken einfach nur degoutant! Ich will ja hier keine Namen nennen …«

»Lieber Opalinski, ich weiß schon, wen Sie meinen. Fehlt nur noch, dass der Mops ein mit Brillanten besetztes Halsband trägt!«

Mit einem Ruck richtete sich Elsa nach dieser Erinnerung auf. Plötzlich konkretisierte sich ein Verdacht, der offenbar schon länger im Hintergrund ihrer Gedanken gelauert hatte – waren diese Polen etwa in die Schmuckdiebstähle verwickelt?

Mittwoch, 3. Februar 1892 – weiterhin auf See
Bordleben

Es hatte sich etwas abgekühlt, von Kreta waren nur schemenhafte Konturen zu sehen. Viele Passagiere schrieben eifrig, im vollen Rauchsalon musste der Steward dauernd Schreibmaterial heranschaffen. Im Musiksalon verfasste Elsa einige Zeilen an Cord, allerdings ohne ihm mitzuteilen, was sie am meisten bewegte. Sie wollte an eine harmlose Blutstockung glauben, aber daran zweifelte sie immer mehr. Mit von den besten Marinemalern entworfenen Postkarten von der ›Augusta Victoria‹ bedachte sie Roberta und ihre Freundin Isidora, von der sie wusste, wie gerne diese eine solche Reise unternommen hätte, um darüber zu berichten. Das taten inzwischen durchaus auch einige Damen, wobei als offizielle Reiseberichterstatter nur Herren von der schreibenden Zunft auf dem Schiff anzutreffen waren.

Am Abend gab es wieder ein opulentes Diner, bei dem in Anbetracht dessen, dass man bald erstmals afrikanischen Boden betreten würde, viele Toasts ausgebracht wurden. Auch Wilhelm Jacob beteiligte sich: »Während wir diese eindrucksvolle Vergnügungsreise genießen, sollten wir uns kurz daran erinnern, welche Fortschritte die Seefahrt in den letzten Jahrzehnten gemacht hat. Die beschwerliche Reise nach Amerika zum Beispiel, die so viele unserer bedauernswerten Landsleute von Not getrieben auf sich nahmen, dauerte Wochen, die sie unter Deck zusammengepfercht überstehen mussten. Einige überlebten die Überfahrt nicht.«

Er bemerkte, dass Ballin ihn etwas verkniffen anstarrte und verfluchte seine vorschnelle Rede. Schließlich hatte die HAPAG mit dem Transport der Auswanderer ein horrendes Geld verdient. Es galt schnell die Kurve zu kriegen.

»Heute wird das gelobte Land nicht zuletzt durch den Einsatz unseres verehrten Direktors wesentlich komfortabler erreicht. Durch die HAPAG dürfen wir hier den Luxus einer Vergnügungsfahrt erleben, noch dazu in Gesellschaft so vieler entzückender Damen. Also lassen wir die HAPAG hochleben.«

Nachdem die Hochrufe verklungen waren, fuhr er fort: »Und nun ein Toast auf die holde Weiblichkeit, der von Cäsar Flaischlen stammt:

Wer nicht liebt Wein, Weib, Gesang,
der spart viel Geld sein Leben lang,
spart manchen Katzenjammer und
bleibt fröhlich stets, frisch und gesund.
Doch ob's zu leben sich so lohn',
bezweifelte Dr. Luther schon.«

Alle am vom Elßtorffschen Tisch prosteten sich vergnügt zu. »Auf Ägypten!«, rief Heinrich.
»Auf die Wilden!«, tönte Edelgarde.
Der reiseerprobte Weth teilte mit: »Sie werden sehen, diese Naturmenschen ähneln sich wie eine Kaffeebohne der anderen. Und ich warne Sie alle vor: Morgen beginnt der ewige Kampf um das Bakschisch, das Trinkgeld, welches vehement und mit großem Geschrei von Urmenschen jeden Alters und jeder Hautfarbe eingefordert wird. Es gilt daher, sich reichlich mit kleinen Münzen zu versehen. Das wird so bleiben, bis wir Stambul wieder verlassen haben.« Elsa und Emilie tauschten einen raschen indignierten Blick. In der Einschätzung anderer Völker waren Herr Weth und Edelgarde sich offenbar einig. Und mit Kleingeld hatten sie sich bereits eingedeckt.

Nach dem Diner führten die Zwillinge Perrita Gassi und trafen Fiete, der sich während der Landausflüge mit Bewilligung des I. Stewards um den Hund kümmern sollte. »Pass bloß gut auf sie auf!«, ermahnte Emilie Fiete.

»Keine Sorge, ich werde sie hüten wie die Kronjuwelen!«, entgegnete der forsch, woraufhin die Schwestern sofort an den gestohlenen Schmuck denken mussten. »Außerdem ist Perrita der Liebling vieler Passagiere und der Mannschaft. Ganz im Gegensatz zu diesem doofen Mops, dieser Schnarchnase, der ist genauso hochnäsig wie sein Frauchen, diese englische Lady.«

»Also abgemacht, Fiete, dann übernimmst du morgen früh. Wir bringen dir auch ein schönes Andenken mit.«

»Au ja, da bin ich gespannt.«

Vielleicht kann ich Perrita ein paar Kunststücke beibringen, überlegte Fiete, schlau genug dafür ist sie allemal.

Wie stets gingen die Schwestern mit dem Hund einige Runden über das Promenadendeck. Perrita zeigte ausgeprägte Vorlieben und Abneigungen, was besonders Elsa immer wieder faszinierte. Sie verglich Perritas Reaktionen auf einzelne Passagiere mit ihren eigenen Eindrücken. Gegenüber dem Rittergutsbesitzer von Krause, den skatverrückten ›doppelten Mäxchen‹, Victor Rehnhoff und den Polen beispielsweise verhielt sie sich ablehnend, knurrte und zeigte mit gesträubten Nackenhaaren die Zähne, sofern jemand Anstalten machte, sie zu streicheln. Wenn sie hingegen jemanden mochte, ließ sie sich schwanzwedelnd kraulen und machte freundliche schwarze Knopfaugen, mit denen sie Steine erweichen konnte.

Als Elsa ihrer Schwester diese Beobachtungen mitteilte, zog diese sie auf: »Miss Holmes gleicht ihre Spähereien und Schlussfolgerungen mit den Vorlieben eines Hundemädchens ab, welche wahrscheinlich überwiegend darauf beruhen, wer ihr eine Scheibe Wurst zusteckt.«

»Du unterschätzt sowohl mich als auch Perrita, die eine treffende Intuition für Menschen hat – und das deckt sich oft mit meinen Eindrücken«, erwiderte Elsa. Prompt trafen sie bei ihrem Rundgang Victor Rehnhoff mit seinen Damen und Perrita knurrte leise. Nachdem sie sich einige Meter entfernt hatten, stupste Emilie ihre Schwester an: »Da habe ich aber schon strahlendere Verlobte gesehen!«

»Stimmt, das fiel mir ebenfalls auf. Wenn es so ist, geschieht es ihm recht!«

Donnerstag, 4. Februar 1892 – Alexandria und Kairo
Eine ungewöhnliche Einladung

Die afrikanische Küste tauchte wie ein dunkler Streifen am Horizont auf, ebenso der Leuchtturm von Alexandria.

Zu seiner Überraschung bekam Maximilien, nachdem einige behördliche Angelegenheiten geregelt worden waren, ein Telegramm in die Kabine gebracht. Sobald er es überflogen hatte, rief er seine Mitreisenden zusammen.

Er wedelte mit dem Formular. »Wir sind zu einer koptischen Hochzeit eingeladen. Der Vater des Bräutigams, Anba Ghali, ist wie ich Architekt und hat Verbindungen zu unserem hochverehrten Baumeister Conrad Hase. Ich habe ihn seinerzeit informiert, dass wir diese Reise unternehmen und nach Kairo kommen werden. Das ist eine einmalige Gelegenheit und eine Ehre, zu einer solchen Feier von koptischen Christen eingeladen zu werden.«

»Eine Einladung zu einer Hochzeit?« Elsa verspürte wenig Begeisterung. Sie hatte überhaupt keine Lust, in ihrer eigenen ungeklärten Lage an fremder Leute Glückstag teilzunehmen.

»Man verzeihe meine Unwissenheit«, Marga war es sichtlich peinlich, »aber was sind denn Kopten?« Wilhelm Jacob sprang ihr sofort bei. »Ich weiß es auch nicht.«
»Die koptischen Christen sind die älteste altorientalische Kirche in Ägypten. ›Kopte‹ ist übrigens die arabische Bezeichnung für Ägypter. Angeblich wurde die Kirche durch den Evangelisten Markus bereits im 1. Jahrhundert nach Christus gegründet. Im 5. Jahrhundert entwickelte sich eine eigenständige koptische Kirche in Folge eines theologischen Streits.«
Wilhelm Jacob betrachtete Maximilian verblüfft. »Woher weißt du so etwas?«
»Wir Freimaurer glauben an den großen Baumeister aller Welten und beschäftigen uns zudem mit den Ursprüngen der Religionen. Die Kopten haben einige andere Gebräuche als wir – das zu sehen können wir uns nicht entgehen lassen!«
»Was für Bräuche?«, fragte Edelgarde.
»Manches haben sie mit den Mohammedanern gemeinsam, die Braut erscheint verschleiert und der Bräutigam bekommt ihr Gesicht erst nach der Hochzeit zu sehen.«
»Wir haben die Ehre dieser Einladung Maximilian zu verdanken, Vielleicht lassen sich sogar geschäftliche Kontakte knüpfen. Es wäre äußerst unhöflich, abzulehnen.« Wilhelm Jacob schaute seine Mitreisenden auffordernd an.
»Unter diesen Umständen werden wir noch schnell unsere festlichen Roben einpacken«, erwiderte Sophie und damit war die Sache beschlossen.
Die Elßtorffsche Reisegesellschaft hatte sich wie viele andere Passagiere über Herrn Moll bei Cook & Son eingebucht. Landfein standen alle mit dem Handgepäck bereit. Um 12 Uhr sollte es per Boot an die Küste gehen. »Wir werden uns bis zur Abfahrt des Extrazuges nach Kairo um 6 Uhr zwei Wagen mieten und Alexandria ansehen«, erklärte Maximilian. »Schon hier vom Deck aus bietet sich uns eine typisch orientalische Küstenstadt mit weißen und gelben Häusern mit Flachdächern und vergitterten Fensteröffnungen, Moscheen mit maurischen Kuppeln und schlanken Minaretten.« Sie bestaunten Villen mit prächtigen Gärten, palastähnliche Gebäude sowie die achtflügeligen Windmühlen, die die Stadt ebenso umringten wie große Palmengruppen, Pinien, Akazien und Feigenbäume. Edelgarde trug ihre Brille und beobachtete genau das Getümmel der Boote, die sich unter ohrenbetäubendem Geschrei der Bootsführer der Treppe zu nähern versuchten. Dieses Mal wollte sie beim Ausbooten nicht wieder in Gefahr geraten.

Während sich die Passagiere gespannt auf sechs abwechslungsreiche Tage an Land einstellten, hatte der Obersteward angekündigt, die Zeit für ein großes Reinemachen zu nutzen. Nur einige Eingeweihte, zu denen der pfiffige Fiete gehörte, wussten, dass beim Aufräumen und Säubern der Kabinen auch nach dem verschwundenen Schmuck gesucht werden sollte. Fiete erwies sich als besonders phantasievoll. Er fand einigen ausgezeichnet versteckten Schmuck – allerdings kein einziges der gestohlenen Stücke. In manchen Kammern indessen gab es aber auch stark gesicherte kleine Truhen oder Kassetten, die sich nicht öffnen ließen, ohne Spuren zu hinterlassen.

Auf die von Elßtorffsche Entourage begann mit Alexandria ein Wirbel von Eindrücken einzustürmen. Menschen wie aus 1001 Nacht, Esel, Kamele, langohrige Schafe, Hühner, Ochsen, Lumpenhaufen, magere Hunde, elende Baracken und elegante Straßen zogen vorüber. Sie hielten an vielen sehenswerten Orten, so auch am Basar-Viertel. Hier tat sich eine unglaubliche Vielfalt auf. Marga stieß Wilhelm Jacob an und sagte: »Von dem Fleisch zweifelhaften Aussehens voller Fliegen würde ich bestimmt nichts kaufen!«

»Da sehen die frischen Früchte schon besser aus«, meinte Emilie. Sophie und Marga betrachteten feinste Ellenware von Seide, Baumwolle und Leinen, die Zwillinge blieben bei Uhren und Schmuck stehen. Im Hintergrund einer der Stände, die sich schlauchartig ins Dunkle zogen, entdeckte Elsa die Polen, die offenbar in wortreiche Verhandlungen verstrickt waren. Sie stieß sofort Heinrich an und zischte: »Ob die was kaufen wollen?«

Der zuckte mit den Achseln. »Lass uns mal näher rangehen.« Aber da hatte Zygmunt sie schon erspäht und die Herren verschwanden in der Dunkelheit.

An der Post trafen sie wie stets Mitreisende, von denen sich viele, da Briefmarkensammler, mit kompletten Kollektionen eindeckten. Elsa gab wieder einen Gruß an Cord auf, wobei ihr in all dem Getümmel wehmütig wurde. Wie gern hätte sie ihn an ihrer Seite gehabt! Da sah sie, wie sich Victor Rehnhoff mit seiner Verlobten, deren Tante und den scheinbar unvermeidlichen Polen näherte. Sie schnappte Emilie am Ellenbogen und flüsterte: »Nichts wie weg!« Bisher war es ihnen gelungen, dem Rechtsanwalt auszuweichen, und das hatten sie auch weiterhin vor.

In Kairo kamen sie nach viereinhalb Stunden Fahrt an. Herr Moll verteilte die Quartierzettel. Etliche landeten auf den Cook'schen Dampfer Ramses, die Elßtorffsche Gruppe im Hotel Khedival. Man wies ihnen teilweise scheußliche, stinkende Zimmer ohne Licht zu, die Sophie entsetzt zurückwies. Nach hartnäckigen Protesten erhielten sie recht ansprechende Räume. »Warum nicht gleich so!«, grummelte Maximilian genervt. Er hatte reichlich Bakschisch verteilen müssen. Bei einem späten gemeinschaftlichen Abendessen beruhigten sich die Gemüter und alle fielen todmüde in die mit Moskitonetzen versehenen Betten.

Freitag, 5. Februar 1892 – Kairo
Eine Dampferfahrt auf dem Nil und ein Eselsritt zur Pyramide von Sakkara

Die von Elßtorffsche Gruppe unternahm bei Sonnenschein und wolkenlosem strahlend blauen Himmel einen frühen Spaziergang hinaus auf den Place de la Bourse und die angrenzenden Straßen. Es wimmelte nur so von Menschen und Tieren: Esel, Garküchen und viele kleine Schuhputzer-Jungen, dazu Hunde, Teppichhändler und ein buntes Völkergemisch aus Berbern, Negern und uniformierten Engländern. »Viele Ägypter tragen sozusagen die türkische Ziviluniform, schwarzen Anzug, den Gehrock mit einer Reihe von Knöpfen und schmalem Stehkragen, auf dem Kopf den roten Fez mit schwarzem Seidenpuschel. So sind die Nationen, die hier um Einfluss ringen, die Türken und die Engländer, in vielerlei Hinsicht präsent«, merkte Maximilian an.

Elsa beobachtete die Karren mit verschleierten Frauen. »Das schützt zwar vor Staub und Dreck«, meinte sie, »aber dagegen sind sogar unsere Nonnen und Diakonissen noch besser dran.«

»Stellt Euch nur vor, wir müssten uns immer so verhüllen!«, äußerte die zartfühlende Emilie und schüttelte sich.

»Wenigstens müssen die sich nicht in Korsetts zwängen«, bemerkte Marga trocken und alle gedachten der armen Frau von der Sahl.

Sie bewunderten vorbeiziehende Kamelherden, die, obwohl hoch mit Grünfutter beladen, majestätisch mit weiten und weichen Schritten vorbeizogen.

Zurück im Hotel fielen halbwüchsige Jungen über die Herren her und nötigten sie zum Schuhputzen. Wie sie da breitbeinig standen und zu ihren Füßen die Stiefel gewienert wurden, meinte Heinrich: »Die Stiefelputzer heißen Achmet und Dachmat und ich finde, sie sehen aus wie arabische Prinzen oder indische Fürstensöhne.«

Um ½ 10 Uhr ging es zu einem der Cook'schen Nil-Boote, die den Fremdenverkehr nach Oberägypten abwickelten. Auch am Nilufer wimmelte es von jungen Eseltreibern, Zuckerrohr- und Brotverkäufern; bei den zahlreich hier ankernden Booten standen Frauen und Kinder, die wuschen und Wasser schöpften.

Den Dampfer fand Elsa ausnehmend praktisch, denn er bestand überwiegend aus großen Galerien, Terrassen und luftigen Salons. Die behagliche Einrichtung machte vor allem die weite offene Halle in der Mitte des Schiffes mit bequemen Stühlen, Sesseln und Sofas zu einem beliebten und kühlen Aufenthaltsort. Maximilian jedoch versammelte alle an Deck, wo ein angenehm erfrischender Wind wehte und sie zahllose Fellachen-Dörfer in Palmenhainen, alte Klöster, Ruinen und malerische Häfen an sich vorbeiziehen sahen. Aufgeregt sprang Maximilian aus seinem Korbsessel. »Seht, die Pyramiden von Gizeh und bald müssen die von Abusir und Sakkara auftauchen!«

Gegen Mittag in Badreschon wurden die Reisenden von zahlreichen Eseltreibern erwartet. Auch hier wurde wieder Zuckerrohr verkauft und konsumiert. »Das Kauen dieser Stäbe scheint eine der Lieblingsbeschäftigungen der niederen Stände zu sein«, meinte Edelgarde.

»Jedenfalls ist es dass, was sie sich für ihre hungrigen Mägen leisten können«, erwiderte Marga spitz.

Mit großem Geschrei wurden die Esel angeboten, dazwischen bettelten andere Jungen um Bakschisch. Edelgarde betrachtete das Ganze ängstlich, Sophie sah dem Eselsritt ebenfalls mit gemischten Gefühlen entgegen. Ein Schwarzer in Cooks Diensten hielt die Aufdringlichsten zurück. Um die Verteilung der von der Cookschen Verwaltung zugereichten Damensättel erhob sich ein heftiger Streit. Die Eselstreiber, wohl um die 12 Jahre alt, drängten sich besonders neugierig um die Zwillinge. »Feine Esel, feine Esel« schrien sie lautstark.

Den Damen und Herren wurden angepriesen: »Beste laufen! Victoria-Esel, Telegraf, Telefon-Esel, Pascha-Esel, Baron-Esel, Offizier-Esel, Lord-Esel, Moltke-Esel!« Und zur Krönung dieser Sprachschöpfungen wurde noch ein Bismarck-Esel ausgerufen. Auf diesem landete Wilhelm Jacob, während Maximilian, Heinrich, das doppelte Mäxchen, von Krause und die Polen auf die adeligen Tiere stiegen. Edelgarde hievte man, ehe sie es sich versah, auf Telegraph. Der machte seinem Namen alle Ehre und schoss, nachdem er zuvor stoisch neben den Polen gestanden hatte, wie von der Tarantel gestochen davon. Es war schwer zu entscheiden, wer lauter schrie – die entsetzte Edelgarde, die sich kaum halten konnte, oder der kaffeebraune Hassan, der so schnell er es vermochte, hinterherlief. Schließlich kam

Edelgarde heftig ins Schwanken und plumpste vom Esel, wobei der Schwarze, der ebenfalls sofort losgerannt war, und Hassan sie noch halbwegs auffangen konnten. Auch Heinrich eilte bereits zu ihr, gefolgt von den Zwillingen, dieweil sich Maximilian um die verängstigte Sophie kümmerte.

»Tante Edelgarde, ist dir auch nichts passiert?« Die stellte sich, gestützt von Heinrich, aufrecht hin, bewegte vorsichtig die Gliedmaßen und äußerte dann erstaunlich gelassen: »Scheint alles in Ordnung zu sein. Ein paar blaue Flecken habe ich mir gewiss geholt. Aber es war Glück im Unglück, dass ich nicht koppheister gegangen bin. Man stelle sich die launigen Kommentare der Hamburger vor, wenn mich sprichwörtlich der Esel im Galopp verloren hätte. Dann wollen wir jetzt mal kein weiteres Aufsehen davonmachen.«

»Du hast ja wirklich Nerven, Tante Edelgarde«, sagte Emilie. »In so einer Situation noch Humor zu haben finde ich bewundernswert.«

Ihre Schwester allerdings wirkte mitgenommener als die Betroffene. Elsa klammerte sich bleich am Sattel ihres Esels fest und murmelte: »Das hätte ganz übel ausgehen können, bei so einem Sturz hat sich schon mancher das Genick gebrochen. Edelgarde scheint Unfälle ja direkt anzuziehen.« Vor allem scheinbar dann, wenn die Polen in der Nähe sind, vermutete sie, aber das würde sie vorläufig für sich behalten. Nachdenklich ritt Elsa mit den anderen durch die Wüste auf die Stufenpyramide von Sakkara zu. Insbesondere Maximilian war beeindruckt. »Kolossal, was die damals schon bauen konnten!«

»Pyramidal, pyramidal«, rief Rittergutsbesitzer von Krause.

»Wie sagte einst Napoleon – vierzig Jahrhunderte schauen auf euch herab«, steuerte Heinrich bei.

Zum Glück gab es keine weiteren unerfreulichen Vorkommnisse, die beiden Polen ließen sich in Edelgardes Nähe nicht mehr blicken. Und so genoss Elsa mit den anderen den bizarren Anblick der Pyramide in der Wüste, aber auch die von den Treibern zum Kauf angebotenen Mandarinen und Apfelsinen, die herrlich erfrischten. Die Fotografen schossen eifrig ihre Aufnahmen. Einige Passagiere sahen sich noch alte Grabgewölbe an. Gemeinsam mit Marga sammelten die Zwillinge in einen extra mitgebrachten Sack ein gerütteltes Maß an Wüstensand. »Damit werden wir zu Hause ordentlich Effekt machen, wenn da alle mal mit den Fingern drin rumkrabbeln dürfen«, kommentierte Emilie den von einigen Mitreisenden bestaunten Vorgang.

Den Dampfer fanden sie bei der Rückfahrt dicht umlagert vor. Von Bord aus wurden Kupfermünzen in die nach Bakschisch schreiende Menge geworfen. Männer, Frauen und Kinder rollten von dem hohen Abhang hinunter auf das staubige Nilufer und nicht selten in den Fluss hinein. Bei den meisten waren Augen und Mund mit Erde verschmiert und oft verlor sich das Geldstück im Erdreich.

»Das ist leider ein unwürdiges Schauspiel, da drücke ich doch den armen Menschen lieber gleich das Bakschisch in die Hand«, erklärte Wilhelm Jacob und begab sich nachdenklich auf die andere Seite des Schiffes.

Samstag, 6. Februar 1892
– Moscheen, Gräber und Bazare
Schmuckverhandlungen

Zurück in Kairo meinte Edelgarde nach dem Besuch einiger Moscheen: »Diese Gebäude kommen mir vor wie schwach möblierte Käseglocken mit Dämmerlicht, das den beginnenden Verfall verbergen soll.« Elsa und Emilie tauschten einen verständnisinnigen Blick und hoben die Augenbrauen.

Von den Mamelucken-Gräbern ging es durch unendlichen Staub weiter zu den Kalifengräbern, nachmittags standen die heulenden Derwische an. So viel Publikum wie irgend möglich wurde in die Moschee gestopft.

Die Derwische mit langen Bärten und lang herabhängenden Haaren drehten sich unter der anfeuernden Musik von Trompeten und Pauken immer schneller um die eigene Achse. »Uch, uch! uch!«, brüllten sie mit schäumendem Mund, das Weiße der Augen wurde blutunterlaufen und die Gliedmaßen zappelten, als wären sie aus den Gelenken gedreht. Plötzlich verstummte die Musik und die Tänzer hielten keuchend und stöhnend inne.

Herr Weth erklärte: »Nach einer kurzen Pause kommt eine weitere Runde. Manche sagen, dabei würde es erst richtig kolossal, weil es dann zu Krämpfen und Ohnmachten kommt.«

Sophie tauschte Blicke mit den anderen Frauen ihrer Gruppe und äußerte dann entschlossen: »Auf dieses Vergnügen möchten wir verzichten. Es ist schon erstaunlich und schier vernunftwidrig, was für einen Unfug diese Menschen anstellen und dabei meinen, Gott angenehm zu sein.«

»Freuen wir uns jetzt lieber auf Alt-Kairo und vor allem auf die Bazare«, pflichtete Maximilian ihr bei.

»Ja, dort geht es noch ursprünglich zu«, erklärte Herr Weth. »Manchmal könnte man neidisch werden, wenn man dies Volk der Instinkte in den engen Gassen, den versteckten, verwinkelten Häusern und den Nischen leben und weben, wimmeln und kriechen, hocken und sitzen sieht. Sie sind noch mit der Natur verbunden, animalisch und kindlich, so einfach in ihren Zielen. In diesen Quartieren findet man behagliches Dahindämmern, natürliches sich gehen lassen, diese Wilden fragen sich nicht, wozu man lebt.«

»Dass die Orientalen die Stunden des Nichtstuns, den Keef, wo Körper und Geist zu Ruhe kommen, sehr schätzen, ist gewiss auch dem Klima geschuldet«, wandte Heinrich ein.

Am Bazar angekommen, bewegten sich in den engen Marktstraßen Araber jeder Schattierung, Räuber, Erzvatergesichter, Frauen, Kinder, Hunde. Zwischen allem einige verstreute Tropfen der Zivilisation, wie etwa die englischen Soldaten.

»Auf Veranlassung der Engländer sind hier in den letzten Jahren nach und nach über 5000 Straßenhunde vergiftet worden«, erklärte Weth.

»Wie schrecklich!«, rief Emilie, die sofort an Perrita dachte.

»Es sind immer noch ausreichend vorhanden, man hält sie hier für nützlich, weil sie den Abfall fressen, der sonst die Straßen verpesten würde.« Die Zwillinge sahen sich an und schüttelten sich.

Eine Gruppe tief verschleierter Frauen kam ihnen entgegen.

»Diese breithüftigen Araberweiber verkörpern rohe Sinnlichkeit, man denke nur an den Bauchtanz, Körperlichkeit und Tradition«, meinte Weth leise zu Maximilian von Elßtorff.

Aber Elsa und Marga hatten es dennoch gehört und Marga sagte laut: »Für mich sind die arabischen Frauen passive, die Unterdrückung der Männer erduldende Opfer.« Und Herrmann Weth nahm sich vor, in Zukunft solche Anmerkungen ausschließlich dann zu machen, wenn die Herren unter sich waren.

Hoch her ging es auf einem großen Markt mit Zauberern, Schaukeln, primitiven Karussells und Schlangenbeschwörern.

»Dies ist ein Gedränge wie bei uns auf den Jahrmärkten zwischen den Budenreihen, nur das auch noch Esel und Kamele beteiligt sind«, meinte Marga. Die Führer der Tiere stießen Warnrufe aus, fliegende Händler priesen ihre Waren an: Brot, Früchte, Süßigkeiten, Wasser. Die Limonadenverkäufer klapperten laut mit ihren Trinkschalen aus Messing, Bettler sangen um Almosen, Blinde wurden von halbnackten Knaben geführt.

Alles verteilte sich planmäßig nach Gewerken, die Glas-und Porzellanhändler, die Holzwarenverkäufer hatten ebenso ihr Quartier wie die Handwerker, von den Goldschmieden über die Schuster, Tischler und Drechsler. Fasziniert beobachtete Wilhelm Jacob, wie ein Tischler mit einer Glasscherbe statt eines Hobels arbeitete, den Bohrer mit einer Art Fiedelbogen aus Stahlbügel und Darmseite antrieb. »Erstaunlich, mit welch primitiven Werkzeugen hier schöne Produkte entstehen«, staunte Maximilian.

Elsa war froh, als sie in einer etwas ruhigeren Gasse die Arbeit der Drechsler und Kupferschmiede beobachten konnten. Maximilian und Wilhelm erstanden reichverzierte ovale Messingtabletts. »Zuhause lasse ich uns davon mit einem passenden Holzgestell exquisite Rauchtische anfertigen«, erklärte Jacob.

Die Frauen betrachteten fasziniert die Arbeit der Goldsticker. Deren Muster wurden aus dickem Papier geschnitten, welches dann gelb gefärbt auf Samt mit Goldfäden übernäht wurde. Die hocherhabene, üppige Stickerei gefiel Sophie ausnehmend gut, sodass sie nach längerem Feilschen ein großes Stück besticktes Samt erstand. Ein weiteres ließen sie sich als Geschenk für die koptische Hochzeit schön verpacken.

Von weitem sah Elsa die Opalinskis und den Rittergutsbesitzer von Krause bei den Goldschmieden stehen. Offenbar waren sie dort am Verhandeln. Unwillkürlich fragte sich Elsa, für wen die Herren wohl Schmuck kaufen wollten?

In diesem Moment drängte sich ein Hochzeitszug durch die Menge, voran marschierten die Musikanten, mit Flitter, Schellen und Teppichen behängte Kamele folgten, eines trug den Palankin, in dem die zierliche, tiefverschleierte Braut saß.

»Das scheint ja noch ein halbes Kind zu sein«, meinte Emilie.

»Ja, die Frauen werden hier blutjung verheiratet. Ich bin sehr gespannt auf die koptische Hochzeit, an der wir morgen teilnehmen dürfen«, entgegnete Edelgarde. »Darum beneiden uns viele der anderen Passagiere.«

Elsa verursachte der beständige Trubel im Bazar, die Gerüche und der Lärm Kopfschmerzen. So war sie froh, als es zurückging zum Hotel.

Sonntag, 7. Februar 1892 – Pyramiden
Gizeh und Skat

Die Fahrt nach Gizeh führte über die prächtige Nilbrücke und eine ausgezeichneten Chaussee – einst für die Kaiserin Eugenie angelegt – bis zu den Pyramiden. Einige Herren beschlossen, ein Stück des Weges auf Kamelen zurückzulegen. Auch Heinrich wagte es zum Entsetzen seiner Mutter. »Man muss es mal probiert haben«, meinte er, »schließlich ist die Wüste ohne Kamelritt dasselbe wie Rom ohne Papst.«

Elsa und Emilie hatten sich entschieden, den Aufstieg auf die Cheops-Pyramide zu wagen, was sich nur wenige Frauen trauten. Es war so warm, dass eine Mitreisende vertraulich mitteilte: »Ich komme so ins Schwitzen, dass ich den zweiten Anstandsunterrock weggelassen habe, obgleich ich schon die dünnere Pikeesorte trage.« Darüber konnten die Zwillinge nur lächeln. Sie trugen ihre locker fallenden leichten Hosenröcke, Baumwoll-Leibchen und eine luftige Bluse, dazu einen Strohhut – trotzdem war ihnen reichlich warm!

Heinrich berichtete nach seinem Ritt. »Das werde ich noch einige Tage spüren. Allah il Allah! So ein Kamel ist ja der reinste Knüppeldamm.«

Elsa grinste undamenhaft. »Dann kannst du jetzt deinen Muskelkater mit dem Aufstieg gleich weiter intensivieren.«

Zum allgemeinen Erstaunen sagte Edelgarde. »Diese einmalige Gelegenheit möchte ich mir nicht entgehen lassen, ich komme ebenfalls mit hinauf. Die ungewöhnlich hohen Stufen schrecken mich nicht, schließlich führe ich regelmäßig meine Turnübungen durch, ich hoffe, vor dem Steifwerden gefeit zu sein. Das herkömmliche Weibergezampfel, das merke ich immer mehr, passt zu Exkursionen nun mal gar nicht. Zumindest habe ich wohlweislich unterm Rock eine Turnhose angezogen, um die Pyramide zu besteigen.«

»Tante Edelgarde, du bist auf dieser Reise für so manche Überraschung gut«, konstatierte Elsa erstaunt.

Inzwischen wurde in mehreren Grüppchen mit Händen und Füßen mit den Beduinen gefeilscht, die für reichlich Bakschisch die Fremden ergriffen und auf die Pyramide schleppten. Auch die Polen, wie meist in Begleitung ihrer Skatbrüder von Krause und den beiden Hamburgern, verhandelten, wobei Aleksander wieder mit seinen Sprach-

kenntnissen glänzte. Erstaunt beobachteten die Herren, wie sich Elsa, Emilie und Edelgarde für den Aufstieg rüsteten.
»Ich bin gern behilflich, alles auszuhandeln«, bot sich Opalinski an, was dankbar angenommen wurde.
»Es sieht nach einer verdammten Kletterei aus«, bemerkte Heinrich. »Nützlich, dass ich so lange Beine habe, aber Ladies first.«
Schon ergriffen zwei Beduinen Emilie unter den Armen, ein dritter schob von hinten nach. Als Nächste kam Edelgarde an die Reihe, gefolgt von Elsa. Heinrich bildete das Schlusslicht. Elsa vermutete, dass Tante Sophie es bestimmt unsittlich fand, wie die Damen hier von fremden Männern am Hinterteil hochgedrückt wurden. Und ihr schoss durch den Kopf, dass diese strapaziöse Tour vielleicht ihre Blutstockung beenden würde? Ihre Gedanken schweiften wieder mal zu Cord, während es Stufe für Stufe aufwärts ging.

Als sie fast oben angelangt waren, wurde sie schlagartig in die Realität zurückgeholt. Edelgarde, der einer der Helfer ihr offenbar nicht genügend kräftigen Schwung von unten gegeben hatte, stieß einen schrillen Schrei aus und geriet ins Straucheln. Mit den Armen rudernd fiel sie rückwärts Elsa entgegen, die sich fest auf ihre Stufe stemmte, und gemeinsam mit ihren beiden Beduinen, die blitzschnell reagierten und beherzt zugriffen, konnten sie Edelgarde vor dem Absturz bewahren.

Vom Fuß der Pyramide drangen die entsetzten lauten Schreie der Mitreisenden nach oben, die das Ganze starr vor Schreck beobachtet hatten. Elsa fiel auf, dass Aleksander Opalinski, der einen Skat im Wüstensand unterbrochen hatte, heftig mit einem Beduinen palaverte. Edelgardes Gesicht war hochrot, aber sie zeigte sich erneut ungeahnt tapfer. »Wie gesagt, kein Weibergezampfel, nochmals wird das ja kaum passieren! Jetzt will ich auch ganz nach oben.«

Dort saßen bereits mehrere Herren, darunter das doppelte Mäxchen, von denen einige Grüße an ihre Lieben daheim verfassten.

»Wie gut, dass unsere dem Skat verfallenen Mitreisenden nichts besonders sportlich sind, die würden sich nicht entblöden, hier oben etliche Runden zu dreschen«, lästerte Elsa.

»Denen ist alles zuzutrauen«, stimmte Heinrich ihr grinsend zu. In diesem Moment gesellte sich der unerlässliche dritte Mann zu den zwei Hamburgern und es wurde dem deutschen Spielgeist bei einem Skat ›einmal rum‹ ein Denkmal auf der Spitze der Cheops-Pyramide gesetzt.

»Zu früh gefreut, Elsa«, meinte Heinrich trocken.

Max Meier, der tags zuvor himmelhoch verloren hatte, war wild entschlossen, heute zu gewinnen. »Euch werde ich zeigen, wo die Deerns auf St. Pauli kitzlig sind!«, knurrte er. Heinrich hörte es und zog mit den drei Damen eilig weiter, um in einer halbwegs ruhigen Ecke den Blick auf die Wüste und den Nil zu genießen. Ab und zu klangen jedoch die Sprüche der Skatbrüder herüber.

»Achtzehn.«

»Na, dann zwanzig.«

»Mit zwanzig können es die Mädchen längst.«

Edelgarde warf den Schwestern einen indignierten Blick zu. Die weiteren Ansagen wurden etwas leiser getätigt, sodass Heinrich sich nicht mehr genötigt sah, hinüberzugehen und die Herren an die Anwesenheit von Damen zu erinnern.

»Null«, ertönte es wieder lauter.

»Ach was, null! Was für Jungfern, aber nicht für Männer. Wie viele Jungs gibt es hier eigentlich?«

»Mit dir immer fünf im Spiel.«

»Denn man los mit die Pferde.«

Eine Weile herrschte wohltuende Ruhe, dann war die Runde offenbar beendet.

»Husch die Lerche.«

»Swienkram«, Max Meier klatschte wütend die Karten hin.

»Tja, manchmal sitzt es eben gediegen«, kommentierte Max Naumann höhnisch.

»Das Nervigste an Skat kloppenden Männern sind ihre oft saublöden Sprüche«, schimpfte Heinrich. »Damit können sie einem fast die Freude an der einmaligen Aussicht zu den anderen Pyramiden verderben. Wollen wir wieder hinunter?« Einer der Beduinen näherte sich, als sie absteigen wollten. Mit Gesten deutete er Edelgarde an, dass man ihr zur Sicherheit für den Abstieg einen Turban um den Leib wickeln werde.

Alle waren froh, als sie ohne weitere Zwischenfälle unten angelangt waren. Sophie umarmte ihre Cousine. »Was machst du nur wieder für Sachen? Du scheinst ja Unfälle magisch anzuziehen. Ab sofort gehst du keinerlei Risiken mehr ein.«

Elsa hingegen glaubte weniger denn je an einen Zufall. Aber wer will Edelgarde aus dem Weg räumen und aus welchen Gründen? Darüber grübelte sie nicht zum ersten Mal.

»Ich bin froh, dass es zum Hotel zurückgeht und wir uns frisch machen und ausruhen können. Denn mit der koptischen Hochzeit haben wir heute noch etwas wirklich Besonderes vor, viele unserer Mitreisenden würden da liebend gern dabei sein«, sagte Emilie.

Eine koptische Hochzeit

Gegen fünf Uhr wurden sie von einem weiteren Sohn des Architekten, der ebenfalls in Deutschland studiert hatte, abgeholt und fuhren in zwei Kutschen durch zahllose Gassen zum Hochzeitshaus. Dort wurden sie freundlich empfangen und in den Vorgarten komplementiert, den man in ein geräumiges Zelt verwandelt hatte. Überall waren Sitzgelegenheiten angebracht, in der Mitte befand sich Platz für die Musik.

Dicht verschleierte Frauen gelangten durch einen seitlichen Eingang zu den im oberen Stock gelegenen Frauengemächern, wo sie stets mit schrillen Freudenrufen empfangen wurden. Der Bräutigam ging in der schwarzen Stambulina, der türkischen Amtstracht, mit dem roten Fez auf dem Kopf, unruhig hin und her. Seine Freunde, die teils in arabischer Tracht erschienen, begrüßte er mit einem Kuss auf beide Wangen.

»Er ist äußerst nervös«, konstatierte Marga, die ihn beobachtete.

»Kein Wunder, wenn er seine Zukünftige noch nie gesehen hat«, meinte Emilie.

»Die Braut lässt lange auf sich warten. Pünktlichkeit ist wohl im Orient Nebensache«, mutmaßte Edelgarde. Inzwischen wurde die Zeit mit Hochzeitskaffee überbrückt, der, mit Gewürznelken zubereitet, einen ungewohnt kräuterigen Geschmack hatte.

Elsa und Emilie promenierten umher, begutachteten die neuen Gäste, unter denen auch einige Europäer waren. Schließlich bestaunten sie die im Freien eingerichtete Küche. Eine Palme verbreitete Schatten für die eifrigen Köche, die an aus Feldsteinen aufgeschichteten Herden standen. Die Kohlenfeuer gaben zusätzliche Hitze ab.

»Bin gespannt, was es zu essen gibt. So hervorragend unsere Küche an Bord ist, finde ich es doch reizvoll, hier echt ägyptische Kost zu probieren«, erklärte Marga mit rosig gefärbten Wangen, die sowohl von dem starken Kaffee als auch der Hitze herrührten.»Außerdem habe ich unserer neuen Köchin versprochen, leckere Rezepte aufzuschreiben – wer kann in Hannover schon orientalisch kochen?« Margas Gedanken wanderten zu Bertha. Sie hoffte, dass diese sich von all den Strapazen erholte, sich ihrer Tochter Marie widmete und einige kompliziertere Zubereitungen der Köchin Miene erprobte. Letztlich war es wichtig, dass Bertha sich nach der Rückkehr der Familie einen festen Platz im von Elßtorffschen Haushalt eroberte.

Da endlich näherte sich aus der Ferne der Klang von Musik. Lauthals jubelnde Kinder liefen voran. Dann folgten die Musikanten mit den Blasinstrumenten, teils in Kaftane, teils in alte Uniformen gewandet. Der lustige Marsch, den sie zum Besten gaben, lockte noch mehr Neugierige auf die Straße und die umliegenden Flachdächer. Die geschlossene Brautkutsche, von mit Schellen und roten Taschentüchern geschmückten Pferden gezogen, hielt an. Wie aus dem Nichts tauchten zwei Männer auf, die einen Hammel mit sich zerrten, ihn blitzschnell niederwarfen und ihm mit einem Messer die Gurgel durchschnitten. Blut floss in Strömen. Elsa packte Emilie so fest bei der Hand, dass diese aufschrie, was in dem allgemeinen Tumult nicht weiter auffiel. Jetzt wanderten auch Elsas Gedanken zu Bertha – sie träumte dann und wann von all dem Blut, das die Köchin damals verloren hatte. Noch immer saß der Schock tief. »Mir wird übel«, flüsterte Elsa verzweifelt und ließ sich unter etlichen Schwierigkeiten von ihrer Schwester wegziehen.

Edelgarde hingegen zischte: »Wie barbarisch!« Sie beobachtete fasziniert, wie das noch zuckende Opfertier weggeschleift wurde. Die Braut, deren Antlitz mit einem goldbestickten Schleier dicht verhüllt war, trat in die große Blutlache mit ihrem von einem weißen Seidenschuh bekleideten Fuß. Damit war dem alten Herkommen genüge getan. Der Lärm der Tamburine und schrille Freudenschreie zeigten kurz darauf die Ankunft der Braut in den Frauengemächern an.

Emilie hatte ihre Schwester mit frischem Wasser versorgt. »Du bist sehr blass«, meinte sie, »langsam mache ich mir Sorgen um dich.«

»Ich mir auch«, murmelte diese vor sich hin. Am liebsten wäre sie aus diesem ganzen lauten Menschengetümmel geflohen, aber das war schlechterdings unmöglich. Marga drängte sich zu ihnen durch, blickte Elsa prüfend an und zog ein Papiertütchen und ein Löffelchen aus ihrem Pompadour. Sie schüttete den Inhalt in Elsas Wasserglas, rührte um.

»Trink, das beruhigt den Magen und den Geist«, erklärte sie. Und Elsa, von klein auf gewohnt, von ihr kundig versorgt zu werden, fragte erst gar nicht weiter und schluckte gehorsam. Behutsam tätschelte Marga ihr die Schulter. »Atme regelmäßig und dann konzentriere dich auf das Geschehen. Deine Freundin Isidora würde sich riesig freuen, wenn du ihr dieses Fest in allen Einzelheiten schilderst. Das ist doch für eine Schriftstellerin, entschuldige bitte den Ausdruck, ein gefundenes Fressen.«

Gleichwie, ob es dieser Appell war oder die Medizin, Elsa schob all ihre Kümmernisse beiseite und konzentrierte sich auf die Trauung, die mit der einfallenden Dämmerung endlich stattfand.

Jetzt mit einem Mantel aus Goldbrokat gekleidet, saß der Bräutigam neben einem leeren Stuhl für die Braut. Vor dem mit einem schwarzen Talar und einem Turban gewandeten Priester stand ein von flackernden Kerzen erleuchteter Tisch, auf dem eine Bibel in einem uralten, reich verzierten silbernen Futteral lag. In einer Ecke befanden sich die Chorknaben in weißen, mit Goldschärpen gegürteten Kitteln, und dem roten koptischen Kreuz auf der Brust. Eine geschlagene Stunde lang wurden Abschnitte aus der Schrift vorgetragen, die Chorknaben stimmten seltsame, teils ohrenzerreißende Melodien an, Triangel und Becken klangen dazwischen.

Elsa und Emilie fächelten sich Kühlung zu. Auch dem Eheaspiranten wurde von einem Freund Luft zu gewedelt, was in dem von den vielen Kerzen und dem betäubenden Qualm von Kräuterwerk überhitzten Raum dringend nötig war. Endlich erschien die Braut, von ihrem Vater und dem des Bräutigams mehr getragen als geführt. Eine große Negerin in einem violetten Kleid versorgte sie, unaufhörlich den Fächern schwingend, mit Luft.

Erneut wurde gelesen, gesungen und geräuchert. Weitere Zeremonien folgten. Dann wurden die Ringe gewechselt. Zum ersten Mal berührte der Bräutigam die Hand seiner Gefährtin, die nach wie vor unter Schleiern verborgen war.

»Sie sitzt neben ihm wie ein Postpaket!«, zischte Edelgarde.

»Wie eines, das lange unterwegs sein wird«, tuschelte die mal wieder bestens informierte Marga zurück. »Der bekommt den Inhalt des Ganzen erst in acht Tagen zu sehen. Sozusagen ein Überraschungspaket.«

Elsa zuckte zusammen. Diese Methode hier, so überlegte sie, verhindert zumindest die bei uns sogenannten Sieben-Monatskinder, gefallene Mädchen und verzweifelte, gefährliche Abtreibungen. Allerdings dachte sie sich nicht zum ersten Mal, dass sie dennoch das Zusammensein mit Cord keineswegs hätte missen wollen.

Die Musiker intonierten nun mehr schlecht als recht, aber erkennbar Heil Dir im Siegerkranz. Das geschah nicht zufällig – es trug ihnen das großzügige Bakschisch ein, auf welches sie von den deutschen Gästen spekuliert hatten. »Im Eintreiben von Bakschisch sind sie hier alle große Spezialisten«, merkte Edelgarde genervt an.

Nicht nur zu ihrem Entsetzen beschloss Maximilian von Elßtorff, befragt, ob man europäisch mit Messer und Gabel oder arabisch mit den Fingern zu speisen wünsche: »Wenn du in Rom bist, tue was die Römer tun! Wir sind in Kairo – also schmausen wir auf einheimische Art.«

Sophie von Elßtorff fragte sich als erfahrene Gastgeberin, wie die ungefähr 150 Gäste versorgt werden sollten. Ein hochgewachsener Araber im langen blauen Hemd pendelte fortwährend, ein großes rundes, mit einem Korbdeckel versehenes Tablett auf dem Kopf balancierend, zwischen der Feldküche und dem Haus hin und her.

»Langsam bekomme ich Hunger«, meinte Sophie. »Wir sind es doch auf dem Schiff gewohnt, bereits gegen 6 Uhr zu dinieren.«

»Andere Länder, andere Sitten«, meinte Heinrich, »in letzter Zeit haben wir nicht gerade gefastet, etwas Appetit kann uns kaum schaden.«

»Wohl wahr«, stöhnte Sophie, »Es war notwendig, dass wir unsere Kleider großzügig angemessen haben.«

»Wenn man glauben darf, was ich über die orientalische Gastfreundschaft gelesen habe, kommen wir heute Abend gewiss nicht zu kurz«, freute sich Edelgarde. Da winkte man sie schon in ein Zimmer, in dem stuhlhohe Gestelle mit einem grün lackierten Blech versehen waren, zehn niedrige, geflochtene Sessel standen dabei. Die von Elßtorffsche Gesellschaft wurde an zwei verschiedene Tische komplimentiert, Maximilian, Heinrich und Sophie hatten die Ehre, beim Brautvater zu sitzen. Runde flache Weißbrote lagen bereit, außerdem jeweils ein Löffel aus Horn und aus Elfenbein. Den Speisenden wurde ein hübsches Tuch über die linke Schulter gelegt.

»Das dient, um die Finger abzuwischen«, erklärte Jusuf Moussa, ein Freund des Bräutigams, der in Berlin studiert hatte. Verstohlen lugte er immer mal wieder zu den Zwillingen, die mit ihren mittelblonden Haaren und den aquamarinblauen Augen nicht geringes Aufsehen bei den einheimischen Männern erregten.

»Hier hättet ihr jede Menge Chancen«, flüsterte Marga lächelnd den Schwestern zu.

»Verzichte dankend zugunsten armer Waisenkinder, hier ist es ja für Frauen noch tausend Mal schlimmer als in Deutschland!«, eiferte sich Elsa, bis sie an Margas zuckenden Mundwinkeln merkte, dass diese sie auf die Schippe genommen hatte.

Als Vorspeise gab es scharf eingelegte Melonen- und Kürbisschnitten, eingetaucht in eine milchige Creme. Eine Reissuppe mit Hammel wurde mit dem Hornlöffel geschöpft. Es folgte gekochtes Fleisch und eine perfekt geröstete Hammelschulter, von der sich jeder einzelne Happen abriss. Wilhelm Jacob fand immer mehr Vergnügen an dieser ungewohnten Esskultur und bewies besonderes Geschick, als ein mit Salbei gewürztes Gulasch mit Brotstücken herausgefischt werden musste.

Die kleinen gefüllten Pastetchen hingegen stellten keine Herausforderung dar. Elsa und Emilie verständigten sich mit einem Blick. Und naschten nur noch von dem Zitronengelee, Huhn in reichlich Knoblauch, den im Orient beliebten Dolmas, mit Reis, Hackfleisch und Gewürzen gefüllten aufgerollten und gebratenen Weinblättern, außerdem vom Mandelgebäck, Reis mit Pilzen und Safran. Die Süßspeisen, so auch das mit Mandelsplittern bestreute Rosengelee, wurden mit dem Elfenbeinlöffelchen gegessen. Dazu gab es reichlich von einem hervorragenden Bordeaux.

»Von Hunger kann jetzt keine Rede mehr sein«, stöhnte Marga, denn die Gäste wurden immer wieder freundlich genötigt, doch zuzulangen.

Als arabische, englische und deutsche Tischreden ausgebracht wurden, ließ es sich Maximilian nicht nehmen, sein Glas zu erheben. »Wir danken für die großherzige Einladung und wünschen dem Brautpaar viel Glück, Freude, reichen Kindersegen und ein langes Leben!«

Diener erschienen mit Waschbecken und Kannen, gossen lauwarmes Wasser über die Hände und reichten weiche Handtücher zum Abtrocknen. Elsa schnupperte und flüsterte ihrer Schwester zu. »Das ist tatsächlich Rosenwasser.«

Für Unterhaltung sorgten arabische Sänger, die mit für deutsche Ohren fremd klingenden Weisen die Gesellschaft erfreuten. Gegen zehn Uhr gab Maximilian den Seinen das Zeichen zum Aufbruch – alle waren ebenso satt wie müde von den vielen Eindrücken.

Man geleitete sie zur Kutsche. Der Himmel war sternenklar, die Nachtwächter ließen ihre Rufe erschallen. Edelgarde meinte: »Wenn die Länge der Reden und Zeremonien bei dieser Trauung Glück bringen, dann wird es eine gute Ehe.«

Müde gemurmelte Zustimmung war die Reaktion.

Elsa überlegte, ob sie überhaupt jemals heiraten und wenn ja, wie ihre Hochzeit einmal verlaufen würde. Ihre Augen suchten den Himmel nach einem ihr bekannten Sternbild ab, und sie fragte sich, ob Cord beim Anblick der Sterne im fernen Amerika ebenfalls an sie dachte.

Wieder im Hotel, waren dann alle noch viel zu aufgekratzt von den mannigfaltigen Erlebnissen, um sofort schlafen zu gehen. Die Bedienung, von Wilhelm Jacob stets mit großzügigen Trinkgeldern beglückt, war mit einem Augenzwinkern bereit, sie mit Getränken zu versehen, obwohl es schon spät war.

»Was sind eure Eindrücke von dieser Zeremonie?«, fragte Maximilian in die Runde.

»Es ist seltsam, dass der Bräutigam seine Braut erst bei der Hochzeit zu sehen bekommt«, meinte Sophie nachdenklich.

»Zu sehen ist gut«, warf Elsa ein, »noch nicht einmal das, so tief verschleiert, wie sie war. Zum ersten Mal von Angesicht zu Angesicht erleben sich die beiden doch erst in einer Woche.«

»Immerhin betreiben die Kopten als Christen keine Vielweiberei«, bemerkte Edelgarde.

Wilhelm Jacob rieb sich das Kinn. »Ich frage mich, ob der orientalische Mann nicht in mancher Hinsicht höher steht als der Europäer, obwohl dieser offiziell nur eine Frau nehmen kann.«

Erstaunt fragte Maximilian. »Wie kommst du denn darauf?«

»Dem Orientalen sind seine vier bis fünf Frauen und die gemeinsamen Kinder lieb. Mir scheint dies doch besser zu sein, als das Verhalten vieler, auch hochgebildeter Europäer, die Freudenhäuser aufsuchen, ein heimliches bezahltes Liebesverhältnis haben oder sich am von ihnen abhängigen Dienstpersonal vergreifen.«

»Aber Wilhelm«, rief Sophie tadelnd, »das ist doch kein Gesprächsthema vor den Zwillingen!«

Elsa holte tief Luft. »Liebe Tante, du vergisst manchmal, was wir in Linden alles mitbekommen haben. Wir sind keine ahnungslosen Gänse mehr, zu denen die meisten gutbürgerlichen Töchter gemacht werden. Außerdem konnte uns durch das Magdalenium nicht entgehen, dass es gefallene Mädchen gibt – aus welchen Gründen auch immer. Soweit dazu. Und ich finde, Großpapa, du hast völlig recht.«

Marga konnte nicht länger an sich halten: »Bei uns ist man der Auffassung, es sei dem Manne nicht zumutbar, enthaltsam zu leben. Gleichzeitig können beispielsweise viele junge Frauen von dem wenigen Geld, das sie in den Fabriken verdienen, kaum existieren. Das ist doch ein Teufelskreis.«

»Das sehe ich genauso«, sagte Heinrich. »Eigentlich stellt diese geheime Vielweiberei den europäischen Mann auf eine moralisch tiefe Stufe, denn hier geht es nur um körperliche Befriedigung, was dem Ganzen einen animalischen Charakter gibt. Die Folgen sind unter anderem die vielen Geschlechtskrankheiten, die genauso zahlreich sind wie die unehelichen Kinder.« Den Hinweis auf die heimlichen Abtreibungen, die mit dadurch verursachten Krankheiten oder gar Todesfolge einhergingen, verkniff er sich mit Rücksicht auf die Zwillinge. Wie hätte er auch ahnen sollen, was Elsa bereits miterlebt hatte?

Das ganze Gespräch schlug eine Richtung ein, die Sophie zu weit ging. An Maximilians Gesicht sah sie, dass er es ebenso empfand. »Die Unterschiede zwischen den Kulturen sind eben vielfältig und alles hat gewiss sein Für und Wider«, flocht sie ein, gewohnt, Themen eine andere Wendung zu geben. »Da werden wir bestimmt noch einiges kennen lernen und reichlich Stoff zum Nachdenken haben. Aber jetzt ist es wohl für uns alle höchste Zeit, in die Betten zu sinken.«

Dienstag, 9. Februar 1892
– Rückkehr nach Alexandria
Lust und Last des Reisens

An Bord fanden die Passagiere das Schiff schmuck aufgemalt und neu gefirnisst vor, alles glänzte blitzblank, in den Kabinen lag die Wäsche gereinigt und tipptopp gebügelt.

Die von Elßtorffsche Gruppe saß traulich vereint auf dem Promenadendeck und genoss erfrischende Zitronenlimonade. Elsa fühlte sich erschöpft: »Die Hitze hat mir zugesetzt. Und vom Erklimmen der Pyramiden habe ich einen ordentlichen Muskelkater.«

»Nicht nur du, dessen sei gewiss«, ergänzte Emilie.

»Stimmt, ich habe den Mund zu voll genommen. Mir tut auch so einiges weh«, gestand Edelgarde.

»Am unangenehmsten fand ich den zähen Wüstenstaub, der nicht nur an den Kleidern, Haaren und Bart, sondern sogar an den Wimpern haftete«, bekannte Maximilian.

»Mir schwirrt der Kopf von den vielfältigen Eindrücken in Ägypten, das lässt sich kaum noch alles verarbeiten«, sagte Heinrich. »Die rätselhafte Sphinx hat es mir besonders angetan, außerdem gestern der Obelisk in Heliopolis, der alte Marienbaum und die Straußenzucht. Und abends die großartige Illumination zu Ehren des Khediven, der in Kairo eingezogen war.«

»Wir sind aus dem Erleben und Schauen gar nicht mehr herausgekommen«, stimmte ihm Sophie zu. »Es war ja eine regelrechte Hetzjagd von einem Ausflug zur nächsten Besichtigung und so fort.«

»Für mich persönlich ist es am reizvollsten, mir tagsüber Land und Leute anzusehen und abends wieder ins vertraute deutsche Heim, auf die ›Augusta Victoria‹ zurückzukehren«, meinte Marga. »Wobei Corff's Bierhalle bei nicht wenigen unserer Herren auch intensive heimatliche Gefühle erweckt hat.«

»Der Orient wäre ohne deutsches Bier für viele nur halb so anziehend«, vermutete Wilhelm Jacob. »Wo Deutsche sind, dauert es offenbar nicht lange, dann kommt das Bierfass nachgerollt. Mir persönlich hat es bei Biervater Böhr nahe der Post ausnehmend gut gefallen. Der arabische Kellner im weißen Talar servierte flott, wenn man ›Nuß‹ rief, was etwa einen halben Seidel ausmacht.«

»Ja, so wurde das Bier nicht so schnell warm und schal«, stimmte Maximilian ihm zu. »In Kairo einen frischen Trunk vom Fass zu servieren gelingt nur dadurch, dass die Fässer mit reichlich Kunsteis in Behältern lagern, die wie Eisspinde gebaut sind. Gleiches gilt für das Münchener Flaschenbier, Pschorr-, Löwen- und Spatenbräu. Mein Freund Hermann Kasten wird staunen, wenn ich ihm das erzähle.«

Die Damen wechselten ob des Themas einige bezeichnende Blicke.

Wilhelm Jacob bemerkte es und erklärte: »Es waren jedenfalls beeindruckende Tage mit vielen Einblicken in eine uralte Kultur. Ich bin dankbar, dass wir das alles erleben durften.« Das fand allgemeine Zustimmung und Maximilian bestellte zum Abschluss Champagner. Der wurde wie stets in kürzester Zeit in einem Eiskübel gebracht.

»Auf Ägypten!«, rief er.

Alle hoben die Gläser. »Und auf das Glück des jungen koptischen Brautpaares«, ergänzte Emilie, woraufhin sich Elsa fast verschluckt hätte.

»Diese einmalige Hochzeit werde ich nie vergessen«, sagte Edelgarde.

»Ja, dadurch haben wir direkt Anteil am einheimischen Leben nehmen können, das kann kein Baedeker vermitteln«, bestätigte Emilie.

»Dem stimme ich zu«, erklärte Maximilian mit Inbrunst. »In Ägypten suchen wir das uralte Kulturland der Pharaonen und Sphinxen. Aber la vielle Egypte verschwindet unter dem monströsen Schwamm der Zivilisation, der über das Pharaonenland wischt. Es geht ein großes Sterben durch die Welt, das Echte, die Originalität schwindet dahin.«

»So habe ich es gleichermaßen empfunden«, pflichtete ihm Wilhelm Jacob bei. »Wer nicht damit zufrieden ist, nur seinen Baedeker abzugrasen, sondern sich an den fremden Schätzen vom täglichen Leben, Denken und Fühlen bereichern möchte, der bedauert dies lebhaft.«

»Ägypten wird mittlerweile stramm am englischen Gängelband gehalten. Mutter Britannia wäscht und kämmt den Wildling, um ihn zu zähmen und ihm die Elemente europäischer Kultur beizubringen. Das muss mit einem Verlust an Originalität einhergehen«, sagte Heinrich.

Elsa hatte ausnahmsweise keine Lust, sich in dieses Männergespräch einzumischen und meinte daher lediglich:»So ist auch im Orient das Glück nicht mehr stärker zu Hause als anderswo und für die Frauen dort schon mal gar nicht.« Nachdenklich nippten alle an ihrem Champagner.
Bald zog man sich in die Kabinen zurück, wo Elsa einen Brief von Bertha vorfand.

Liebe Elsa,

hoffe es geht Dir gut! Nun will ich Dir endlich etwas aus der fernen Heimat schreiben. Während Du in Ägypten schwitzt, haben wir hier seit Wochen das typisch norddeutsche Schmuddelwetter. Grau in Grau mit Regen, nur selten lässt sich die Sonne blicken. Nachts gibt es ab und zu leichten Frost, aber es fällt kein Schnee. Dabei möchte Marie gern Schlitten fahren und einen Schneemann bauen. Sie vermisst Perrita sehr.

Ich kann mir nur schwer vorstellen, wie sich die Kleine auf einem Schiff fühlt! Vielleicht wird es demnächst richtig Winter. Dann würden auch die vereisten Maschwiesen wieder zum Schlittschuhlaufen freigegeben.

Elsa legte den Brief beiseite und dachte daran, wie gern sie heimlich, als Dienstmädchen verkleidet, begeistert auf den Maschwiesen Schlittschuh gelaufen war. Das kam ihr unendlich lange her vor, wie aus einem anderen, unbeschwerten Leben.

Weitere Reiseplanungen

Besorgt hatte Sophie von Elßtorff beobachtet, dass die Tage in Kairo bei hohen Temperaturen nicht nur Wilhelm Jacob und ihren Sohn, sondern vor allem ihren Gatten sehr angestrengt hatten.

Ich habe es besser überstanden, als ich dachte, stellte sie nicht ohne Erstaunen fest. Wahrscheinlich hat die Kur in Salzuflen mich doch nachhaltig gestärkt. Ebenso wie der Verzicht auf das fest geschnürte Stahlkorsett und enge Knöpfstiefelchen – stattdessen stabile Schuhe, Reformkleider und tägliche Spaziergänge in der Eilenriede. Aber um Maximilian mache ich mir Sorgen. Er hat in den letzten Jahren sehr viel gearbeitet und sich zu wenig in der frischen Luft bewegt. Ich muss aufpassen, dass er sich nicht übernimmt.

Just in diesem Moment kam Maximilian in die Kabine und ließ sich auf sein Bett fallen. Sophie hatte es sich mit Kissen im Rücken auf dem ihrigen bequem gemacht und las im Baedeker.»Mir ist immer weniger danach, den sicherlich sehr anstrengenden Ausflug nach Jerusalem anzutreten. Die Strapazen zu den Pyramiden haben sich unbedingt gelohnt, aber jetzt würde ich mich liebend gern etwas ausruhen.«

»Du liebe Güte, Sophie, willst du wirklich die Heilige Stadt, Bethlehem und den See Genezareth verpassen? Darüber liest du doch gewiss gerade.«

»Ja, schon. Aber der rotbefrackte Nothelfer und Reise-Anpreiser muss ja jede Sehenswürdigkeit belobhudeln. Mir scheinen da die Eindrücke von Julius Stinde wesentlich reeller zu sein. Und der lässt seine Heldin Wilhelmine Buchholz wenig begeistert die heiligen Stätten unter der türkischen Aufsicht beschreiben.«

»Julius Stinde ist zwar ein bekannter und beliebter Schriftsteller, aber ob er nun dienlich ist, sich für einen Ausflug zu entscheiden?«

»Ich denke schon. Wir können ja unseren Tischgenossen Hermann Weth befragen. Aber es gibt noch andere Aspekte zu bedenken. Von den Strapazen ganz abgesehen, bietet sich stets auch in den Häfen viel Sehenswertes. Außerdem ergeben sich einmalige gesellschaftliche Anlässe. Seien es hier an Bord die Empfänge für die Angehörigen des deutschen Konsulates und die führenden einheimischen Persönlichkeiten. Oder auch die Einladungen des deutschen Botschafters sowie der hier ansässigen Landsleute.«

»Ja, aber wozu soll das gut sein, Sophie? Jerusalem sehe ich gewiss nicht noch einmal – und diese Menschen ebenso wenig. Da ziehe ich doch die historischen Stätten vor!«

»Sicherlich, Maximilian. Aber hier könnten sich durchaus Chancen für die Zwillinge und ebenso für Edelgarde ergeben. Das Terrain bei den Passagieren habe ich gründlich sondiert. Das scheint mir nicht so vielversprechend zu sein. Und auf einige in Frage kommenden Kandidaten haben sich bereits junge Damen geworfen, die da ganz zielbewusst vorgehen. Schließlich hat der Flor von verheirateten Damen und denen, die es werden wollen, den ganzen lieben langen Tag nichts anderes zu tun als huldvoll lächelnd zu genießen, wenn ihnen der Hof gemacht wird.«

»Zu denen gehört Elsa gewiss nicht. Sie glänzt schon wieder mit ihrem Wissen über unsere Reiseziele und ist ansonsten oft in sich gekehrt.«

»Eben! Umso wichtiger ist es, die Zwillinge und Edelgarde unter Menschen zu bringen. Das Botschaftspersonal wird auch mal in andere Länder versetzt. Solche Kontakte können nicht schaden.«

»Aber ich möchte keinesfalls auf alle Landausflüge verzichten!«

»Das meine ich auch nicht. Wir sollten jedoch darauf achten, wie anstrengend und aufwendig diese Ausflüge sind. Ich möchte nicht hier auf euch warten und keine ruhige Sekunde haben, bis ihr wieder da seid. Schließlich ist Wilhelm Jacob nicht mehr der Jüngste, Heinrich nicht der kräftigste und deine Kriegsverletzung lässt zumindest den angebotenen Ausritt zu Pferde zum Roten Meer wohl nicht in Frage kommen.«
»Den habe ich nicht in Betracht gezogen. Du sollst dir keine Sorgen machen. Die Ausflüge sind meist gut organisiert und ich bin nicht auf gefährliche Abenteuer aus.«
»Dann bin ich etwas beruhigter! Aber bedenke auch, dass ein Architekturauftrag im Orient dein Renommee in Hannover, ach, was sage ich, im ganzen Reich sehr heben würde.«
Verblüfft sah Maximilian seine Frau an. »Ein Architekturauftrag im Orient?«
Er überlegte. »Könnte interessant sein, geradezu pyramidal im wahrsten Sinne dieses nicht nur von Offizieren so gern gebrauchten Wortes. Aber dann wäre ich doch lange von Hannover weg. Würdest du mich denn gar nicht vermissen?«
»Von heute auf morgen würde das ja nicht passieren. Und die Zwillinge werden in absehbarer Zeit, nachdem Ernestine gesundet von La Palma zurückgekehrt ist, bei ihrer Mutter und ihrem Großvater leben, wenn sie nicht vorher heiraten. Heinrich wird sein Studium in Berlin abschließen. Dann sind wir beide frei und könnten gemeinsam so eine Veränderung planen. Würde es dich nicht reizen, tiefer in eine andere Kultur einzutauchen?«
Jetzt war Maximilian so überrascht, dass er aufstand. »Sophie, ich bin baff – das muss ich erst mal durchdenken.«
»Tu das, mein Lieber. Ich sehe an deiner Verblüffung, dass du mir solche Überlegungen nicht zugetraut hast. Aber wenn überhaupt, dann bald, auch wir werden nicht jünger. Kairo käme vielleicht in Frage. Nicht zuletzt wegen der Bierhäuser«, fügte sie etwas süffisant hinzu.
Unwillkürlich nickte Maximilian.
»Jerusalem unter der Türkenherrschaft kommt nicht in Frage. Aber Konstantinopel sollten wir uns näher anschauen.«
Nun wurde Maximilian richtig aufgeregt. »Dort wird demnächst das Pera Palace, entworfen von Alexander Vallaury, als hoch modernes Luxushotel eröffnet. Da tummeln sich schon einige bekannte Architekten. In Konstantinopel trifft der Okzident den Orient. Und der Orientexpress lässt alles noch enger zusammenrücken. Ich bin ge-

spannt auf den Bahnhof, den August Jasmund mit Anleihen aus der osmanischen Architektur gestaltet hat.«

»Diese Stadt verspricht, spannend zu werden!«

»Sophie, es ist großartig, eine so kluge und vorausschauende Frau zu haben.« Er erhob sich und nahm sie fest in die Arme. Und fügte in Gedanken hinzu: Da kann dann eben keine noch so schöne Helena mithalten …

Sophie erwiderte seine Umarmung herzlich. Bevor diese immer inniger wurde, löste sie sich jedoch von ihm.

»Dann bitte ich jetzt alle in unseren kleinen Salon. Es wird höchste Zeit zu Entschlüssen zu kommen, wenn wir nicht zu den Heiligen Stätten reisen wollen. Wir müssten uns auch schleunigst von den Ausflügen abmelden. Es war ein großes Entgegenkommen von Herrn Moll, uns so lange Bedenkzeit zu geben.«

»Mach dir darüber keine Gedanken, er hat genügend Passagiere auf seiner Warteliste.«

Sobald alle versammelt waren, bat Sophie jeden um ein Votum.

»Wir wären nochmals fünf Tage auf Achse«, sagte Wilhelm Jacob. »Ich scheue die Strapazen, zumal Herr Weth ja nicht unbedingt zugeraten hat.«

Heinrich, den seine Mutter bereits eingenordet hatte, erklärte: »Wir können ebenso gut Jaffa erkunden und von dort aus kleinere Ausflüge unternehmen.«

Marga, die um die Gesundheit von Wilhelm Jacob besorgt war, aber auch fand, dass Maximilian erschöpft aussah, stimmte sofort zu: »Das klingt nach einer vernünftigen Idee. Und wir können jederzeit zurück auf das Schiff, wenn uns danach ist.«

Edelgarde, die als Eingeladene keine extra Ansprüche stellen wollte, nickte: »Ich schließe mich an.«

Die Zwillinge, die nur einen kurzen Blick getauscht hatten, sagten unisono: »Wir auch!«

Sophie holte vor Erleichterung tief Luft. Maximilian erhob sich. »Ich werde sofort Herrn Moll informieren. Heinrich, komm bitte mit. Wir werden schon mal erkunden, was wir auf eigene Faust machen können. Und ihr befragt bitte den rotbefrackten Nothelfer, was Jaffa und Umgebung zu bieten haben.«

Mittwoch, 10. Februar 1892 – Jaffa
Landsleute

Die ›Augusta Victoria‹ warf weit draußen Anker, denn Jaffa besaß keinen Hafen für größere Schiffe. Vor der ganzen Küste lag ein Kranz dunkler Riffe, über die das Meer eine hochaufschäumende Brandung peitschte. Nur an einer recht schmalen Stelle konnte ein Boot, das geschickt gesteuert werden musste, passieren. Edelgarde betrachtete die Szenerie voller Bangen, denn über die Schwierigkeiten bei der Ausschiffung hatten einige Schauergeschichten die Runde gemacht.

»Wir haben noch Glück«, sagte Maximilian beruhigend. »Oft versucht ein Schiff viele Tage umsonst, nahe genug heranzukommen und muss dann unverrichteter Dinge wieder abziehen. Unseren Jerusalemfahrern bleibt somit auch erspart, wie die Hammel per Kran in die auf- und ab sausendenden Boote geladen werden.«

»Von hier sieht die Stadt recht attraktiv aus«, fand Elsa.

»Ja, sie klettert den sanften Hügel hoch wie ein Amphitheater«, bemerkte Maximilian.

»Die hübschen Häuser rechts und links haben in den Gärten gewiss Apfelsinenbäume, die Früchte sollen hier besonders aromatisch sein«, sagte seine Frau.

»Wir frühstücken erst mal in Ruhe, und wenn die Besucher des gelobten Landes von Bord sind, dann starten wir«, beschloss Maximilian.

Zum Glück waren die Wellen lang und breit, dennoch war das Einsteigen ins Boot nicht einfach, da bei jedem Wellenschlag ein Höhenunterschied von etwa zwei Metern entstand. Halb geschwungen, halb aufgefangen von den Armen handfester Matrosen, landete als erste Edelgarde und dann die restliche Elßtorffsche Gruppe in dem wippenden, aber soliden Boot.

Mit Geschrei und kräftigem Durchziehen der Ruder ging es durch die Brandung, salziger Schaum flog in die Gesichter und eine letzte Woge hob das Boot so an, dass es wie ein Pfeil in die ruhigere Bucht schoss.

Ein schmaler Kai, mit Kisten und Kasten vollgestapelt, war der erste Streifen des gelobten Landes, das sie betraten. Die von Elßtorffs, obwohl von Herrn Weth vorgewarnt, waren entsetzt über den Dreck, durch den sie waten mussten. »Hier wären wahrhaftig Gummistiefel angebracht!«, schimpfte Marga, die Nase rümpfend.

»Offenbar fließen die Rinnsteine Jaffas zu dem Landungsplatz hinab«, bemerkte Maximilian. Die Kernstadt des alten Jaffa ließ sich wegen der Enge der Straßen nur zu Fuß durchqueren.

»Es ist wieder echt orientalisch, also scheußlich!«, grummelte Edelgarde vor sich hin. Schmutz, Lärm, abscheuliche Gerüche, zerlumpte Gestalten, schlechtes Pflaster oder gar keins, sowie einen Marktplatz mit vielen feilschenden Einheimischen fand sie keineswegs malerisch, sondern abstoßend.

»Kein Wunder, dass noch bis vor wenigen Tagen eine Quarantäne auf dem Hafen lag«, konstatierte Heinrich. »Wenn einige Straßen eher den Namen Kloake verdienen, ist das immer choleraverdächtig.«

Alle waren froh, als sie nach dem Durchwaten eines Sandweges am Hotel Jerusalem ankamen, dessen deutscher Besitzer, Herr Hardegg, sie freundlich begrüßte. »Willkommen! Hier hört nicht nur das alte Jaffa auf, sondern auch der Schmutz. Dieser Vorort wurde von Württembergern gegründet und treulich erhalten. Ich empfehle Ihnen einen kleinen Rundgang und danach können Sie sich auf unserer schattigen Terrasse ein wenig laben. Wenn Sie es wünschen, lasse ich einen Imbiss für Sie vorbereiten.«

Maximilian nickte ihm bestätigend zu: »Ein guter Vorschlag, vielen Dank!«

»Größer kann so eng beieinander der Kontrast zwischen vernachlässigender Gleichgültigkeit und sorgsamer Pflege kaum sein«, stellte Marga fest.

»Wie in Deutschland!«, meinte Heinrich grinsend und deutete auf Häuser heimischer Bauart, eine kleine Kirche und eine Schule, alles von unterschiedlichen Bäumen und Palmen umgeben.

»Zauberhaft, der Blick von hier auf das Meer und dazu der Duft von blühenden Orangenbäumen«, meinte Sophie erfreut.

Sie schlenderten weiter und trafen auf schwäbelnde Bauern, gekleidet mit Röcken in heimatlichem Schnitt, die ihre Fuhrwerke für Fahrten nach Jerusalem anpriesen.

»Die Frauen und die kleinen Mädchen wirken so deutsch in Tracht und Benehmen, als seien sie gerade angekommen und frisch ausgepackt«, staunte Emilie.

Sie bewunderten die Apfelsinenanpflanzungen, in denen zahlreiche köstliche große Früchte wuchsen.

Dann schlenderten sie in weitem Bogen zurück zum Hotel Jerusalem, wo der freundliche Wirt ihnen einen Tisch hatte eindecken lassen. Frisch gepresster Apfelsinensaft stand bereit, kühles Wasser und weißer Palästina-Wein. Dazu gab es ein offensichtlich frisch gebackenes Bauernbrot mit kräftiger Kruste.

»Ich habe als kleine Überraschung einen kulinarischen Gruß aus der Heimat für Sie!«, erklärte Herr Hardegg mit einem verschmitzten Lächeln. »Es gibt natürlich auch ein nach deutscher Art gebrautes Bier und dazu passend Gothaer Zervelatwurst.«

»Wie kann sich Wurst hier halten?«, fragte Marga erstaunt.

»Sie ist in Blechdosen eingekocht und ich finde sie ganz vortrefflich. Man lernt hier im Orient als Europäer die Vorteile von Konserven zu schätzen.«

Alle probierten gespannt. Selbst Elsa schmeckte das knusprige Brot mit der rustikalen Wurst. »Deutsche Hausmannskost ist zur Abwechslung mal wieder was Feines«, sagte sie zufrieden und war froh, dass ihr Magen keine Einwände erhob.

Herrn Hardegg erfreute es sichtlich, dass es seinen Landsleuten mundete. »Ihr imposantes Schiff erregt in Jaffa beträchtliches Aufsehen«, erklärte er. »Heute stattet der Kapitän den örtlichen Behörden einen Besuch ab, welcher vom hiesigen Kajmakam in militärischer Begleitung erwidert werden wird.«

»Kajmakam?«, echote Heinrich fragend.

»Der Gouverneur. Und gewiss werden die beiden deutschen Kolonien von Jaffa und Sarona glänzende Gastfreundschaft anbieten. Man freut sich hier immer über einen Austausch mit Menschen aus der Heimat.«

»Mich interessiert, welche Erfahrungen unsere Landsleute in diesem Land gemacht haben. Als Baumeister und Architekt gefällt mir, wie hier gebaut worden ist«, ließ Maximilian einfließen.

»Oh, da wird man möglicherweise um den einen oder anderen Ratschlag von Ihnen bitten, denn unser Baukundige hat leider das Zeitliche gesegnet.«

Sophie tauschte einen kurzen Blick mit ihrem Mann. Der sagte später zu ihr. »Mit deiner Idee, eine Zeit lang im Ausland zu wirken, hast du mir wohl einen Floh ins Ohr gesetzt. Auf jeden Fall entwickele ich schon einige Einfälle, wie ich die gewonnenen Eindrücke architektonisch umsetzen kann.«

Donnerstag, 11. Februar – Samstag, 13. Februar 1892 – Jaffa
Ausflüge und ein Poem

Am folgenden Tag waren die Wellen merklich rauer, daher blieb die von Elßtorffsche Gruppe an Bord. Dadurch lernten sie einige interessante Besucher kennen, denen sie vorgestellt wurden. So den deutschen Konsul Murad mit seinen jüngeren Brüdern, die den Zwillingen den Hof machten. Außerdem erschien die derzeit in Jaffa ansässige Schwester des Sultans von Sansibar, Frau Ruete, mit ihren Töchtern. »Ihr verstorbener Gatte war Hamburger«, hatte Ballin verlauten lassen. Heinrich übernahm die Honneurs und brachte die Damen auch zur Schiffsdruckerei.

»Wir haben hier unsere eigene Zeitung!«, berichtete er stolz.

Nachdem die Besucher von Bord waren, saßen die von Elßtorffs noch zu dritt bei einem Glas Champagner auf dem Promenadendeck.

»Die Töchter fanden dich offenbar ansprechend, Heinrich!«, neckte Sophie ihren Sohn.

»Bin nicht empfänglich für Exotik«, brummelte der. »Aber morgen geht der Reigen weiter. Zum Diner hat Direktor Ballin die Spitzen der Behörden von Jaffa sowie den deutschen und russischen Konsul eingeladen.«

»Du solltest dir vielleicht in der Borddruckerei noch Visitenkarten drucken lassen, Maximilian, und dies auch Wilhelm anempfehlen«, riet Sophie.

»Sehr guter Vorschlag, ich werde ihm Bescheid sagen – das regeln wir am besten vor dem Abendessen. Ihr entschuldigt mich sicher.« Maximilian trank seinen letzten Schluck Champagner und eilte davon.

Nach dem Diner gesellte sich Albert Ballin kurz zu den von Elßtorffs, die sich im Musiksalon getroffen hatten. Wie stets verbindlich und liebenswürdig fragte er Elsa: »Hatten Sie Zeit, um Skizzen für die Inneneinrichtung zu entwerfen, gnädiges Fräulein?«

»Ja, ich bin dabei. Vor Konstantinopel, an einem der Seetage, können wir uns zusammensetzen.«

»Ich freue mich darauf!«, erklärte Ballin lächelnd und verabschiedete sich mit einer angedeuteten Verbeugung, um weiter seine Honneurs zu machen.

Am folgenden Tag wurde der ›Augusta Victoria‹ zu dem abendlichen Empfang voller Flaggenschmuck angelegt.

An diesem Diner nahmen noch ungefähr 80 bereits zurückgekehrte Reisende teil. Bei einem Aperitif berichtete Rittergutsbesitzer von Krause: »Sie taten gut daran, hier zu bleiben. Es ist alles unvorstellbar heruntergekommen und dreckig. Das unablässige Gezische des Höllenwortes Bakschisch der Bettler war noch viel schlimmer als in Kairo. Besonders abscheulich war es, als ich auf den Wegen wandelte, die auch unser Herr gegangen ist, und dabei wimmernde und sich windende Leprakranke passieren musste.«

»Ja, die armen Teufel«, meinte Max Meier, »so viel Elend. Aber ein ganz anderer Gräuel war die miserable Organisation von Cook & Son. Im Dunkel der Nacht mussten wir quartierlos mit unserem Gepäck von einem Gasthof zum anderen wandern, mir ist sogar ein Gepäckstück abhandengekommen.«

»Und selbst in der Grabeskirche in Jerusalem gab es ein unaufhörliches Gewimmer der Bettler nach Bakschisch«, berichtete Max Naumann. »Dazu das Getrampel der unablässig kommenden und gehenden Leute, die höchst oberflächlichen Erklärungen des Dragomans, unseres Führers. Solche äußeren Umstände machen es schwierig, die innere Einstellung zu den Heiligen Stätten zu finden. Ein Reisegenosse fragte denn auch tatsächlich, ob das alles von Cook arrangiert worden sei, was als höchst gelungener Witz weitergetragen wurde.« Er schüttelte den Kopf. »Das zeigt doch alles, wie wenig dort eine andachtsvolle Stimmung aufkommen kann.«

»Das klingt alles nicht sehr verlockend«, schaltete sich Sophie ein. »Und wir haben hier ja auch Einiges zu sehen bekommen. Häfen haben für mich sowieso immer eine besondere Anziehungskraft.«

Rittergutsbesitzer von Krause prostete der Runde zu, wobei sein Blick etwas länger auf Edelgarde ruhte. »Einige fragten bereits bei Antritt dieser Exkursion und noch im Banne der in Ägypten gewonnenen Eindrücke, wozu überhaupt nach Jerusalem? Was kann uns der alte Steinhaufen bieten? In der Tat: Mich hat es nicht wirklich berührt. Immerhin, im unglaublich schmutzigen Bethlehem bewachen türkische Soldaten mit geladenen Gewehren die Geburtsstätte des Erlösers.«

Maximilian nickte ihm zu. »Nun bin ich doch recht beruhigt – ich war sehr in Zweifel, ob ich teilnehmen sollte.« Er zückte seine Taschenuhr, als ehemaliger Offizier war ihm Pünktlichkeit in Fleisch und Blut übergegangen. »Es gilt sich zu sputen, wenn wir gerade heute, wo Besucher kommen, rechtzeitig zum Diner erscheinen wollen.«

Während sie sich umkleideten, nahm Sophie den Gesprächsfaden wieder auf: »Die Berichte der Jerusalemreisenden animieren nicht unbedingt zu weiteren Ausflügen. Wir sollten ernsthaft überlegen, unsere Exkursionen auf die Häfen zu beschränken, die wir anlaufen. Da gibt es genug zu sehen und zu erledigen.«
Maximilian brummelte vor sich hin: »Das möchte ich mit Heinrich und Wilhelm besprechen, ob wir tatsächlich nach Damaskus aufbrechen oder nicht.«
Pünktlich um 6 Uhr kamen die Gäste an Bord.
Die Stimmung im Speisesaal war heiter und bald erhob sich Ballin: »Ich schlage ein Hoch auf seine Majestät, den Sultan vor!« Dies erntete begeisterte Zustimmung.
Prompt stand der Kajmakam von Jaffa auf. Seinem auf Türkisch gehaltenen Toast konnte aber zweifelsfrei entnommen werden, dass er Kaiser Wilhelm II. galt.
Sofort tat ihm der deutsche Konsul Bescheid. »Wir trinken auf das Wohl der Taufpatin dieses stolzen Dampfers, Ihre Majestät Kaiserin Auguste Viktoria.«
Nun bat Rittergutsbesitzer von Krause um Gehör: »Ich habe auf unser Schiff und zur Ehre der hohen Frau ein kleines Poem verfasst.« Er räusperte sich, und nicht nur Elsa schwante Schreckliches – am Tisch der von Elßtorffs wurden beredte Blicke getauscht. Da ging die Deklamation auch schon los:

»Augusta Victoria
Vom starken Odem des Dampfes beflügelt,
Ein rastloser Pilger auf schäumendem Meer,
Von unsichtbaren Gewalten gezügelt,
So eilt es im rasenden Laufe daher.
Ein mächtiges Rauschen geht durch die Lüfte,
Als flög Vogel Greif zum glitzernden Riff,
Und kaum erreicht, schon dem Blicke entzogen,
So tragen die Wogen das stolzeste Schiff.
Es weht auf himmelan ragenden Masten
Germaniens Flagge, dreifarbig getheilt,
Die schirmende Dachung werthvoller Lasten,
Wie sie kostbarer nie auf dem Meere geweilt.
Maschinen, qualmend aus riesigen Schloten,
Die Segel umfangen vom günstigen Wind,
Und Schrauben, gedreht im wirbelnden Reigen,
Die Glieder des ehernen Goliaths sind.
Dass es ein selbständig Werk deutscher Hände,

Dass deutsch jede Spiere vom Top bis zum Kiel,
Nur deutscher Kunstfleiß geschmückt seine Wände
Und deutsches Commando geführt es ans Ziel;
Dass uns Bewunderung staunender Völker
Das stolze Bewusstsein des Sieges versüsst,
Lässt uns mit Jubel willkommen Dich heißen,
Augusta Victoria, sei uns gegrüßt!
Augusta Victoria auf dem Meere,
Auguste Viktoria auf deutschem Thron,
Es eint dieser Name Liebe und Ehre
Für jeden aufrichtigen Vaterlandssohn.
Und wo man ihn nennet in deutschen Kreisen,
Da hebt man die Gläser mit kräftigem Griff,
Dass lang noch dem deutschen Volke verbleibe
Die erste der Frauen, dass rascheste Schiff!«

Nachdem der Jubel verklungen war, fuhr von Krause fort:»Ich darf vorschlagen, dem Sultan Abdul Hamid die Ehrerbietung der Reisegesellschaft beim Einlaufen in die türkischen Gewässer telegraphisch mitzuteilen und auf demselben Wege dem Deutschen Kaiser unsere Ergebenheit auszudrücken.« Auch dies wurde mit Beifall bedacht.

Zu den Honoratioren Jaffas gehörte auch Baron Ustinoff, der in Begleitung seiner Gattin erschienen war. Er ließ Kapitän Barends einen prächtigen weißköpfigen Geier als Geschenk für den Zoologischen Garten Hamburgs überreichen.

»Den sollen die man bloß sicher einsperren«, bemerkte Fiete Buttfanger, der beim Transport des Käfigs half. »Nicht dass unserer Perrita was passiert!«

»Keine Bange, die fressen nur Aas«, versicherte ihm Marga. Beruhigt trugen Fiete und ein Matrose den Geier, der sich inmitten der vielen Menschen sichtlich unwohl fühlte, wieder hinaus.

Bei den folgenden Tischreden, in denen das herzliche Einvernehmen der beiden Nationen mit warmen Worten zum Ausdruck kam, schweiften Elsas Gedanken endgültig ab. Das Gedicht des Rittergutsbesitzers war eindeutig die schrecklichste Krönung aller Redebeiträge gewesen. Immer öfter stellte sie sich die Frage, ob sie schwanger sei. Und wenn ja, was sie dann machen sollte. Eine so lange andauernde Blutstockung hatte ich noch nie, konstatierte sie, und gewisse körperliche Veränderungen geben mir zu denken.

Sie kämpfte gegen eine Panikwelle an und versuchte einen klaren Kopf zu behalten. Sie überlegte: Die Reise dauert bis zum 24. März, erst dann landen wir wieder in Hamburg, das ist noch eine ganze Weile hin. Eigentlich möchte ich nicht so lange an Bord bleiben, aber was soll ich tun? Meine Gedanken bewegen sich immer wieder im Kreis. Selbst wenn ich wüsste wie, würde ich das Kind von Cord nicht beseitigen wollen. In solch einer Zwickmühle muss auch unsere Mutter gewesen sein! Sie seufzte schwer. Alle werden entsetzt sein, wenn es herauskommt. Die von Elßtorffs ebenso wie der Großvater. Eine uneheliche Tochter bekommt ein uneheliches Kind. Eine Schande! Man wird sich die Mäuler zerreißen. Emilie unterbrach ihre Grübeleien.»Komm, wir holen unsere Shawls, es wird ein Konzert auf Deck gegeben.«

Ein improvisierter Ball lud zum Tanzen ein. Zwar genoss Elsa die Musik unter einem sternenklaren Himmel, aber ihre Gedanken kreisten wieder um ihr Problem. Rittergutsbesitzer Krause schwenkte Edelgarde über das Deck, der schöne Zygmunt Mary von Rainer-Harbach.

»Victor sieht aus, als habe er eine Zitrone verschluckt«, kicherte Emilie schadenfroh. Elsa zuckte mit den Achseln.»Bleib du noch, ich werde mich zurückziehen.« Besorgt blickte Emilie ihr hinterher.

In der Kabine fand Elsa Post vor; die schwungvolle Handschrift der Schauspielerin Roberta erkannte sie sofort und freute sich auf die Lektüre. Sorgfältig schnitt sie mit dem Brieföffner den dicken gefütterten Umschlag auf.

Meine liebe Elsa,

während wir hier meist typisches Schmuddelwetter haben, genießt Du hoffentlich in vollen Zügen frühlingshafte Temperaturen und unbeschwerte und interessante Reisetage. Deine Ansichts-Karte aus Gibraltar mit der Abbildung des Dampfers habe ich bekommen. Da hat die HAPAG ja keinen Aufwand gescheut und einen der besten Marinemaler wirken lassen. Aufwand habe ich hier auch, nämlich bei der Suche nach einer geeigneten Villa. Inzwischen habe ich beschlossen, ein Haus für zwei bis drei Parteien zu erwerben, dann bin ich nicht ganz allein und es rechnet sich auch besser. Ein Einfamilienhaus ist eine schlechte Geldanlage – das hat jedenfalls mein Vater gesagt. Aber wo? Kleefeld ist nah an der Eilenriede, auch das Zooviertel gefällt mir. Aber am angenehmsten wäre mir stadtnah zu wohnen, vielleicht rechts oder links von der Marienstraße, wo mir besonders die neue Gartenkirche gefällt. In der Weinstraße allerdings residiert ja mein ehemaliger Verehrer, der Chemie-Fabrikant Theobald von Lensing, der sich ja nicht entblödete mir die Schauspielerei verbieten zu wollen. Aber sollte sich dort in der Nähe ein schönes Anwesen finden, wird mich das nicht abhalten!

Über unsere letzte Begegnung habe ich noch lange nachgedacht. Du weißt hoffentlich, dass ich als Deine ältere Freundin in allen Lebenslagen in jeder Hinsicht zu Dir stehe!! Nicht nur, weil Du damals aus Sorge um mich den mysteriösen Todesfall im Königlichen Schauspielhaus aufgeklärt hast, sondern auch, weil ich Dich sehr schätze! Wie ich in Amerika gelernt habe: My home is your home! Mehr brauche ich dazu wohl nicht zu schreiben ...dies nur für den Fall, dass Du Dir Sorgen über etwas machst ...

Genieße die Reise und Grüße alle von mir!

Es umarmt Dich

Deine treue Freundin Roberta

Die Zeilen verschwammen vor Elsas Augen. Roberta hatte mal wieder den siebten Sinn gehabt und ein großzügiges Angebot gemacht. Bei ihr ein Dach über dem Kopf zu finden und sich dort nützlich zu machen, das wäre nicht die schlechteste Lösung. Vor lauter Erleichterung und Dankbarkeit flossen jetzt die Tränen reichlich. Schließlich rief sich Elsa energisch zu Ordnung. Wie hatte Marga so oft gesagt: Und wenn du meinst es geht nicht mehr, kommt irgendwo ein Lichtlein her.

Elsa kuschelte sich in ihre Koje und schlief das erste Mal seit langer Zeit tief und fest.

Sonntag, 14. Februar 1892 – Jaffa
Ein Besuch in deutschen Kolonien

Am nächsten Morgen äußerte Emilie beim Ankleiden: »Wer weiß, ob die Verlobung des guten Victor unter einem glücklichen Stern steht. Diese Mary scheint dem Polen mehr zugetan zu sein, als es sich für eine Verlobte gehört.«

»Nach dem, was er sich bei uns geleistet hat, kann uns das egal sein, Schwesterchen. Vielleicht löst Mary die Verlobung. Die Polen sollen ja angeblich steinreich sein. Was der Herr Anwalt nicht ist. Daher suchte seine Mutter nach einer guten Partie. Sag' bloß nicht, Victor würde dir leidtun, wenn es krachen sollte!«

»Keinesfalls!« Emilie wechselte schleunigst das Thema. »Ich freue mich auf die Einladung der Vorstände der deutschen Kolonien von Sarona und Jaffa.«

Beim Frühstück berichtete Maximilian: »Ich habe gehört, dass die Anzahl der Damaskus-Fahrer schmilzt. Es sind jetzt ausschließlich Deutsche, darunter einige Damen, die es wagen wollen. Die Engländer und Amerikaner, die so lautstark und energisch für die Durchführung der Fahrt eingetreten waren, ziehen es jetzt vor, an Bord zu bleiben.«
»Durch die unmittelbar vorangegangenen Städtebesuche macht sich wohl eine gewisse Ermüdung breit«, meinte Wilhelm Jacob. »Vor allem aber lassen die wenig günstigen Wetterprognosen eine Exkursion durch das schneeglänzende Libanongebirge nicht allzu verlockend erscheinen.«
»Möglicherweise könnten sich auch in Beirut weitere interessante geschäftliche Kontakte ergeben«, flocht Sophie ein. »Denn gewiss wird Direktor Ballin wieder die Spitzen der Militär- und Zivilbehörden der Stadt zum Diner einladen.« Maximilian strich sich nachdenklich über den Bart.
»Bei der Exkursion ins Heilige Land hat sich ja Cook nicht gerade mit Ruhm bekleckert«, erinnerte Heinrich. »Wie das alles mit Pferdewagen bei Schnee über die Pässe gelingen soll, da habe ich meine Zweifel. Wir sollten die kostspieligen Tickets in den Wind schießen.« So geschah es. Und im Nachhinein erinnerten sich alle an seine prophetischen Worte.
Mittags gelangten die Passagiere glücklich mit einem Boot durch die Felsbarriere hindurch nach Jaffa. In der Kolonie Sarona, in der fast ausschließlich württembergische Landeskinder lebten, wohnten sie dem Schulunterricht bei.
»Wir haben 57 schulpflichtige Gemeindekinder«, erklärte der Ortsvorstand Herr Dreher.
Einige Jungen bewiesen stolz, dass sie einen Kegel berechnen konnten. Die Mädchen zeigten ihre Handarbeiten und trugen Gedichte vor. Elsa flüsterte Emilie zu: »Mal wieder typisch! Die Jungen lernen was Handfestes und die Mädchen sticken und stricken.« Zum Abschluss erklangen mehrere deutsche Lieder, zum Beispiel *Wem Gott will rechte Gunst erweisen*, was besonders die Damen rührte.
Begeistert war die Elßtorffsche Gruppe vom Besuch der Orangerie des deutschen Konsuls. Der sich freute, Wilhelm Jacob und Maximilian von Elßtorff wieder zu sehen. »Wie schön wäre es, eine regelmäßige Schiffsverbindung in die Heimat zu haben«, betonte er erneut, »das würde doch viele Geschäfte vereinfachen.«
Die Zwillinge bestaunten die zahlreichen Orangen-Bäume in dem riesigen Park. »Wir haben im letzten Jahr mehr als 800.000 Stück geerntet«, berichtete der Konsul stolz. »Die Jaffa-Apfelsine bildet

den Hauptexportartikel Palästinas. Sie ist der sizilianischen sowohl im Aroma als auch in der Feinheit des Geschmackes überlegen.« Es wurden filetierte Apfelsinenspalten herumgereicht. »Wirklich köstlich«, befand Marga, »ich muss dem Konsul Recht geben.«

»So frisch vom Baum schmecken die Früchte eben völlig anders als aus dem Kolonialwaren-Laden«, stimmte Sophie ihr zu.

Alle Passagiere bekamen Tüten mit Apfelsinen überreicht und kehrten reich beschenkt an Bord ihres Schiffes zurück. Dort waren inzwischen auch diejenigen angekommen, die den vollen dreitägigen Aufenthalt in Jerusalem absolviert hatten.

Gegen 6 Uhr setzte sich die ›Augusta Victoria‹ mit dem Ziel Beirut in Bewegung.

Montag, 15. Februar 1892 – Beirut
Verwicklungen und ein Antrag

Früh am Morgen rasselten die Anker auf der Rede vor Beirut nieder. Die Schwestern unternahmen wie stets ihren Morgenspaziergang mit Perrita. »Das sieht pittoresk aus«, befand Emilie. »Da, auf den vorspringenden Felsen, das sind alte Festungsanlagen.«

»Auch diese Stadt schmiegt sich wieder in die Bucht wie ein Amphitheater«, betonte Elsa. »Aber sieh nur, dort in den hohen Bergen des Libanon ist alles mit frisch gefallenem Schnee bedeckt. Und das, wo man doch da oben den Pass überqueren muss. Ich bin froh, dass unsere Herren auf den Ausflug gen Damaskus verzichtet haben.«

Nach dem Frühstück ließen sich die von Elßtorffs mit einem der vielen Boote ans Festland rudern. Die Ankunft ging mit weniger Lärm und Trubel einher als sonst im Orient. Zwar wurden ihnen auch Geschäftskarten in die Hand gedrückt, aber es gab kaum Bettelei um Bakschisch.

»Wir nehmen am besten einen Wagen und verschaffen uns einen Überblick«, verkündete Maximilian weltmännisch.

»Die Straßen sind erstaunlich breit und reinlich gehalten.«, bemerkte Wilhelm Jacob nach kurzer Zeit. Sie passierten etliche Kirchen, Plätze mit Brunnen und gut besuchte Kaffeehäuser. Ein bewegtes Bild aus dem morgenländischen Volksleben zog an ihnen vorüber.

»Es gibt hier Geistliche aller Konfessionen, vor allem die Protestanten sind zahlreicher vertreten als sonst in Syrien«, erklärte Edelgarde, die den Baedeker studiert hatte.

Während sie die hochgelegene Stadt verließen, breitete sich vor ihnen nach und nach ein herrliches Tal aus, welches ausgezeichnet bebaut und kultiviert war.

»Die Flora begeistert mich!«, rief Marga. »Was für eine Pracht und Üppigkeit! Palmen, Sykomoren, Johannisbrotbäume, Mandeln, Feigen, Orangen, Maulbeerbäume, Pinien, Bananen, Lorbeer, Granatäpfel, Myrten, außerdem Baumwolle, Tabak, Indigo Flachs, dazu herrliche Blumen.«

Auf dem Rückweg schlenderten sie durch den Bazar. Dann zog es die Herren in den Deutschen Verein. »Es soll dort ein vorzügliches Münchener Löwenbräu geben«, vermeldete Maximilian. »Ein Bier aus deiner Heimatstadt in Beirut, liebe Sophie, das muss einfach sein!«

Seine Frau lächelte nur und meinte: »Dann werde ich ausnahmsweise mal damit meinen Durst löschen.« Alle genossen das würzige Bier.

»Wie so oft ziehen das Postamt und die deutschen Bierlokale einen Teil der Reisenden wie magisch an«, kommentierte Elsa das Verhalten ihrer Landsleute.

Als sie zurück an Bord kamen, hatte man inzwischen die Post verteilt. Elsa war enttäuscht – wieder keine Nachricht von Cord. Sie schimpfte mit sich selber, da sie eigentlich wusste, dass vor Konstantinopel nichts von ihm zu erwarten war. Noch eine Woche, sagte sie sich, dann sind wir am Bosporus. Die Briefe von Roberta und ihrer Freundin Isidora Kaulbach erfreuten sie zwar, vermochten jedoch ihre Enttäuschung nicht zu lindern. Bertha berichtete einige Neuigkeiten:

Unsere ehemalige Köchin Miene hat ihr Kindchen bekommen! Es war keine leichte Geburt, aber die Mutter und das kleine Mädchen sind wohlauf. Wachtmeister Siebert ist der stolzeste Vater, den man sich vorstellen kann. Fast könnte ich neidisch werden. So ist das für uns Frauen, je nach den Lebensumständen gehen großes Glück oder großes Leid mit so einem kleinen Wesen einher. Genieß' weiterhin Deine Reise!

Herzliche Grüße sendet Dir Bertha aus dem kalten Hannover.

Sofort musste Elsa wieder an die schreckliche Situation in der Altstadt denken. Und auch daran, dass sich Bertha mit den Zweigspitzen des Sadebaums fast umgebracht hätte. Für Bertha ging es damals um alles oder nichts, sann Elsa – und am allerschlimmsten war, dass ein Mann ihr Gewalt angetan hatte. Mein Kind hingegen ist aus Liebe entstanden und ich würde es gar nicht ungeschehen machen wollen. Auch wenn alles schwierig ist, so bin ich doch letztlich nicht in einer so geradezu hoffnungslosen Situation wie damals Bertha. Gewiss wird mich niemand auf die Straße setzen. Sogar Roberta hat mir durch die Blume Hilfe angeboten. Das alles werde ich mir immer wieder vor Augen halten. Aber dennoch graut mir vor dem Moment, wo ich mit der Sprache herausmuss.

Abends fand ein großes Festmahl statt, an dem eine ganze Reihe von Konsuln mit ihren Damen teilnahmen, so der deutsche General-Konsul Dr. Schröder und sein Vice-Konsul sowie der Vertreter Großbritanniens und hohe türkische Würdenträger.

Die übliche Abfolge der kurzen Toasts langweilte Elsa maßlos, sie hing wieder ihren eigenen Gedanken nach. Ein Hoch auf die Königin von England ließ sie zusammenzucken. Nachdem die HAPAG und die amerikanische Führung gepriesen worden waren, huldigte Rittergutsbesitzer von Krause in beredten Worten den Damen. Diese äußerst konservative Damenrede, in der die Frauen vor allem als Zierde vorkamen, entsprach keineswegs Elsas Geschmack. Nachdem die Tafel aufgehoben worden war, vergnügte man sich wieder bei einem improvisierten Ball auf dem Promenadendeck.

Es wurde eifrig getanzt. Erneut forderte Zygmunt Opalinski mehrfach Mary von Rainer-Harbach auf. Doch dieses Mal kam es zu einer offensichtlichen Verstimmung zwischen Victor Rehnhoff und ihr. Bei der nächsten Aufforderung zum Tanz lehnte der Anwalt für seine Verlobte ab. Es kam zu einem heftigen Wortwechsel. Mary erhob sich empört. »Wenn du dich bereits in der Verlobungszeit derartig spießig aufführst, Victor, wie mag es dann erst in einer Ehe aussehen?« Sie zog demonstrativ ihren Verlobungsring vom Finger, knallte ihn auf den Tisch und stürmte hocherhobenen Hauptes von dannen. Eilig gefolgt von ihrer Tante, die nicht so recht wusste, was sie davon halten sollte.

Sofort erhob sich einiges Getuschel unter denen, die diese Szene unmittelbar mitverfolgt hatten. Zu ihnen gehörten auch die Zwillinge und Marga. »Geschieht ihm recht!«, war Emilies mitleidloser Kommentar.

»So sehe ich das ebenfalls«, stimmte Marga zu.

Victor verschwand ebenso schnurstracks wie seine gerade noch Verlobte. Es trieb ihn dringend an die Bar, er konnte kaum einen klaren Gedanken fassen. Ausgerechnet vor Publikum ihm die Verlobung aufzukündigen! Wegen eines reicheren Mannes, der zudem noch ein windiger Pole war. Das würde sich auf dem Schiff herumsprechen wie ein Lauffeuer. Er konnte sich die Schadenfreude, getarnt durch Bedauern und Mitgefühl, schon lebhaft vorstellen. Perfide und gemein von Mary, so etwas würde er nie tun!

Leider fiel ihm in dem Moment ein, wie er, beeinflusst durch allerhand Einwände seiner Mutter gegen die scharfsinnige Elsa, ausgerechnet deren Zwillingsschwester den Hof gemacht hatte. Vermeintlich jedenfalls, denn anstelle von Emilie war Elsa erschienen, was er nicht gemerkt und sich ordentlich blamiert hatte. Die Szene auf dem hannoverschen Gartenfriedhof würde er nie vergessen. Er schüttelte sich bei dieser Erinnerung wie ein begossener Pudel und strebte schnellen Schrittes zur Bar. Nicht zuletzt auf Grund der Information, dass die Zwillinge arm wie die Kirchenmäuse seien, hatte er einen Rückzieher vollzogen. Irgendjemand jedoch musste für diese exorbitant teure Reise tief in die Tasche gegriffen haben – das konnte eigentlich nur der Großvater sein, der Möbelfabrikant. Oder war die Aussage, die Münchener Großmutter habe ihren unehelichen Enkeltöchtern nichts hinterlassen, eine Finte gewesen, auf die er prompt hereingefallen war?

Er bestellte sich einen doppelten schottischen Whisky, ein Getränk, welches er hier an Bord kennen und schätzen gelernt hatte. Der Barmann brachte das Gewünschte. Da gesellte sich der Major Freiherr von Rosenberg zu ihm, deutete auf das Glas und orderte: »Für mich dasselbe!«

Victor nahm schon mal einen tüchtigen Schluck. Der Freiherr prostete ihm zu und meinte: »Machen Sie sich nichts draus, andere Mütter haben auch hübsche Töchter. Und davon laufen auf diesem schwimmenden Heiratszwinger ja genug rum.«

»Das machte ja noch schneller die Runde, als ich dachte«, knurrte Victor, leerte sein Glas und ließ sich nachschenken. »Viele reiche Familien bilden sich mächtig was ein und können den Hals nicht voll bekommen. Geld zu Geld.«

»Was den Königshäusern recht ist, ist dem Adel billig, und die hübschen Familien in Hannover haben es meist nicht anders gehalten.«

Victor zuckte scheinbar nonchalant mit den Schultern, während er immer noch vor Wut kochte. Das versprach ja ein regelrechtes Spießrutenlaufen zu werden. Und er konnte noch nicht Mal von diesem Schiff fliehen.

Der Freiherr prostete ihm erneut zu. »Bedenken Sie, goldene Eier sind nicht alles im Leben.«

»Sehr richtig«, fauchte Victor, »zumal man dann lebenslänglich an eine Gans gefesselt ist – in unseren Kreisen lässt man sich schließlich nicht scheiden. Bei der Vorstellung, mir über Jahrzehnte Belanglosigkeiten anhören zu müssen, wird mir ganz anders. Gleichgültig, was meine Mutter dazu sagt, ich möchte eine kluge Frau an meiner Seite haben, egal, ob sie nun eine fette Mitgift hat oder nicht.«

»Gut gebrüllt, Löwe!« Auch sein Gegenüber war mittlerweile beim dritten doppelten Whisky angelangt. Er neigte sich vertraulich zu Victor. »Ehrlich gesagt: Eine hohe Mitgift versüßt so manches, aber auf die Dauer ist das Ehejoch mit einer Frau, die nichts anderes im Kopf hat als Amüsement, Schmuck, Kleider und Kinder, ziemlich langweilig und eintönig. Das lässt sich auch durch außereheliche Freuden nur bedingt ausgleichen.«

Victor nahm einen weiteren großen Schluck. »Ich war ein Idiot. Hatte eigentlich schon die Richtige. Aber ich habe es vermasselt.«

»Ist sie denn noch frei?«

»Ja, das ist sie.«

»Dann sollten Sie nach unserer Rückkehr in Hannover schleunigst zur Sache kommen.«

»Sie ist hier an Bord.«

Erstaunt knallte von Rosenberg sein Glas auf den Bartresen. »Das grenzt den Kreis der in Frage kommenden Damen ja mächtig ein. Aber ich will nicht weiter in Sie dringen, welche es ist. Bei Licht besehen«, meinte er nachdenklich, »gibt es doch eine echte Chance, wie Sie sich revanchieren könnten. Wenn Sie zeitnah eine neue Verlobung verkünden würden, stehen Sie nicht mehr als der Gelackmeierte da. Das wäre doch eine wunderbare Gelegenheit, den Spieß umzudrehen!«

»Die Frage ist, ob sie mich noch will. Schließlich habe ich sie mal ziemlich brüskiert.«

»Sie sind immerhin ein gutaussehender Jurist mit eigener Kanzlei, wohlangesehen in unserer Heimatstadt. Ist die besagte junge Dame diskret oder würde sie es herausposaunen, falls sie Ihnen einen Korb gibt?«

»Ich glaube nicht, dass sie das tun würde.«

»Dann würde ich an Ihrer Stelle die Gelegenheit beim Schopfe packen. Sie schlagen zwei Fliegen mit einer Klappe – Sie bekommen möglicherweise die Frau, die Sie wirklich wollen und Ihre Mutter müsste Contenance zeigen, wenn sie vor vollendete Tatsachen gestellt wird.«

Tief Luft holend schüttelte Victor seinem Gegenüber die Hand. »Ich danke Ihnen. Dieses Gespräch unter Männern bleibt zwischen uns?«

»Selbstverständlich! Und sollte Ihr Antrag angenommen werden, könnten Sie Nägel mit Köpfen machen und sich vom Kapitän trauen lassen.«

Beide Herren ahnten nicht, dass der Chefsteward mit großen Ohren das Gespräch belauscht hatte.

Victor bemerkte, wie seine Gedanken sich überschlugen, er bedankte sich nochmals. Von Rosenberg klopfte ihm kräftig auf die Schulter und verabschiedete sich.

Unterdessen genossen die Zwillinge den lauen Abend unter einem funkelnden Sternenhimmel. Sie tanzten eifrig. Den Gästen, insbesondere den zahlreichen Mitgliedern der deutschen Kolonie, gefiel es ganz besonders gut. »Dieses Fest auf einem Stück deutschen Bodens wird uns lange unvergesslich bleiben«, bedankte sich der deutsche Konsul bei Ballin. Unvergesslich – dies sollte auch für Elsa gelten, die vor dem Zubettgehen in der Bar noch einen besonderen Kräuterbitter, ein ungarisches Fabrikat, für ihren unruhigen Magen trinken wollte. Den hatte Marga vom Chefsteward empfohlen bekommen und zur Medizin erklärt.

»Der Magenbitter ist ein Extrakt aus über 40 verschiedenen Kräutern und Wurzeln, hergestellt nach einem alten Rezept der Familie Zwack, deren Brennerei 1840 in Pest gegründet wurde«, hatte dieser dargelegt.

Am Ende des Tresens saß indessen Victor mutterseelenallein und ließ den Whisky im Glas kreisen. Elsa war bei seinem Anblick geneigt, die Flucht anzutreten, allein ihr Magenproblem verhinderte das. »Ein Gläschen Unicum«, bestellte sie bei dem freundlichen Steward. Der ergriff zielsicher eine kugelförmige grüne Glasflasche mit einem Emblem bestehend aus einem weißen Kreuz auf rundem rotem Grund. »Immer eine gute Wahl für die Magennerven, gnädiges Fräulein.«

Victor zuckte zusammen, erhob sich schnurstracks und kam zu ihr herüber. »Was für ein Stichwort! Wie ein Unikum komme ich mir gerade vor! Wie ein einzigartiger Depp stehe ich da, sitzen gelassen und entlobt! Und auch sonst war ich ein Idiot. Liebes Fräulein Elsa, gestatten Sie mir bitte einige erklärende Worte!«

»Sie sind mir keine Erklärung schuldig. Außerdem sprachen ja die Tatsachen für sich.«

Victor sah Elsa mit gequält nach unten gezogenen Mundwinkeln an: »In den letzten Tagen habe ich über vieles nachgedacht. Und bin zu unangenehmen Erkenntnissen gelangt. Ich war immer zu schwach, um mich den Heiratsplänen meiner Mutter zu widersetzen. Unter größten Entbehrungen ermöglichte sie mir das Studium. Während sie nach außen erfolgreich den Schein aufrecht hielt, herrschte bei uns Schmalhans Küchenmeister. Partout wollte sie mich vorteilhaft verheiraten, um sich nie wieder Sorgen um meine künftige Existenz machen zu müssen. Dabei schoss sie weit über das Ziel hinaus. Denn ich kann inzwischen von meiner Kanzlei gut leben, allerdings nicht auf großem Fuß.«

Er ist schwer in seiner Eitelkeit gekränkt, dass seine Verlobte einen anderen vorgezogen hat, offensichtlich, weil der viel reicher ist, analysierte Elsa ohne jegliches Mitleid.

»Eine unverzeihliche Dummheit war, dann deiner Zwillingsschwester den Hof zu machen.« Unwillkürlich verfiel er in das »Du« aus den guten gemeinsamen Zeiten. »Bereits vor dem Desaster hier ist mir endgültig klar geworden, dass es nur eine Frau gibt, die mir imponiert und mit der ich mein Leben teilen möchte.«

Als Elsa erahnte, worauf seine Geständnisse hinausliefen, wurde ihr regelrecht schwindelig. Hier schien sich eine ungeahnte Möglichkeit aufzutun, die alle ihre Probleme lösen könnte – allerdings für einen äußerst hohen Preis. Bei dem Gedanken an Cord verzog sich ihre Miene schmerzlich, was Victor veranlasste, spontan ihre Hand zu ergreifen. »Ich war ein solcher Idiot, es tut mir so entsetzlich leid. Nie wirst du mir das verzeihen können – ich würde, alles, wirklich alles tun, um es wieder gut zu machen!«

»Wirklich alles, Victor?«

Während seine linke Hand immer noch ihre Rechte umklammerte, schlug er sich aufs Herz. »Ich schwöre es!« Und machte Anstalten, vor Elsa auf die Knie zu fallen. Das fiel ein wenig ungelenk aus, sodass Elsa, die seine Fahne wahrgenommen hatte, sich fragte, mit wie vielen Gläsern er seinen Kummer betäubt haben mochte.

»Sei vorsichtig!«, entgegnete Elsa mit fester Stimme. »Du hast eine einzige Chance: Wenn du mich sofort hier auf dem Schiff heiratest« – und während er sie ungläubig und mit ersten Anzeichen von Freude ansah, fügte sie nachdrücklich hinzu: »samt meinem ungeborenen Kind.«

Victor erstarrte, geriet aus dem Gleichgewicht, schwankte gefährlich und rettete sich schweratmend auf einen Stuhl.

»Du bist schwanger? Doch wohl nicht etwa von diesem Burschen aus Linden?«

»Das wird mein Geheimnis bleiben.«

Victor schluckte – es fiel ihm schwer, klar zu denken. Aber die Vorstellung, hier auf dem Schiff vor aller Augen – vor allem vor denen seiner Ex-Verlobten – mit Elsa getraut zu werden, schien ihm außer-

ordentlich verlockend. Das würde seine gekränkte Mannesehre ein Stück weit wiederherstellen!
»Der Kapitän könnte uns trauen. Eine Schiffsheirat – das wäre doch etwas Besonderes!«
»Du willst mich ernstlich heiraten? Unter diesen Umständen?«
Kaum hatte sie es gesagt, wurde Elsa die Doppeldeutigkeit ihrer Worte klar und sie musste unwillkürlich, trotz des Ernstes der Situation, lächeln.
Victor hingegen bekam diese sprachliche Feinheit nicht mit und sah nur das Lächeln.
»Ja, das will ich, liebe Elsa!«
In diesem Moment kamen zum Glück Marga und Wilhelm Jacob herein, denn Victor machte offensichtlich Anstalten, seine künftige Braut zu küssen. So konnte er ihr nur einen formvollendeten Handkuss geben. »Alles Weitere morgen. Ich gehe auf einen Absacker nach hinten an die Bar«, flüsterte er. Mit einer angedeuteten Verbeugung eilte er etwas schwankend davon. Marga sah ihm deutlich irritiert hinterher. Elsa schien ihr völlig durcheinander zu sein. Schnellstmöglich werde ich sie unter vier Augen befragen, was hier los ist, beschloss sie besorgt.

Dienstag, 16. Februar 1892 – Beirut
Entscheidungen und Geständnisse

Elsa hatte äußerst unruhig geschlafen – sie hatte von der Hochzeit mit Victor geträumt, die unter schlechten Vorzeichen zu stehen schien, denn mitten in der Trauung kam ein heftiger Sturm auf. Sie erwachte völlig verschwitzt, stand in aller Herrgottsfrühe leise auf, machte sich frisch, zog sich an und begab sich an Deck.

Ihre Gedanken kreisten unablässig um zwei Fragen: Sollte sie wirklich Victor heiraten? Oder lieber baldmöglichst von Bord gehen?

Auch Herrn Moll schlenderte schon über das Deck und genoss die Aussicht auf Beirut.

»So früh auf den Beinen, gnädiges Fräulein?«
»Ja, ich hatte leider einen schlimmen Traum.«
»Oh, wie bedauerlich. Aber mir ging es genauso. Allein die Organisation der Ausflüge ist schon aufreibend genug. Nicht nur die Zusagen im jeweiligen Land sind alles andere als zuverlässig, auch auf die angemieteten Dienste von Cook & Son kann man nicht immer bauen.«

»Und gewiss geschehen noch unvorhersehbare Dinge!«, mutmaßte Elsa.

»So ist es! Hoffentlich kommen die Teilnehmer pünktlich von dem Ausflug nach Damaskus zurück. Die Wetterverhältnisse verschlechtern sich ständig. Wir könnten nicht unbegrenzt warten, sonst wäre ja das weitere Programm für alle anderen Passagiere gefährdet.«

»Ist schon mal jemand gänzlich verschwunden?«

»Nein, zum Glück nicht! Wenn einem Gast an Land etwas passiert, dann würde das einen bösen Schatten auf alle Exkursionen werfen, die doch einen besonderen Reiz unserer Reise ausmachen.«

»Es könnte aber auch jemand über Bord gehen«, wandte Elsa ein.

»Genau das ist bei der Rückreise letztes Jahr von La Palma passiert.«

»Sie scheinen schon sehr reiseerfahren zu sein, junge Dame!«

»Wie man es nimmt, außer mit La Palma kann ich nur mit Norderney aufwarten«, entgegnete Elsa lächelnd. »Aber was geschieht, wenn jemand plötzlich abreisen muss?«

Herr Moll warf sich in die Brust. »Das organisiere ich alles, soweit es möglich ist – die Fahrtroute, die Passage-Papiere und die benötigten Devisen.«

»Wie lange brauchen Sie dafür?«

»Kommt darauf an, wo wir gerade sind – aber notfalls erledige ich das in wenigen Stunden. Als Vertreter von Cook habe ich schließlich die allerbesten Beziehungen.«

Prüfend schaute er Elsa an: »Ich hoffe, es gibt keinen konkreten Hintergrund für ihre Frage?«

»Möglicherweise doch, Herr Moll. Aber ich bitte Sie um absolute Diskretion. Keinesfalls möchte ich meiner Familie die Freude an der Reise schmälern. Vielleicht geht auch alles gut – es reicht, dass ich mir Sorgen mache. Es handelt sich um eine äußerst delikate Angelegenheit! Daher nochmals: Kein Wort hierüber, versprechen Sie es mir!«

Herr Moll hob die Hand wie zum Schwur, blickte Elsa, die er sehr sympathisch fand, verschwörerisch an und versprach: »Nichts wird über meine Lippen kommen.«

»Ich würde in Golddukaten zahlen wollen – können Sie das arrangieren?«

»Ja, das bekomme ich hin.«

Elsa verabschiedete sich bald und suchte sich auf dem Deck einen Liegestuhl in einer wenig frequentierten Ecke. Sie wollte nachdenken.

Aus einem Impuls heraus hatte sie über die normale Reisekasse hinaus einen beträchtlichen Teil von ihren Ersparnissen in Goldmünzen mitgenommen. Sie könnte eine Reisetasche packen und unter ihrer

Koje verbergen – eine zweite ließe sich rasch einräumen, wenn sie das Schiff Hals über Kopf verlassen wollte. Sie atmete tief durch. Vielleicht konnte sie ein Telegramm von ihrer Mutter Ernestine vortäuschen, welches sie dringend nach La Palma rief. Allerdings wäre es ungewöhnlich, wenn sie ganz alleine auf die Reise ginge. Aber in der Not ...

Sie fiel in einen leichten Schlummer. Und erwachte einige Zeit später, weil sie die Sonne nicht mehr spürte. Als sie die Augen aufschlug, erblickte sie Marga.

»So ein Leichtsinn, dein Teint! Du bist kurz vor einem Sonnenbrand. Komm, lass uns im Schatten etwas trinken.« Sie nahmen Platz und Marga bestellte Kräutertee. Sich umblickend vergewisserte sie sich, dass niemand sie hören konnte und sagte ernst: »Elsa, es ist Zeit, Tacheles zu reden. Es gibt ein Gerücht an Bord, dass unser verlassener Verlobter jetzt plötzlich vom Käpt'n mit dir getraut werden will. Stimmt das?«

Elsa blickte sie fassungslos an: »Wer hat das verraten?«

»Nicht der Kapitän, der weiß von nichts, du Schäfchen, sondern der gute Victor selber, der sich gestern Nacht an der Bar noch etlichen Whisky einverleibt hat und heute Morgen absolut nicht ansprechbar ist. Der Steward, dem ich des Öfteren mit etwas aus meiner Bordapotheke geholfen habe, erzählte es mir. Ich habe ihm ein fürstliches Trinkgeld gegeben und er versprach hoch und heilig, niemandem was zu sagen. Aber wer weiß, ob er sich daran hält und nicht jemand anders auch etwas mitbekommen hat. Also sprich, die Zeit drängt! Bislang liegt der Anwalt in Sauer. Sollte jedoch die Geschichte durchs Schiff gehen, kocht hier die Gerüchteküche über.«

Elsa erblasste. »Ich weiß nicht mehr ein noch aus – und wirklich klar denken kann ich auch nicht mehr.«

»Aber ich kann noch zwei und zwei zusammenzählen. Meinst du, ich bin blind und taub? Schon drei Mal hast du keine Monatsbinden gebraucht, dazu die Übelkeit. Du bist still, in dich gekehrt und oft geistesabwesend, was sonst kaum deine Art ist!«

»Die Schande kann ich doch meiner Familie nicht antun, Marga!«

»Mein liebes Mädchen – ich habe meinen Mann genau wie eure Mutter im Deutsch-Französischen Krieg verloren. Ich war nicht schwanger. Und wäre es dennoch gern gewesen.« Elsa sprang auf und umarmte ihre mütterliche Freundin mit Tränen in den Augen. »Der Vater ist Cord und der ist bekanntlich in Amerika und weiß von nichts.«

»Das habe ich schon vermutet, sah euch mal kurz hintereinander aus der Remise kommen.«

Elsa guckte sie fassungslos an und fing an zu weinen.

Nachdem sie sich wieder gefasst hatte, sagte Marga: »Aber eine Heirat mit Victor ist die denkbar schlechteste Lösung! Frau Rehnhoff als Schwiegermutter ist sowieso schon eine Katastrophe für sich. Wären wir Kopten, würde sie nie im Leben ausgerechnet dich für ihren einzigen kostbaren Sohn auswählen. Dummheit und Stolz wachsen aus einem Holz! Geschieht ihr mehr als Recht, dass diese reiche, adelige Verlobte abgesprungen ist. Hochmut kommt vor dem Fall!«

»Wäre Victor ein Kopte, müsste er die Braut behalten! Nur ein Mohammedaner kann die Anvermählte, die er vorher nie gesehen hat, wegschicken, wenn sie ihm nicht gefällt. Dass die Braut weggeht, ist hingegen für alle diese Familien unvorstellbar.«

»Nettes Gedankenspiel, aber wir kehren besser zu unseren Gebräuchen zurück, wobei die Auflösung einer Verlobung durch die Braut durchaus nicht an der Tagesordnung ist. Aber mir wäre es ein diebisches Vergnügen, wenn Victor innerhalb kurzer Zeit erlebt, dass ihn die Braut Nummer Zwei ebenfalls sitzen lässt. Nicht zuletzt deshalb, weil Mutter Rehnhoff, käme sie dahinter, dass du ein Kuckuckskind in die Familie bringst, dir die Hölle auf Erden bereiten würde. Das Ganze kommt mir vor wie ein Roman von der Marlitt – es wäre jedoch keiner von den guten.«

»Aber ...«

»Nichts aber! Und wie verschwiegen Victor ist, erlebten wir ja gerade!«

Elsa saß da wie ein Häufchen Unglück. »Und jetzt?«

»Reiß' dich zusammen, trink' einen Tee mit viel Zucker und schalte deinen berühmten analytischen Verstand ein! Stell dir vor, Cord kommt zurück und du bist mit diesem schnöseligen Rechtsanwalt verheiratet. Der sich nicht entblödet hat, zeitweise deiner Schwester allen Ernstes den Hof zu machen. Wenn du wirklich in Betracht ziehst diesen Mann zu heiraten, musst du völlig durcheinander und verzweifelt sein. Juristen meinen oft, sie könnten alles – und dieser Rehnhoff meint offenbar, sich alles erlauben zu können. Ich glaube, du bist von sämtlichen guten Geistern verlassen! Eine Heirat mit dem falschen Mann kannst du nicht ohne weiteres rückgängig machen. Du weißt genau, dass man sich in höheren Kreisen nicht scheiden lässt. Und tust du es doch, wirst du als geschiedene Frau gesellschaftlich geächtet.«

»Aber als Mutter mit unehelichem Kind bin ich ebenfalls unten durch. Ja, ich bin völlig durcheinander. Vor allem muss ich jetzt hier unbedingt weg. Du hast Recht, ich kann Victor nicht heiraten. Fontane schreibt in ›Stine‹, der Novelle, die du mir geliehen hast, dass man sich

von einer unglücklichen Liebe wieder erholen und ganz gut rausmausern kann, aber aus einem unglücklichen Leben nicht.«
»Meine Rede!« Marga erinnerte sich daran, wie sie Wilhelm Jacob vorgelesen hatte. Was war seitdem alles Erfreuliches geschehen! Elsa riss sie aus ihren glücklichen Gedanken.
»Wenn die Gerüchte hier die Runde machen sollten, kann ich keinesfalls an Bord bleiben. Man wird sich mehr oder weniger diskret die Mäuler zerreißen … Es ist alles so ungerecht! Frauen haben keine Wahl! Wir sind immer abhängig! Selbst das Lehrinnenexamen würde jetzt nicht helfen, weder könnte ich heiraten noch gar als Mutter eines unehelichen Kindes höhere Töchter unterrichten. Frauen müssen endlich das Abitur machen und studieren können! Nur wenn wir finanziell auf eigenen Füßen stehen, haben wir ein Stück vom Reich der Freiheit errungen!« In Amerika möchte ich sein und bei Cord, fügte sie im Geiste hinzu.
»Stimmt alles, aber ich hätte auch noch gerne das Wahlrecht!«
Elsa nickte, hing jedoch anderen Gedanken nach. »Ach, am liebsten würde ich auswandern und gemeinsam mit Cord in Stanford studieren. Das stelle ich mir wunderbar vor.« Ihr Gesicht erstrahlte durch ein glückliches Lächeln. Offensichtlich schwebte sie in unrealistischen Sphären.
Marga hielt es für angebracht, sie wieder auf den Boden der Tatsachen zurückzubringen. »Das wäre, wenn überhaupt, die übernächste Kartoffel, Elsa! Zunächst brauchen wir eine Lösung für die augenblickliche Situation – und das möglichst bald!«
Sofort zeigten sich auf Elsas Stirn nachdenkliche Falten – sie überlegte konzentriert und meinte dann zögernd: »Was hältst du davon, wenn ich einfach flüchte und zu Ernestine nach La Palma fahre?«
Marga holte tief Luft. »Ja, eine gute Idee – aber du kannst dich kaum allein aufmachen!«
»Doch! Ich möchte niemandem von euch diese Reise verderben. Und werde mich an Herrn Moll wenden, mit dem ich kürzlich darüber sprach, was passiert, wenn jemand plötzlich abreisen muss. Der organisiert alles.«
Marga schmunzelte. »Nun, ein letzter Rest Verstand ist offenbar doch noch vorhanden, das beruhigt mich ein wenig. Aber ich komme mit dir.«
»Unmöglich! Großpapa legt großen Wert auf deine Gesellschaft und du bist eingeladen! Und ich kann dich keinesfalls um diese einmalige Reise bringen!«

»Und es ist ausgeschlossen, dass du in deinem Zustand alleine reist, mein liebes Kind! Ich werde mit Wilhelm sprechen.« Elsa stutzte einen Moment über diese vertrauliche Anrede, sagte aber nichts. Es gab Wichtigeres zu überlegen. Denn so schnell wie möglich wollte sie von Bord gehen, das zumindest wusste sie jetzt sicher.

Als Marga davongeeilt war, wurde ihr blitzartig klar: Da hatte sich doch etwas getan! Wandelte Großvater auf Freiersfüßen? Dann konnte sie unmöglich Margas Begleitung annehmen. Aber möglicherweise bahnte sich bei Emilie und Heinrich ebenfalls etwas an. In diesem Fall müsste ich doch ganz allein reisen, schlussfolgerte sie. Ach Cord, seufzte sie, wenn du nur da wärest. Vor Verzweiflung begann sie zu weinen.

Kurz darauf vernahm sie ein Hüsteln. Herr Moll stand neben ihr und überreicht ein tadellos gebügeltes weißes Taschentuch. »Gnädiges Fräulein, kann ich irgendwie behilflich sein?«

Elsa riss sich zusammen. Plötzlich sah sie die Lösung: Ich werde Emilie alles offenbaren und sie doch bitten mitzukommen, ich glaube nicht, dass sie mit Heinrich schon richtig verbandelt ist. Wer kann mich besser begleiten als meine Zwillingsschwester, wenn wir zu unserer Mutter fahren? Wir werden in Konstantinopel von Bord gehen.

»Lieber Herr Moll, es ist tatsächlich so, dass ich, und wahrscheinlich auch meine Schwester, aus familiären Gründen kurzfristig das Schiff verlassen werden. Bitte erkundigen Sie sich nach einer Kabine auf einem Schiff, welches durchs Mittelmeer zurückfährt. Wir müssen zu den Kanarischen Inseln.«

Inzwischen schrieb Marga rasch eine kleine Notiz, winkte Fiete herbei und schickte ihn zu Wilhelm Jacobs Kabine. Sie begab sich in den Musiksalon, der, wie sie gehofft hatte, um diese Zeit bei dem strahlenden Sonnenschein menschenleer war. Ohne sie wirklich wahrzunehmen, musterte sie die üppige Dekoration. Da eilte auch schon Wilhelm Jacob herbei und betrachtete sie besorgt: »Du siehst betrübt aus, meine Liebe. Bedrückt dich etwas?«

Marga überlegte verzweifelt, wie sie ihm die Hiobsbotschaft schonend beibringen konnte. Es fiel ihr nichts wirklich Gutes ein.

»Elsa würde gern die Reise abbrechen, sie fühlt sich nicht wohl. Sie möchte zu Ernestine nach La Palma fahren.«

Wilhelm Jacob blickte sie verblüfft an. »Nun, wegen der Irrungen und Wirrungen in Liebesdingen hier an Bord wird meine mutige Enkelin kaum von der Fahne gehen. Da steckt doch noch was Gravierenderes dahinter?«

»Möglicherweise. Jedenfalls halte ich es auch für besser, wenn sie sich möglichen Gerüchten hier entzieht. Sie zeigt momentan nicht den analytischen Verstand, der ihr sonst zu eigen ist.«

»In der Tat, da sie, wie wir kürzlich mitbekamen, mit diesem windigen Rehnhoff überhaupt noch spricht, scheint sie geistig nicht auf der Höhe sein. Der Kerl kennt wohl keinen Stolz, wenn er, kaum wegen eines reicheren Verehrers abserviert, meint, sich wieder bei meiner Enkelin einschleimen zu können.« Wilhelm Jacob schnaubte empört.

Obwohl er die Sachlage mangels einiger grundlegender Informationen nicht insgesamt überblicken konnte, stimmte Marga ihm aus vollem Herzen zu: »Das sehe ich genauso. Auf jeden Fall braucht Elsa Zeit, um zur Besinnung zu kommen – da wäre eine Reise nach La Palma zu ihrer Mutter doch eine probate Lösung.«

Wilhelm Jacob sah sie genau an: »Zumal der lange Aufenthalt ihres Freundes Cord in Amerika ihr auch zusetzt.« Nicht zum ersten Mal stellte Marga fest, dass dieser Mann über einigen Scharfsinn verfügte, den er offensichtlich seiner Enkelin Elsa vererbt hatte.

Da sie sich in der Loyalität zwischen den beiden hin und hergerissen fühlte, bemerkte sie nur: »Ja, das könnte auch eine Rolle spielen. Jedenfalls würde ich sie nur sehr ungern allein reisen lassen.« Womit sie sich dem nächsten Konflikt näherte. »Aber du hat mich zu dieser wunderbaren Fahrt eingeladen …«

Es entstand eine ungemütlich lange Pause. »Nun, ein guter Großvater weiß, wann er zurückstehen sollte«, meinte Wilhelm Jacob schließlich. »Jedoch auch, wann es Zeit ist, sich zu erklären.« Er räusperte sich ausgiebig und sagte dann schlicht: »Marga, wir sind beide verwitwet, hatten beide gute Ehen – und leben schon etliche Jahre allein. Bereits als wir uns auf Norderney kennen lernten, machtest du großen Eindruck auf mich. Als ich so krank war, hast du mir das Leben gerettet. Ohne dich möchte ich nicht mehr weitermachen, du bedeutest mir sehr viel. Kannst du dir vorstellen, meine Frau zu werden?«

Völlig überrascht saß Marga zunächst erstarrt da. Dann sprang sie auf, Wilhelm erhob sich gleichzeitig und sie sagte nur: »Ich habe dich kennen und lieben gelernt, aber ich dachte nie, dass ich als Ehefrau für dich in Betracht käme.«

»Wenn nicht du, wer dann«, und damit zog er sie in die Arme. »Was hältst Du von einem Verlobungskuss«, fragte er leise, »oder sind wir dafür zu alt?«

»Keineswegs«, erwiderte Marga, um nach einiger Zeit anzumerken. »Auch ältere Liebe rostet offenbar nicht!«

Wilhelm Jacob fasste in die Tasche seiner Weste und zog einen Gelbgoldring mit einem Diamanten heraus, der, obwohl von dezenter Größe, sofort im Licht funkelte. »Ich habe seit einiger Zeit auf die passende Gelegenheit gewartet. Darf ich dir diesen Ring als Zeichen unserer Verlobung anstecken?«

Marga reichte ihm den linken Ringfinger und brach in Tränen aus. Da sie sich gar nicht beruhigen konnte, nahm Wilhelm sie zärtlich in den Arm und fragte: »Aus welchen Gründen weinst du so heftig?«

Marga schniefte mehrfach, drehte sich dann aus seiner Umarmung und sagte schlicht. »Es kommt alles zusammen. Vor allem vor Glück. Aber ebenso aus Sorge um Elsa. Außerdem gebe ich zu, dass ich auch gern mit dir weiterreisen würde.«

»Ich ließe dich nur äußerst ungern ziehen. Was spräche dagegen, wenn die Zwillinge gemeinsam nach La Palma aufbrechen? Emilie ist jung, die kann noch viele Reisen unternehmen. Aber wir beide sollten unsere Zeit nutzen!«

»Ja, wohl wahr. Außerdem spürt Emilie natürlich, dass mit ihrer Schwester etwas nicht stimmt. Wenn sie nicht so oft mit Heinrich zusammenstecken würde, wäre ihr das gewiss inzwischen noch mehr aufgefallen.«

»Mit Heinrich? So, so. Dann habe ich mich nicht getäuscht.«

Marga lächelte. »Was hältst du davon, wenn ich mit Elsa spreche? Es ist auf jeden Fall wichtig, dass sie ihre Schwester ins Vertrauen zieht. Und es ist eine probate Lösung, dass die Töchter für einige Zeit bei ihrer Mutter sind. Alles Weitere wird sich finden.«

»Einverstanden. Aber du schuldest mir noch einen Kuss anlässlich unserer Verlobung.«

Diese Schuld beglich Marga ausgiebig und durchaus leidenschaftlich. Ziemlich erhitzt suchte sie dann zunächst ihre Kabine auf, um sich ein wenig herzurichten, bevor sie sich zu Elsa begab.

Mittwoch, 17. Februar 1892 – Beirut
Änderungen des Reiseplans

Nach dem Gespräch mit Marga wirbelten Elsa unterschiedliche Gedanken durch den Kopf. Die Verlobung, die Marga ihr etwas verlegen anvertraut hatte, würde bei deren Bekanntgabe noch einiges Aufsehen

erregen. Aber sie freute sich sehr für die beiden. Wobei sie sich kaum vorstellen konnte, wie der von Elßtorffsche Haushalt ohne Marga reibungslos ablaufen könnte.
Es ist vieles im Umbruch, konstatierte sie. Aber mir ist endgültig klar geworden, dass ich Emilie bitte, mit mir zusammen nach La Palma zu reisen. Und das mache ich jetzt umgehend!
Aufgeregt suchte sie ihre Schwester und war froh, diese in der gemeinsamen Kabine vorzufinden.
»Es gibt einiges, was ich gern mit dir bereden möchte!«
»Das ist auch allerhöchste Eisenbahn! Du bist in letzter Zeit oft eigenbrötlerisch und seltsam. Hast du kein Vertrauen mehr zu mir?«
»Doch. Aber ich war sehr durcheinander und wusste nicht ein noch aus. Geschweige denn, was ich machen könnte oder sollte. Zunächst wollte ich es auch gar nicht wahrhaben ...«
»Also, rede Tacheles. Was ist los?«
»Nun, du weißt, wie schrecklich ich es finde, dass Cord so lange fort sein wird.«
»Klar, gute Freunde vermisst man immer besonders. Und ich glaube inzwischen, dass Cord für dich mehr ist als ein Jugendfreund!«
»Viel mehr. Bei ihm stimmt eben alles. Er ist anders als die geschniegelten Kavaliere, die uns sonst umschwärmen. Cord gefällt es, dass ich analytisch denken kann und den Dingen auf den Grund gehen will.«
»Und jetzt noch diese einmalige Chance mit Amerika. Da kommt er als weltgewandter und erfolgreicher Dr. Ing. zurück.« Sie betrachtete nachdenklich ihre deprimiert wirkende Schwester. »Es wird eine harte Geduldsprobe für dich. Seid ihr denn heimlich verlobt?«
Elsa stöhnte leise. Emilie fuhr fort. »Apropos verlobt. Marga sah dich in ernstem Gespräch mit dem entlobten Victor Rehnhoff. Das hat mich außerordentlich erstaunt. Nachdem er sich nicht entblödet hat, mir nach dir den Hof zu machen, fand ich das übertrieben großzügig.«
»Er hat sich zerknirscht und formvollendet entschuldigt. Und mir trotz aller Umstände die Ehe angeboten. Das würden wohl die wenigsten Männer tun.«
»Trotz aller Umstände?« Emilie stockte schier der Atem. »Willst du damit etwa sagen, dass du ...?«
»Genauso ist es. Der Abschied von Cord ... es war einfach stärker als wir.«
»Und Victor will dich trotzdem heiraten? Und du ihn?«
»Ja, der Kapitän hätte uns trauen können. Aber inzwischen kamen mir Zweifel. Und der in seiner Mannesehre gekränkte Herr Rechts-

anwalt hat nach zahlreichen Whiskys an der Bar beim Steward nicht mit Andeutungen über seine baldige Eheschließung mit einer neuen Braut gespart. Außerdem hat mir Marga gründlich den Kopf gewaschen.«

»Völlig zu Recht. Dieser wankelmütige Kerl ist als Ehemann für dich absolut ungeeignet. Unter solchen Voraussetzungen zu heiraten, bedeutet sich sehenden Auges lebenslängliche Probleme aufzuladen. Eine Freundin sagte mal, dass Frauen als Königinnen in die Ehe gehen, aber Gefahr laufen vom ersten Tag nach ihrer Hochzeit alles zu verlieren. Wahrscheinlich hat sie Victor gekannt.«

Elsa lächelte etwas gequält über diesen Scherz. »Außerdem«, fuhr Emilie fort, »ist unsere Mutter mit genau dieser Situation auch fertig geworden.«

»Und nach La Palma geflohen, um sich dem Gerede und Gespött nicht aussetzen zu müssen. Gerade das liegt mir besonders im Magen, dass ich dann schwanger ohne Ehemann dastehe. Ich höre die Leute schon mit Genuss über mich herziehen. Der Apfel fällt nicht weit vom Birnbaum, selber unehelich, bekommt Fräulein Martin einen Bastard. Und Großvater wird ebenso entsetzt sein. Es ist ja schon ein starkes Stück, dass er ernsthaft plant, dass ich mal mit deiner Unterstützung seine Möbelfabrik leiten soll. Und jetzt dazu auch noch mit einem illegitimen Kind? Das ist fast undenkbar!«

»Ich glaube, du unterschätzt Großpapa. Er hadert bis heute damit, dass seine Tochter Ernestine sich damals nicht getraut hat, ihm alles zu sagen. Er wird sicherlich nicht begeistert sein, aber versuchen, das Beste daraus zu machen.«

»Ich glaube, er ahnt, dass irgendetwas im Busche ist.«

»Wie auch immer, Schwesterherz, wer weiß, was die Zeit bringt. Wahrscheinlich bist du in einigen Jahren glücklich mit Cord verheiratet. Und abgesehen davon können wir auf die Leute, die Wasser predigen und Wein trinken, sowieso nichts geben. Denk' nur mal an Bertha und ihr Töchterchen. Die Familie Bock von Wülverdingen hat ihr übel mitgespielt. Aber wir, wir halten zusammen und wir haben Verbündete.«

»Das hoffe ich. Auch Tante Sophie und Onkel Maximilian werden nicht begeistert sein. Aber sei es alles, wie es wolle, ich muss runter vom Schiff!«

Emilie holte tief Luft, überdachte die Situation und sagte dann: »Ja, das sehe ich auch so.«

»Was hältst du davon, wenn wir uns zusammen verabsentieren und zu Mama nach La Palma reisen? Du würdest dadurch allerdings auf viele interessante Ziele dieser Vergnügungsfahrt verzichten müssen.«

Für einen Moment sah Emilie sie sprachlos an. Dann sprang sie auf und umarmte ihre Schwester. »Natürlich komme ich mit. Du kannst in deinem Zustand unmöglich alleine reisen.«

»Unsere Marga hat wie immer die Flöhe husten gehört und sich einiges zusammengereimt. Sie hat mir angeboten, mich zu begleiten. Aber es gibt noch eine ziemlich sensationelle Neuigkeit, die dagegen spricht.«

»Und die wäre? Mach es nicht so spannend!«

»Unser Großvater hat ihr einen Antrag gemacht – die beiden sind verlobt!«

Emilie entgegnete nur: »Na endlich! Wenn du nicht so mit dir selber beschäftigt gewesen wärst, hättest du das schon länger vermutet.«

Das wurmte Elsa durchaus. »Ich bin nicht komplett blind und taub. Dass Großpapa Marga schätzt, habe ich durchaus bemerkt. Die beiden werden bestimmt eine glückliche Verbindung eingehen. Und dein Angebot, liebe Schwester, weiß ich besonders deshalb zu schätzen, weil du damit eine monatelange Trennung von Heinrich in Kauf nimmst.«

»Hört, hört. In der Tat, das bedauere ich sehr. Aber wir reden hier nicht von Jahren. Und außerdem ist es bislang eher ein besonders schönes gegenseitiges Verstehen. Ich bewundere, dass er Arzt werden will, um zu helfen und nicht, um später ordentlich Geld zu scheffeln. Und wie er mit der Herablassung zahlreicher Männer umgeht, weil er nicht gedient hat.«

»Genau, das habe ich auch oft mitbekommen. Viele teilen die Auffassung Bismarcks, dass der Mensch erst beim Reserveoffizier beginnt. Aber Heinrich war schon immer anders, er denkt liberaler als die meisten. Gewalt und Kriege sind ihm verhasst. Und er steht zu seinen Ansichten. Er hat sich auch geweigert, einer schlagenden Verbindung beizutreten. Und erträgt es, wenn man ihn deshalb als Feigling bezeichnet. Ich schätze ihn sehr und bin froh, dass er immer wie ein guter Bruder zu mir war.« Nachdenklich betrachtete sie ihre Schwester. »Aber willst du jetzt meinetwegen wirklich eine Zeitlang auf ihn verzichten? Das kann ich doch gar nicht annehmen!«

»Gut Ding will Weile haben. Auch bei Heinrich wird es noch dauern, bis er ein fertiger Mediziner ist und praktizieren kann. Außerdem brauchst du mich jetzt viel nötiger. Daher: Eines nach dem anderen. Wer weiß, was in einem Jahr ist.«

»Wir müssen uns offenbar beide in Geduld üben. Bemerkenswert ist dabei, dass ich nur zwei männliche Wesen kenne, die meine Wissbegier ebenso schätzen wie meine Kenntnisse. Und das sind genau Heinrich und Cord.«
»Kluge und gebildete Frauen sind Männern eben meist nicht geheuer. Und Du hast zu alledem einen ausgeprägten analytischen Verstand, das macht es noch schlimmer!«
»Wahrscheinlich ist es so. Eine Frau, die gefallen will, tut unwissend und stellt Fragen, die dem Mann die Gelegenheit geben, zu glänzen. Sie hat dann demonstrativ stolz auf sein Wissen zu sein. Aber welcher Mann möchte sich schon in der Gelehrsamkeit seiner Frau sonnen?«
»Wohl kaum einer außer unseren beiden Auserwählten. Abgesehen davon renommiere ich nicht herum, wenn ich über etwas gut Bescheid weiß. Aber jetzt lass' uns überlegen, was gepackt und organisiert werden muss. Zum Glück habe ich beste Beziehungen zu Herrn Moll, der wird uns helfen.«
»Aber womit begründen wir überhaupt unsere Abreise?«
»Da hatte Marga eine ausgezeichnete Idee. Es kam ein Telegramm von Ernestine. Sie braucht zur endgültigen Genesung nach ihrem Gedächtnisverlust unbedingt und schnellstmöglich ihre Töchter um sich.«
»Wir bekommen eine blitzgescheite Stiefgroßmutter«, Emilie schmunzelte und holte Papier und Bleistift. »Dann wollen wir mal alles aufschreiben, was zu bedenken und erledigen ist.«
Die Liste wurde ziemlich umfangreich. Schließlich meinte Emilie nachdenklich: »Wir mussten so lange Jahre ohne einander auskommen. Inzwischen haben wir viel Schönes erlebt, auch so manches Abenteuer bestanden. Wichtig ist doch, dass wir zusammenhalten und uns nicht unterkriegen lassen. Eine gemeinsame Zeit auf Reisen und auf der Insel wird uns guttun und noch intensiver aneinander binden.«
Mit Tränen in den Augen umarmte Elsa herzlich ihre Schwester.
Dann machte sich Emilie auf, um Heinrich zu suchen. Ihn auf die bevorstehende Abreise vorzubereiten, lag ihr schwer im Magen. Besser ich schlafe noch mal drüber und bringe es ihm morgen schonend bei, dachte sie.
Elsa indessen grübelte darüber nach, wie sie ihre Schwester auf eine überraschende Begegnung auf La Palma vorbereiten sollte. Aber ausnahmsweise fiel ihr partout nichts ein. Außerdem ging es hier um Geheimnisse, die vor allem eine andere Person betrafen. Und so beschloss sie letztendlich, die Ereignisse auf sich zukommen zu lassen. Das schien sowieso ein gutes Motto für die nächsten Monate zu sein.

Sie ergriff einen Briefbogen und formulierte einige knappe Sätze an Victor Rehnhoff, mit denen sie seinen Heiratsantrag ablehnte. Danach empfand sie dankbar, wie sich eine tiefe, wohltuende Erleichterung in ihr ausbreitete. Wenn ein Entschluss gefasst ist, fühlt man sich besser, dachte sie. Ich habe das Heft des Handelns wieder in der Hand. Und jetzt wird mir eine Runde auf Deck in frischer Luft guttun, um meinen Kopf endgültig frei zu pusten.

Donnerstag, 18. Februar 1892 – Beirut
Vermisste Passagiere und eine Sinfonie

Das Wetter war noch trüber, kälter und stürmischer als am Tag zuvor. Ein Mitarbeiter von Cook & Son war der Gruppe vorausgeeilt und berichtete Ballin und dem Kapitän: »Es tobt ein furchtbarer Schneesturm in den Bergen. Ich befürchte, dass die Herren es bis zur Abfahrt des Schiffes abends um sieben Uhr nicht schaffen werden!«

Das sprach sich herum wie ein Lauffeuer. Umso größer war die Freude, als nachmittags nach und nach die ersten Wagen mit den Vermissten erschienen. Bei einem steifen Grog berichtete der Rittergutsbesitzer von Krause: »Die Pässe des Libanon und des Antilibanon waren völlig verschneit und zudem voller Schneewehen. Die schlechten Wagen hielten dem nicht stand. Die Pferde konnten nicht weiter. Oft mussten wir aussteigen und schieben. Einige der alten Kutschen stürzten sogar um. Unsere Hamburger Skatfreunde verloren ihr ganzes mitgeführtes Handgepäck.«

Sophie meinte leise zu ihrem Mann und ihrem Sohn: »Die an Bord gebliebenen können sich gratulieren, hiergeblieben zu sein.«

»Es tut mir dennoch nicht leid, diese Tour gemacht zu haben«, konstatierte Max Naumann etwas großspurig. Max Meier nickte heftig zur Bestätigung.

»Würdet Sie das Ganze nochmals unternehmen?«, fragte Heinrich.

»Um kein Geld der Welt!«, lautete unisono die Antwort der passionierten Skatspieler.

Die Freude über die Rückkehr der Reisegenossen währte nur kurz. Denn es stellte sich heraus, dass sechs Herren definitiv zurückgeblieben waren. Ballin und der Kapitän beschlossen, zunächst bis zum folgenden Tag zu warten, obwohl dadurch der Abstecher nach Smyrna hinfällig wurde.

Die Stimmung war gedrückt, der Sturm riss ein in der Nähe liegendes Segelschiff vom Anker und trieb es in die Bai hinein. Ballin beschloss, die Gemütsverfassung der Passagiere nach dem Abendessen mit einem zusätzlich organisierten, außergewöhnlichen Konzert zu heben.

»Hochverehrte Gäste, meine Damen und Herren. Unser vortreffliches Orchester spielt heute etwas ganz Besonderes. Wer könnte das besser ausführen als der königliche Kapellmeister Emil Ascher, dem ich hiermit das Wort übergebe.«

Ascher verbeugte sich und erklärte: »Die sinfonische Suite nach Tausendundeine Nacht komponierte Nikolai Rimski-Korsakow 1888, er entführt uns in die schillernde Kultur des Orients. Der Komponist kannte die Meere und die Welt – hatte er doch in den sechziger Jahren als Marinekadett den Erdball umsegelt. So konnte er über den westlichen Tellerrand hinausblicken und nutzte dies, indem er einen Klangreichtum mit üppigen Farben und melodischen Arabesken erschuf, die man gemeinhin mit dem Orientalischen verknüpft. Der erste Satz erzählt vom Meer und von Sindbads Schiff, das hörbar von einem Sturm geschüttelt wird. Wie das ist, haben wir ja bereits ausreichend selber erlebt.«

Zustimmendes Raunen bestätigte das.

»Im zweiten Satz geht es um den Prinzen Kalender und seine Abenteuer, wie den Kampf mit dem Riesenvogel Puch. Womöglich war das ein Albatros, aber der wird unsere Wege kaum kreuzen.«

Marga dachte an Fiete und dessen Seemannsgarn.

»Der dritten Satz dreht sich um eine Liebesgeschichte zwischen einer Prinzessin und einem Prinzen.«

Sofort wanderten Elsas Gedanken voller Wehmut zu Cord und sie fühlte sich einsam. Von Aschers Erläuterungen des vierten Satzes bekam sie nur mit, dass Sindbads Schiff am Magnetfelsen zerschellte.

»Was uns natürlich mit dem erfahrenen Kapitän Barends und der tüchtigen Mannschaft der ›Augusta Victoria‹ keinesfalls widerfahren kann«, beendete Ascher seine Einführung. Applaus erscholl.

Dann begann das Bordorchester den 1. Satz ›Das Meer und Sindbads Schiff‹ zu spielen.

Lene dachte bei den wuchtigen, bedrohlichen Akkorden und den großen Intervallsprüngen, die das tyrannische Wesen des Sultans in Töne fassten, sofort an die Polen, in deren Gesellschaft sie sich immer unwohler fühlte. Bei den Opalinskis jedenfalls war keineswegs mit einem Sieg über die Gewalt durch Güte und Menschlichkeit mit der Macht der Poesie zu rechnen, was laut Ascher ein Kernthema des

Komponisten Rimski-Korsakow bildete. Nein, sie musste sich anders retten, ehe sie an der Situation endgültig zerbrach.

Maximilian hingegen kam unwillkürlich die schöne blonde Helena in ihren weißen, griechisch anmutenden Gewändern in den Sinn, unter denen sie so gut wie nichts getragen hatte. Die ihn allerdings weniger mit Geschichten, sondern mit den Künsten verzaubert hatte, die man in Hannovers teuerstem Edel-Bordell erwarten durfte. Er war ihr äußerst zugetan gewesen – aber plötzlich war sie wegen eines Kavaliers, der sie ganz für sich haben wollte, verschwunden. Nun, er würde Helena sowieso nie wiedersehen, von Seitensprüngen hatte er auch genug. Er war froh, dass seine Ehe abermals in guten Bahnen verlief. Nicht ahnend, dass eben diese Helena nicht nur an Bord war, sondern ihn gerade beobachtete, prostete er seiner Gattin zu: »Auf deine Gesundheit, meine liebe Sophie!«

Ballin indessen genoss das Konzert gar nicht, denn seine Gedanken waren bei den Vermissten. Beim letzten furiosen Satz zuckte er regelrecht zusammen und sah vor seinem geistigen Auge nicht Sindbads Schiff, sondern die Wagen im Gebirge zerschellen.

Abends beim Zubettgehen meinte er seufzend zu seiner Frau: »Diese Fahrt hat es in sich. Unvorstellbar, wenn den Herren etwas Schlimmes passiert sein sollte. Auf jeden Fall werde ich nächstes Jahr die Reise ein wenig später beginnen lassen.«

Freitag, 19. Februar 1892 – Beirut
Heimliche Verlobung und Offenbarungen

Direktor Ballin entschied, noch bis zum Abend um 9 Uhr auf die Vermissten zu warten.

Victor Rehnhoff ließ sich ebenso wie am Vortag nirgends blicken. Ein Steward hatte etwas von einem mordsmäßigen Kater des Herrn Rechtsanwaltes gemunkelt.

Emilie beschloss, jetzt mit Heinrich über ihre Abreise in Konstantinopel zu sprechen. Die beiden saßen mit einem Kaffee auf dem Promenadendeck und genossen den Blick auf Beirut. »Ich muss dir etwas sagen«, begann Emilie zögerlich, »aber ich weiß gar nicht, wie ich anfangen soll.« Es fiel ihr schwerer, als sie vor ihrer Schwester zugegeben hatte. Heinrich spürte, wie sein Herz schneller schlug. Wollte sie ihm etwa ihre Gefühle für ihn offenbaren? Das wäre schon etwas ungewöhnlich!

»Nur zu!«, ermunterte er sie gespannt.
»Es geht eigentlich um Elsa.« Emilie kam ins Stottern. Das hatte sie gar nicht sagen wollen! Gerade bei Heinrich trug sie ihr Herz zu sehr auf der Zunge. Prompt hatte sie sich schon halb verplappert. Dabei mussten sie doch eine gleichlautende und stimmige Version für sämtliche Betroffene verbreiten! Sie holte tief Luft und fuhr fort: »Aber vor allem geht es um unsere Mutter. Es kam ein Telegramm von La Palma. Sie bittet uns dringend, so schnell wie möglich auf die Insel zu kommen. Das ist wichtig für ihre weitere Genesung.« Emilie senkte den Blick. Auch Notlügen lagen ihr nicht.

In der Tat meinte Heinrich: »Es hätte mich nicht gewundert, wenn es um Elsa gegangen wäre. Sie verhält sich in letzter Zeit oft seltsam. Ich hatte da schon einige Vermutungen ...« Prüfend musterte er Emilie. Dann erst ging ihm die ganze Tragweite ihrer Worte auf. »Willst du damit etwa sagen, dass ihr die Reise abbrechen werdet? Das wäre außerordentlich schade! Ich hatte mich sehr darauf gefreut, noch viel Zeit mit dir zu verbringen.«

Prompt lief Emilie tiefrot an. »Das geht mir genauso! Es ist so angenehm, in deiner Gesellschaft fremde Orte und Kulturen zu entdecken.« Sie stockte. »Aber wir werden in Konstantinopel das Schiff verlassen.«

»So bald schon!« Heinrich schluckte und beschloss dann, sich wenigstens ein Stück weit zu erklären. »Ich werde dich sehr vermissen! Elsa natürlich ebenfalls, aber die ist meine Ziehschwester. Die Gefühle, die ich für dich hege, sind von ganz anderer Art!« Er ergriff ihre Hand und hauchte einen Kuss darauf.

Obwohl das kaum möglich war, errötete Emilie noch mehr. Eine große Freude und Erleichterung durchströmte sie. Zwar hatte sie Elsa gegenüber so getan, als ob ihr Verhältnis zu Heinrich klar wäre, sie hatten jedoch bisher nie so deutlich über ihre Gefühle gesprochen, sondern es bei Andeutungen belassen.

Heinrich hielt weiter ihre Hand. Und sprach aus, was sie bereits vermutet hatte. »Es dauert noch einige Jahre, bis ich eine Familie ernähren kann. Wärest Du gewillt, auf mich zu warten?«

»Ja, Heinrich, das bin ich! Heutzutage müssen viele mit einer langen Verlobungszeit leben.«

Heinrich strahlte. »Dann betrachten wir uns jetzt als heimlich verlobt?«

Als Emilie mit einem strahlenden Lächeln nickte, sah er sich rasch um – es war niemand in unmittelbarer Nähe. Blitzschnell beugte er sich zu ihr und küsste sie, was diese nach kurzem Zögern erwiderte.

Ein Räuspern ließ sie auseinanderfahren. Elsa näherte sich energischen Schrittes. »Ich vermute, ihr leidet bereits unter Abschiedsschmerz«, sagte sie spöttisch, als ihr zu Mute war. Und so setzte sie etwas milder hinzu: »Was ich durchaus verstehen kann. Aber es nähern sich gerade andere Passagiere.«

Die frisch Verlobten gingen sofort auf schicklichen Abstand. »Wir müssen noch Tante Sophie und Onkel Maximilian über unsere Abreise informieren«, erinnerte Elsa. »Aber jetzt würde ich gern mit Emilie endgültig festlegen, was wir an Gepäck mitnehmen wollen. Ich befürchte, bisher haben wir zu viel eingeplant. Aber einige Souvenirs für unsere Mutter müssen unbedingt mit.«

Heinrich flüsterte Emilie rasch ins Ohr: »Lass uns die wenigen verbleibenden Tage so oft wie möglich beieinander sein.« Die drückte rasch zustimmend seine Hand.

Da kamen ihnen die Österreicherinnen mit den Herren Opalinski entgegen, die mit demonstrativ erhobenen Häuptern signalisierten, dass sie das Gerede über die Entlobung nicht tangierte.

Wilhelm Jacob und Marga genossen ihren ersten Tag als Verlobte, zumal die von Elßtorffs sich nicht sonderlich überrascht gezeigt und herzlich gratuliert hatten. Viele Gedanken des Paares in den besten Jahren galten, ebenso wie bei Heinrich und Emilie, der gemeinsamen Zukunft.

Noch einem weiteren Mitglied der von Elßtorffschen Reisegruppe, nämlich Edelgarde, schwirrte der Kopf, allerdings aus gänzlich unterschiedlichen Gründen. Aber eins nach dem anderen.

Edelgarde macht eine schockierende Entdeckung

Indessen war Zygmunt mit Mary weitergegangen. Auf Deckstühlen pausierten Aleksander Opalinski und die Baronin Sina de Hodos, wobei der Pole wieder intensiv seinen Charme spielen ließ. Der offenbar wirkte, denn die Umworbene warf ihm Blicke zu, die ihr Interesse durchaus verrieten.

Vom Heck her näherten sich Marga und Edelgarde, die einen Gesprächsfetzen auffing.

»Ja, die Literatur – sie beschenkt uns so reich. Wie arm wäre das Leben ohne die großen Dichter. Obwohl ich nur einer Nebenlinie angehöre, ist einer meiner Vorfahren, ein Potocki, nicht nur ein Forscher gewesen, sondern hat auch einen Roman verfasst, der seinesgleichen sucht.«

Edelgarde konnte einen Laut, der zugleich Überraschung und Entsetzen ausdrückte, nur mit Mühe unterdrücken. Es war nicht zu fassen: Diesen Satz hatte sie doch genauso vor vielen Jahren von ihrem künftigen Gatten gehört! Sie näherte sich auf Zehenspitzen, um den Sprecher aus der Nähe zu betrachten und verfluchte ihre Eitelkeit, dass sie mal wieder ohne Brille unterwegs war. Der Mann drehte sich seitlich und die beiden starrten einander aus kurzer Distanz an, als ob ihnen ein Gespenst erschienen wäre. Aleksander Opalinski gab einen Laut von sich, der sich wie ein Fluch anhörte und auch einer war. Die ganze Zeit war er unerkannt geblieben und verriet sich nun wie ein Anfänger durch sein Imponiergehabe mit einem seiner immer wieder angebrachten Sätze!

Edelgarde schnappte nach Luft und war einer Ohnmacht nahe. Ihre schlechten Augen sowie Opalinskis gebrochene Nase und die grauen Haare hatten ein Wiedererkennen bisher verhindert. Sie fasste sich an den Hals und wankte. In diesem Moment zückte Marga, die neben ihr ging, ihr Riechsalz und hielt es ihr unter die Nase. Opalinski sprang auf, stützte sie ritterlich und zog sie etwas beiseite.

»Wenn du mich verrätst, mein liebendes Weib, mache ich dich vor allen Passagieren lächerlich – oder am besten, ich bringe dich gleich um!«, zischte er ihr zu. »Sei gewarnt! Du schadest dir auch selber und blamierst dich bis auf die Knochen!« Marga hatte Luchsohren, aber sie war sich nicht sicher, ob sie alles richtig verstanden hatte – das konnte doch nicht sein?

Und noch jemand wurde blass – auch Lene hatte etwas mitbekommen.

Elsa, die einen vergessenen Sonnenschirm holen wollte, hatte die Szene argwöhnisch mitverfolgt. Mit diesen Polen stimmte etwas nicht, da war sie sich immer sicherer. Sie eilte zu Edelgarde, die kreidebleich und starr vor Schreck dastand. Was für ein Schock! Potocki lebte. Sie konnte kaum einen klaren Gedanken fassen, aber seine Drohungen nahm sie absolut ernst. Sie jedenfalls würde ihn auf gar keinen Fall enttarnen. Die Schmach für sie und die von Elßtorffs war unvorstellbar! »Bitte begleitet mich zu meiner Kabine, ich brauche eine Ruhepause«, wandte sie sich an Elsa und Marga.

Als die beiden sich verabschiedet hatten, schloss sie die Kabinentür zwei Mal ab, bevor sie sich auf die Koje legte. Ihre Gedanken wirbelten wild durcheinander. Sollte sie Elsa einweihen? Schließlich hatte diese mehrfach hellen Verstand bewiesen und wurde nicht umsonst mit dem Spitznamen Miss Holmes bedacht. Die Vorstellung, ganz allein mit dieser prekären Situation fertig werden zu müssen, erschien ihr furchtbar. Das übersteigt meine Kräfte, dachte sie.

Opalinski alias …

Aleksander Opalinski bereitete es stets ein diebisches Vergnügen, wenn es ihm oder seinem Sohn gelang, eine Frau zu betören, auszunehmen oder sogar ihre Existenz zu zerstören. Vor allem in gehobenen Kreisen Unruhe und Schande in ein bis dato gesichertes und angesehenes Leben zu bringen, erfüllte ihn mit dem Gefühl von Macht, Triumph und wohltuender Rache.

Als heimatlose gescheiterte Existenz – da es keinen eigenen polnischen Staat mehr gab, zigeunerte er sich selbst bemitleidend durch die Lande. Dabei blendete er völlig aus, dass der Hauptgrund seiner Misere in seiner zügellosen Spielleidenschaft und seiner Morphinsucht lag. Als Rückzugsort existierte lediglich ein kleines bescheidenes Domizil in Paris.

Nach einem kurzen Klopfzeichen trat sein Sohn Zygmunt ein.

»Na, Söhnchen, bist weit gekommen mit der Verlobten von diesem schnöseligen Rechtsanwalt! Wunderbar, wie sie ihm den Verlobungsring vor die Füße geschmissen hat.«

»Erstens sollst du mich nicht Söhnchen nennen, bin immerhin 192 cm lang. Zweitens warf sie den Ring auf den Tisch, drittens ödet mich dieses ganze Theater an. Ich bin der beständigen Maskeraden und überstürzten Aufbrüche müde. Und auf diesem Luxusdampfer zu sein ist zwar lukrativ, aber es macht mich zusätzlich nervös, nicht jederzeit abhauen zu können. Ich möchte endlich sesshaft werden!«

»Das spricht das Blut deiner bildschönen Mutter aus dir, die eine einfache Bauernmagd war. Unvorstellbar, was aus dir geworden wäre, wenn ich nicht in einer sentimentalen Anwandlung für eine erstklassige Erziehung gesorgt hätte! Immerhin lässt dein blendendes Aussehen, gepaart mit natürlichem Charme, die Frauenherzen dahinschmelzen. Also war es doch eine nützliche Investition. Davon abgesehen – in Paris, wo es von polnischen Emigranten nur so wimmelt, sind wir relativ sicher. Aber wovon gedenkst du zu leben? Etwa ehrbar werden und arbeiten? Und was denn bitte? Und wen willst du heiraten? Oder besser gesagt, welche Frau aus reicher Familie würde einen verarmten Polen mit fragwürdigem Titel ehelichen? Schlag dir das alles aus dem Kopf. Wenn uns der Boden hier zu heiß wird, gehen wir mit einem kleinen Vermögen nach Amerika und kaufen eine Farm.«

»Wenn du das besagte kleine Vermögen nicht vorher wieder verspielst, wäre das sogar möglich.« Woraufhin dem schönen Zygmunt ein schweres Buch in Richtung seines Kopfes entgegenflog, dem er nur im allerletzten Augenblick ausweichen konnte.

»Zumindest mit Edelgarde hättest du dich fest niederlassen können, die hat dich doch anfangs wohl wirklich geliebt!«

»Ja, da war sie nicht die Einzige!« Mit eitler Miene strich er sich den Bart. »Immerhin hat mich da ein Anflug schlechten Gewissens kurz gestreift – wobei mich letztendlich ihr Vater samt Grafentitel gekauft hat, um diesen Neureichen mehr Prestige zu verschaffen. Jetzt ist sie bettelarm. Sie vermutete, sie sei Witwe, weil ich mir voller Verzweiflung das Leben nahm. Vielleicht gelingt es ihr ja auf dieser Reise, nochmals einen Ehemann zu ergattern und sich so zu sanieren.«

»Das wäre Bigamie! Ein Wunder, dass sie dich nicht eher erkannt hat!«

»Die Gute ist blind wie ein Huhn, aber zu eitel, um eine Brille aufzusetzen. Außerdem hat sie ein extrem schlechtes Gedächtnis für Gesichter und ich bin mit meiner gebrochenen Nase und grauem Haar ziemlich verändert. Etliche Jahre sind mittlerweile auch vergangen. Trotzdem bin ich ihr so gut wie möglich ausgewichen. Die Versuche, sie einen Unfall erleiden zu lassen, haben ja leider nicht gefruchtet. Aber sie wird den Mund halten, der Skandal und die Blamage für sie wäre unerträglich!«

»Apropos aus dem Wege gehen. Das solltest du auch bei Lene beherzigen. Du bekommst manchmal so einen lüsternen Gesichtsausdruck, wenn du Morphin genommen hast. Lass die Finger von ihr!«

»Rede kein dummes Zeug. Du hast sie unter der Vorspiegelung, ihr eine gesicherte Existenz zu bieten, aus einem Edelbordell gelockt. Das ist doch keine Heilige!«

»Sie wird aber keinesfalls freiwillig uns beiden zu Willen sein! Außerdem fände ich das degoutant, auch wenn sie mich inzwischen langweilt. Bedenke, wie nützlich sie uns beim Kartenspiel und bei allen möglichen anderen Betrügereien ist. So einfach wäre sie nicht zu ersetzen.«

Aleksander brummte ungehalten vor sich hin. Er wurde unruhig. Sein Sohn kannte das. »Ah, deine verdammte Sucht! Was uns das für ein Geld kostet. Ich muss mir nicht ansehen, wie du wieder nachlädst. Aber denk an meine Warnung!« Und damit ging er zur Kabinentür hinaus, die er geräuschvoll ins Schloss fallen ließ.

Unterdessen saß die Elßtorffsche Gruppe im Musiksalon beim Tee.

»Ich bin froh, dass wir auf dich gehört haben, Mama«, sagte Heinrich. »Hoffentlich ist niemand von den sechs Herren ernstlich zu Schaden gekommen. Schwere Erkältungen oder gar eine Lungenentzündung, Erfrierungen und Schlimmeres könnten die Folge dieses Abenteuers sein.«

»Solche Kälteeinbrüche werden wir hoffentlich nicht mehr erleben, wenn wir auf der Rückreise sind«, warf Edelgarde ein. »Vornehmlich freue ich mich auf Piräus und Athen, Malta und Palermo. Dort herrscht dann gewiss Frühling pur.«

Elsa, Emilie und Marga tauschten schnelle Blicke. Dann räusperte sich Elsa und verkündete: »So, wie es momentan aussieht, werden meine Schwester und ich diesen Teil der Reise leider nicht miterleben können.« Alle starrten sie entgeistert an.

»Wieso das denn nicht, mein liebes Kind?«, fragte Edelgarde in etwas spitzen Tonfall.

»Wir haben überraschend ein Telegramm von Josefina Wangüemert, Mutters enger Freundin, von La Palma erhalten«, erklärte Emilie. »Sie bittet uns dringend zu kommen. Ernestine macht zwar Fortschritte, sie braucht aber dessen ungeachtet für ihre endgültige Genesung dringend den Beistand ihrer Töchter.«

»Hat das nicht Zeit bis zu unserer Rückkehr?«, fragte Maximilian konsterniert.

»Das haben wir auch überlegt«, entgegnete Emilie, »aber wir wären ja noch vier Wochen unterwegs und müssten dann von Cuxhaven sozusagen wieder zurückfahren und so kostbare Wochen verstreichen lassen.«

Ehe Maximilian weitere Einwände erheben konnte, ergänzte Elsa flugs: »Wir haben vorsichtshalber Herrn Moll konsultiert. Der fand heraus, dass es tatsächlich genau am 22. Februar ein gutes und schnelles Dampfschiff von Konstantinopel nach Triest gibt. Und von dort gehen mehrere Schiffe ab zu den Kanarischen Inseln.«

Marga verzog keine Miene, ebenso wenig Heinrich – alle anderen sahen sich überrascht an.

»Bei dem labilen Gesundheitszustand von Ernestine könnte es wichtig sein, dass sie ihre Töchter möglichst bald um sich hat«, sprang Heinrich den Zwillingen bei.

Da wurden sie unterbrochen. Herr Weth stürmte herein: »Es gibt endlich eine hoffnungsvolle Nachricht! Ein Offizier hat mit dem Fernglas zwei Wagen von den fernen Bergen herabfahren sehen. Ob es sich um unsere noch fehlenden Leute handelt und ob sie vollzählig sind, muss sich noch herausstellen.«

Diese Gelegenheit nutzte Elsa. »Wir können über die Einzelheiten wegen unserer Abreise noch in Ruhe sprechen. Aber jetzt entschul-

digt mich bitte, ich habe wieder scheußliche Kopfschmerzen!«
Sofort sprang Emilie auf. »Ich begleite dich!«
Sophie kam das Ganze etwas merkwürdig vor, aber das behielt sie für sich.

Es vergingen noch Stunden, bis nach dem Abendessen der Jubelruf durch die Speisesäle scholl: »Das Signal ist auf, sie kommen!« Die von Elßtorffs stürmten wie viele andere aufs Deck. Die Kapelle nahm Aufstellung, ebenso der Direktor. Marianne Ballin tupfte sich Tränen der Erleichterung aus den Augen, nachdem klar war, dass sämtliche Vermisste in dem schaukelnden Boot saßen. Mehrere Hurras und der Tusch der Trompeten begrüßten die Reisegenossen. An der Treppe empfing Ballin jeden Einzelnen gerührt mit Händeschütteln und Umarmung. Während die halb Erfrorenen erst mal mit einem Tee samt einem ordentlichen Schuss Rum versorgt wurden, erscholl die Dampfpfeife. Die Ankerketten rasselten und auf den heftig schaukelnden Wogen richtete die ›Augusta Victoria‹ den Kiel gen Konstantinopel.

»So abenteuerlich habe ich mir diese Reise nicht vorgestellt«, meinte Sophie.

»Die nächsten Stationen werden gewiss weniger gefahrvoll«, entgegnete ihr Gatte.

»Und das werden die Zwillinge leider nicht miterleben«, bedauerte Sophie, der die Abreise der Schwestern gegen den Strich ging. Vor allem, da sie sich Sorgen um Elsa machte. Maximilian bemerkte ihre gefurchte Stirn und wollte sie beruhigen. »Du wirst sehen, es passiert jetzt nichts mehr, alles wird in geregelten Bahnen verlaufen.« Doch darin sollte er sich täuschen.

Samstag, 20. Februar 1892 – Auf See
Eine Notzucht und deren Folgen

Lene eilte mit versteinerter Miene über das Deck und streifte im Vorbeigehen durch eine Schlingerbewegung des Schiffes versehentlich Edelgarde Gräfin von Potocki. Dadurch verrutschte der elegante Shawl, den sie sich dekorativ um Nacken und Schultern geschlungen hatte. Edelgarde erstarrte und holte tief Luft – Lene hatte rötlich-blau unterlaufene Würgemale am Hals! Diese hatte die Gräfin nicht bemerkt, eilte weiter und bog ab hinter das letzte Rettungsboot. Alarmiert folgte ihr Edelgarde. Auf leisen Sohlen schlich sie bis zum vorletzten Rettungsboot – wie gut, dass sie die bequemen Halbschuhe mit den Gummisohlen gewählt hatte, die bei feuchtem Deck einen besseren Halt gewährten, derweil so manche Dame mit chicen Knöpfstiefelchen und Ledersohle schon ausgerutscht war.

Die Stimme von Lene klang schrill und erregt. »Dein Vater hat mir in schlimmster Weise Gewalt angetan! Das kann doch wohl alles nicht wahr sein!« Edelgarde erstarrte vor Entsetzen. Die arme Frau! Das würde gewiss einen riesigen Streit zwischen Sohn und Vater geben! Zygmunt schnaubte wütend und fluchte zornig: »Cholera! Dieser geile alte Bock! Konnte er sich mal wieder nicht beherrschen!«
Lene schrie leise auf: »Ist das alles, was dir dazu einfällt?«
»Was erwartest du? Wir haben dich schließlich aus einem Edelpuff geholt – da brauchst du dich nicht wie eine zimperliche Jungfer Rührmichnichtan aufzuspielen!«

Entsetzt schlug Edelgarde die Hände vor den Mund.
»Dein Alter ist wie ein Tier, wenn er im Rausch ist. Wie kann dich das so kalt lassen? Er hätte mich fast erwürgt.«
»Ich bin nicht meines Vaters Hüter. Und du weißt, dass wir uns irgendwie durchschlagen müssen.«
»Aber das kann ja nicht bedeuten, dass er mich behandelt wie eine Straßendirne! Es ist schon schlimm genug, wie ihr beiden hier den Damen die Cour schneidet!«
»Deine ewige Eifersucht geht mir zunehmend auf die Nerven. Du bist nicht unersetzlich. Falls dir das alles nicht mehr passt, kannst du im nächsten Hafen von Bord gehen und sehen, wo du alleine bleibst. Und wenn du meinst, du müsstest hier Ärger machen, dann werden wir aufdecken, wer du in Wirklichkeit bist!« Und damit stürmte Zygmunt davon. Blitzschnell huschte Edelgarde noch weiter hinter das Rettungsboot und klammerte sich an der Reling fest. Zum Glück hatte er sie nicht bemerkt!

Lene schluchzte heftig vor Wut. Edelgarde trat mitleidig heran und reichte ihr ein Taschentuch.
»Haben Sie etwa alles gehört?«
»Ja, aber ich ahnte schon, dass etwas nicht stimmt.«
Lene hörte vor lauter Verblüffung auf zu weinen. »Wie kommen Sie denn darauf?«
»Ich habe zufällig die Würgemale gesehen, mein Kind. Aber wir reden später in Ruhe. Sie sollten sich jetzt erst einmal beruhigen.«

Das gilt für mich genauso, dachte Edelgarde, ich bin komplett durcheinander und völlig erschüttert.
»Kann ich Sie denn alleine lassen?« Lene nickte nur. »Keine Sorge, ich werde mir nichts antun.«

Edelgarde strich ihr tröstend über die Schulter und enteilte, wobei ihr Tränen in die Augen traten. Eiskalte Wut stieg in ihr hoch und Rachegelüste schossen ihr durch den Kopf. Sie beschloss, bald wieder mit Lene zu sprechen. Vielleicht konnten sie sich gegenseitig zu unterstützen …

Indessen weinte Lene weiter vor sich hin, gleichfalls mit einiger Wut im Herzen. Da trat plötzlich Emilie hinter einem Schornstein hervor. Erschrocken starrte Lene sie an. »Haben Sie etwa ebenfalls alles mitbekommen?«

»Ja, Helena, das habe ich in der Tat!«

Diese fuhr völlig entgeistert auf. »Woher kennen Sie diesen Namen?«

»Ich war mir nicht sicher, du hast dich sehr stark verändert.« Unwillkürlich war Emilie ins du gefallen. »Statt blond jetzt dunkelhaarig und mit weiblicheren Formen als damals. Und ich sah dich nur ein einziges Mal. Doch ich bekam mit, dass du in Begleitung zweier Herren das Haus für immer verlassen hast. Ich traf gerade frisch verwaist aus Königsberg ein und wollte eine Stelle als Gesellschafterin antreten. In dem Etablissement war ich nur kurz, ohne zu ahnen, um was es sich dort handelte. Aber dann kam zufällig Maximilian von Elßtorff, der sofort erkannte, dass ich die Zwillingsschwester seiner Ziehtochter Elsa sein musste.«

Lene unterbrach sie. »Das ist alles etwas verwirrend.«

»Man hat uns Zwillinge als kleine Kinder getrennt. Ich wurde von einem Königsberger Logenbruder von Maximilian von Elßtorff adoptiert. Jedenfalls nahm der mich umgehend mit zu sich nach Hause in die Königstraße und seitdem lebe ich in seiner Familie. Das war eine äußerst glückliche Fügung meines Schicksals. Aber ich musste schwören, nie zu verraten, wo wir uns getroffen hatten, angeblich hat er mich vom Bahnhof angeholt.«

»Ja, der Maximus, das ist schon ein besonderer Mann, der hatte es mir angetan, mit dem wäre ich bis ans Ende der Welt gegangen. Aber er hat mich nicht gefragt. Und mit den Polen bin ich vom Regen in die Traufe geraten.«

»Offensichtlich, das tut mir wirklich leid.«

Traurig meinte Lene: »Er hat mich hier auf dem Schiff offenbar nicht mal erkannt.«

»Kein Wunder, die Veränderung ist enorm. Ich vermute, wenn überhaupt, dass er unsicher ist, ob du es bist oder nicht. Die dunkle Haarfarbe und die andere Frisur verwandeln dich kolossal. Außerdem rechnet er gewiss nicht damit, dass du hier an Bord bist.«

»Sag ihm nichts. Er ist mit seiner Gattin hier und er war immer äußerst großzügig zu mir. Ich möchte nicht, dass er Schwierigkeiten bekommt. Und es ist besser, wenn er nicht erfährt, dass wir miteinander gesprochen haben.« Lene zuckte resigniert mit den Schultern. »Wie dem auch sei – er könnte mir derzeit auch nicht helfen. Die Herren Opalinski holten mich mit falschen Versprechungen aus dem Etablissement. Und ich war so voller Hoffnung auf ein anständiges Leben, dass ich alle Warnzeichen übersehen habe. Zygmunt hat mir den Himmel auf Erden versprochen – ich hätte es besser wissen müssen.« Nach einer kurzen Pause fragte sie etwas erstaunt: »Du scheinst gar nicht schrecklich schockiert zu sein?«

Nachdenklich nickte Emilie. »Nein, ich habe inzwischen eine Vorstellung davon, wie leicht eine Frau in eine Bredouille geraten kann und wie schwer es ist, einer solchen Situation wieder zu entfliehen. Was wirst du jetzt tun?«

»Ich werde das Schiff tatsächlich verlassen. Aber ich muss mir noch einen guten Plan zurechtlegen.«

»Sag mir, wenn ich dir helfen kann.«

»Danke, aber zu keinem Menschen ein Wort! Auch nicht zu deiner Schwester. Das musst du mir hoch und heilig versprechen.«

»Dieses Geheimnis hüte ich schon lange und werde es weiterhin tun.«

Die beiden drückten sich fest die Hände. Nachdenklich trennten sie sich.

Jetzt wissen bereits zwei Menschen hier an Bord um meine Probleme, dachte Lene. Aber vielleicht bekomme ich von ihnen sogar ein wenig Unterstützung.

Über die Inneneinrichtung von Passagierschiffen

Wilhelm Jacob und Elsa trafen sich mit Direktor Ballin im Musiksalon. Elsa hatte Entwürfe für zwei Kabinen, einen Rauch- und einen Damensalon dabei.

Der Direktor betrachtete jede Skizze sorgfältig. Gespannt studierte Elsa seine undurchdringliche Miene und spürte, dass sie immer nervöser wurde. Schließlich sah Ballin von den Zeichnungen auf, lächelte erfreut und sagte. »Das ist doch mal was ganz Anderes! Diese Entwürfe sind im Stil schlicht, aber dennoch repräsentativ und haben ein maritimes Flair. Allerdings wird es insgesamt bei unserer barocken Ausstattung à la Poppe oder dem, was der Innenarchitekt des Ritz für einige Schiffe entworfen hat, bleiben. Das erwartet das internationale

Publikum. Aber bei den Kabinen eine maritim-praktische und bei ein paar Salons eine auf unsere Reiseziele thematisch bezogene Ausstattung, das finde ich beides reizvoll.«

Elsa strahlte. »Genau das schwebt mir vor. Es soll elegant und exklusiv sein, aber nicht überladen. Und wenn das schwimmende Hotel durch die Ozeane pflügt, so erinnert die Inneneinrichtung an einigen Stellen daran, dass wir uns auf dem Meer befinden und nicht in einer Luxusherberge an Land.«

Ballin nickte begeistert. »Sie teilen meine Gedankengänge. Es wird noch etwas dauern, bis die Prinzessin Victoria Luise vom Stapel läuft, aber ich möchte dafür unbedingt Entwürfe von Ihnen haben.«

»Sehr gern, ich würde einige ausgefallene Stoffe von der kanarischen Insel La Palma verwenden, sowohl die maschinell gewebten aus der Hauptstadt Santa Cruz als auch die handgewebten und mit Naturfarben präparierten kostbaren Seiden aus El Paso. Die haben allerdings ihren Preis.«

»Für unsere Schiffe ist das Beste gerade gut genug«, entgegnete Ballin prompt. »Man könnte auch dezent auf die Herkunft der Stoffe hinweisen. Wer weiß, vielleicht bereisen wir demnächst mal die Kanarischen Inseln, auf Teneriffa halten sich im Winter ja bereits etliche Engländer auf.«

»In der kalten Jahreszeit ist es dort deutlich angenehmer als in deutschen Landen«, erklärte Elsa lächelnd, »oder gar auf dem Libanon!«

Wilhelm Jacob setzte sich noch aufrechter hin. »Die Innenausstattung ließe sich in meiner Fabrik anfertigen und über den eigenen Bahnanschluss nach Hamburg verladen. Den Einbau könnten unsere besten Möbeltischler gemeinsam mit denen von der Werft vornehmen.«

Ballin nickte. »Ja, das wäre machbar.« Er wandte sich an Elsa. »Sie können das in aller Ruhe angehen. Nach dem Ende der Reise schicken Sie mir, was Sie fertig haben, ich sage meine Meinung dazu und wir bleiben in weiterem Kontakt. So wird nach und nach ein Gesamtkonzept entstehen, wenn wir das haben, ziehe ich die Gesellschafter hinzu.«

Er bemerkte, das Wilhelm Jacob unruhig in seinem Sessel hin- und her rutschte, während Elsas Augen vor Freude leuchteten.

»Selbstverständlich werden alle Entwürfe angemessen bezahlt. Einiges werde ich vielleicht schon auf anderen Schiffen realisieren und ausprobieren, bevor der Bau eines speziellen Dampfers für Vergnügungsreisen beginnt. Sie haben mein Ehrenwort unter Kaufleuten, Herr Jacob, dass Ihre Enkelin ein ordentliches Honorar erhalten wird.«

Er hielt ihm die Hand hin und der schlug mit einem erleichterten Lächeln ein. Ballin bestellte Champagner und Elsa fand, dass dieses eine Glas wohl nicht schaden würde. Nun strahlten sie und ihr Großvater um die Wette. »Das wäre ein neuer verlockender Geschäftszweig für uns.«

Wenig später waren Großvater und Enkelin allein. »Ich bin stolz auf dich Elsa. Wir werden ernsthaft darüber nachdenken, was du dir noch aneignen musst, um später einmal die Fabrik zu leiten. Ich hatte eigentlich auch daran gedacht, dass möglicherweise Cord ...«

»Der ist erst mal für lange Zeit weit weg. Und wer weiß, ob er überhaupt wiederkommt.« Und dann nicht schon eine andere hat, fügte sie in Gedanken hinzu. »Außerdem: warum in die Ferne schweifen, wenn das Gute so nahe liegt? Gemeinsam mit meiner Schwester und einem fähigen Meister kämen wir gewiss zurecht.«

»Also abgemacht. Kalkulation und Buchhaltung sind kein Hexenwerk. Das werden Emilie und du ohne Weiteres lernen können.«

Elsa erinnerte sich an das Gespräch mit Marga und dass sie sich mit der Leitung der Fabrik unabhängig machen könnte. »Großpapa, ich werde mich jetzt erst mal dem Auftrag von Direktor Ballin widmen. Das ist eine ganze Menge Arbeit und lässt sich überall erledigen.« Sie schluckte – beinah hätte sie sich verplappert. Schnell fuhr sie fort. »Und alles, was mit Rechnerei zusammenhängt, wird eher die Domäne von Emilie. Mit Ballin werden wir das Eisen schmieden, solange es heiß ist. Und außerdem wird es dann hoffentlich bald an der Zeit sein, mit Mama nach Hause zurückzukehren.«

Jacob nickte, er hatte das unbestimmte Gefühl, dass seine Enkelin ihm etwas verschwieg. Elsa spürte das. »Großpapa, bitte vertraue mir. Wir werden unsere Pläne sämtlich so durchführen, womöglich werden wir auch noch Schiffseinrichter. Augenblicklich versuche ich, für die Zukunft alles auf einen vernünftigen Weg zu bringen. Ich habe über vieles mit Marga gesprochen, von deren gesundem Menschenverstand wir ja beide eine Menge halten.«

»Irgendetwas ist doch hier im Busche«, brummte Wilhelm Jacob.

Elsa stand auf, ihr Großvater ebenfalls. »Vertrau jetzt bitte einfach Marga und mir. Und ich schwöre dir: Alles wird gut. Und nun frag nicht weiter.«

Wilhelm Jacob nahm seine Enkelin in die Arme und meinte. »Na, dann lasse ich mich überraschen von dem, was ihr offensichtlich im Schilde führt.«

Sonntag, 21. Februar 1892 – Auf See
Ein Ende mit Schrecken

Das scheußliche Wetter passte zu Lenes Stimmung. Ihre einstmals große Liebe zu Zygmunt war immer mehr in blanken Hass umgeschlagen. Der sich nach der Vergewaltigung durch Aleksander verstärkt auch auf diesen richtete. Ihre Überlegungen kreisten jetzt häufig darum, wie sie sich unbemerkt rächen könnte. Vater und Sohn hielten jeden Abend bei einer guten Zigarre Kriegsrat am Heck des Schiffes ab, wo sie ungestört waren und Lene ausgeschlossen war. Das sollte heute anders sein! Lene schüttete nachmittags in einem unbeobachteten Moment eine große Portion Laudanum in Aleksanders Flachmann mit Cognac und schwenkte die Flasche gründlich. Durch dessen Morphinabhängigkeit war, was er oft genug beklagte, sein Geschmacksempfinden schwer gestört. Daher ging sie davon aus, dass er die Beimischung nicht bemerken würde. Möglicherweise könnte das Laudanum kurzfristig eine euphorische Stimmung verursachen, gewiss aber danach zu Benommenheit führen. Als die Männer gegen Abend die benachbarte Kabine verlassen hatten, folgte Lene ihnen auf leisen Sohlen und in gebührendem Abstand.

Sie verbarg sich hinter einer sperrigen Kiste. Bei kräftigem Wind und immer stärkeren Wellengang hatten die Herren einige Schwierigkeiten, ihre Zigarren anzuzünden. Aleksander nahm wie stets einen großen Schluck aus seiner Taschenflasche. »Bald werden wir tatsächlich nach Amerika auswandern können!«, rief er mit glänzenden Augen.

»Hast du wieder einen deiner euphorischen Anfälle, Vater? Bleib auf dem Boden der Tatsachen und vor allem halte dich von Lene fern, solange wir noch auf dem Schiff sind und sie benötigen. Sie hat sich bitter beklagt, dass du ihr Gewalt angetan hast. Komplikationen können wir zurzeit überhaupt nicht gebrauchen. Also reiß dich zusammen.«

Aleksander nahm einen weiteren Schluck. »Verdammte Cholera, du hast mir gar nichts zu sagen. Die Kleine hat schon für ganz andere Kerle die Beine breit gemacht. Sie kann froh sein, dass sie bei uns ist. Wir könnten sie bei dem Frauenmangel hier an Bord gewiss auch gegen entsprechende Honorare unauffällig ausleihen und damit unsere Kriegskasse kräftig weiter auffüllen. Nach Amerika nehmen wir sie aber nicht mit, da drüben betörst du dann eine andere Dumme.« Lene platzte fast vor Wut. Am liebsten hätte sie ihn gewürgt. So, wie er es im Rausch mit ihr getan hatte, aber bis zum bitteren Ende.

Aleksander schwankte leicht, was, wie sein Sohn vermutete, nicht nur am Seegang lag. Er fragte sich, was sein Vater bereits im Laufe des Tages an Alkohol konsumiert hatte. Voller Zorn über so viel Unvernunft wollte er ihm die Flasche entreißen, da stand plötzlich Edelgarde bebend vor Empörung vor den beiden Männern. »Du bist offenbar nicht nur ein Spieler, Dieb und Betrüger, sondern auch ein elender Frauenschänder und Zuhälter. Ich schäme mich in Grund und Boden, dass ich jemals mit dir verheiratet war.«

Aleksander nahm einen weiteren Schluck Cognac und sah sie mit etwas glasigem Blick herablassend an. »Was du von mir hältst, ist mir absolut gleichgültig, so, wie du mir ebenfalls absolut gleichgültig bist!«

Edelgarde erblasste betroffen, obwohl diese Unverschämtheit für sie eigentlich nicht überraschend kam. Sie schluckte, straffte die Schultern. »Und es kommt noch schlimmer: du bist sogar des Mordes fähig. Drei Mal hast du, wahrscheinlich mit Hilfe deines Sohnes, versucht mich umzubringen. Ich habe alles, was passiert ist und auch die Fakten über unsere Ehe zweifach schriftlich niedergelegt. Elsa Martin ist informiert und ein zweites versiegeltes Schriftstück liegt im Safe des Zahlmeisters. Ich verlange, dass ihr Lene mit 2.000 Mark ausstattet und sie im nächsten Hafen von Bord gehen lasst. Ihr habt mit den Schmuckdiebstählen und den betrügerischen Kartenspielen, bei denen sie euch Zeichen geben musste, reichlich Geld zusammengerafft.«

Aleksander bediente sich erneut an der Flasche.

Lene hinter der Kiste traute ihren Ohren kaum. Das hatte sie Edelgarde nicht zugetraut.

»Du kannst mir nicht drohen! Sei froh, dass ich dich nicht über Bord gehen lasse. Als ob diese Elsa was ausrichten könnte, wenn du einen Unfall erleidest.«

Sein Sohn sah das offenbar anders. »Du Idiot«, zischte er, »bloß kein Aufsehen.«

»Sehr richtig!«, rief Lene, die aus ihrem Versteck hervortrat. »Und für Edelgarde, der ihr übel genug mitgespielt habt, verlangen wir ebenfalls 2.000 Mark.«

Hohnlachend setzte Aleksander wieder die Cognacflasche an, wobei er arg ins Schwanken geriet und an der Reling halt suchte.

»Deine Sauferei und das Morphin bringen uns in Teufels Küche!« Außer sich vor Zorn griff Zygmunt nach der Flasche und wollte diese an sich reißen. Sein Vater wehrte sich so gut er konnte, die beiden gerieten in ein heftiges Handgemenge, der Flachmann fiel ebenso aufs

Deck wie ein abgerissener Brustbeutel. In diesem Moment schwankte der Dampfer beträchtlich und Aleksander strauchelte rücklings gegen die Reling und stürzte ins Meer. Dabei riss er seinen Sohn ein Stück mit, der jetzt kopfüber festhing, nur ein verdrehter Fuß hielt ihn noch am Geländer. Edelgarde und Lene stürzten gleichzeitig auf ihn zu, wechselten einen kurzen Blick und lösten gemeinsam den Fuß. Mit einem dumpfen Schrei fiel Zygmunt in das mittlerweile tobende Meer. Einmal noch tauchte er zwischen den hohen Wellen auf, dann hatte ihn die See ebenso verschluckt wie seinen Vater.

Die beiden Frauen standen zitternd eng umschlungen auf dem heftig schwankenden Deck, wobei sie sich an der Reling festhalten mussten. Eine ganze Weile verharrten sie so schweigend. Schließlich sagte Lene leise: »Es ist furchtbar, was wir getan haben, aber ich bereue es nicht.«

Edelgarde drückte sie kurz an sich und entgegnete: »Ich auch nicht. Diese Männer haben mehr als genug Unheil angerichtet und würden es weiterhin tun. Sie haben mit uns auch kein Erbarmen gekannt.«

»Wir sollten dem Kapitän melden, dass sie sich fürchterlich gestritten haben, betrunken waren und miteinander kämpfend ins Meer stürzten.«

»Ja, das müssen wir tun. Und ich will versuchen, es auch für mich so im Gedächtnis zu behalten. Wahrscheinlich wäre er sowieso bald abgerutscht und ins Meer gestürzt. Wir hätten ihn kaum hochziehen können.«

Lene nickte nachdenklich, wobei ihr Blick auf die Flasche und den Brustbeutel fiel. »Das Glück ist mit den Mutigen! Den Flachmann bringen wir dem Kapitän zum Beweis.«

Sie schüttete den kleinen Rest Cognac ins Meer – Edelgarde musste nicht alles wissen. »In dem Brustbeutel sind seine Papiere und einige Schlüssel – das sortiere ich nachher in der Kabine.« Sie hoffte, dass auch die zu der Truhe dabei waren, in der Aleksander sein Morphin, seine Hausapotheke, Geld und alle Wertsachen aufbewahrte. Sorgfältig verstaute sie den Beutel in ihrer Rocktasche. Ich werde Edelgarde auf jeden Fall beteiligen, beschloss sie.

In diesem Moment zog sich Elsa, die zitternd alles beobachtet hatte, auf leisen Sohlen zurück. Sie nahm Perrita, mit der sie eine Runde Gassi gedreht hatte, auf den Arm. Die Hündin und ich hatten mit den Polen den richtigen siebten Sinn, schoss es ihr durch den Kopf. Mit diesen Kerlen musste es ein übles Ende nehmen. Ich habe weiche Knie. Das bleibt mein Geheimnis, dass ich Augenzeugin war. Die österreichischen Damen werden wahrscheinlich einen Nervenzusammenbruch bekommen, sobald die Todesnachricht auf dem Schiff bekannt wird. Und wie wird Victor reagieren? Immerhin schwebt Edelgarde nicht mehr in Lebensgefahr. Das beruhigt mich sehr. Ein Problem ist, wenn auch unterschrecklichen Umständen, gelöst.

Indessen hangelten sich Edelgarde und Lene auf dem schwankenden Schiff die steilen Stufen hoch bis zum Kommandodeck. Dort erstatteten sie dem Kapitän Bericht und übergaben ihm die Taschenflasche. Barends ließ nach Direktor Ballin schicken und beriet sich kurz mit dem Steuermann. »Bei dem Wellengang, Käpt'n, mit Verlaub, können wir niemanden mehr retten, selbst wenn wir sofort wenden. Bis wir zurück sind, wären die Männer längst ertrunken – davon abgesehen, würden wir Stecknadeln im Heuhaufen suchen.«

Lene stöhnte auf und klammerte sich an Edelgarde. Der Kapitän blickte die Frauen mitleidig an und sagte: »Ziehen Sie sich erst mal zurück und fassen sich ein wenig. Ich schicke den Schiffsarzt vorbei, damit er etwas zur Beruhigung verabreicht. Später wird Direktor Ballin gewiss mit Ihnen sprechen wollen.«

Insgeheim überlegte er, dass das aufwändige Manöver »Mann über Bord« nicht nur hoffnungslos war, sondern auch erneut Unruhe bei den Passagieren auslösen würde. Schließlich waren bereits zwei Todesfälle zu beklagen gewesen. Was für eine Reise, dachte er. Schmuckdiebstähle, jetzt vier Tote, Reisende, die im Libanon fast im Schneesturm verloren gegangen wären, ich werde froh sein, wenn wir diese Tour ohne weitere Vorfälle zu Ende gebracht haben.

Derweil stürmte Ballin eilig herein. Barends berichtet kurz und knapp. Der Direktor hielt sich bleich an einem Handlauf fest. »Ich hoffe, dass dies jetzt das letzte Unglück auf dieser Reise ist. Sie haben absolut richtig entschieden! Wir werden in passender Form bekannt geben, dass Aleksander Opalinski und sein Sohn einem bedauerlichen Unfall zum Opfer gefallen sind. Und wir werden in diesem Zusammenhang anordnen, dass bei Sturm keinesfalls der Aufenthalt auf den unteren Decks gestattet ist!«

»Unbedingt. Einige von den Landratten sind einfach zu unvernünftig und können die Gefahren bei starkem Wind offenbar nicht richtig einschätzen.«

Ballin jedoch befasste sich bereits mit dem nächsten Problem. »Ich werde wohl oder übel die beiden österreichischen Damen, die sich mit den Polen sehr angefreundet hatten, vorab persönlich informieren müssen«, überlegte er.

»Ja, Herr Direktor, sonst kommt es womöglich noch zu unschönen Szenen beim Diner, das sollten wir unbedingt vermeiden.«

Damit verabschiedeten sich die beiden Männer.

Lene brachte Edelgarde zu ihrer Kabine auf dem Promenadendeck. Diese befreite sich von ihren Stiefelchen, Jacke und Rock und legte sich erschöpft auf ihre Koje. Die schrecklichen Szenen am Heck gingen ihr immer wieder durch den Kopf. Dann setzte sie sich mit einem Ruck auf. Die gesamte Tragweite der Geschehnisse war ihr schlagartig klar geworden: Jetzt bin ich wirklich und tatsächlich Witwe, realisierte sie. Und er kann mir nichts mehr anhaben! Ich bin frei! Der Preis jedoch ist hoch. Denn mit Lene als Komplizin habe ich zumindest nachgeholfen, einen Menschen in den Tod zu befördern.

Sie schluckte trocken und spürte, dass sie mit ihren Nerven am Ende war. Erst die Versuche, sie umzubringen, nun der Tod der beiden Männer – das war zu viel für sie. Nicht ahnend, welche unheilvolle Rolle Opium gerade in den letzten Jahren im Leben ihres Gatten gespielt hatte, nahm sie zur Beruhigung einen Teelöffel voll Laudanum und fiel in einen leichten Schlummer.

Währenddessen betrat Lene mit klopfendem Herzen die Kabine der Polen. Zielstrebig zog sie eine Truhe unter der Koje hervor. Diese war mit einem stabilen Schloss zwischen Deckel und Frontwand und einem zusätzlichen Vorhängeschloss gesichert, welches eine durch die Tragegriffe straff gezogene Eisenkette zusammenhielt. Mit zitternden Fingern machte Lene den Brustbeutel auf, der neben Ausweispapieren vier Schlüssel enthielt. Nach einigen Versuchen fand sie die richtigen, löste die Kette, öffnete das Schloss der Truhe und hob mit angehaltenem Atem den leicht gewölbten Deckel.

Obenauf befand sich ein in Fächer aufgeteiltes Tablett. Morphin in Fläschchen und in Pulverform war hier in reichlichen Mengen verstaut, außerdem weitere Medikamente, die sie nicht kannte. Mit Hilfe von zwei eingelassenen Griffen hob sie das Brett ab und fand ein zweites vor, in dem Geld in unterschiedlichen Währungen lag, vor allem deutsche Mark, englische Pfund, amerikanische Dollar und Gold Dukaten. Sie überschlug grob deren Wert und spürte, wie ihr Herz immer schneller schlug. Das waren mindestens 30.000 Mark! Gespannt hob sie auch dieses Tablett hoch. Im Boden der Truhe waren allerhand Werkzeuge wie feine Feilen, Zangen und Pinzetten verwahrt. Außerdem zwei Tiegel, eine mit Borax beschriftete Flasche und ein Gerät, das aussah wie ein kleiner Bunsenbrenner, den ihr Vater früher in seiner Werkstatt benutzt hatte. Lene erinnerte sich, dass die Männer über eine Schmelzflöte gesprochen hatten, die aber einigen Lärm verursache und daher nur bei Sturm oder beim Spielen des Orchesters einsetzbar sei. Hatten die beiden den größten Teil des gestohlenen Schmucks eingeschmolzen und die Steine extra verkauft?

Lene durchsuchte die Truhe genauer, aber sie fand nicht ein einziges Schmuckstück. Wahrscheinlich haben sie alles sofort auf den Bazaren in Alexandria und Kairo verhökert, vermutete sie. Für Aleksander mit seinem Sprachtalent dürfte das kein Problem gewesen sein. So konnte auch niemand Schmuckstücke bei ihnen finden, falls es tatsächlich zu einer offiziellen Durchsuchung gekommen wäre. Und danach waren sie ja gewarnt durch die Aufforderung in der Bordzeitung, Preziosen beim Zahlmeister zu deponieren. Umso besser: Geld ist unverdächtig, das nehme ich an mich. Siedend heiß fiel ihr ein, dass sie Bares in der Truhe lassen musste, denn es war auf dem Schiff allgemein bekannt, wie gern die Polen um hohe Einsätze Karten spielten. Es würde auffallen, wenn überhaupt kein Geld vorhanden war. Mit großem Bedauern ließ sie einiges an unterschiedlichen Währungen zurück.

Sie setzte sich auf die Bettkante, zwang sich zur Ruhe und überlegte. Jetzt bloß keinen Fehler machen! Diese Werkzeuge werde ich den Herren ins Meer hinterherschicken, denn man wird garantiert die Kabine durchsuchen und die Truhe öffnen. Hastig wickelte sie die Geräte in ein Tuch, verschloss die Truhe wieder und verstaute den Brustbeutel in einem Reisenecessaire. Nachdem sie vorsichtig in den Gang gespäht hatte, verließ sie die Kabine und eilte, sich immer wieder festhaltend, so schnell es ging Richtung Heck, welches zum Glück durch das stürmische Wetter menschenleer war. Mit einem kräftigen Schwung warf sie das Bündel über Bord. Dann kehrte sie erleichtert in ihre Kabine zurück.

Sie brauchte jetzt dringend Zeit, um nachzudenken. Soll ich hier bleiben oder das Schiff verlassen, fragte sie sich. Und wie viel Geld ist überhaupt genau vorhanden? Vorhin war ich ja furchtbar aufgeregt und habe nur grob geschätzt! Sie begann, die Währungen zu sortieren und deren Wert zu überschlagen. Danach fing sie an zu zittern – das war ein Vermögen! Die Polen hatten beim Verkauf von Gold, Edelsteinen oder kompletten Schmuckstücken in Ägypten offenbar einen ordentlichen Preis herausgeschlagen. Außerdem führten sie ja ihre gesamte Habschaft mit sich, um jederzeit flexibel zu sein und notfalls schnell den Aufenthaltsort wechseln zu können. Mit den Gewinnen aus den Kartenspielen waren es circa 35.000 Mark. Damit konnte sie sich in Deutschland eine ehrliche Existenz aufbauen. Und vielleicht auch zu ihrer Familie zurückkehren. Sie holte tief Luft. Ich werde Edelgarde einen Teil des Geldes anbieten. Schließlich hat Aleksander sie um ihr komplettes Vermögen gebracht. Und ich, ich habe eine zweite Chance. Noch bin ich jung genug, um ein neues Leben anzufangen. Ziemlich fassungslos über diese plötzlich angenehmen Perspektiven fing sie an, vor sich hin zu träumen.

Schlechte Nachrichten

Die Österreicherinnen waren schockiert und entsetzt, nachdem Direktor Ballin ihnen die Nachricht vom Tod der Polen überbracht hatte. Mary erlitt einen Nervenzusammenbruch, der Bord Arzt Dr. Steffens verabreichte ihr ein leichtes Beruhigungsmittel.
Er nahm Sina de Hodos beiseite. »Ihre Nichte sollte sich erst mal aussprechen. Daher habe ich nur mäßig sediert. Später geben Sie ihr dieses Schlafmittel. Aber zunächst muss sie sich ihren Kummer von der Seele reden. Sonst bekommt sie womöglich einen hysterischen Anfall. Bei Bedarf lassen Sie mich jederzeit rufen.«
Sina nickte. »Das leuchtet mir ein. Herzlichen Dank, Herr Doktor!«
Nachdem der Arzt die Suite verlassen hatte, streichelte sie Marys Hand.
»Ach Tante, wenn du wüsstest! Es war so wunderbar mit ihm. Er hat mich wesentlich besser verstanden als der hölzerne Victor. Und wir haben in jeder Hinsicht einzigartig miteinander harmoniert.« Sina, bisher durchaus noch mit ihrem eigenen Kummer um den Vater des schönen Zygmunt beschäftigt, merkte schlagartig auf. »Mary! Was soll das heißen?!«
Ein erneuter Weinkrampf war die einzige Antwort.
»Mary – du hast doch nicht etwa?«
Ein Nicken, begleitet von weiteren Schluchzern, veranlasste Sina, sich auf einen Stuhl sinken zulassen.
»Womöglich bist du schwanger von ihm? Das hätte uns gerade noch gefehlt!«
Jetzt wurde Mary aufsässig »Von Victor jedenfalls nicht! Und ob von Zygmunt, das wird sich demnächst herausstellen.«
Sina schäumte vor Wut. »Na dann, Prost Mahlzeit. Möge uns das Schicksal beistehen, dass uns das erspart bleibt. Wann genau erwartest du die nächste Blutung?«
Mary seufzte. »Spätestens zum Ende des Monats.«
»Ich hoffe, der Krug geht an uns vorbei. Es ist so schon alles schlimm genug. Diese von dir so unelegant und noch dazu quasi in aller Öffentlichkeit gelöste Verlobung wird dir ewig anhängen.«
»Lieber eine gelöste Verlobung als eine lebenslänglich unglückliche Ehe«, erklärte Mary mit jetzt festerer Stimme. »Das werde ich durchaus

zu vertreten wissen, falls es jemand wagt, sich darüber zu mokieren. Und alles andere wird sich finden.«

Ihre Tante überlegte. »Es hilft nichts, wir müssen abwarten. Du könntest ab und zu mal einige Stufen hinunterspringen. Und bestell dir ein paar sehr heiße Bäder.«

Während Mary sie mit großen Augen ansah, fing die Ältere an, die Sache zu durchdenken. Sie nahm das Reiseprogramm zur Hand, welches stets griffbereit auf einem Tischchen lag.

»Am 8. März werden wir in Neapel eintreffen. Bis dahin wissen wir Bescheid. Zunächst werden wir auf jeden Fall die Reise fortsetzen. Ein Reiseabbruch mit einer unkomfortablen Rückreise ohne männlichen Begleiter würde unsere Kräfte bei Weitem übersteigen. Sollte das Unglück tatsächlich über dich hereingebrochen sein, fahren wir von Neapel aus umgehend nach Hause. Dort verfüge ich über genügend Verbindungen, um das Malheur beseitigen zu lassen.«

Ihre Nichte schluckte trocken. Wie das Missgeschick zu eliminieren sei, darüber hatte sie nur beängstigende Dinge munkeln gehört. Aber Genaueres wollte sie jetzt nicht erfragen. Stattdessen meinte sie:

»Es wird mir peinlich sein, hier an Bord unvermeidlich immer wieder Victor begegnen zu müssen.«

»Das lass mal meine Sorge sein. Ich werde ihm klarmachen, dass er deine vorübergehende Verwirrtheit wie ein großzügiger Kavalier behandeln sollte.«

Montag, 22. Februar 1892
– Ankunft in Konstantinopel
Bedrückte Stimmung

Über Stambul verloschen die letzten Sonnenstrahlen des Tages. Im Scheine der Lichter am Ufer passierte das Schiff den Eingang der brückenüberspannten Bucht des goldenen Horns.

Am Tisch der von Elßtorffs herrschte beim Diner eine etwas gedrückte Stimmung. Auch Hermann Weth und sein Sohn wussten inzwischen, dass die Zwillinge bereits am nächsten Morgen ein Schiff in Richtung Triest besteigen würden. »Was für ein Jammer! So werden Sie vom historischen Stambul gar nichts mitbekommen«, bedauerte er die Schwestern. »Und eine Besichtigung des neuen Pera Palace wäre auch ein Erlebnis gewesen.«

»Das Hotel werden meine Gemahlin und ich uns gewiss ansehen, das ist ja architektonisch hoch interessant, das Modernste vom Modernen«, meinte Maximilian prompt.

Emilie erklärte: »Wir sind froh, dass Herr Moll so eine günstige Verbindung genau passend buchen konnte. Und von Triest gelangen wir ohne große Probleme weiter zu den Kanarischen Inseln. Man kann eben nicht alles haben und Mamam erwartet uns sehnsüchtig. Das hat auf jeden Fall Vorrang.«

Herr Weth verneigte sich zustimmend in ihre Richtung. »So wünsche ich den jungen Damen eine gute Reise! So komfortabel wie auf unserer ›Augusta Victoria‹ wird es jedoch ganz bestimmt nicht werden!«

Dienstag, 23. Februar 1892 – Konstantinopel
Aufbruch und Abschied

Am frühen Morgen bot sich bei Sonnenaufgang eine herrliche Szenerie wie aus Tausendundeiner Nacht. Die Zwillinge hatten die Pelzjacken übergestreift, denn es war empfindlich kühl geworden. Elsa steckte die Hände in den Muff und rieb sie warm. Es lief ihr fröstelig den Rücken herunter. War dies dem Anblick der Sultanstadt, dem Abschied von ihren Lieben, der Reise nach La Palma oder ihrer besonderen Situation geschuldet?

Ist egal, fand sie, Hauptsache wir sind erst mal von Bord und auf dem Weg zu unserer Mutter. Emilie schien ihre Gedanken zu erraten, fasste sie um die Schulter und flüsterte: »Wir bekommen das alles hin! Zusammen sind wir stark.«

»Trotz der ungewöhnlichen Umstände«, Elsa unterbrach sich und blickte ihre Schwester mit einem schiefen Lächeln an, »freue ich mich natürlich auf das Wiedersehen mit Mamam, aber auch darauf, wieder auf La Palma zu sein. Auf dieser Insel habe ich ein ganz anderes Lebensgefühl. Die Weite des Blickes bis zum Horizont vermag es, ein wenig Abstand zu den Alltagssorgen zu schaffen.«

»Das empfinde ich ebenso. Außerdem rückt man auf einer Insel näher zusammen, man ist eher aufeinander angewiesen. Und die Unterstützung unserer Mutter und ihrer langjährigen Freundin Josefina werden uns guttun.«

»Und ich freue mich auf das schöne alte Haus und den großen Garten in Los Llanos in der Calle Fernandez Taño.«

»Ja, das ist ein Glücksfall, dass wir diese Zufluchtsstätte fernab deutscher Lande von Mutters Patentante geerbt haben. Vor allem, wenn man bedenkt, wie viele der Inselbewohner immer noch in die Ferne ziehen müssen, weil sie in ihrer Heimat kein Auskommen finden.«

Emilie nahm ihre Schwester fest in den Arm. »Du wirst sehen, wenn wir erst mal auf La Palma sind, wird alles leichter! Schließlich sind wir beide dort zur Welt gekommen. Nach und nach werden sich Lösungen ergeben.«

»Hoffentlich behältst du Recht«, entgegnete Elsa mit einem tiefen Seufzer. Sie dachte daran, dass nicht nur ihrer Mutter, sondern auch noch ihrer Schwester eine große Überraschung bevorstand.

Zu weiterem Nachdenken kamen die Zwillinge nicht, denn eiligen Schrittes kam Herr Moll auf sie zu. »Sie müssen jetzt schnell von Bord, man erwartet sie schon auf dem Dampfer des Österreichischen Lloyd.«

Wegen der frühen Stunde ihres Aufbruchs hatten sich die Schwestern bereits am Abend von allen verabschiedet. In diesem Moment tauchte aber noch Heinrich auf. »Ich musste euch unbedingt nochmals eine gute Reise wünschen!« Er gab Elsa brüderliche Küsschen auf beide Wangen, Emilie hingegen einen herzhaften Kuss auf den Mund. Dabei drückte er ihr unauffällig ein kleines Päckchen in die Hand. Das war der endgültige Abschied für eine längere Zeit.

Freitag, 26. Februar 1892 – ›Augusta Victoria‹ am Wendepunkt der Reise
Alles Weitere wird man sehen …

Da ein scharfer Wind wehte, waren nicht viele an Deck, um die Ausfahrt zu beobachten. Alle drei Schornsteine qualmten, das Schiff zitterte leise, zog einen kräftigen Bogen und fuhr nun mit voller Kraft gewaltig tutend auf dem Bosporus an der Stadt vorbei.

Victor starrte trübsinnig Richtung Marmara Meer – die märchenhafte Kulisse von Stambul konnte ihn nicht aufheitern. Er schluckte. Völlig unerwartet hatte Elsa gemeinsam mit ihrer Schwester gleich nach der Ankunft in Konstantinopel das Schiff verlassen. Das Wetter hatte seine Stimmung in den letzten Tagen zusätzlich gedrückt. Kälte, Schneetreiben und eisiger Wind ließen zunächst wenig Freude aufkommen. Sein erster Gang in das Schmutznest Stambul hatte ihn in den Bazar geführt, um Gummistiefel zu kaufen. Nur so konnte man einigermaßen das miserable Pflaster bewältigen, das mit tückischen tiefen Löchern, bis zum Rande mit flüssigem Schmutz gefüllt, geradezu gespickt war. Bei schließlich etwas besserem Wetter hatte er sich vom Freiherrn von Rosenberg zu weiteren Landgängen überreden lassen. Wobei ihn die beeindruckende Hagia Sophia ein wenig aus seiner Missstimmung gerissen hatte. Hoffentlich wird es in Athen erfreulicher, dachte er.

Sina de Hodos stellte sich warm eingemummelt neben ihn an die Reling. Sie hatte sich vorgenommen, beim Auslaufen aus Konstantinopel Victor klarzumachen, wie vorteilhaft es für ihn sei, sich großmütig zu zeigen.

»Sie würden vor den anderen gut dastehen, wenn Sie der armen Mary ihre zeitweilige Verblendung nachsehen würden. Das Mädchen bedauert dies inzwischen zutiefst. Wir könnten zumindest einen höflichen Umgang miteinander pflegen. Es soll Ihr Schaden nicht sein! Egal, was noch geschehen mag, gern würden wir dazu beitragen, den von Ihnen angestrebten weiteren Ausbau Ihrer Kanzlei namhaft zu unterstützen.«

Victor deutete eine Verbeugung an. »Ich werde darüber nachdenken.«

Abends in seiner Kabine kam er zu einem Entschluss. Er verfasste ein Billett, in dem er den Damen seinen männlichen Beistand anbot, falls sie solchen benötigten. Danach atmete er tief durch. Alles Weitere würde man sehen.

Epilog 1
Endlich Briefe aus Amerika

Von der Reise zurückgekehrt, fand die von Elßtorffsche Reisegesellschaft einen gehörigen Poststapel vor. Das Dienstmädchen hatte nach Datum und Empfänger sortiert. Den weitaus größten Stapel gab es für Elsa. Neugierig nahm Sophie die Umschläge in die Hand und sah sie flüchtig durch. »Fast alle aus Amerika, von Cord Breuer.«

»Das sind mindestens 40 Schreiben«, schätzte Marga. Sie sah auf den Absender. War der identisch mit der Adresse auf dem Brief, den sie noch in Konstantinopel für Elsa zur Post gebracht hatte? Sie fasste einen spontanen Entschluss. »Kann die gnädige Frau mich eine halbe Stunde entbehren?«

Sophie entgegnete lediglich: »Du sollst nicht mehr gnädige Frau sagen.«

Was hatte Marga plötzlich vor? Es musste mit den Briefen zusammenhängen – wer weiß, was Elsa ihr vor der Abreise auf dem Schiff noch anvertraut hatte, überlegte sie mit einem Anflug von Eifersucht. Aber dann kam ihr eine Idee. »Du willst bestimmt Elsa die Post nach Los Llanos senden!«
»Ja, unbedingt. Wenn es recht ist, lege ich alle in ein Päckchen und schicke es los. Und eine Depesche lasse ich ihr auch übermitteln.«
Umsichtig notierte Marga vorsichtshalber Cords Absender und eilte dann zum Postamt. Die Adresse für das Telegramm zur Insel kannte sie auswendig. Sie wusste, dass ihre Nachricht mit der korrekten Adresse von Cord Elsa schnell erreichen würde, da kürzlich eine Telefonleitung von der Hauptstadt Santa Cruz über den Berg nach Los Llanos gelegt worden war. Außerdem schrieb sie: »Sende Dir zahlreiche Briefe aus Amerika hinterher! Herzliche Grüße an Euch alle!«
Das gibt morgen eine große Freude – was Elsa in ihrem Zustand guttun wird, vermutete Marga. Und das traf es genau.

Epilog 2
Ein unverhofftes Wiedersehen auf La Palma

Emilie sah die Dame neben ihrer Mutter, die in eine Art palmerischer Tracht vorteilhaft gekleidet war, erneut an. Ihre Gedanken rasten: Das kann doch gar nicht sein! Habe ich Halluzinationen? Fange ich an zu spinnen? Karla lebt nicht mehr, sie hat den Freitod in der Ihme gesucht!
Sie spürte, wie ihr die Knie weich wurden. Da stützte Elsa sie und sagte: »Ich wusste partout nicht, wie ich es dir beibringen sollte! Ich konnte doch nicht zulassen, dass man unsere Karla verdächtigt und womöglich ...« Sie unterbrach sich letzter Sekunde – fast hätte sie sich mit der Erwähnung der drohenden Zuchthausstrafe verplappert! Denn dann wäre ja klar gewesen, dass die überarbeitete Karla Schicksal gespielt hatte, um Unschuldige zu schützen.
In diesem Moment trat die ehemalige Diakonisse auf Emilie zu und nahm sie kräftig in die Arme. »Ich bin es wirklich! Heiße jetzt übrigens Klara und helfe hier, wo ich kann und gebraucht werde als Krankenschwester.«
»Aber wieso bis du hier?«, stammelte Emilie.
Elsa und Klara tauschten einen langen Blick.

»Unsere Freundin war nur noch ein Nervenbündel. Außerdem hat sie der Kriminal-Inspektor verdächtigt. Sie brauchte unbedingt eine andere Umgebung, um wieder gesund zu werden und einen völlig neuen Anfang zu wagen.«

»Und das hat sie hier gefunden!«, sprang Ernestine ihrer erstgeborenen Tochter bei. Je weniger Menschen Genaueres über die Geschehnisse damals in Linden wussten, desto besser. Und das galt eben auch für Emilie. »Inzwischen ist Klara hier in allen Kreisen der Bevölkerung eine anerkannte und beliebte Krankenschwester.«

Diese lächelte bescheiden. »Die Pflege von Kranken ist nun mal für mich der weiblichste und beglückendste Frauenberuf.«

Nun trat Ernestine auf Elsa zu und umarmte sie liebevoll. »Welche Freude, euch hier zu haben. Ich konnte es kaum fassen, als das Telegramm eintraf. Und auch Josefina freut sich sehr auf das Wiedersehen.« Sie sah ihre Tochter prüfend an und stutzte. »Während sich Emilie und Klara in Ruhe austauschen, können wir durch den Garten bummeln und uns unter dem Feigenbaum auf die Bank setzen.«

Sie kamen an einigen Bananenstauden, Papayas, einem Olivenbaum und Ananaspflanzen vorbei, aber Elsa hatte für all diese exotische Pracht keinen Blick. Denn jetzt war der Augenblick gekommen, wo sie mit der Wahrheit herausrücken musste. Nachdem sie Platz genommen hatten, meinte Ernestine. »Wenn ich dich so ansehe, habe ich eine bestimmte Vermutung, warum ihr angereist seid. Heraus mit der Sprache: Erwartest du ein Kind?«

Elsa schluckte und nickte, Tränen traten ihr in die Augen.

Umgehend hakte Ernestine nach. »Die wichtigste Frage ist: Hat dir jemand Gewalt angetan oder ist dieses Kind aus Liebe entstanden?«

Sofort musste Elsa an Bertha denken. Sie atmete tief durch. »Nein Mamam, dem Himmel sei Dank, ich bin dem Vater von ganzem Herzen zugetan.«

»Und aus welchen Gründen kommt eine Heirat nicht in Frage?«

»Der werdende Vater weiß nichts von seinem Glück, studiert derzeit in Amerika an der Stanford University an der Westküste und kann noch keine Familie ernähren.«

Ernestine runzelte die Stirn und fragte mit einem wissenden Unterton. »Könnte es sich vielleicht um deinen alten Freund Cord Breuer handeln?«

Jetzt weinte Elsa mehr aus Erleichterung.

»Nimm dich zusammen!«, bat ihre Mutter. »Liebst du ihn? Ist es dir ernst mit ihm?«

»Ja, ja und nochmals Ja! Aber er musste überstürzt abreisen und ausgerechnet davor haben wir uns gestritten. Und mit der Post ist es schwierig.«

Nachdenklich schaute Ernestine ihre Tochter an. »Weiß Emilie Bescheid?«

»Ja, und Marga ebenfalls. Und stell dir vor, was mir mit Victor Rehnhoff passiert ist.«

»Was, der war auch auf dem Schiff?«

Ernestine war froh, dass Elsa sich soweit beruhigt hatte, um berichten zu können. Geduldig hörte sie sich alles an. »Eine Heirat mit diesem Juristen wäre eine absolute Kurzschlusshandlung gewesen! Gut, dass Marga gleichfalls dieser Meinung war!« Erneut begann Elsa heftig zu schluchzen.

Da sprach Ernestine aus Besorgnis ein Machtwort: »Hör auf zu weinen, das ist nicht gut für das Kleine! Lass uns abwarten, bis das Kind geboren ist. Und dann sehen wir weiter.«

Elsa atmete erleichtert tief durch. Genauso halte ich es, dachte sie. Ich werde Cord erst informieren, wenn unser Nachwuchs auf der Welt ist. Er kann im fernen Amerika sowieso nichts unternehmen. Womöglich würde er sein Studium aufgeben. Ich muss jetzt vernünftig sein und meinen Verstand zum Wohle von uns Dreien einsetzen. Ein zaghaftes Lächeln huschte über ihr Gesicht. Ihre Mutter nahm das erleichtert wahr. Herzlich nahm sie ihre Tochter in den Arm. »Es ist nicht einfach, den Konventionen die Stirn zu bieten. Aber alles wird gut werden. Denn trotz vieler Probleme: Das Beste, was mir im Leben passiert ist, war, euch Zwillinge zur Welt zu bringen. Und das Allerbeste, dass das Schicksal uns wieder zusammengeführt hat und ich viele Dinge aus meiner Vergangenheit wieder erinnern kann.« Sie stockte. »Du liebe Güte, ich werde tatsächlich Großmutter!«

Noch eine ganze Weile saßen Mutter und Tochter einträchtig unter dem Feigenbaum. Dann kehrten sie Hand in Hand zu den anderen zurück.

Epilog 3
Sophie schreibt nach La Palma

Liebe Ernestine und liebe Elsa und liebe Emilie!

nun sind wir wieder zu Hause, und Ihr beiden Schwestern habt den sonnigeren und weniger anstrengenden Teil der Reise versäumt. In Athen gefiel es mir besonders gut. Maximilian war außerordentlich beeindruckt von der Akropolis. Als wir dort alles bewunderten, fragte ihn doch tatsächlich der Rittergutsbesitzer von Krause: »Sagen Sie mal, verehrter Reisekollege, wo sind wir hier eigentlich?« Nicht zu fassen, mit wie wenig Interesse für Land und Leute einige Passagiere die Reise an sich vorbeiziehen ließen.

Aber die HAPAG wird definitiv die Orientreisen im Winter fortsetzen. Sodass es möglich sein wird, den versäumten Teil der Fahrt nachzuholen, vielleicht gemeinsam mit meiner lieben Freundin Ernestine. Auch Roberta hat großes Interesse bekundet. Diese Touren sind gewiss nicht nur ein Gewinn für die Schifffahrtsgesellschaft. Es bestätigt, dass wir Deutschen aufgehört haben, Pfahlbürger zu sein und anfangen, uns mehr in der Welt umzutun.

Dennoch gilt für mich das alte Sprichwort: »Überall gut, zu Hause am besten.«

Es bedeutete eine unschätzbar wertvolle Erfahrung, in fernen Landen und unter fremden Völkern andere Kulturen kennen zu lernen. Diese Fahrt war zumindest für uns mehr als eine Sache des Vergnügens. So manches Saatkorn zur weiteren Bildung haben wir daraus gezogen, einige Vorurteile über die ›Wilden‹ abgelegt und den Blick geschärft.

Für mich hat sich aus allem auch die tiefe Erkenntnis ergeben, mehr zu schätzen und weniger als selbstverständlich zu nehmen, was wir an unserem eigenen Daheim besitzen.

Auch wenn Ihr von La Palma schwärmt, so werde ich froh sein, Euch alle Vier spätestens im Herbst hier in Hannover wieder in die Arme zu schließen. Ja, es bedurfte nicht der zaghaften Andeutungen von Marga – ich habe mir nach der Abreise in Konstantinopel schnell einiges zusammengereimt.

Elsa sei gewiss, dass wir zu Dir stehen. Ihr braucht Euch daher nicht länger als nötig auf der Insel aufzuhalten. Nicht zuletzt die Erfahrungen mit dem Magdalenium haben mich gelehrt, meine Einstellungen zu modifizieren ...

Wir erwarten Euch hier mit Freude. Dies gilt vor allem auch für Wilhelm Jacob, den künftigen Urgroßvater und seine glückliche Braut ...

Du liebe Güte, was für Veränderungen!

Seid alle umarmt von Eurer Sophie.

PS. Maximilian lässt ebenfalls grüßen, er gewöhnt sich an den Gedanken, so etwas wie Großvater zu werden. Bei Heinrich wird das ja noch dauern ...

PPS. Ich vermute und hoffe, dass sich auch bei Edelgarde einiges wandeln wird ...

Die wichtigsten handelnden Personen
* Historische Personen

Ja, desgleichen ist mehr als eine Spielerei,
Die Namen haben eine Bedeutung. Theodor Fontane

Elsa Martin, 20 Jahre, Ziehtochter im Hause von Elßtorff
Emilie Sartorius, Zwillingsschwester von Elsa, wuchs bis 1890 adoptiert in Königsberg auf
Ernestine Jacob, 41 Jahre, ledige Mutter der Zwillinge, war lange verschollen, hatte ihr Gedächtnis verloren. Sie befindet sich zur Regeneration auf La Palma, wo sie auch ihre Töchter zur Welt brachte
Wilhelm Jacob, erfolgreicher Möbelfabrikant in Linden, Vater von Ernestine, Großvater der Zwillinge
Sophie von Elßtorff, 41 Jahre, enge Pensionats-Freundin von Ernestine Jacob, verheiratet mit
Maximilian von Elßtorff, Mitte 40, Architekt und Baumeister, Mitglied einer Freimaurerloge
Heinrich von Elßtorff, 21 Jahre, deren Sohn, Ziehbruder von Elsa, Student der Medizin an der Charité in Berlin
Perrita, Terrier Mischling von La Palma, temperamentvolles vierbeiniges Familienmitglied im Haushalt von Elßtorff
Edelgarde von Potocki, um die 40 Jahre, scharfzüngige Witwe, entfernte Cousine von Sophie
Marga Lheiss, Mitte 40, langjährige Haushälterin im Hause Elßtorff in absoluter Vertrauensstellung, inzwischen Gesellschafterin und Anstandsdame für die Zwillinge
Bertha Schrader, 20 Jahre, die neue Köchin im Hause von Elßtorff, aus dem Magdalenium mit Töchterchen *Marie,* 2 Jahre
Cord Breuer, 19 Jahre, befreundet mit Elsa, künftiger Maschinenbaustudent, Sohn von
Hannes Breuer, genannt der rote Breuer, sozialdemokratischer Volksschullehrer in Linden und seine Frau
Luise Breuer, die aus einem Pfarrershaushalt stammt

Siegmund Seligmann *, 38 Jahre, Direktor der Continentalen Caoutchuc AG, wohnhaft in der Prinzenstraße
Gertraude Bock von Wülverdingen, entfernte Verwandte der von Elßtorffs

Personen an Bord der ›Augusta Victoria‹

Albert Ballin *, Direktor der HAPAG in Hamburg und seine Frau *Marianne* *
Elsa, Emilie, Wilhelm Jacob
Sophie, Maximilian, Heinrich von Elßtorff und Perrita
Edelgarde von Potocki
Marga Lheiss
Dr. Victor Rehnhoff, 30 Jahre, Jurist, samt seiner Verlobten:
Mary von Rainer-Harbach und ihre Tante *Baronin Mary Sina de Hodos, genannt Sina*
Aleksander Opalinski, Ende 40, ein reicher Pole mit *Sohn Zygmunt* und seiner deutschen *Nichte Lene*
Fiete Buttfanger, Schiffsjunge, 15 Jahre, ein Racker aus Hamburg.

<u>außerdem:</u>

Hermann Weth,* Journalist, beschreibt die Reise für das *Hamburger Fremdenblatt* und *den Berliner Börsen Courier*
Hans Weth,* 13 Jahre, sein Sohn
*Kapitän Barends**
Emil Ascher,* Königlicher Kapellmeister
Antonius und *Hermine von der Sahl*
Major Freiherr Richard von Rosenberg, Kammerherr seiner Majestät des Kaisers und *Gemahlin*
Max Naumann und *Max Meier,* genannt das doppelte Mäxchen, passionierte Skatspieler aus Hamburg
Rittergutsbesitzer von Krause, ebenfalls leidenschaftlicher Skatspieler

Literaturhinweise

Anna Fischer-Dückelmann, in Zürich promoviert, Die Frau als Hausärztin. Ein ärztl. Nachschlagebuch für die Frau, Stuttgart 1901 ff.
Hieraus stammen die Behandlungsmethoden nach der Fehlgeburt. Möglichkeiten für eine künstliche Frühgeburt – bei lebensgefährlicher Erkrankung der Mutter – werden beschrieben. Das umfangreiche Werk, enthält auch Ansichten der Verfasserin ...
»Wir unterstützen keinerlei Sentimentalität. Lieber wenig Kinder und diese gesund und glücklich, als eine Schar armseliger menschlicher Geschöpfe, deren einzige Aufgabe darin zu bestehen scheint, ihre Umgebung zu belästigen und schließlich die Friedhöfe zu bevölkern.«
Durchaus möglich, dass einige Aussagen dazu dienten, sich gegen juristische Verfolgung wegen des Paragraphen 218 abzusichern.
»Doch missverstehe man uns nicht! Nicht der etwaige Wunsch der Eltern sei maßgebend hinsichtlich der Beseitigung einer Schwangerschaft, sondern in erster Linie der körperliche Zustand der Mutter, dann der des Kindes.
Eine gesunde Mutter hat die moralische Pflicht, ihr Kind auszutragen; sie hatte sich vorher klar zu werden, ob sie eines will oder nicht.«
Bereits 1888 erschien das medizinische Hausbuch für Laien des sächsischen *Naturheilkundlers Friedrich Eduard Bilz, Das neue Heilverfahren.* Der ›BILZ‹ erreichte bis 1902 mehr als eine Million verkaufte Exemplare. In einer ausführlichen Fußnote wird die Durchführung einer Abtreibung hinreichend genau beschrieben, um als Anleitung dienen zu können.

Kathrin Hanke, Die Engelmacherin von St. Pauli, Meßkirch 2018, zog ich u.a. zum Thema Halte-Kinder heran. Die Autorin erzählt die Geschichte einer Hamburger ›Haltefrau‹, die ihr anvertraute Kinder ermordete und sich an dem im Voraus bezahlten Pflegegeld bereicherte.
Bis ca. 1908 findet sich der Begriff Engelmacherin in Lexika nur für die Haltefrauen. So z.B. in Meyers Konversationslexikon 1886: *»Frauenspersonen (Ziehmütter, Haltefrauen, Kostkinderpflegefrauen) welche kleine, namentlich uneheliche Kinder annehmen, angeblich um ihnen Wartung und Pflege angedeihen, in Wahrheit aber, um sie verkommen zu lassen und aus der Welt zu schaffen.«*
Die 2. Bedeutung der Engelmacherin als Abtreiberin ist dagegen in den Lexika erst ab Ende der 1920er-Jahre nachweisbar.

Interessant dazu ist der Roman von *Otto Erich Kriesel, Die Ungerufenen, Hamburg 1949*. Kriesel bezieht sich auf den gerade erwähnten Kriminalfall. Er arbeitet die schwierige bis ausweglose Situation der alleinstehenden Mütter und die Ignoranz der damaligen Gesellschaft beeindruckend heraus. Alleinerziehende Mütter sind bis heute überproportional bei den sozial schwächsten Schichten vertreten.

(Kriesel beschreibt auch detailliert ein Skatspiel, woraus ich einige Begriffe für den Skat auf der Pyramide übernommen habe.)

Die Lustreise zur See speist sich aus unterschiedlichen Quellen. Die meisten beschreiben die allererste Fahrt in den Orient 1891. So die damals von Ballin erfundene und auf dem Schiff gedruckte *Bordzeitung*, die sich bis heute bei Kreuzfahrten aller Art großer Beliebtheit erfreut. In der Bordzeitung Nr. 8 vom 23. Februar 1891 stand: *Verloren: Stinde, Buchholzens im Orient*. Diese Notiz las ich ziemlich verblüfft zwei Mal …

Denn wenn ein neues Buchprojekt ansteht, stelle ich mich nachdenklich vor meine Bücherregale und entdecke oft einen besonderen Schatz. So z.B. von *Julius Stinde, Frau Buchholz auf Reisen*. Diese Taschenbuchausgabe von 1975 (Schmökerkabinett des Fischer Verlages) habe ich meinem verehrten akademischen Lehrer und Doktorvater Joachim Leuschner zu verdanken. Nachdem ich erneut hineingelesen hatte und feststellte, dass das Buch 1889 erschienen ist, war für mich sofort klar, dass ich unbedingt einige der Buchholzschen Gedanken in meinem Roman unterbringen sollte. Viele Behauptungen, die Stinde seiner Protagonistin in den Mund legt, spiegeln den Zeitgeist und gängige Ansichten wieder.

Außerdem nutzte ich: Reiseberichte von *H.E. Wallsee, Modernes Reisen*, von dem Maler *C.W. Allers Bakschisch mit wunderbaren Illustrationen*, die teilweise mit sanfter Ironie sowohl einige Teilnehmende der Reise als auch Landschaften, Land und Leute festgehalten haben, sowie *H. Weth, Die Orientreise der ›Augusta Victoria‹*. Er beschrieb auch die zweite Orientreise 1892, auf die er seinen 13-jährigen Sohn Hans mitnahm.

Die Reisebeschreibungen bilden ein Mixtum compositum aus allen genannten Berichten, sowie den Reiseerlebnissen von Frau Buchholz (siehe Julius Stinde), eigenem Erleben auf Kreuzfahrten und meiner Phantasie.

Ballin reist im Roman auch 1892 mit, was nicht der Fall war, er geleitete die Reisegesellschaft nur von Hamburg nach Cuxhaven.

Historisches und Erdachtes

Anmerkung vorab:
Im Zusammenhang mit Völkerschauen (die es auch in Hannover im Zoo gab, s.a. in Ausgerechnet zum Feiertag, meine Erzählung über den Kaiserbesuch 1889), wie auch in Reisebeschreibungen wurden u.a. Begriffe wie „Neger" oder „Wilde" benutzt. Daher habe ich aus den historischen Reisebeschreibungen einige Ansichten, Begriffe und Bewertungen in dieser Richtung übernommen, um ein historisch authentisches Bild zu beschreiben. Dies gilt auch für einige Bemerkungen über die Engländer. Diese Ansichten entsprechen in keiner Weise meinen eigenen Auffassungen.

Der Uhrmachermeister Friedrich I. Kröner wagte am 1.10.1894 den Sprung in die Selbständigkeit und übernahm das Geschäft seines Kollegen Bernhard Jung in Hannover, Hildesheimer Straße 4. Unterstützung durch seine Frau Dora Dircksen bekam er erst später. Sie heirateten 1904, nachdem Friedrich im Sommer 1903 in einem Pensionat für höhere Töchter, wo er eine Wanduhr reparieren sollte, Dora erblickt hatte. Überliefert in der Familiengeschichte ist, dass beide wie vom Blitz getroffen waren. Dora stammte aus Arolsen, unterstützte ihren Mann maßgeblich im Geschäft und sprach tatsächlich platt.

Das Gedicht ›Gott schuf die Welt …‹, welches Elsa auf der Schiffsreise zitiert, stammt aus dem handschriftlichen Nachlass meiner Großmutter. Lange glaubte ich, sie habe es verfasst, was (leider) nicht stimmt, sondern es handelt sich um eine abgewandelte Form eines Gedichtes von Robert T. Odeman. Aber weil ich es so passend fand, hat es hier dennoch sein Plätzchen gefunden.

Da wir in Hannover nur noch wenige inhabergeführte Familienbetriebe wie die Holländische Kakaostube, Horstmann & Sander, IG von der Linde, Liebe und Kröner haben, nahm ich mir hier bezüglich des Zeitrahmens einige dichterische Freiheiten.

Teilweise habe ich die Schreibweise der damaligen Zeit übernommen, wie z.B. bei Diner/Diners.

Die Abkürzung Conti war damals weniger gebräuchlich, man sprach eher von der Continentalen.

Cholera ist ein polnischer Fluch für Mist/Scheiße.
Palankin bedeutet indischer Tragesessel, Sänfte.

Zu der Vergnügungsreise in den Orient

Der Preis von 1.800 – 2.400 Goldmark für die Teilnahme an der zweimonatigen Kreuzfahrt entspräche heute ungefähr 12.600 € bis 17.800 €.
Der gestohlene Schmuck im Wert von insgesamt 10.000 Goldmark entspricht etwa 67.000 €.
Die 30.000 Mark in der Truhe der Polen hätten heute eine Kaufkraft von ca. 201.000 €.

Danksagung

Dr. Karin Ehrich, Büro für Geschichte, Hannover verdanke ich wie stets wichtige Literaturhinweise, Hilfe bei der Recherche und die sehr genaue Durchsicht des Manuskriptes.

Meine Testleserinnen Angelika Behrens und Ulrike Groffy gaben wertvolle Anregungen. Letztere erbot sich freiwillig, nach erfolgten Korrekturen nochmals zu lesen, auch dafür besonderen Dank.

Vielen Dank an Prof. Dr. Carl-Hans Hauptmeyer, der den Dialog im Geschäft von Kröner ins Platt übersetzte, nach Eldagsen verpflanzte und einige Details beisteuerte.

Weitere Bücher von Barbara Schlüter

Vergiftete Liebe
ISBN 978-3-946751-82-3
VLP 14,80 Euro

Die eigensinnige Elsa Martin ist fasziniert von Detektivgeschichten à la Sherlock Holmes. Der mysteriöse Tod eines Ensemblemitglieds am Königlichen Schauspielhaus versetzt nicht nur sie, sondern ganz Hannover in Aufruhr. Zugleich bietet er aber eine Ablenkung von den beherrschenden sozialen Themen der Zeit, der Arbeiterbewegung und den Forderungen der Frauen nach mehr Rechten. Mit Scharfsinn, Beharrlichkeit und einigen Tricks kommt die junge Frau dem Täter auf die Spur.

Verheimlichte Liebe
ISBN 978-3-946751-81-6
VLP 14,80 Euro

Welch ein Schock! Kaum hat sich die junge Elsa von den Ereignissen am Königlichen Schauspielhaus erholt, wird ein Geheimnis im Haus der Familie von Elßtorff gelüftet, das alles ins Rollen bringt. Nach dem plötzlichen Auftauchen der Zwillingsschwester Emilie fährt die Familie zur Sommerfrische nach Norderney. Dort ergeben sich überraschende Hinweise zur Herkunft der Zwillinge. Elsa kann nicht anders, sie wird zur Detektivin in eigener Sache und reist gemeinsam mit ihrer Entourage auf Spurensuche an den Ort ihrer Geburt: die kanarische Insel La Palma ...

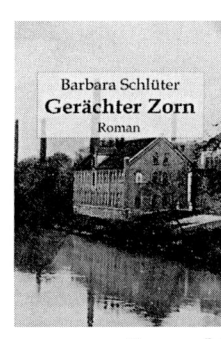

Gerächter Zorn
ISBN 978-3-946751-80-9
VLP 14,80 Euro

›Lindener Blut ist keine Buttermilch!‹ Die Verhältnisse in Linden sind katastrophal – arm, dreckig und im Wohnraum völlig beengt. Es prallen Welten aufeinander, als die Zwillinge Elsa und Emilie aus dem behüteten Hause der von Elßtorffs beschließen, die Arbeit der Diakonisse zu unterstützen. Medizinstudent Heinrich und der ›rote Fuchs‹ Cord sind ebenfalls entsetzt über die gesundheitsgefährdenden Bedingungen in den Fabriken. Was können die jungen Leute tun, die die Menschen nicht einfach ihrem Schicksal überlassen wollen?

Ausgerechnet zum Feiertag
ISBN 978-3-946751-83-0
VLP 14,80 Euro

In Hannover und der weiten Welt ist man um 1900 nicht sicher vor ungewöhnlichen Mord(s)geschichten. Brenzlige Situationen häufen sich ausgerechnet zu den Feiertagen. Es trifft Ehepaare, Maler, Sucher nach einer heiligen Quelle, eine uneheliche Welfentochter gerät selbst Kaiser Wilhelm II. in Gefahr? Schauplätze sind Berlin, Braunschweig, Gmunden in Österreich, Hannover, Konstantinopel, Kuba, La Palma, Linden, Norderney und St. Blasien. Barbara Schlüter, Schriftstellerin und Historikerin, recherchierte wie stets akribisch in unterschiedlichen Milieus und förderte so manch Überraschendes zutage ... Mit vielen historischen Aspekten und Beschreibungen zu Ortschaften und Gegenständen lässt sie das späte 19. und frühe 20. Jahrhundert lebendig werden.